전후소설과 이야기 담론

전후소설과 이야기 담론

전후소설과 이야기 담론

변 화 영

도서출판 역락

나는 토마스 쿤을 존경한다. '패러다임', '정상과학', '공약불가능성' 등등의 용어로 전 세계의 지성을 휩쓸었지만, 그는 단 네 권의 저서만을 남겼기 때문이다. 복제 기술과 다량 생산이 난무하는 지금, 토마스 쿤은 학자다운 면모를 보여준 환경친화적 학자였다. 나는 이런 토마스 쿤을 늘 사랑했었다. 쓰레기 같은 책을 생산하지 않는, 성실하고 건강한 학자가 되리라고 마음먹으면서 말이다. 하지만 토마스 쿤과 걸었던 손가락에 힘이 빠져나가기도 전에 나는 스스로 다짐한 그 약속을 깨고 말았다.

『전후소설과 이야기 담론』이라는 책을 세상에 내놓은 탓이다. 두려운 마음에 책 출간을 수 없이 망설였지만, 그렇다고 보잘 것 없는 글들을 껴안고 뒹굴 수만도 없는 일이었다. 나는 토마슨 쿤과 같은 대학자가 될 수 없다는 생각에 미치자 일단 마음이 편해졌다. 그리고 용감해졌다. 질 책이 있어야 발전도 있다며 스스로를 위로하는 단계까지 이르렀다. 그렇다고 환경친화적 입장을 저버린 것은 아니다. 『전후소설과 이야기 담론』의 출판 여부를 두고 고민하는 과정에서 그 꿈은 한층 더 실제적으로 다가왔다.

『전후소설과 이야기 담론』은 크게 1부와 2부로 나뉜다. 1부는 박사학위 논문 "한국 전후소설의 이야기 담론 연구"를 수정해서 실었고, 2부는 기존에 발표한 전후소설 관련의 글들을 묶어 보았다. 책 제목을 『전후소설과 이야기 담론』이라고 붙인 이유는 종전(終戰)이 아닌 정전(停戰)의 상황이 한반도에서 지속되는 한, 분단과 이데올로기에서 비롯되는 반인간적 행위들을 이야기하지 않을 수 없기 때문이다.

1부에서는 1950년대 신세대 작가로 불리던 장용학, 손창섭, 오상원의 작품들을 이야기 담론으로 분석함으로써 그 이야기들의 해석학적 지평을 조명하였다. 장용학, 손창섭, 오상원의 전후소설에 기술된 '육이오'라는 연대기적 시간들은 한 개인의 경험뿐 아니라 공동체의 경험과도 관련되어 있다. 요컨대, 스토리를 전달하는 서술자의 목소리는 개인의 정체성과 더불어 공동체의 정체성을 말한다고 할 수 있다. 이로써 서술자와 의사소통 과정에 있는 피서술자인 독자는 자신들의 실제 역사가 되는 이야기를 받아들이고 해석하면서 정체성을 형성한다. 전후소설의 이야기 텍스트를 매개로 하여 작가와 독자 사이에 대화의 장이 마련될 수 있는 것은 이와 같은 이야기 정체성에서 비롯된다.

2부에서는 손창섭, 선우휘, 윤흥길의 소설들을 이야기 담론으로 접근하여 초점화자가 타자로서 자기 자신을 형성하는 과정을 살펴보았다. 손창섭과 윤흥길의 작품들에는 주변 인물들을 배려하는 초점화자가 등장한다. 손창섭과 윤흥길은 초점화자를 통해 전후에 양산된 식민성을 극복하고자 하였다. 손창섭과 윤흥길 작품의 초점화자들은 비판적인 현실 인식과 자기 정체성의 일상적 실천으로 부조리한 사회에 적극 대항하고 있다. 반면, 선우휘는 「불꽃」에서 레드 콤플렉스에 경도된 초점화자를 통해 반공이라는 거대담론을 부추겼다. 선우휘는 공동체의 분열을 가속화하는 부정적 아이덴티티를 진지하게 형상화하여 독자와 함께 그것을 타파하고자 했던 손창섭, 윤흥길과는 전혀 다른 방향으로 전후의 현실을 제시하였다고 할 수 있다. 전후소설에 대한 해석학적 의미가 필요한 것은 이러한 이유에서이다. 전후소설과 만나지 않는 한, 전쟁과 분단의 한가운데 있는 독자로서의 '나'는 진정한 자기 정체성을 형성할 수 없기 때문이다.

　가끔은 나 자신이 팽이 같다는 생각이 든다. 팽이는 혼자서 돌 수 없다. 팽이 치는 사람이 존재하지 않으면 팽이는 땅 위의 세상과 만날 수 없다. 팽이 치는 사람은 채찍질에 힘이 부치고 저려오는 팔이 버거워도 팽이에게서 눈을 떼지 않고 팽이치기에 최선을 다한다. 그만큼 팽이치기는 집중력과 배려가 요구되는 일이다. 이 책을 묶으면서 돌이켜 보니, 팽이를 팽이답게 해 주신 분들이 눈에 선하다. 오랫동안 나의 연인이었던 아버지께 먼저 감사를 드린다. 팽이치기의 대가이신 전북대학교 선생님들께도 진심으로 머리 숙여 감사의 마음을 전하고 싶다. 말없이 도와주시는 선배님들과 사랑스런 후배님들에게도 고마운 마음 금할 길이 없다. 늘 이렇듯 팽이는 빚을 지면서 살고 있다. 빚 갚을 생각을 하면 앞이 까마득하다. 그래도 행복하다. 인간은 혼자서 살 수 없음을 잘 알고 있기 때문이다.

2007년 5월　**변화영**

차 례

제1부

전후소설과 이야기 담론

이론분석

소설과 이야기

일반적으로 소설은 시간과 공간을 가로지르면서 자기 정체성을 탐색하는 대화의 장(場)이라고 할 수 있다. 1인칭 소설이든 3인칭 소설이든, 작가는 자신의 직간접적인 경험을 통해 인간의 존재론적 문제를 탐구한다. 이 탐색의 과정에서 작가는 항상 자신의 이야기에 귀를 기울이고 있을 독자를 상정하게 마련인데, 이것은 독자 없이는 자신의 존재를 구체적으로 확인받을 수 없기 때문이다. 작가의 존재 규명은 스토리를 전달하는 서술적 목소리의 주체, 즉 서술자의 정체성을 독자가 인정하는 데서 비롯된다. 소설을 통해 작가의 쓰기 행위와 독자의 읽기 행위가 상호 작용함으로써 허구적 인물들의 존재가 인정되며 그 가운데 '나'와 '너', 그리고 '그' 사이에 펼쳐지는 인간 정체성 탐구가 노정되는 것이다.

이야기 텍스트인 소설에서 서술자는 스토리를 전달하는 서술 행위의 주체이다. 서술자가 인물들과 같은 세계에 존재하느냐, 아니면 그 세계 밖에 존재하느냐에 따라 소설은 1인칭과 3인칭으로 나뉜다. 하지만 소설에 나타나는 1인칭과 3인칭은 불가피한 이중성을 지니고 있는 탓에 1인칭/3인칭이라는 인칭 체계를 소설에 그대로 적용하기에는 많은 한계가 있다. 소설에 따라서는 서술자가 누구인지 모호한 경우도, 그가 스토리 속에 인물로서 존재하는지 아닌지 판단하기가 애매한 경우도 있다.

이처럼 인칭의 경계가 애매모호해지는 것은 기존의 형식과 내용을 파괴함으로써 자기 정체성의 혼란을 초래하는 세계와의 갈등을 좀더 진지하게 형상화하려는 작가의 의도와 맞물려 있다.

한국문학사에 있어서 자아와 세계와의 갈등이 극대화된 작품들이 대거 발표된 시기는 1950년대라고 할 수 있다. 구체적으로는 정전 협정(1953년) 이후부터 4·19 혁명(1960년)이 일어났던 1960년대 초반까지 약 10년 동안에 출간된 작품들을 통상 전후소설[1])이라고 일컫는데, 이 시기가 해방 이후 오늘의 문학이 형성되는 시작 단계[2])라는 점에서 그 의미가 깊다. 물론, 이와 같은 문학사적 의의는 전후소설이 지닌 성격과도 밀접하게 결부되어 있다.

한국전쟁은 한반도의 분단 및 동족의 분열을 초래한 대재앙이었다는 점에서 그 문제의식은 문학에서도 한층 가열될 수밖에 없었다. '전후'라는 말은 보편적으로 연대기적 시간, 즉 '육이오'라는 사건 이후를 가리키는 명명법이지만, 서술자 혹은 작중인물들에게는 그들의 생애 과정에서 전환점의 표지(標識)였던 '전쟁'과 '그 이후'의 시간대를 의미한다. 말하자면, 전후를 체험한 작가가 허구적 인물들을 통해 드러내고 있는 전쟁 관련 시간들은 단순히 연대기적 시간에 따라 전쟁이 발발하고 전개되고 또 휴전이라는 사건을 거쳐 종료(정전)되는 역사적 시간이라기보다는 개인적 차원에서 경험하고 기억 속에 각인되어 있는 체험된 시간들이다.

전후의 현실에 대한 형상화 작업은 작가의 체험에 따라 그 깊이와 틀을 달리한다. 전후소설 가운데서도 신세대 작가의 작품들에 등장하는 인물들은 비판적인 현실 인식과 자기 정체성의 일상적 실천으로 부조리

---

1) 신경득, 『한국 전후소설 연구』, 일지사, 1983, 82쪽.
2) 송하춘, "1950년대 한국 소설의 형성", 『1950년대의 소설가들』, 도서출판 나남, 1994, 13쪽.

한 사회에 적극 대항하고 있다. 이것은 신세대 작가들이 기성세대가 간과했던 문제, 요컨대 전쟁과 분단 이후 공동체의 분열을 가속화하는 부정적 아이덴티티를 어떻게 드러내어 타파할 것인가를 인물들의 형상화를 통해 제시하고자 했던 결과라고 할 수 있다.

신세대 작가들이 전쟁과 그 이후의 사회 현상을 바라보는 현실 인식은 기성세대 작가들의 그것과 다르다. 그들은 일제강점기에 태어나 전쟁 체험 이후 작품 활동을 시작했다는 점에서 일제의 문학적 흔적을 어느 정도 내면화하면서 등단했던 기성세대와는 '전후'를 바라보는 인식에 차이가 있기 마련이다. 신세대 작가들은 해방 직후 사회 전체가 좌우로 갈라져 혼란스런 와중에서도 문단의 중심에 있던 기성 작가들이 민족문학의 정립만을 내세우면서 전후의 변전하는 역사적 현실을 세태 묘사하거나 피상적으로 재현하는 데에 반기를 들 수밖에 없었다.

신세대 가운데서도 기성 작가에 대한 반발이 가장 심했던 작가들은 장용학, 손창섭, 오상원 등이다. 그들은 모두 월남인으로, 남한에서 기득권을 누리면서 작가의 윤리적 책임을 도외시하는 기성 작가들을 전면적으로 부정하였다. 전쟁 발발 이전에는 월남인이었고, 전쟁 중에는 피란민이었으며, 그리고 정전 이후에는 고향을 갈 수 없는 이산자가 된 장용학, 손창섭, 오상원3)은 자신들의 체험들을 통해 전쟁으로 인한 시대적 상흔을 통찰할 수 있었다.

---

3) 장용학(1921~1999)은 함경북도 부령군이, 손창섭(1922~)은 평안남도 평양시가, 오상원(1930~1985)은 평안북도 선천군이 고향이다. 그들은 한국전쟁이 발발하기 이전에 월남하였으며, 1951년 일사 후퇴 때는 모두 부산으로 피란하였다. 장용학은 일본 와세다대학교 재학 중 학병으로 강제 입대하였다가 해방을 맞아 귀국하였으며, 손창섭은 14세 이후부터 일본의 니혼대학교를 중퇴하기 전까지 약 10여 년 동안 만주와 일본의 여러 지역을 떠돌아다니다가 해방 이듬해 귀국하였다. 장용학과 손창섭 보다 8, 9년 후배인 오상원은 전쟁 전에 월남하여 용산고등학교를 졸업하였으며 서울대학교에서 불문학을 전공하여 1953년에 졸업하였다. 손창섭은 생존해 있으나 1972년 일본인 아내와 도일한 후 귀국하지 않고 있다. 일본에서의 손창섭의 행적은 알려진 바가 거의 없다.

장용학, 손창섭, 오상원은 냉전체제의 이데올로기를 남북한 간의 적대의식과 증오심으로 조장하는 현실을 좌시할 수는 없었다. 그들은 공동체의 운명을 평화 공존으로 변형시킬 수 있는 방법을 모색하는 길이야말로 작가로서의 윤리적 책임을 다하는 일로 생각하고 있었던 것이다. 이에 그들은 전쟁과 결부된 부정적 아이덴티티가 형성되는 요인들을 직시하면서 지금의 현실은 과거의 시간, 그리고 미래의 시간과 긴밀한 연관관계에 있음을 드러내기 위해 연대기적인 시간 표지를 적극적으로 활용하였다. 바로 이 점이 장용학, 손창섭, 오상원을 신세대 작가로 분류하는 준거가 되었으며, 또한 그들을 1950년대의 현실을 형상화하는 데 있어 새로운 방향의 창조적 가치지향에로 이끈 반항적 신경향[4]으로 평가받도록 하였다.

장용학, 손창섭, 오상원은 북한군의 3개월간의 서울 점령, 일사 후퇴, 부산 피란 생활, 포로 석방, 정전 협정 등을 이야기의 시간으로 투사하기 위해 몇 가지 기법적인 연결고리들을 사용한다. 의식의 흐름, 내적 독백, 자유간접화법, 초점 이동 등이 그것이다. 이러한 기법들이 상호작용하여 새로운 이야기 구성을 만들기도 하지만, 무엇보다도 그 기법들이 빚어내는 효과는 외재적인 사건들보다는 인물들의 내면을 집중적으로 확장해서 보여준다는 데 있다. 인물의 내면 서술의 확장은 인물이 현재를 직시하고 과거를 기억하며 미래를 기대하는, 즉 시간의 연장 속에서 '나는 누구인가'하는 탐색의 의미가 독자의 의식 안으로 흘러들어갈 수 있게 하는 정신의 이완 방식과 관련되어 있다. 인물의 경험이 독자의 경험이 될 수 있으려면 서술자가 시간 구조를 통해 스토리를 사실임직하게 이야기함으로써 그 이야기가 독자에게 설득력을 발휘할 때이다.

서술자가 스토리를 전달하는 시간과 인물의 행위가 일어났던 시간 사

---

4) 김상선, 『신세대작가론』, 일신사, 1982, 43쪽.

이에는 시간적 간격이 발생한다. 그러므로 스토리를 전달하는 서술자의 담론, 즉 목소리에는 다양한 시간적 정보들이 내포되어 있다. 또한 작가가 소설을 쓰는 시간과 독자가 작품을 읽는 시간 사이에는 시공간적 거리가 있을 수밖에 없다는 점에서 소설에 대한 분석은 시간의 다중성을 고려할 필요가 있다.

작가의 쓰는 행위와 독자의 읽는 행위는 시공간적으로 다른 차원에 있다. 독자 앞에 펼쳐진 세계는 작가의 그것과 같을 수 없기에 독자가 소설을 통해 만나는 인물은 내포작가라고 할 수 있다. 그러므로 의사소통 구조로서의 소설 연구는 전기적 대상으로서의 실제작가가 아니라 내포작가를 고려해야 한다. 내포작가는 수사학과 긴밀히 연결되어 있다는 점에서 의사소통의 장5)에 존재한다. 하지만 내포작가는 서술 행위의 주체인 서술자에 의해 그 이면으로 물러나 있을 수밖에 없는 존재이므로, 의사소통의 참여자들 가운데 구체적으로 살펴볼 수 있는 존재는 서술자이다. 이때 의사소통의 실질적인 행위자인 서술자가 전달한 스토리에는 사건들을 제시하는 시점이 개입되어 있다.

사건들은 반드시 어떤 시각에 입각해서 제시된다. 시각은 보는 주체와 보여 지는 대상 사이의 관계를 뜻하므로 스토리 차원에 속한다. 그러나 시각적 의미가 강한 기존의 영미 시점 이론으로는 스토리의 각 성분들을 제시하는 시각과 그 시각을 언어화하는 목소리의 실체를 명시적으로 구분하지 못한다. 즉, 스토리 차원의 시점과 담론 차원의 목소리는 다른 행위이므로 두 행위는 구별되어야 한다.

시점이 인물이 속한 경험 영역에 관련되어 있다면, 목소리는 독자에

---

5) Seymour Chatman, *Story and Discourse*, Ithaca, New York: Cornell UP, 1978, p. 151(채트만은 실제작가에서 실제독자에 이르는(실제작가(real author) → 내포작가(implied author) → 서술자(narrator) → 피서술자(narratee) → 내포독자(implied reader) → 실제독자(real reader)) 의사소통의 틀을 제시하였다).

게 말을 건네면서 스토리를 제시하는 영역에 관련된다. 목소리는 또한 스토리 전달 과정에서 텍스트 세계와 독자 세계의 만남을 지시하므로 형상화와 재형상화 사이의 전환점에 있다. 시점과 목소리로 인해 소설은 서술적 구성이 독서를 규제하는 한 시학에 속하지만, 작가에서 비롯된 출발점이 시공간을 가로질러 도착점이 독자에게 있는 의사전달 구조라는 점에서는 수사학에 해당되며, 독자가 텍스트를 다시 그려보면서 무엇을 새로 발견하고 변형시킨다는 점에서는 해석학과 관련된다.

시점과 목소리야말로 소설의 시학적 구성을 이루는 핵심이자 독자에게 작품의 의미가 전달되도록 하는 설득의 전략6)임을 간파한 연구자는 리쾨르이다. 리쾨르는 소설의 담론 형태에 대한 연구는 텍스트 세계에서 독자 세계로 나가는 길을 탐색하는 데 그 궁극적 목표가 있다고 하면서, 시점과 목소리를 순수하게 시학적 구성 차원에서 논의한 주네트를 비판하였다. 하지만 리쾨르의 비판은 주네트의 연구 성과에 힘입어 출발하고 있기 때문에 허구적인 이야기 담론에 관한 구체적인 텍스트 분석은 주네트의 방법론을 적극적으로 검토하지 않을 수 없다.

주네트는 전통적인 시점 논의를 비판하면서 분석적인 방법 틀을 제안한다. 그는 일련의 사건들을 '누가 보는가'와 '누가 말하는가'는 전혀 다른 차원인데도 그 동안의 시점 연구자들은 서술법(mood)과 목소리(voice), 두 영역을 모두 고려하는 서술 상황의 유형학을 제시해 왔다고 지적한다. 이에 주네트는 일상적으로 시점(point of view), 전망(vision), 양상(aspect)으로 불리는 용어를 고려하여 '초점화'(focalization)7)라는 용어를 창안함으

---

6) Paul Ricœur, *Temps et récit III*, Paris: Seuil, 1985, p. 290.
7) Gérard Genette, *Figures III*, Paris: Seuil, 1972, p. 206(이 글에서는 주네트의 견해에 따라 초점화라는 용어를 주로 사용하고자 한다. 초점화는 '보는 주체'와 '말하는 주체'를 구분 짓는 용어일 뿐 아니라, 초점화의 주체와 대상 간의 관계를 구체적으로 설명하거나 혹은 동사형 '초점화하다'를 활용하여 논의를 일관성 있게 진행할 수 있다는 점에서 이 용어를 선택하였다).

로써 '누가 보는가'의 행위를 '누가 말하는가'의 행위와 구분 지었다. 서술자는 자신이 본 것을 이야기하기도 하지만, 다른 사람이 본 것도 이야기할 수 있다. 후자의 경우에는 보는 행위와 이야기하는 행위, 즉 초점화와 목소리는 같은 동인(agent)에 속하지 않는다는 것을 알 수 있다. 이러한 논의를 구체적으로 진행하기 위해 주네트는 허구적인 이야기를 이야기 내용(histoire), 이야기(récit), 서술(narrative)[8]의 범주로 나누었다. 이로써 그는 시상(tense)과 서술법은 이야기 내용과 이야기 사이의 관계를 통해, 목소리는 서술과 이야기 그리고 서술과 이야기 내용 사이의 관계들을 연결짓는 가운데 이야기 담론[9]을 개진할 수 있었다. 무엇보다도 주네트가 세 층위들 간의 관계로써 소설을 분석하려던 시도가 실질적으로

---

8) 주네트는 프루스트의 『잃어버린 시간을 찾아서』를 연구 대상으로 하여 체계적인 이야기 이론을 전개하였다. 그는 허구 이야기를 '이야기 내용(histoire)', '이야기 (récit)', '서술(narration)'이라는 세 층위로 나누고 그들 사이의 상호 관계를 통해 프루스트의 이야기 시학을 정립하였다. 주네트는 이야기 담론의 분석이란 본질적으로 이야기와 이야기 내용의 관계, 이야기와 서술의 관계, 그리고 이야기 내용과 서술의 관계를 연구하는 학문이라고 하였다(Gérard Genette, 위의 책, 74쪽). 주네트의 이야기 분석 방법은 러시아 형식주의자들이 이야기 층위를 우화(fabula)와 플롯 (sjužet)으로, 구조주의자들이 스토리(story)와 담론(discourse)으로 규정하여 층위들 사이의 관계에 따른 형식 요소들을 연구했던 이전의 연구들보다 한층 정교하고 구체적이다.

9) '이야기 담론(Discours du récit)'이라는 용어는 주네트가 『문채 3』(Figures Ⅲ)에서 프루스트의 『잃어버린 시간을 찾아서』를 분석한 장(章)의 제목이자, 보편적인 이야기 이론으로서의 시학을 지칭한다. 루윈은 「이야기 담론」의 장을 영역하여 단행본 (Gérard Genette, E. Lewin trans., *Narrative Discourse: An Essay in Method*, Ithaca: Cornell UP, 1980)으로 출간하였다. 루윈은 주네트의 세 층위 용어인, 'histoire'를 'story'로, 'récit'는 'narrative'로, 'narration'은 'narrating'으로 영역하였다. 루윈은 프랑스어 'narration' (서술)을 동명사인 'narrating'(서술하기)로 바꾸었는데, 이것은 서술하는 행위에 중점을 둔다는 그녀의 의도에서 비롯된다. 루윈의 의도에 동감하지만 'narration'이라는 단어에는 서술주체인 서술자(narrator)의 행위를 받는 이야기하다(narrate)라는 의미가 동시에 함의되어 있는 까닭에 연구 진행의 혼잡을 피하기 위해 이 글에서는 '서술'로 옮겼다. 한편, 프랑스어 'histoire'는 영어의 'history'와 'story' 모두를 의미하는데, 이 글에서는 그것을 '역사'와 '스토리' 양자를 아우르는 '이야기 내용'으로 하였다. 하지만 그것은 논의 진행상 '역사' 또는 '스토리'로 사용할 때도 있다.

결실을 맺은 것은 시간의 양상을 좀더 구체적으로 분석할 수 있는 계기를 마련하였다는 데 있다.

주네트는 통찰력 있는 시간 구성의 이론을 규명하였다. 그는 이야기 내용에서 이야기로 변환되는 시간의 양상을 순서, 지속, 빈도로 나누어 고찰하였다. '이야기 내용의 시간'과 '이야기 시간' 사이에 존재하는 모든 시간 불일치 현상뿐 아니라 거의 논의된 적이 없는 빈도를 중요한 주제로 부각함으로써, 주네트는 새롭고도 구체적인 시간 분석의 방법을 제시할 수 있었던 것이다. 하지만 주네트가 상정하고 있는 이야기 시간은 독서 과정에서 환유적으로 얻는 시간성[10]이므로, 그 유사시간만으로는 독자가 시간을 실제로 재형상화하여 의미 있는 시간이 되도록 하는 과정을 제대로 설명할 수 없다. 주네트의 시간성은 의사소통의 지향점인 독자와 유리된 채 접근되었다는 점에서 그 한계가 있다.

주네트의 이야기 담론 이론이 작품의 형상화 측면만 고려하고 독자의 존재를 전제한 재형상화 차원으로 이끌지 못한 지점에서 리쾨르의 논의는 시작된다. 리쾨르는 이야기를 매개로 한 우회적인 자기이해 과정을 설명하기 위해 아리스토텔레스의 뮈토스와 미메시스라는 두 가지 개념을 활용한다. 그는 줄거리 구성인 뮈토스를 중요시하는데, 그것은 독자가 "읽는" 행위를 통해 이야기를 실천 영역 안으로 끌어들일 수 있는 이야기의 기준이 되기 때문이다. 이 과정을 리쾨르는 삼중의 미메시스 과정으로 나누어 설명한다. 작품(미메시스Ⅱ)을 매개로 하여, 아직 구성되지 않은 실천 영역(미메시스Ⅰ)을 독서 과정에서 재구성(미메시스Ⅲ)하는 구체적인 활동이 리쾨르가 상정하고 있는 이야기 해석 이론의 핵심이다.[11]

리쾨르는 소설이 아무리 유기적으로 구성되어 있다고 하더라도 그 텍

---

10) Gérard Genette, 앞의 책, 78쪽.
11) Paul Ricœur, *Temps et récit* Ⅰ, Paris: Seuil, 1983, p. 86.

스트는 매번 다르게 연주할 수 있는 악보에 불과하며 그것이 작품(work)
이 되기 위해서는 독자와의 상호작용이 이루어져야 한다고 보았다.[12]
리쾨르는 역사와 허구가 교차하는 대상지시(reference)의 문제를 재형상화
차원으로 끌어올려 설명함으로써 작품의 진정한 의미는 소설을 통해
형상화되는 세계와 독서과정에서 실제 행동이 일어나고 특유한 시간
성을 펼치는 세계가 상호 교차하는 지점에서 나타난다고 하였다.[13] 소
설의 의미성은 텍스트 세계와 독자 세계의 교차점에서 발생한다는 것
이다.

　리쾨르는 시간성을 현상학이라는 직접적인 담론으로는 말할 수 없기
때문에 이야기라는 간접적인 담론의 매개를 필요로 한다고 주장하였
다.[14] 이야기하는 시간과 이야기된 시간의 관계를 '시간과의 유희'라고
명명한 주네트의 이론을 통해 그는 유희의 목적은 바로 이야기가 지향
하는 시간적 체험에 있음을 시사하였다.[15] 시간은 이야기 방식으로 진
술되는 범위에서 인간의 시간이 되고, 이야기는 시간 경험의 특징들을
표현하는 정도에서 의미를 갖는다는 것이다.[16] 역사와 허구가 교차하는

---

12) Paul Ricœur, *Temps et récit* Ⅲ, pp. 305~306.

13) Paul Ricœur, *Temps et récit* Ⅰ, p. 109.

14) 리쾨르는 아우구스티누스(『고백록』)의 시간 이론과 아리스토텔레스(『시학』)의 줄
　　거리 이론을 상호보완적으로 종합하여 시간과 이야기의 관계를 정립하였다. 그는
　　시간의 아포리아를 아우구스티누스의 세 겹의 현재 구조와 아리스토텔레스의 줄
　　거리 구성을 통해 설명하고자 하였다(위의 책, 55쪽).

15) 리쾨르는 『시간과 이야기 2』의 제3장 「시간과의 유희」(Les jeux avec le temps)에서
　　주네트가 『문채 3』의 제3장 「빈도」에서 이야기했던 「시간과의 유희」("Le jeu avec
　　le temps", *Figures* Ⅲ, pp. 178~182)를 다시 읽음으로써 그의 시간 분석에 대해 문
　　제를 제기한다. 리쾨르는 이야기 시간이란 유사시간의 개념만으로 다루어질 수
　　없다면서, 작품은 새로운 존재 양식을 지시하는 기획된 세계이며 독자는 이러한
　　세계의 존재에 따라 자기를 이해한다고 하였다. 즉, 텍스트를 매개로 독자는 세계
　　-내-존재로서 자신의 실존에 대해 반성적으로 사유한다는 것이다(Paul Ricœur, *Temps
　　et récit* Ⅱ, Paris: Seuil, 1984, pp. 92~149 참조).

16) Paul Ricœur, *Temps et récit* Ⅰ, p. 17.

지점, 이 교차점에서 '전후'의 지표를 갖는 장용학, 손창섭, 오상원의 소설 작품에 대한 수용학적 문제를 이끌어 낼 수 있다.

역사는 이야기의 시간을 우주적 시간 속으로 끌어넣는다. 완전하고 확실한 어떤 날짜라 하더라도 이것이 말해진 발언의 날짜를 모른다면 그것이 과거니 미래니 말하기가 쉽지 않다. 전후소설에 나타나는 달력의 시간, '육이오'가 중요한 것은 이러한 이유에서이다. '현재'는 어떤 특정한 사건을 말하는 서술자의 담론이 시작되었을 때 표시되는데, 이때 '육이오'는 그 어떤 사건에 해당된다. 요컨대, 말해지는 사건은 과거를, 말하는 담론은 현재를 지시한다. '육이오'를 계속적으로 기억해냄으로써 인물의 내면이 확대되는 시간의 형상화 방법은 실제로 아직도 '육이오'를 직간접적으로 체험하고 있는 독자를 적극적으로 의사소통에 참여하도록 이끈다. 장용학, 손창섭, 오상원은 이 같은 설득 전략으로 작품을 형상화하여 독자의 눈을 열어 참혹한 전후의 현실을 보게 하고 독자의 귀를 열어 공동체의 평화적 공존을 호소하는 목소리를 듣게 한다. 그들의 작품은 궁극적으로 분단과 분열을 조장하고 가속화하는 부정적 아이덴티티의 실체를 드러내어 그것을 와해시킬 수 있는 방안을 독자와 함께 탐색하려는 데 그 목적이 있다.

장용학, 손창섭, 오상원의 작품들에 기술된 '육이오'와 관련된 연대기적 시간들은 한 개인의 경험뿐 아니라 공동체의 경험과도 관련되어 있다. 그러므로 스토리를 전달하는 서술자의 목소리는 개인의 정체성과 아울러 공동체의 정체성을 말한다고 할 수 있다. 독자는 자신들의 실제 역사가 되는 이야기를 받아들이고 해석하면서 정체성을 형성하는 것이다. 전후소설이라는 이야기 텍스트를 매개로 작가와 독자 사이에 대화의 장이 마련될 수 있는 것은 바로 이러한 이야기 정체성(narrative identity)[17)]

---

17) Paul Ricœur, *Temps et récit III*, p. 442.

에서 비롯된다. 유대민족의 공동체는 그 공동체가 생산했던 텍스트들을 수용함으로써 정체성을 이끌어내었다면, 한민족 공동체는 장용학, 손창섭, 오상원의 이야기 텍스트를 수용함으로써 정체성을 이끌어낼 수 있다고 하겠다.

기존의 연구들은 장용학, 손창섭, 오상원의 소설 작품들을 주로 실존주의적인 내용 및 모더니즘적인 형식 차원에서 접근할 뿐, 의사소통 구조로서의 이야기 기능을 간과하였다. 연구자들은 그들 작품이 서술자에서 독자에 이르는 의미 전달의 수사학적 형식이자 그 세계는 독자의 세계를 변형하도록 하는 해석학과 관련되어 있음을 파악하지 못했던 것이다. 장용학, 손창섭, 오상원의 작품들을 최종 목적지인 독자와의 관계 속에서 해석하기 위해서는 접근 방법의 전환이 필요하다. 이 점이 주네트의 이야기 담론과 더불어 리쾨르의 이야기 해석학을 살펴본 이유이다. 이야기 담론 분석은 장용학, 손창섭, 오상원 소설의 시학적 구성뿐 아니라 수용 미학적 측면을 고려할 수 있다는 점에서 매우 유용한 연구 방법이다.

이 글은 장용학, 손창섭, 오상원의 전후소설들을 이야기 담론으로 분석함으로써, 그 이야기들의 해석학적 지평을 조명하는 데 목적을 두었다. 연구의 대상은 한국 전쟁 이후 10여 년 동안에 발표된 장용학, 손창섭, 오상원의 소설 작품[18]들로 한정하였다. 장용학, 손창섭, 오상원의 작

---

18) 작품 분석에 앞서 연구 대상의 문헌 검토는 소설을 연구하기 위한 예비 단계로서 반드시 필요한 작업이다. 이러한 맥락에서 장용학, 손창섭, 오상원의 작품들을 예비적으로 고찰한 결과, 문학지에 실린 원본이 이후 단행본으로 출간된 경우, 단편소설에서는 띄어쓰기와 표기, 그리고 단락 구분에 차이가 있으며, 중편소설에서는 작중인물의 이름 개칭(「비인탄생」과 「역성서설」에서 '연희'의 이름)이 발견된다. 물론 그 차이들이 작품의 의미 생산이나 서술 방식에 크게 영향을 미치는 것은 아니지만, 띄어쓰기와 표기, 그리고 단락 구분 등에서 상당한 차이가 있으므로 단편소설과 중편소설은 처음 발표된 원본을 연구의 대상으로 삼았다. 그러나 『원형의 전설』이나 『백지의 기록』과 같은 장편소설에서는 중·단편소설에 비해 띄어쓰기와 표기상의 차이가 아주 경미하게 나타나므로 단행본을 연구 대상으로 삼

품들은 '전후'라는 시간 표지로 인해 그 용어와 부합되는 문학 현상으로
서의 전후소설[19]을 이해할 수 있는 길라잡이 역할을 한다는 범위 내에
서 연구를 진행하고자 한다.

고자 한다. 장편소설의 경우, 그것은 인용의 번거로움을 피하고자 하는 필자의 의
도가 다분히 내재되어 있다.
19) 4·19 민주혁명 이후로 발표된 장용학, 손창섭, 오상원의 소설들은 독자나 연구자들
에게 별반 호응을 얻지 못했다. 이러한 사실은 그들이 '사일구'에서 비롯되는 새로
운 문학적 패러다임을 '전후'의 작가 의식으로는 포착할 수 없었음을 함의하고 있다.

2장

타자를 통한 자기 발견

전후소설에 나타나는 일반적인 경향은 의식의 흐름이나 내적 독백으로써 주인공의 의식을 확장해서 보여준다는 데 있다. 1인칭 이야기는 서술주체와 행동주체라는 두 행위자 사이에 발생하는 시간을 통해 '나는 누구인가'라는 물음에 대한 탐색을 한다. 1인칭 이야기의 시작은 '나'가 경험을 통해 진실을 알게 된 시점에서 출발하므로, 서술주체 '나'가 '현재' 전달하고 있는 스토리는 자신의 정신에 각인된 특정한 시간과 맞물려 있다. 이처럼 그 특정한 시간, 즉 과거는 서술주체 '나'에 대해서만 존재하는 것이다.[20]

전후소설의 경우, 그 특정한 시간이 '육이오'(6·25)를 표지로 한 사건들이 대다수를 이룬다. 물론 전후소설에서 '육이오'는 한국전쟁이 일어난 1950년 6월 25일만을 가리키는 것이 아니다. '육이오'는 전쟁이 발발한 이후(일사후퇴, 포로 석방 등 일련의 사건들을 포함하여)뿐 아니라 휴전협정이 체결(1953. 7. 27)된 이후 1960년 이전까지 일어난 사건들을 통칭해서 일컫는 말이다. 1인칭 이야기에서는 이처럼 '나'가 '육이오'의 과거를 기억함으로써 현존하는 '나는 누구인가' 하는 실마리를 제공한다. 그리고 그 가운데 '나'의 미래가 실현된다. '나'가 과거에 경험했던 일들을

---

20) Paul Ricœur, *Temps et récit II*, p. 98.

끊임없이 기억해 내고, 어제와 다른 오늘의 '나'를 발견하는 것은 시간이 존재하기 때문이다. 그런데 시간은 '나'가 홀로 성취한 것이 아니라, 다른 인물들과 맺는 관계 자체이다.[21] 그러므로 '나'가 이야기하는 경험들에는 타자와의 관계를 알 수 있는 시간이 내재해 있다. 이로써 이야기된 시간은 또한 독자가 허구의 '나'로서 자기 자신을 발견하는 인간의 시간이 된다.

물리적으로 측정 불가능한 시간을 구체적으로 측정해 볼 수 있는 것은 이야기 텍스트를 통해서이다. 1인칭 전후소설에서 '육이오'는 '나'의 정체성을 형성하는 데 결정적인 표지가 된 사건이자 '나'가 '현재' 이야기를 시작하려는 '과거'이다. 하지만 '나'의 과거로의 회상은 미래의 기대 속에서 비롯되므로 현재는 과거와 미래를 연결하는 매개적 시간이다. 이로써 과거의 현재, 현재의 현재, 미래의 현재, 즉 세 겹의 현재에서 발생하는 시간의 연장은 바로 '나'의 정신의 이완과 맞물려 있다.[22] 그러므로 '나'의 정신의 이완 과정이 서술된 1인칭 전후소설은 시간을 측정할 수 있는 매개체일 뿐 아니라 '나'의 정체성을 알 수 있는 근거가 된다.

1인칭 이야기에서 '나는 누구인가'는 타자들과 맺는 시간 속에서 탐색이 가능하므로 이 경우, 시간 불일치에 의한 다양한 양상들은 연구의 초점으로 부각된다. 이야기 내용이 이야기로 구성되는 가운데 일어나는 시간의 양상, 즉 순서, 빈도, 지속 등을 중심으로 장용학의 「요한 시집」(1955), 오상원의 「유예」(1956), 그리고 손창섭의 「유실몽」(1956. 3), 「미소」(1956. 8), 「층계의 위치」(1956. 12) 등, 1인칭 이야기들의 전체적인 의미망을 살펴보고자 한다.

---

21) Emmanuel Lévinas, 강영안 옮김, 『시간과 타자』, 문예출판사, 1997, 29쪽.
22) Paul Ricœur, *Temps et récit* I, pp. 30~34.

1. 타자 인식의 이야기 전략

장용학[23])의 「요한 詩集」은 프롤로그에 해당되는 <토끼우화>와 본화로 크게 구분된다. <토끼우화>는 본화와 아주 밀접한 관계를 맺고 있지만, 그것은 본화를 분석하는 가운데 구체적으로 이해될 수 있는 이야기이다. 따라서 작품의 전체적인 의미는 본화를 먼저 살펴본 후, <토끼우화>와의 상호 관련적인 맥락들 속에서 설명될 수 있다.

본화는 <上>, <中>, <下> 세 章으로 이루어져 있는데, 그것은 연대기적인 시간 순으로 이루어져 있지 않다. 포로수용소의 철조망에 목을 매고 자살한 누혜가 '유서'를 남긴다(中). 포로수용소에서 나온 '나'는 누혜의 어머니를 찾아 나선다. 아사 직전인 누혜 어머니는 '나'를 누혜로 알고 숨을 거둔다(上). 유서가 고양이처럼 '나'를 노려보는 가운데 '나'는 아침이 밝기를 기다린다(下). 사건이 일어난 순서대로 하자면 <中>, <上>, <下>로 구성되어야 하지만, 이야기는 사건이 발생한 시간 순서로 배열되어 있지 않다. 말하자면, 이야기 내용이 이야기로 구성되면서 '순서'의 불일치가 일어난 것이다.

그런데 이 같은 시간의 불일치 현상은 사실상 '유서' 때문에 일어난다고 할 수 있다. '유서'는 누혜가 자살한 후 발견되었기 때문에 <中>에서 제시되어야 한다. 그러나 '유서'의 내용은 <下>에 전면적으로 서술되어 있다. 그런데 어떻게 보면, 장면 제시된 '유서'는 이야기 시작

---

23) 장용학이 전쟁 이후 1960년대 초반까지 발표한 작품들은 다음과 같다. 단편소설로는 「地動說」(1950), 「未練素描」(1952), 「찢어진 倫理學의 根本問題」(1953), 「人間終焉」(1953), 「無影塔」(1953), 「氣象圖」(1954), 「復活未遂」(1954), 「그늘진 斜塔」(1955), 「肉囚」(1955), 「요한 詩集」(1955), 「死火山」(1955), 「非人誕生」(1956), 「易姓序說」(1958), 「大關嶺」(1959), 「現代의 野」(1960), 「遺皮」(1961) 등이 있으며 장편소설로는 『羅馬의 달』(1954)이 《중앙일보》에, 『圓形의 傳說』(1962)이 『사상계』에 연재되었다.

<上>에서 언급될 수도 있다. '나'가 누혜의 어머니를 찾아 나선 이유는 누혜가 자살하기 전날 밤, '모든 인연의 줄은 다 끊어 버릴 수 있지만 탯줄만은 정말 질기다'고 '나'에게 털어놓았기 때문이다. 그러므로 이야기의 시작은 '나'가 이미 누혜의 유서를 가지고 있음을 전제한다. 그렇다고 <上> 부분에서 '나'가 유서를 몸에 지니고 있는지 그렇지 않은지에 대한 언급이 중요한 것은 아니다. 문제는 "철조망이 눈망울에 비쳐는 들었건만" 그 실체에 무관심했던 '나'에게 '유서'는 그것을 인식할 수 있는 '눈'을 주었다는 데 있다.

> 나는 그가 어째서 죽음의 장소로 鐵條網을 택했는가 하는 것을 그의 유서를 읽어 볼 때까지는 깨닫지 못했다. 그때까지도 내 눈에 보인 것은 내가 눈알을 손바닥에 들고 서 있어야 했던 안세계와 감시병이 鄕愁를 노래하고 있었던 밖세계, 이 두개의 세계뿐이었다. 세계를 둘로 갈라놓은, 따라서 두 개의 세계를 이어놓고도 있는 철조망은 눈망울에 비쳐는 들었건만 보이지 못했다. 그 철조망에 어느 날 새벽 한 시체가 걸리게 되었으니 그것은 하나의 突破口가 거기에 트여짐이다.(「요한 시집」, 322~323)[24]

'나'는 누혜의 '유서'를 읽음으로써 "그가 어째서 죽음의 장소로 철조망을 택했는가"를 인식한다. 이제까지 "그의 눈알을 손바닥에 들고 서 있어야 했던 안세계와 감시병이 향수를 노래하고 있었던 밖 세계"만을 볼 수 있었던 '나'는 '유서'를 통해, 철조망에 매달린 누혜의 주검이 하나의 돌파구를 마련했다는 것을 알게 된 것이다. 그리고 이와 같은 개안은 한편으로는 '나'로 하여금 '나'가 체험한 일들을 이야기하는 힘이 된다. '나'의 반성적 사유에 의해 사건들이 구성되기 때문에 일련의 사건들을 어떻게 바라보면서 전달하느냐 하는 초점화와 목소리의 문제는 곧

---

24) 장용학, 「요한 詩集」, 『현대문학』, 1955. 7(이하 「요한 시집」과 관련된 인용문의 숫자는 이 책의 쪽수이다).

‘나’의 개안, 즉 자기의식을 살펴볼 수 있는 근거를 마련하는 셈이다. 그렇다면 ‘나’의 의식이란 무엇인가? 서술 당사자인 ‘나’의 의식이 노출된 <上>의 시작 부분은 이 같은 물음에 대한 실마리를 제공한다.

> 해는 지붕 위에 있었다.
> 서산에 기울어버린 햇발이었지만 이렇게 지붕위로 보니, 내려앉으려던 황혼은 뒤로 밀려가고 하늘이 도루 밝아오르는 것 같다. 곳에 따라 시간이 이렇게도 느껴지고 저렇게도 느껴진다. 어느 시간이 정말 시간인가?
> 時計가 가리키는 시간과 位置가 비쳐내는 시간. 이 두 개의 시간 사이에 가로 놓여 있는 빈 터. 그것이 얼마나한 출혈(出血)을 강요하든 우리는 이러한 빈 터에서 놀 때 自由를 느낀다. 우리에게 두개의 시간을 품게 한 이러한 빈 터가 결국은 「나」를 두개의 나로 쪼개버린 실마리였는지도 모른다.(「요한 詩集」, 53)

인용문은 본화의 서두 부분이다. 포로수용소에서 나온 ‘나’는 며칠을 헤맨 끝에 누혜의 어머니가 사는 집을 발견한다. "해는 지붕 위에 있었다."에서 알 수 있듯이 ‘나’가 그곳에 도착한 것은 해가 질 무렵이다. 그런데도 ‘나’는 서산에 기울어버린 햇발을 "내려앉으려던 황혼은 뒤로 밀려가고 하늘이 도루 밝아 오르는" 것처럼, 즉 해가 지고 있는 상황을 해가 뜨고 있는 상황으로 인식하고 있다. 위치를 달리 해서 지는 해를 바라보니, 시간의 정의가 전혀 달라지는 것이다. 시계가 가리키는 시간과 위치가 빚어내는 시간 사이의 괴리, 바로 "이러한 빈터에서 놀 때 자유를 느끼는" ‘나’는 자유로운 의식을 지니고 있다. ‘나’가 존재하는 시간은 물리적이며 사회적 자질들에 의해 상정될 수 있지만, 실제로 ‘나’가 인식하는 시간은 그러한 규범에 따라 투시되지 않는다. 주체인 ‘나’의 의식에 따라 인식 대상인 시간 개념이 달라지는 것이다. 이처럼 시간은 ‘나’의 내면세계에서 외부적인 질서 체계와 상관없이 상대적인 개념이 된다.

　이 공간에 갇혀 있는 시간이 가령 그 壁을 뚫고 저쪽으로 뛰어나가게 되면 세상은 어떻게 될 것인가?

　우리가 무엇을 본다는 것은 시선(視線)이 그리로 가서 보는 것이 아니라 그 물체에서 반사된 광파(光波)가 망막에 비쳐드는 것에 지나지 않는 것일진대, 마치 음속(音速)보다 빠른 비행기를 타면 아까 사라진 소리를 쫓아가서 다시 들을 수도 있는 것처럼 빛보다 더 빠른 비행기를 타고 날아오르면서 지상(地上)을 돌아다 보면 우리는 거기에 過去를 볼 수 있을 것이 아닌가. 비행기는 자꾸 날아오른다. 지상에서 시간이 거꾸로 흐르는 것이 보인다. 과거쪽으로 흘러가는 사건의 흐름이 보인다.

　거기서는 밥이 쌀이 된다. 입에서 나온 밥이 숟가락에서 그릇으로 내려앉고, 그릇에서 솥으로, 그 솥이 끓어올랐다가 아주 식어진 다음 뚜껑을 열어보면 물속에 가라앉은 쌀이다. 뚝배기에 옮겨져 헤엄치고 나오면 계가 붙어서 가게에 있는 쌀처럼 된다. 싸전에서 정미소로 가서 껍질을 붙이고 밭으로 간다. 여럿이 모여서 벼이삭에 달린다. 이렇게해서 몇 달이 지나면 그들은 땅속 한알의 씨가 된다….

　이렇게 보면 거기에도 하나의 生成은 있는 것이다. 하나의 世界가 이루어지는 것이고, 歷史가 생겨진다.

　「어느 生成이 여물어가는 열매인가? 쌀이 밥이 되는 變化와 밥이 쌀이 되는 變化와….

　어느 世界가 生産의 땅인가? 밤이 낮이 되는 薄明과 낮이 밤이 되는 薄明과….

　어느 歷史가 創造의 길이고, 어느 歷史가 滅亡의 길인가?

　어떻게 되는 것이 創造이고, 어떻게 되는 것이 滅亡인가?

　어느 쪽으로 흐르는 시간이 過去이고 어느 쪽으로 흐르는 시간이 未來인가?…」(「요한 시집」, 54)

　'쌀이 밥이 되는' 과정이 아니라 '밥이 쌀이 되는' 과정으로 시간이 역행하면서, '생성과 소멸', '창조와 멸망', 그리고 '과거와 미래' 등, 추상적인 시간에 질서를 부여했던 개념들이 '나'의 의식 안에서 와해되고 있다. 즉, 무형의 시간에 형태와 가치를 주었던 사회적 통념들이 '나'의 시각에 따라 전혀 다르게 투시되고 있는 것이다.

그런데 시간에 대한 '나'의 의식은 과거에 집착해 있다. "빛보다 더 빠른 비행기를 타고 날아오르면서 지상을 돌아다보면 우리는 거기에 과거를 볼 수 있을 것이 아닌가.", "과거 쪽으로 흘러가는 사건의 흐름이 보인다." 등의 문장에서 알 수 있듯이, '나'의 의식은 자꾸 과거로 회귀한다. 그렇다면 '나'는 왜 의식적으로 지나간 과거에 얽매이는가? 그 과거에로의 퇴행을 촉발시킨 대상물은 '레이숑 상자'이다. 레이션 상자를 본 순간 '나'의 의식은 지나가 버린 시간으로 되돌아간다.

아직도 손에 쥐어져 있는 돌멩이를 거기에 버리고 하꼬방으로 내려갔다. 이제보니 지붕까지 「레이숑」 상자가 아닌 것이 없다. 집으로 변장한 레이숑상자 속에 누혜의 어머니는 살고 있었던 것이다.
내 눈망울에는 레이숑상자가 여기저기에 널려 있던 전쟁터의 광경이 떠오른다.
그것은 이년 전 어느 일요일이었다.
발광한 이리떼처럼 「傀儡軍」은 일요일을 잘 지키는 「美軍」의 진지로 돌입하였다. 여기저기에 흩어져 있는 레이숑상자 속에는 먹다 남은 칠면조의 찌꺼기가 들어있는 것도 있었다. 정치보위국장교는 그것을 「일요일의 선물」이라고 하였다. 그들은 뭐든지 어떤 한 가지를 모든 것에 결부시켜서 종내는 그것을 말살시켜 버리는 것이었다.
「일요일의 공세」 「승리의 일요일」 「일요일의 후퇴」… 「일요일의 휴가」
「人民」도 그랬고 「自由」도 그랬고 「맑시즘」도 그렇게 해서 지워버리는 것이었다.
우리 義勇軍 孤兒들은 한손에 닭다리를, 한손에 수류탄을 움켜쥐고 「五十年前의 資本主義」를 향하여 萬歲攻擊을 되풀이 하였다.
삼백년 묵었으리라 싶은 돌배나무가 육중하게 서있는 야트막한 능선을 막 뛰어내리려 한 순간이었다. 픽! 벌써 시꺼먼 화염이 횡, 돌배나무를 뒤덮는 것과 함께 꽝!! 천지가 육시를 당했다.(「요한 시집」, 59~60)

레이션 상자로 기워진 누혜 어머니의 집을 본 순간, '나'의 의식은 2
년 전 "천지가 육시를 당했던" 과거의 시간으로 역행한다. 눈에 비쳐든
레이션 상자가 '나'에게 전쟁 체험을 상기시키는 것이다. 그런데 '나'가
북한 의용군으로 참전했던 시간, "2년 전 어느 일요일"은 역사적 시간으
로 환원된다. 역사의 사유 가능성으로 인해, '2년 전 어느 일요일'은 '1950
년 6월 25일 일요일'의 한국 전쟁으로 명시되는 것이다.

> 얼마 후, 나는 여기저기 살이 찢어져 피를 줄줄 흘리면서 닭다리를
> 손에 꼭 쥔채로 「일요일의 포로」가 된 동호를 거기에 발견했다.
> 가슴에 걸린 「P·W」라는 꼬리표를 턱 아래에 보았을 때 동호의 눈
> 에서는 서러운 눈물이 수없이 흘러떨어졌다. 턱받기, 침을 흘리던 어린
> 시절의 그리운 눈물이 그 꼬리표를 적셨다.
> 거기에 서있는 것은 어린애였다. 턱받기를 한 어린애였다. 그가 거기
> 에 서있었다. 異邦의 어린애가 거기에 멍하니 서있었다.
> 이 나와 저 나를 같은 나로 느낄 확고한 근거는 없었다. 나는 나를 나
> 라고 서슴지 않고 부를 수가 없었다. 발도 손도, 기쁨도 슬픔도 나의 것
> 같이 않았다. 나의 몸에 붙어 있으니까 마지못해 나의 것으로 해두고 있
> 는 것에 지나지 않는 것 같았다. 그래서 나의 집에서 나는 손님에 지나
> 지 않았다. 나의 옷을 입었으면서도 나는 내가 아니었다. 누가 내 대신
> 을 하고 있는 것이었다.(「요한 시집」, 60~61)

'나'는 "의용군 고아"로 전쟁터에 끌려 나와, 제대로 싸워보지도 못하
고 몇 시간만에 "일요일의 포로"가 된다. 가슴에 걸린 〈P·W〉라는 꼬
리표를 턱 아래에 보았을 때, '나'는 비로소 자기 자신을 제대로 보게
된다. 말하자면 '전쟁 포로'가 되어서야 흘러간 시간 속에 '나'가 부재했
음을 인식한 것이다. 어떤 일에 참여한다는 것은 전적으로 존재론적인
문제를 여는 일이다. 그런데 참전은 '나'가 스스로 선택한 일이 아니다.
'나'는 북한 "의용군 고아"이며, "이방의 어린애"에 불과하였다. 그러므

로 "나의 옷을 입었으면서도 나는 내"가 아니었다. "누가 내 대신을 하고" 있다는 자각은 결국 전쟁을 체험하고 포로가 된 후 얻은 대가이다. 하지만 그 대가가 무의미한 것만은 아니다.

> 나는 결코 정신이 이상해졌던 것은 아니다. 강한 자극을 받으면, 더구나 부르릉 하는 비행기 소리같은 것을 들었을 때에는 간이 뒤집혀져서 아무데에나 자빠져서 거품을 물었고, 때로는 몽둥이를 쳐들고 자동차에 달겨든 적이 있었지만, 나는 오히려 그때의 그런 상태가 정상적인 것이라고 지금도 생각한다. 보통 이상의 자극을 받았으면서도 아무렇지도 않아 하는 것은 그만큼 그 신경이 마비된 탓이고 마음이 병들었기 때문이다. 사람을 치어죽이는 수도 있는 자동차를 쳐부수는 것이 왜 이상한 짓이어야 하는가.
> 남이 당하는 고통도 내 신경을 에어내는 것이었다. 나무에서 벌레가 떨어지는 것을 보아도 내가 그렇게 떨어지는 것만 같아서 한참은 그 자리에 엎드려서 그 아픔을 참아야 했다. 가끔 내가 소리를 내어 웃는다든지, 소리 없이 운다든지 한 것도 다 정당한 원인이 있었던 것이다.(「요한 시집」, 61)

전쟁 포로가 된 '나'가 깨달은 것은 자기 존재에 대한 확인은 결국 타자에 대한 애정 없이는 성립될 수 없다는 사실이다. "남이 당하는 고통도 내 신경을 에어내는 것"이며, "나무에서 벌레가 떨어지는 것을 보아도 내가 그렇게 떨어지는 것 같아서 한참은 그 자리에 엎드려서 그 아픔을 참아야" 할 정도로 '나'는 남의 아픔을 자신의 그것으로 받아들이고 있다. 이러한 '나'의 의식에는 죽음에 대한 불안이란 타자의 존재를 인식함으로써 사라진다는 삶의 진리가 내재해 있다. 인간을 살육하는 "부르릉 하는 비행기 소리 같은 것을 들었을 때에는 간이 뒤집혀져서 아무데서나 자빠져서 거품을 물었고", "때로는 몽둥이를 쳐들고 자동차에 달겨든 적이 있었던" 과거의 일들을 돌이켜 보건대, "지금도" '나'는 그 행동이 옳다고 생각한다. 그때의 그런 상태가 정상적인 것이라고 지금도 생각하기 때문에, '나'는 시계가 가리키는 시간과 위치가 빚어내는 시간 사이에 놓인 '빈터'에서 놀면서 자유를 느낄 수 있었던 것이다.

"지금도"라는 부사는 경험주체 '나'의 '깨달았다'가 서술주체 '나'의 '알고 있다'와 일치를 보여주는 담론 자질이다. 이야기의 마지막에 이르러서야 합치되는 현상이 그 단계에 이르기 전에 나타나는 것은 현재적 서술로 인해 경험주체 '나'와 서술주체 '나' 사이의 입장이 이미 "생각" 속에서, 즉 담론의 언어 속에서 마주치기에 가능하다. 이처럼 경험주체이자 서술주체인 '나'에 대한 정보는 서술의 흔적을 통해 제공된다. 이야기하는 과정에서 드러나는 '나'의 인격적 노출은 일련의 사건들을 바라보는 '나'의 시각을 함축하고 있다. 그런데 포로가 되어 자기 자신을 인식한 '나'는 포로수용소로 옮겨지면서 점차 그 의식이 마비되기 시작한다. 그리고 그 무렵 누혜를 만난다.

> 내가 누혜를 만난 것은 섬에 옮겨져서였다. 우리는 잠자리를 나란히 하고 있었다. 그는 나를 웃지 않는 유일한 벗이었다. 섬에 와서부터 내 신경은 도로 마비되어 조용해지기도 했다. 그 대신 모든 것이 미지근하게만 느껴진 것도 그 무렵부터였다.(「요한 시집」, 61)

포로수용소에서 가까워진 누혜는 '나'를 비웃지 않는 유일한 친구였다. 섬에 와서부터 내 신경은 도로 마비된 탓에 반편 취급을 받고 있던 '나'를 누혜만이 인간답게 대해주었다. 수용소 안에서 일어나는 모든 궂은일들을 말없이 도맡다시피 하는 누혜와 달리, '나'는 모든 일에 흥미를 잃어가고 있었다. 하지만 철조망 밖에서는 포로를 사이에 놓고 '제네바 협정'이니 '인도적 대우'니 떠들면서 제국주의 국가들의 거래가 한창이다. 열강의 이익에 따른 이 소용돌이는 수용소 안의 포로들에게 또 다른 전쟁을 치르도록 부추기고 있었다. 오로지 자기의 목숨을 보전하기 위한 생존 전쟁, 그것은 시간이 지날수록 인간의 한계를 넘어서고 있었다.

　그러던 그들은 마치 좀도적이 까막소 살이를 하는 사이에 소도적이 되어가는 투로, 포로생활을 하는 사이에 뼈마디가 굵어져서 「제네바 協定」이니 「人道的 待遇」니 하고 도사릴 줄 알게 되었다.
　「내 살이 뜯겨나가고 내 피가 흘러내린 이 전쟁은 과연 내 전쟁이었던가?」
　한편에서 世界의 孤兒가 된 포로병들의 가슴속을 이렇게 거래하던 회의는 이리 몰리고 저리 몰리고 하다가 마침내 生에 대한 애착에 부딪혔다. 한개의 나사못으로밖에 취급을 받지 못했던 자기의 삶에 대한 애착이었다. 살아야 하겠다. 어떻게든 살아야 한다. 그래서 그들은 남을 죽이기 시작했다. 싸움은 다시 일어났다. 남을 죽여야 내가 살것 같았다. (…) 죽음에는 생의 全重量이 걸려 있다. 그의 罪는 그 生보다 더 클 수 없는 것이고, 죽음이란 끝나는 것이다. 모든 것이 끝나는 것이다. 슬픔도 기쁨도, 간지러움도 아픔도, 피도 땀도, 선도 악도 地上의 모든 約束이 끝나는 것이 죽음이다. 마지막 위로요, 안식이요, 마지막 용서이다!
　그런데 거기서는 시체에서 팔 다리를 뜯어내고 눈을 뽑고, 귀 코를 도리어냈다. 아니면 바위를 쳐서 으깨어 버렸다. 그리고 그것을 들어서 변소에 갖다 처넣었다. 思想의 이름으로. 階級의 이름으로. 人民이라는 이름으로!
　그들은 생이 작난감인 줄 안다. 인간을 배추벌레인줄 안다!
　이것을 어떻게 하면 좋단 말인가?(「요한 시집」, 70~71)

포로수용소는 이제 "시체에서 팔 다리를 뜯어내고, 눈을 뽑고, 귀 코를 도려내거나 바위를 쳐서 으깨어 버리는" 인간성 말살의 공간으로 전락해 버렸다. 포로수용소가 그 같은 공간으로 탈바꿈된 데에는 전쟁의 폭력이 내재해 있다.

냉전 이데올로기의 폭력이 현실화된 한국전쟁은 그 자체가 동족 살육의 현장이었다. 1951년 7월 10일 개성에서 첫 정전 회담이 열리고 1952년 전쟁이 소강상태로 접어들자 포로 문제에 대한 협상이 시작되었다.

하지만 포로 교환의 협상은 순탄하지 않았다. 이 와중에서 "세계의 고아가 된 포로병들의 가슴" 속에는 "내 살이 뜯겨나가고 내 피가 흘러내린 이 전쟁은 과연 내 전쟁이었던가?" 하는 회의가 생기고, 그것은 결국 "남을 죽여야 내가 살 것 같은" 이상 심리로 발전하게 되었다. 마침내 포로수용소는 "인간이 가질 수 있는 인간에 대한 마지막 신앙"이 "사상의 이름으로, 계급의 이름으로, 인민의 이름으로" 무참히 깨진 비인간적 공간으로 변질되었다.

포로수용소가 인간성 말살의 잔인한 공간으로 변질되어 갈 때, 누혜는 틈만 나면 푸른 하늘을 바라다보았다. 그는 하늘을 보면서 늘 저쪽 세계로 날아가 보고 싶어 했다. 그러나 포로들은 그런 누혜를 가만히 두지 않았다. 그는 명색이 전쟁에서 용감성을 발휘하여 최고 훈장까지 받았던 '인민의 영웅'이었다. 그런 영웅이 적기가는 부르지 않고 푸른 하늘만 쳐다보는 것을 배신으로 간주한 포로들은 어느 날, 그에게 몽둥이 세례를 퍼붓는다. 그리고 며칠 후 누혜는 철조망에 목을 매고 자살한 채 발견된다.

> 누에는 철조망에 목을 매고 죽었다.
> 포로수용소에서도 모두들 누혜를 누에라고 불렀다. 그래서 포로라는 이름이 아직 낯이 설어서, 모두가 한가지로 허탈상태(虛脫狀態)에서 헤어나지 못하고 있을 때, 실없는 친구들은, 하늘을 쳐다보고 있기를 좋아하는 그를 이렇게 놀려 주기도 했다.
> 「뽕 뽕 뽕잎이 떨어진다. 뽕 뽕 뽕잎이 떨어진다.」
> 「범은 죽어서 가죽을 남기고 누에는 죽어서 비단을 남긴다. 하하…」
> 그는 비단을 남기고 싶어한 것이 아니었다. 봉황새가 되어 용이 되어 저 푸른 하늘 저쪽으로 날아가 보고 싶어 했다.(「요한 시집」, 69~70)

누혜의 자살은 포로들의 폭행이 그 이유가 아니다. 그는 봉황새가 되고 용이 되어 저 푸른 하늘 저쪽으로 날아가 보고 싶어 했다. 그러나 철

조망이 버티고 있는 한 그것은 불가능한 일이다. 누혜가 남긴 '유서'는
이와 같은 그의 생각을 반영하고 있다.

> 二次大戰이 끝났다.
> 　나는 人民의 벗이 됨으로서 再生하려고 했다. 黨에 들어갔다. 당에 들
> 어가 보니 인민은 거기에 없고 人民의 敵을 죽임으로서 人民을 만들어내
> 고 있었다.
> 　「만들어내는」 것과 「죽이는 것」. 이어지지 않는 이 間隙. 그것은 生의
> 乖離이기도 하였다. 生은 意識했을때 꺼져버렸다. 우리는 그 재(灰)를 삶
> 이라고 한다. 우리는 다른데를 열심히 살고 있는 것이다. 산다는 것은
> 다른데를 사는 것이다. 그래서 善意識에만 善이 있다는 樣式. 이 深淵. 그
> 것은 「10秒間」의 間隙이고, 자유에의 길을 막고 있는 壁이었다.
> 　그 壁을 뚫어보기 위하여 나는 내 肉體를 戰爭에 던졌다.
> 　捕虜가 되었다. 외로웠다. 저 복도에서처럼 나는 외로웠다. 직원실로
> 내다보는 안경도 거기에는 없었다.(「요한 시집」, 78~79)

　누혜는 획일화된 일상에서 새롭게 태어나고자 '인민의 벗'이 되는 당
에 가입한다. 그러나 "당은 인민의 적을 죽임으로써 인민을 만들어 내
는" 모순의 체제였다. 선의식에만 선이 존재하지 않는데도, 당 노선에
따른 양식은 그것을 용납하지 않는다. 집단의 규범을 준수하는 한에서
는 반윤리적 행위도 윤리적 행위로 인정될 수 있지만, 체제의 규범을 흔
들리게 하는 자유는 용납될 수 없다는 것이다. 인민의 당에서는 자유 또
한 제도화된 양식이었던 셈이다. 그래서 누혜는 자유에의 길을 막고 있
는 획일화된 메커니즘의 벽을 허물어보고자 전쟁에 참전하지만, 결국
포로가 되고 만다.
　누혜는 전쟁터에서 느끼지 못한 반인간적 살육을 포로수용소에서 뼈
저리게 경험하게 된다. 제국주의의 야욕에 따른 이식된 이데올로기가
어떻게 인간성을 말살하는지를 갇힌 공간에서 수없이 목격했기 때문이

다. 누혜는 비로소 사상의 이름으로 동족을 무차별하게 죽이는 현장, 포
로수용소가 존재하는 한 인간으로서 존재할 수 없다는 것을 직시한다.
누혜는 그러한 자신의 인식을 곧 행동으로 옮긴다. 불가항력적인 사상
의 벽에 도전하기 위해 그는 '철조망'에서 자살한 것이다.

> 自殺은 하나의 試圖요, 나의 마지막 期待이다. 거기에서도 나를 보지
> 못한다면 나의 죽음은 소용없는 것이 될 것이고, 그런 소용없는 죽음이
> 기다리고 있는 것이 生이라면 나는 차라리 한시 바삐 그 轉身을 꾀하여
> 야 할 것이 아닌가.(「요한시집」, 80)

  민주주의든 공산주의든 제국의 이데올로기에 의해 편승된 '자유'는
허울뿐인 자유이지 진정한 자유는 아니다. 생을 살리기 위해서는 이식
된 자유를 불식시켜야 한다. 그러므로 철조망에서 자살한 누혜의 행위
는 진정한 자유를 오도하면서 껍데기뿐인 자유를 옹호하는, 이데올로기
의 벽을 근절시키려는 하나의 시도였던 것이다. 바로 이 때문에 그의 시
도는 '이 세계와 저 세계'를 갈라놓는, 냉전 체제의 산물인 '철조망', 즉
삼팔선을 불식시키려는 상징적 행위로 확장되고 있다.

> 神, 永遠…, 自由에서 빚어져 생긴 이러한 「뒤에서 온 說明」을 가지고
> 「앞으로 올 生」을 잰다는 것은 하나의 屠殺이요, 冒瀆이다. 生은 說明이
> 아니라 權利였다! 迷信이 아니라 意慾이었다! 生을 살리는 오직 하나의
> 길은 神, 永遠… 自由가 죽는 것이다!
> 「自由」 그것은 진실로 그 뒤에 올 그 무슨 「眞者」를 위하여 길을 외치
> 는 豫言者, 그 신발 끈을 매어 주고, 칼에 맞아 길가에 쓰러질 「요한」에
> 지나지 않았다!(「요한 시집」, 79)

  누혜는 "그 뒤에 올 진자를 위하여 길을 외치는 예언자, 그 신발을 매
어주고 칼을 맞아 쓰러질 요한적" 존재이다. 예언자 요한이 그 뒤에 올

예수를 위해 죽었다면, 누혜는 허상뿐인 '자유'의 이름으로 자행되는 모든 부조리에 맞설 '진자'를 위해 죽음을 선택한 것이다. 그렇다면 뒤에 올 진자는 누구인가? 이에 대한 답은 누혜가 싸로메의 품에 안겼다는 자신의 꿈 이야기를 하면서 '나'를 끌어안는 행위에 은유적으로 나타나 있다.

> 「나의 열매는 익었다. 그러나 내가 나의 열매를 감당할만큼 익지 못했다… 영원히 익지 못할 것이다! 내게는 날개가 없다…」(「요한 시집」, 74)

'누혜'는 그 음상이 '누에'를 연상하듯이 누에나방을 뜻한다. 그러나 누혜는 누에나방의 유충인 누에라는 존재에 머물 뿐, 누에의 성충으로 거듭날 수 없다. 그는 자살했기 때문이다. 그러므로 누혜에게는 나방의 "날개가 없다." 이런 자신의 한계를 알기 때문에 누혜는 자살하기 전날 밤, "나의 열매는 익었다. 그러나 내가 나의 열매를 감당할 만큼 익지 못했다"고 말했던 것이다. 누혜가 '나'를 껴안은 행위는 날개를 달고 자유를 실현할 나방이 '나'임을 환기시키고 있다. 누혜의 죽음이 분단 현실을 근절할 하나의 시도였다면, 그 시도를 완성해야 할 존재가 '나'라는 것이다.

'나'는 누혜가 자살하기 전까지도 그의 행동과 말이 무엇을 의미하는지 제대로 이해하지 못했었다. 그러나 '유서'를 읽음으로써, 그것이 '나'에게 어떤 의미가 있는지를 깨닫게 된다. "누혜의 눈알을 손바닥에 들고 서 있는 안 세계와 감시병이 향수를 노래하고 있는 밖 세계라는 두 개의 세계"만을 보던 '나'에게 '유서'는 부조리한 세계를 좀더 근원적으로 인식할 수 있는 계기가 되었다.

아옹-

멀고 먼 海岸線을 얼어붙이는 것 같은 싸늘한 울음소리 속에 한때 보이지 않아졌던 파란 요귀는 여전히 숨쉬고 있는 것이었다.

내일 아침 해가 떠올라야 저 눈이 꺼지는 것이다. 나는 졸려서 그대로 그 눈을 지켜보고 있는 것이 무섭기도 했다.

밤은 고요히 깊어가는데 누혜의 비단 옷을 빌려 입은 나의 그림자는 언제까지 그렇게 그 고목가지 아래서 설레이고만 있는 것이었다.

과연 내일 아침에 해는 동산에 떠오를 것인가…(「요한 시집」, 82)

'누혜의 비단 옷을 빌려 입고' 들뜬 마음으로 해가 떠오르길 기다리고 있는 '나'는 아침이면 세상 밖으로 나가 거짓 자유와 싸워야 한다. 누혜의 자살 이후 지금까지 '나'의 주위를 맴돌던, 고양이의 눈처럼 번득이는 '유서'는 그때서야 비로소 꺼질 것이다. 이렇게 볼 때, '유서'는 지금까지 '나'를 자기 이해의 길로 열어 주는 매개적 역할을 했던 셈이다. 그런데 '유서'는 그 상징성으로 인해 <토끼우화>를 환기시킨다. '유서'와 <토끼우화>에서 누혜와 토끼의 죽음이 자유를 위한 선택이었다는 점에서 양자는 유추적 관계에 있는 것이다. 에필로그에 해당하는 <토끼우화>와 본화의 '유서'는 유추적 관계를 통해 상호 작용하면서 작품의 전체적인 의미를 역동적으로 드러내고 있다.

한 옛날 깊고 깊은 산 속에 굴이 하나 있었읍니다. 토끼 한마리 살고 있는 그것은 일곱 가지 색으로 꾸며진 꽃같은 집이었읍니다. 토끼는 그 벽이 흰 대리석이라는 것을 모르고 살았읍니다. (…) 이를테면 그것은 하나의 개안(開眼)이라고 할까. 혁명(革命)이었읍니다. 이때까지 그렇게 탐스럽고 아름답게 보이던 그 돌집이 그로부터 갑자기 보잘것 없는 것으로 비치기 시작했던 것입니다. 「에덴」 동산에는 올빼미가 울기 시작한 것입니다. (…) 이제 저 바위틈으로 얼굴을 내밀면 그 일곱가지 색 속에 소리의 「리듬」이 춤추는 흥겨운 바깥세계는 그에게 그 현란한 「파노라마」를 펼쳐 보이는 것입니다. 전율하는 생명의 고동에 온 몸을 맡기면서 그는 가다듬었던 목을 바위틈 사이로 쑥 내밀며 최초의 일별을 바깥세계로 던졌읍니다. 그 순간이었읍이다. 쿡! 십 년을 두고 벼르고 기다리고 있었다는 것처럼 홍두깨가 눈알을 찌르는 것같은 충격이었읍니다. 그만 그 자리에 쓰러졌읍니다. 얼마 후 정신을 돌린 그 토끼의 눈망울에는 이미 아무 것도 비쳐드는 것이 없었읍니다. 소경이 되어 버린 것입니다. 일곱가지 색으로 살아온 그의 눈은 자연의 태양광선을 감당해낼 수가 없었던 것입니다.

그 토끼는 죽을 때까지 그 자리를 떠나지 않았다고 합니다. 고향에 돌아가는 길이 되는 그 문을 그러다가 영영 잃어버릴것만 같아서였읍니다. 고향에 돌아갈까하는 생각을 거죽에 나타내본 적이 한번 없으면서 말입니다.

그가 죽은 그 자리에 버섯이 하나 났는데 그의 후예(後裔)들은 무슨 까닭으로인지 그것을 「자유의 버섯」이라고 일컬었읍니다. 조금 어려운 일이 생기면 그 버섯 앞에 가서 제사를 올렸읍니다. (…) 그 버섯이 없어지면 아주 이 세상이 꺼져버리기나 할 것 같이 생각하고 있는 것 같았읍니다.(「요한 시집」, 49~53)

위의 인용문에서 보듯이, 토끼는 자기를 가두고 있는 벽을 깨어 부순 대가로 죽음을 맞이했다는 점에서 '진자'를 위해 죽은 누혜와 닮아 있다. 즉, <토끼우화>에서 토끼가 죽은 자리에 돋아난 '자유의 버섯'은 '유서'에 내포된 '요한적 존재'와 맞닿아 있다는 것이다. 이렇게 볼 때, <토끼우화>는 본화의 사건들을 예시하면서 '나'의 이야기 시간 속으로 통합되고 있음을 알 수 있다.

작품 서두에 본화와 관련이 없는 듯한 <토끼우화>가 놓인 것은 '유서'와의 최종적 결과뿐 아니라, 독서 과정 자체에 근본적인 변화를 가져온다. 소급제시는 흔히 독자에게 필요한 정보를 제공하기 위해 사용되지만, <토끼우화>와 같은 사전제시는 독자의 예상을 유발하기 위해 사용되기 때문이다. 이러한 상황과 관련지어 볼 때, 「요한시집」은 이중 회로를 지니고 있다.

우선 <토끼우화>처럼 친숙한 이야기 틀을 제시함으로써, 독자에게 작품을 이해할 수 있는 정도를 높인다. 그리고 한편으로는 본화에서 난해성을 증가시키는 한자나 관념어를 사용하거나 사회 통념에서 벗어난 개념들을 지속적으로 설명함으로써 독자의 이해를 방해한다. 이야기가 너무 빨리 이해된다면 그것으로 결말이 나기 때문에 지연과 반복을 통해 의사소통에 있는 독자의 이해를 지연시키는 것이다. 이처럼 독자의 이해를 늦추거나 방해하는 것은 궁극적으로 이야기 자체의 존속을 유지하기 위해서이다.[25]

「요한 시집」에서 이야기 내용에 소요된 시간은 '초여름 저녁 해질 무렵'에서 '밤이 고요히 깊어 가는', 약 1시간 정도이다. 반면, 그것을 서술주체 '나'가 전달하는 데 걸리는 시간, 즉 이야기 시간은 대략 3시간에서 4시간 정도이다. 이 두 시간을 비교해 보면[26] 이야기 시간이 더 길다. 이야기 내용에 소요되는 시간은 1시간인데 그것을 이야기하는 데는 3시간 내지 4시간을 소요하는 것은 서술주체 '나'가 독자의 이해 과정을 지연시키고 있다는 반증이다. 이렇게 볼 때, 양자의 시간 길이의 불일치에 근거한 '지속'은 독자로 하여금 호기심을 자극하면서 이야기에 참여할 수 있도록 하는[27] 의사소통의 문제와 맞물려 있다고 할 수 있다.

서술주체 '나'는 이야기의 존속을 위해 독자의 이해 과정을 지연시키는 '유서'를 비롯한 여러 기법들을 동원하고 있다. 그 결과 이야기 시간

---

25) S. Rimmon-Kenan, 최상규 옮김, 『소설의 시학』, 문학과지성사, 1988, 178~179쪽.
26) '이야기 내용 시간'은 인물의 행위나 사건이 실제 세계에서 일어난다고 가정할 때 소요될 물리적 시간을 말한다. 반면, '이야기 시간'은 인물의 행위나 사건을 이야기한다고 가정될 때 소요되는 시간으로, 독서에 소요되는 시간으로 환원해 볼 수 있다. 허구 이야기에서는 근본적으로 '이야기 시간'이 얼마나 걸리는 지에 대한 명확한 기준을 제시하기 어렵고, 길고 짧다는 시간 소요의 기준도 확정하기 어렵다. 그럼에도 불구하고 이야기 내용과 이야기 사이 간의 시간의 지속 문제는 작품의 의미를 알 수 있는 전략이라는 점에서 고려해 보아야 한다.
27) S. Rimmon-Kenan, 앞의 책, 182쪽.

이 더 지속되었던 것이다. 이처럼 서술주체 '나'가 '아직은 완전히 알 수 없다'는 국면을 지속하면서 이야기를 이끌어온 것은 '나'가 수많은 시련과 착오 끝에 자기 정체성을 확인했듯이, 독자가 독서 과정에서 지연과 방해를 거듭한 끝에 자기 존재를 되돌아 볼 수 있도록 하기 위해서이다.

이야기 내용이 이야기로 변환되면서 생기는 '순서'와 '지속'의 범주는 독자를 겨냥한 서술주체 '나'의 전략에서 비롯된다. 한편으로는 누혜라는 인물로서 '나'를 확인하는 과정을 펼쳐 보이면서, 다른 한편으로 독자가 '나'의 그 작업에 공감할 수 있도록 이끄는 것이다. 그렇다고 모든 1인칭 이야기가 시간 기법을 통해 타자로서의 자기 자신을 발견하는 것은 아니다. 어떤 경우에는 시간의 불일치보다는 순차적인 사건 제시를 통해 자기 정체성 작업이 이루어지기도 한다. 그 경우, 서술자는 이야기를 하고자 하는 사람의 욕망과 이야기를 듣고자 하는 사람의 욕망 사이를 매개하는 호기심을 자극하면서 작품에 등장한다.

2. 감춤과 드러냄의 욕망 구조

손창섭 소설들은[28] 3인칭 이야기가 대부분이다. 1인칭 이야기는 「미해결의 장」(『현대문학』, 1955. 6), 「유실몽」(『사상계』, 1956. 3), 「미소」(『신태양』

---

28) 장편소설인 『落書族』이 1959년 3월, 『사상계』에 게재되었고, 중편소설인 「剩餘人間」(1958)은 1959년에 제4회 동인문학상을 수상했으며, 자서전적인 단편소설인 「神의 戱作」은 1961년에 발표되었다. 그 밖의 단편소설로는 「公休日」(1952), 「死緣記」(1953), 「비오는 날」(1953), 「生活的」(1954), 「血書」(1955), 「被害者」(1955), 「未解決의 章」(1955), 「齟齬」(1955), 「STICK氏」(1955), 「人間動物園抄」(1955), 「流失夢」(1956), 「雪中行」(1956), 「曠野」(1956), 「微笑」(1956), 「師弟恨」(1956), 「層階의 位置」(1956), 「稚夢」(1957), 「條件附」(1957), 「저녁놀」(1957), 「孤獨한 英雄」(1958), 「假夫女」(1958), 「侵入者」(1958), 「緊累圖」(1958), 「人間時勢」(1958), 「泡沫의 意志」(1959), 「肉體醜」(1961) 등이 있다.

1956. 8), 「층계의 위치」(『문학예술』, 1956. 12) 등 네 편뿐이다. 그 중에서도 세 편의 단편소설이 1956년에 발표되었다. 「미해결의 장」을 제외한 세 작품이 같은 해에 발표되었다는 사실은 상당히 흥미롭다. 그런데 이 흥미로운 사실을 토대로 이야기 담론을 살펴보면, 「유실몽」, 「미소」, 그리고 「층계의 위치」 등은 서로 밀접하게 연관되어 있음을 알 수 있다. 그 관련성은 이야기하기의 전략적 가치를 잘 아는 서술자 '나'가 등장한다는 것이다. 그 전략적 가치란 인간의 심연에 있는 호기심이다. 호기심은 모든 것에 무관심했던 '나'를 변화시킬 뿐만 아니라 결국은 '나' 자신을 발견하는 중요한 이야기 요소로 작용한다. 이와 같은 측면이 가장 구체적으로 형상화된 작품이 「층계의 위치」이다.

「층계의 위치」에 등장하는 '나'는 인쇄소에 다니고 있다. 늘 똑 같이 반복되다시피 하는 일상을 피해 '나'는 가끔씩 뒷문을 열고 밖을 전망하곤 했었다. 그러던 어느 날, 무심히 밖을 내다 본 '나'는 관심을 기울이지 않으면 안 될 새로운 사실을 발견한다. 하숙을 시작한 지 반년이 지나도록 무심코 지나쳐버린 뒷집 건물의 층계가 이상하다는 것을 그때서야 알게 된 것이다.

> 문제는 그 가게의 한 귀퉁이에 놓여 있는 층층다리인 것이다.
> 일, 이, 삼층을 통해 그 층층대가 놓여 있는 부분의 전면 벽에는 위 아래로 기름한 창문이 있어서, 층계를 오르나리는 사람의 모양이 환히 들여다 보이게 되어 있었다. 그 건물의 이층에는 방이 둘, 삼층에는 방 하나가 있었다. 원래는 삼층에도 방이 둘 있었던 모양인데, 사변통에 한 쪽은 완전히 부셔져 버리고, 방 하나만이 간신히 남아 있었다. 그 방의 주인공은 젊은 여자였다. 그 여자는 물론 내 방에서도 충분히 바라볼 수 있는 유리문 안의 층층다리를 통해서 자기의 거실에 드나드는 것이었다. 맨 처음, 층층다리를 올라가는 그 여자를 지켜보고 있던 나는 신기한 발견을 하고, 놀라지 않을 수 없었던 것이다. 그것은 직접 그 여자에 관해서가 아니라, 여자가 사는 그 건물의 내부 구조에 대해서인 것이다.

맨 아래층의 입구에서 외국 군인과 이야기 하고 섰던 여자는, 내 쪽으로
등을 보이며 층층다리를 걸어 올라가기 시작했다. 그 여자가 삼층에 산
다는 걸 여태 몰랐을 때라, 어느 방으로 들어가는가를 나는 상당한 홍미
를 품고 주시했던 것이다. 이윽고 이층 까지 다다른 여자의 모양이 일순
간 보이지 않게 되었다가, 이에 다시 심층으로 통하는 층층다리에 나타
난 것이다. 이번에도 여자는 내쪽으로 등을 보이며 저켠을 향하고 올라
가는 것이다.(「층계의 위치」, 32)[29]

뒷집 층계가 놓인 전면 벽에는 길쭉한 창문이 있어, 하숙집 2층에 살
고 있는 '나'는 사람들이 오르락내리락 하는 모습을 볼 수 있다. 그런데
3층에 살고 있는 여자가 2층에서 3층으로 올라갈 때의 모습이 '나'의 생
각으로는 영 들어맞질 않는다. 그 여자가 2층으로 올라갈 때 이쪽을 등
지고 저쪽으로 향하고 올라갔으면, 3층에 올라갈 때는 반대로 저쪽에
등을 대고 이쪽을 향해 걸어 올라가야 한다. 그러나 그녀는 2층이나 3층
으로 올라갈 때 모두 내 쪽으로 등을 보이며 저쪽을 향하고 올라간다.
'나'는 2층으로 올라가는 층계와 3층으로 올라가는 층계가 동일한 방향
인 '저쪽'을 향하고 있다는 사실에 놀라지 않을 수 없었다. 동일한 방향
으로 세워질 수 없는 '층계의 위치'에 관한 궁금증은 그 건물의 내부 구
조를 면밀히 살펴보도록 '나'를 자극한다.

'나'의 관찰에 의하면 3층짜리 건물은 두 개의 가게로 꾸며져 있었다.
한쪽 가게에는 조그만 음식점 간판이 붙어있지만, 다른 가게에는 간판
도 없고 아무런 표식도 없다. 그런데 그 간판 없는 가게 앞에 늘 두 서
너 명의 청년이 지키고 있는 것이다. 아무나 층계가 있는 건물 안으로
들어갈 수 없다는 것을 안 '나'는, 우선 하숙집의 층계부터 면밀히 검토
함으로써 그 문제에 접근하기로 마음먹는다.

---

29) 손창섭, 「層階의 位置」, 『문학예술』, 1956. 12(이하 「층계의 위치」와 관련된 인용
    문의 숫자는 이 책의 쪽수이다).

그 층층다리의 위치에 대해서 나는 연구해 보기 시작했다. 물론 나는 건축가는 아니다. 도리어 그런 방면에는 아주 백지인 것이다. 그러기 때문에 나의 고심은 한층 더 컸던 것이다. 나는 우선 내가 살고 있는 이 하숙집의 층층다리를 세밀히 검토해 보는데서 부터 시작하지 아니할 수 없었다.

나는 이내 아래층으로 나려갔다. 거기서 이층의 내 방에 통하는 층층다리를 자세히 뜯어 보았다. 그러나 이것을 층층다리라고 하기에는 너무나 어울리지 않았다. 그냥 나무 사다리에 불과했다. 이 사다리도 오르나리기 편하게 제법 엇비슷이 놓여 있는게 아니라, 그냥 직선에 가깝게 까끔서 있었다. 그러기 내 방에 올라 가려면, 흡사 전기공이 전봇대에 올라 가는 것과 비슷한 동작과 노력이 필요해 지는 것이다. 자칫 다리를 헛디디다가 손을 놓쳤다가는 문제가 없다. 문제가 없다는 말은 더 설명하지 않아도 뻔한 의미다. (…) 물론 최근의 나는 상당한 훈련을 쌓았기 때문에 한 손에 물그릇을 들고 한 방울도 업지르는 일 없이 냉큼 냉큼 오르나릴 수가 있게 되었다. 그러기 나는 그날도 민첩한 동작으로 몇번이나 사다리를 오르나리며, 층층다리가 놓일 수 있는 이치를 연구해 보았던 것이다. 그러나 아무리 나의 전 지능을 짜내어 궁리해 보아도, 이층에 올라가는 층층다리와 삼층에 올라가는 층층다리가, 같은 쪽을 향하고 동일한 상태로 놓여 있을 이치가 없다. 나는 정말 가슴이 답답할 지경이었다.(「층계의 위치」, 33)

층계의 위치를 연구하기 시작한 '나'는 각고의 노력 끝에 한 손에 물그릇을 들고 물 한 방울 흘리지 않고 하숙집의 층계를 오르내릴 수 있을 정도로 능숙한 솜씨를 쌓았다. 우회적인 방법이긴 하지만, 건물 앞을 청년들이 지키고 있는 이상 어쩔 수 없는 일이다. 이렇게 해서라도 '나'는 층계의 비밀에 접근해 보고 싶었던 것이다. 그러나 하루에도 수십 번씩 사다리를 오르내리며 "아무리 나의 전 지능을 짜내어 궁리해 보아도, 이층에 올라가는 층층다리와 삼층에 올라가는 층층다리가 같은 쪽을 향하고 동일한 상태로 놓여 있을 이치를" 알 수는 없었다. 그렇다고 연구를 포기할 수도 없는 일이다. "정말 가슴이 답답할 지경"이지만, '나'의 의식은 온통 층계로만 쏠리고 있다. 결국 '나'는 하숙집 층계를 오르내리는 간접적인 방법보다는 좀 더 직접적인 방법, 즉 그 건물의 내부 구조를 자세히 관찰하는 방법을 택한다.

> 그래서 우선 나는 좀 더 면밀히 그 삼층 건물을 관찰하기로 했다. 퇴근하는 길로 겨우 내 대가리가 드나들 정도의 창문을 열어 제끼고, 나는 그 밑에 바싹 지키고 앉는 것이다. 그러는 동안에 삼층 건물 안에서 발생하는 여러가지의 새로운 사실들을 나는 발견할 수가 있었다. 삼층과 마찬가지로 이층에도 젊은 여자가 살고 있다는 것을 알았다. 이층에서 사는 여자들도 삼층에 사는 여자와 똑 같이 야단스런 차림새를 하고, 외국 군인들과의 교제가 빈번함을 알 수가 있었다. 이층이나 삼층의 이인용 침대 위에서는, 내가 상상만 해 왔을 뿐, 한번도 경험해 본 일이 없는 가지각색의 광경이 가끔 벌어지곤 하는 것이었다. 그네들은 자기네 방이 안전한 비밀 장소라고 착각을 하고 있는 모양이었다. (…) 이층 삼층의 실내에서 전개되는 가지 가지의 진기한 광경을 엿보면서, 나는 그 때마다, 느닷없이 나를 버리고 달아난 누이동생을 생각해 보는 것이었다. (「층계의 위치」, 35)

직장에서 돌아오면 '나'는 창문을 열어젖히고 건물의 내부 구조를 꼼꼼하게 살펴본다. 그 일이 하루 일과가 될 정도로, '나'는 층계의 위치 파악에 열심히 매달리고 있다. 그런데 건물 내부를 탐색하는 동안 '나'는 이제까지 보지 못했던 여러 가지 새로운 사실들을 보게 된다. "3층과 마찬가지로 2층에도 젊은 여자가 살고" 있는데, "내가 상상만 해 왔을 뿐 한 번도 경험해 본 일이 없는 가지각색의 광경"을 그들이 침대 위에서 종종 연출하는 것이다. 외국 군인들과 벌이는 진기한 장면들을 볼 때마다, '나'는 잊고 지냈던 누이동생을 연상하곤 한다. '나'를 버리고 달아난 누이동생도 2층과 3층의 젊은 여자들처럼 어디선가 생활할지도 모른다는 생각에 한편으로는 통쾌하기도 하지만, 다른 한편으로는 불안하고, 미안하고, 억울하기도 하는 것이다.

이처럼 호기심은 주위의 일들에 관심조차 두지 않았던 '나'의 무관심을 상쇄시켜 나갔다. 주위에 관심이 생기면 생길수록 '나'는 층계의 비밀이 더욱 궁금해서 견딜 수가 없다. 궁리 끝에 '나'는 그 건물로 들어가 층계의 위치를 직접 확인해야겠다고 결심한다. 그런 생각에 미치자, '나'는 주저 없이 곧장 3층 건물 안으로 용감히 뛰어 들어갔다. 그러나 2층으로 통하는 층계에 막 한발을 올려 디디는 순간, 문 앞을 지키던 청년들이 '나'를 세차게 막아선다.

「어디서 오셨는데요?」
무척 까다로운 청년들이라고 생각하며, 나는 잠시 망서렸으나, 역시 바른대로 대답하는 수 밖에 없기 때문에,
「요 앞에서 왔읍니다!」
해 두었다.
「요 앞이라뇨? 직장이 어디시냐 말입니다.」
「인쇄소에 다닙니다.」
「네? 인쇄소요?」
두 청년은 저이끼리 얼굴을 한번 마주 보았다. 어이 없다는 표정이다. 그들은 이내 도로 거치른 얼굴이 되어, 나를 다시 훑어보기 시작했다. 그러드니 대뜸 말 투가 달라졌다.
「뭐 이런게 있어!」
한 청년이 떼밀다 시피 나를 밖으로 내 몰았다.
「이 자식 정신 버쩍 차려. 그 주제에 어디서 함부루 까실 노는거야.」
한 청년이 벼락 같이 내 엉뎅이를 냅다 차는 바람에 나는 하마트면 꼬꾸라질뻔 했다. 청년들의 거치른 기세로 보아 도저히 이래 가지고는 안 되겠다고 나는 깨달았다. 할 수 없이 목적을 이루지 못한 채 나는 집으로 돌아오는 수 밖에 없었다.(「층계의 위치」, 36~37)

어렵게 시도한 건물 진입은 결국 실패로 돌아갔다. 청년들의 거센 반

발에 눌려 층계에 발 한번 제대로 디디지 못하고 밀려난 것이다. '나'는 이렇게까지 되리라고는 예기치 못했었다. 진입조차 못하고 쫓겨날 정도로 어려운 일이라고 생각하지 않았기 때문이다. 마침내 '나'에게 시련이 닥친 것이다. 노력 끝에 온 기회가 박탈되는 순간의 시련은 앞의 상황들을 수정한다. 시련을 겪기 전에는 층계의 위치에 대한 궁금증만 풀리게 되면, 그것은 그리 큰 문제가 되는 일이 아니었다. 다시 말하면, 층계의 위치에 대한 '나'의 호기심이 독자의 흥미를 끌만한 가치가 없었다는 것이다.

독자는 시련이 있기 전까지 층계에 대한 '나'의 호기심을 단지 이야기 세계에 존재하는 '그'의 호기심으로 대상화하였다. 독자는 '나'가 전달하는 이야기 세계에 무관심했던 것이다. 그러나 '나'에게 시련이 닥치자, 독자는 층계의 위치에 흥미를 갖게 된다. 이 흥미 유발은, 다음은 무슨 일이 일어날까 하는 의문에서 출발하지 않는다. 흥미는 매우 다른 의문, 즉 층계의 비밀이란 무엇인가 하는 의문에서 비롯된다. 시련을 거치면서 '나'의 호기심이 독자의 호기심으로 전이되고 있다.

무엇을 한가지 연구한다는 일이 이처럼 괴롭고 어려운 줄을 나는 비로소 깨달았다. 육체적인 피로 같은 것은 문제가 아니다. 정신적인 고통을 이기기가 더 어려웠다. 공장에 가서도 이 사람 저 사람에게 나는 삼층 건물의 구조에 대한 회의와 고민을 이야기 해 보았다. 그러나 그들은 한결 같이 나의 이야기를 그리 중대시 해 주지 않았다. 끝까지 귀담아 들어 주는 사람조차 몇 없었지만, 다 듣고 나서도 일소에 부치거나, 그렇지 않으면, 기껏 한다는 소리가, 그 양공주들의 육체미에 반해서 속이 푹푹 썩는게 아니냐고, 농담으로 돌려 버리기가 예사였다. 아무데서도 나의 이 고민을 해소시키기 위한 연구의 협조를 얻을 길이 없음을 알았다. 퇴근하고 나서 어둡기까지의 지루한 시간을 나는 또 다시 창문 앞에 지키고 있을 수 밖에 없었다. 건너다 보이는 삼층 건물에는 다름 없이 세 명의 젊은 여자가 외국 군인을 끌고 자주 오르나리였다. 물론 이층에

올라가는 층층다리와, 삼층에 올라가는 층층다리가 동일한 방향으로 위
치하고 있는 사실에도 변함이 없었다. 우뚝 솟아 있는 그 건물은, 마치
거대한 생물체로서, 고의적으로 나를 조롱하고 있는 것 같이 느껴지기
도 하였다. 그렇게 생각하면 나는 분해져 견딜 수 없는 것이다. 끝장을
보고야 말리라고 이를 갈았다.(「층계의 위치」, 37)

모험이 실패하거나 지연될수록 '나'는 더 열심히 건물의 내부 구조를
알기 위해 고군분투한다. 그럴수록 '나'는 육체적 정신적 고통에 시달렸
지만, 우뚝 솟은 그 건물이 고의적으로 나를 조롱하고 있는 것 같아 "분
해져 견딜 수" 없다. '나'는 어젠가는 "끝장을 보고야 말리라고 이를 갈
았다." 분노는 모험을 부추기면서 반복을 가속화한다. 시련이 뒤따르더
라도 모험은 '층계의 위치', 즉 진실이 밝혀질 때까지 멈추지 않는 것이
다. 이렇듯 모험과 시련이 반복되는 가운데 이야기 시간이 흐르는 동안,
독자 또한 층계의 비밀이 궁금해진다. 이제 독자의 호기심 즉, 흥미는
처음에 주어진 어떤 발견을 기대한 데서 발생하지 않는다. 그것은 미결
상태를 확증해 주는 결과에 대한 소망에서 온다. 매번 반복되는 시련 가
운데 그 결과를 향한 기회는 주어지게 마련이다. 그리고 그것은 이야기
끝을 향한 동기이기도 하다.

마침내 나의 노력과 정성은 수포로 돌아가지 않았다. 드디어 기회가
온 것이다. 갑자기 집 뒤란에서 철썩하고 뭐가 떨어져 깨지는 소리가 나
드니, 불이 붙은 듯이 아이의 울음 소리가 터졌다. 그러자 가게 안에 있
던 사람들이 일제히 그쪽으로 우 몰리어 갔다. 이 기회를 놓쳐서는 안
된다는 생각이 내 머리를 번개처럼 스쳐 갔다. 순간 나는 잽싸게 가게
안으로 들어 갔다. 순식간에 이층으로 통하는 층층다리로 몸을 날리었
다. 마침내 나는 성공하고야 만 것이다. 가슴이 삼십 평생 처음 경험해
볼 만큼 놀라운 속도로 뛰었다.(「층계의 위치」, 38)

'나'에게 드디어 기회가 왔다. 고통 끝에 온 기회였다. "나의 노력과

정성은 수포로 돌아가지" 않았다. 뒷마당에서 놀고 있던 아이가 떨어져 우는 바람에 가게 안에 있던 사람들이 몰려간 틈을 타, '나'는 재빨리 3층 건물 안으로 뛰어 들어갔다. "삼십 평생 처음 경험해 볼만큼 놀라운 속도로 뛰는" 맥박 소리를 들으며 3층에 사는 젊은 여자의 방안으로 들어간 '나'는 방 분위기에 놀란다. 코를 간질대는 야릇한 향기와 벽에 걸려 있는 짙은 색의 옷들, 그리고 침대 위에 펼쳐진 푹신한 이불 등이 '나'의 하숙방의 그것들과 아주 딴판이었던 것이다. 방 분위기에 취한 '나'는 문득 누군가 방으로 올라오는 인기척에 놀라 딴 곳으로 피하려고 했지만 얼떨결에 안에서 문을 잠가 버렸다. 어떻게 할 수 없는 상황인지라 단념한 듯, '나'는 침대에 누었다. 그렇다면 층계의 비밀을 풀어보고자 여기까지 올라온 중대한 목적은 사라졌는가.

> 다음 순간 나는 모든 것을 단념한 듯이, 천천히 걸어서 침대 위에 가 누었다. 이불 속에 몸이 푹 잠기었다. 문밖에서는 황겁히 문을 흔들어 보고, 아래층을 향해 소리를 지르고 법석이었다. 나는 할 수 없다고 체념했다. 이, 삼층 건물의 내부 구조와 함께, 사회의 일 분자로서의 나라는 개체가 풍기는 생명의 비밀이, 외부와 차단 된채, 영원히 이대로 누어 있어도 좋다고 나는 생각하는 것이다.(「층계의 위치」, 39)

층계에 대한 호기심으로 모험을 거듭한 '나'는 고통과 시련에도 굴하지 않고 그 비밀에 접근하고자 끊임없이 분투했었다. 그런데 '나'가 발견한 것은 풀리지 않는 층계의 비밀이 아니라, "나라는 개체가 풍기는 생명의 비밀"이었다. 분명 "삼층 건물의 내부 구조" 안에 층계가 있다. 그러나 '나'가 인식한 대상은 층계가 아니라 '나' 자신이었다. 결국 '나'는 층계라는 말이 가리키는 사물이 아니라 그것이 가리키는 의미를 찾았던 것이다.[30] 그 의미 찾기의 탐색 끝에, '나'는 비로소 '나' 자신을 직

---

30) Tzvetan Todorov, 신동욱 옮김, 『산문의 시학』, 문예출판사, 1995, 164쪽.

시하게 된다.

「층계의 위치」에서는 층계의 탐색 작업처럼, 끊임없는 호기심과 모험심 없이는 자기 자신을 발견할 수 없다는 것을 깨달은 '나'가 자신의 체험을 전달하고 있다. 현실은 '간판 없는 가게 앞을 지키던 청년들처럼' 늘 '나'를 억압하기 때문에, '나'의 "생명의 비밀"을 찾는 일은 결코 쉽지만은 않다. 「층계의 위치」 보다 앞서 발표된 「미소」에서는 거짓으로 겹겹이 싸인 현실 속에서 그것을 탐색하는 일이 얼마나 힘겹고 어려운 작업인지 보여주고 있다. 「미소」는 먼 외가 친척쯤 되는 아저씨가 자기 아들이 쓴 원고를 가지고 '나'를 찾아오면서 이야기가 시작된다.

> 어느날 외켠으로 먼 일가벌 되는 아저씨가 웬 원고 뭉텅이를 안고 나를 찾아왔다. 그의 장남이 뇌병원에 가 있다는 말을 언젠가 전해 들은법한데, 그 아들이 쓴 글이라고 하며 날더러 좀 봐 달라는 것이다. 그의 장남은 현재 모지방에서 고아원 겸 농장을 경영하고 있다고 한다. 인근에서 「괴물」이라는 별명으로 통하는 그 장남에게, 얼마 전부터 혼담이 벌어졌다. 그런데 당자는 엉뚱한 주장을 내세웠다는 것이다. 맞선을 보기 전에 자기의 원고를 상대방에게 읽혀 달라는 주문이다. 여자 편에서 원고를 읽고 공감만 한다면, 인물이야 어떻든 무조건 결혼하겠다는 것이다. 바꿔 말하면, 자기의 내면세계에 통하지 않는 여자와는 절대로 결혼할 수 없다는 것이다. (…) 아무튼 호기심에서 읽어본 나는, 어떤 의미에서 적잖은 감명을 받았다. 물론 문장이라든지, 사건 정리라든지, 미숙한 점을 일일이 들자면 한이 없지만, 신기하게 나의 한 구석을 찔러 오는데가 있었다. 그러므로 다소 가필해가지고, 당자와 그 부친의 양해를 얻어 우선 한번 발표해 보기로 한 것이다. 그 결과가 혼담에도 다소나마 좋은 영향을 가져다 주기를 빌면서.(「미소」, 232~233)[31]

'나'는 아들이 쓴 원고가 혼담을 깨뜨릴지도 모른다고 걱정하는 친척

---

31) 손창섭, 「微笑」, 『신태양』, 1956. 8(이하 「미소」와 관련된 인용문의 숫자는 이 책의 쪽수이다).

아저씨의 부탁으로 그 원고를 읽게 된다. 그런데 일종의 공개 구혼의 형식을 취한 그것은 중요한 전언을 담고 있었다. "자기의 내면세계에 통하지 않는 여자와는 절대로 결혼할 수 없다"는, 즉 원고의 의미를 이해하는 여자와 결혼하겠다는 원고 서술 당사자의 뜻이 그것이다. 이처럼 원고는 자기의 내면세계를 이해하는 여자와 결혼하겠다는 조건을 함축하고 있다. 이렇게 보자면, 「미소」에서는 1인칭 대명사 '나'로 표상되는 두 명의 서술자가 존재한다는 것을 알 수 있다. 한 명은 원고를 읽고 있는 '나'이며, 다른 한 명은 그 원고를 쓴 '나'이다. 서술된 원고 밖의 '나'와 그 원고 안의 '나'는 마치 독자와 작가처럼 시공간적으로 다른 차원에 있다. 하지만 소설의 의사소통 구조를 상정해 보면 원고 밖의 '나'와 원고 안의 '나'는 바로 그 원고를 매개로 하여 대화의 장에 존재하게 된다. 단순한 호기심에서 발동한 원고 읽기는 "한 구석을 찔러 오는" 감동을 주어, '나'는 결국 그것을 지면에 발표한다. '나'는 서술된 원고가 지닌 참의미를 알기 때문에 그것을 출판한다.

원고는 모두 '第五信'으로 이루어져 있다. 제 1신에서는 귀양이 '나'에게 나타날 시기임이, 제 2신에서는 귀양에게 열렬하게 관심을 갖게 된 경위가, 제 3신과 4신에서는 '나'의 진면목을 보지 못하는 귀양으로 인해 받는 시련과 고통이, 그리고 마지막 제 5신에서는 '나'와 귀양이 합치되어야 할 당위성이 이야기되어 있다. 그런데 귀양을 찾아 열심히 헤매는 데도 '나'는 그녀에 대해 아는 바가 전혀 없다. 귀양의 나이는 물론, 키, 몸집, 얼굴의 윤곽조차도 모르는 것이다. 아는 것이라곤 귀양이 투명한 미소를 지녔다는 사실 하나뿐이다.

　　도무지 貴孃의 형체를 나는 붙잡을 수가 없습니다. 키, 몸집, 나이 따위는 아무래도 좋다고 해 둡시다. 그러나, 눈, 코, 입, 귀의 소재 만은 알아야 할게 아니겠읍니까? 얼굴 모습 말입니다. 그렇다고 미추(美醜)를 가

리거나 따지자는건 물론 아닙니다. 貴孃과 나 사이에는 새삼스레 그럴
필요가 없기 때문입니다. 홀연히 내게 던져주곤 하는 貴孃의 부드러운
미소- 유리처럼 투명한 그 미소에는 관념상의 미추가 통히 반영될 수
없다는 것을 잘 알고 있으니 말입니다. 그만치 貴孃의 미소는 티 하나
없는 유리알 모양 투명한 것이었읍니다.(「미소」, 233)

기차간의 유리처럼 투명한 귀양의 미소를 본 후로, '나'는 그 미소를
찾아 헤맨다. 이제는 하나의 형체를 띠고 나와 만나주어야 할 단계에 이
르렀음에도 불구하고, 그녀는 모습조차 드러내지 않는다. 그러나 '나'는
지금 그녀를 만나지 않으면 안 되는 것이다. '나'가 존재하기 위해서는
귀양의 투명한 미소와 합치되어야 하기 때문이다.

> 나는 오래 전부터 내 두뇌의 조직에 적지 아니한 의혹과 불안감을 품
> 어온 사람입니다. 그것은 마치 고장난 피아노와도 비슷하다 할가요. 말
> 하자면 어떤 키(key)에서는 영 소리가 안 나거나 전연 구별할 수 없는 엉
> 뚱한 음이 울려 나오는 것과 흡사한 일면이 내게도 있는 것입니다. (…)
> 어느 한 부분에 나사못이 빠진 기계처럼, 내 두뇌의 일부는 결정적인 결
> 함을 자기고 있나 봅니다. 나는 영 정확한 「ㅎ」 발음과 b와 d의 구별을
> 해 보지 못한채 죽어 가고 말 것입니다. 한편 이러한 내 두뇌의 결함이
> 이 세상에 아무러한 영향도 주지 못 한다는 것은 참으로 견딜 수 없는
> 일입니다. 그것은 비 내리는 풍경에서 맛보는 감각과도 통하는 고통인
> 것입니다. 반생을 두고 더듬어 온 내 인생의 길은, 비 내리는 스산한 회
> 색 풍경속에 가늘게 뻗어있었기 때문입니다.(「미소」, 234)

'나'는 지금 도시의 색조에 점차 물들여 가고 있다. 회색이 흐르는
"내 두뇌의 조직에 적지 아니한 의혹과 불안감"을 느낀 것은 오래 전부
터이다. 마치 고장 난 피아노 같은 현재의 '나'를 치유할 사람은 귀양밖
에 없다. 귀양의 투명한 미소만이 그런 '나'를 이 도시에서 구해낼 수
있다. 귀양의 미소에는 메커니즘에 찌들지 않은 생명력이 살아있기 때

문이다. 회색의 내면세계에서 벗어나기 위해서는 귀양과 만나야 하는데, 그녀는 줄곧 '나'를 피하고 있다.

그러던 어느 날 버스를 타고 가던 '나'는 길가에서 어떤 남자와 이야기하고 있는 귀양을 발견한다. 차창 밖으로 그녀의 모습이 보이자 '나'는 다음 정류장에서 내려 그녀를 미행하기 시작한다. 어딘가를 부지런히 가던 그녀가 들어간 곳은 교회였다. 안으로 귀양이 사라지는 순간, '나'는 비로소 투명한 미소의 밑바닥에 흐르는 그 냄새의 의미를 새삼 깨닫는다.

> 어쩔 수 없는 고독과 허무가 가을비 처럼 골수에 스며들든가, 내 존재가 마치 토막난 지렁이나, 으끄러진 개미새끼 처럼 견딜 수 없이 하찮아질 때, 내 머리에는 의례히 「가롯유다」가 떠오르는 것입니다. 예수의 열두 제자 중에서 누구 보다도 가장 인간적이었던 「유다」 말입니다. 그는 「베드로」 보다도 강한 생명의 힘으로 직접 인간의 호흡에 통했읍니다. (…) 거기 비하면 유다는 신에게 봉사한 단 하나의 인간이었읍니다. 신에게 있어서 인간이 지니는 의미와 가치의 시범자였읍니다. 貴孃은 아마 웃으실 것입니다. 그 기독교 냄새를 풍기는 투명한 미소로 나를 웃으실 것입니다. 그렇지만 그것은 貴孃의 미소인지라 나는 조소로 돌리지는 않으렵니다. 일방, 누가 나를 가리켜 유다의 후예라고 비난한대도, 거연히 답변할 자신이 있기 때문입니다.
>
> 「그렇다. 나는 유다의 자손이래도 좋다. 나의 조상은, 인간을 팔아 신을 빛내었을 망정, 자신(自身)을 위해 신의 이름을 욕되게 하지는 않았다.」
>
> 이런 당돌한 소리를 내가 뇌까릴 수 있다면, 그것은 오로지 귀양의 그 투명한 미소를 믿는 까닭입니다. 그렇습니다. 귀양의 그 무형의 미소는, 나로 하여금 아무 것도 겁내지 않게 하였읍니다.(「미소」, 235)

'나'는 유다를 신에게 봉사한 유일한 인간으로 믿고 있다. 베드로는 신의 그림자를 배경 삼아 인간적인 제스처를 보여주려 했지만, 유다는 "신에게 있어서 인간이 지니는 의미와 가치의 시범자"였기 때문이다.

베드로는 자신의 목숨을 구하기 위해 새벽닭이 울기 전에 예수를 세 번이나 부인한 반면, 유다는 거짓 없이 예수를 배반했던 것이다. 그런 유다를 '나'는 좋아한다. 그래서 누군가 유다의 후예인 '나'를 비난한다 해도 '나'는 유다가 인간을 팔아 신을 빛내었을망정 자신을 위해 신의 이름을 욕되게 하지는 않았고 항변할 것이다. 그만큼 '나'는 예수의 열 두 제자 중, 유다가 가장 인간적이었다고 생각한다.

그런데 귀양에게서 베드로 중심의 기독교 냄새가 강하게 배어 나오고 있다. 그렇다고 '나'가 귀양을 포기할 수는 없다. '나'와 귀양이 합치되는 날이 서로가 영원히 사는 날이기 때문이다.

> 이 이상 貴孃은 나를 피하지 말아야 할 것입니다. 貴孃의 그 빛나는 미소는 인간에게만 의미가 있기 때문입니다. 더구나 「ㅎ」발음이며, b와 d를 구별 못하는 내 두뇌의 치보성이나, 가을비 내리는 음산한 풍경이 회색 바탕으로 끝없이 전개된 내 인생의 정신 풍토 위에는, 貴孃의 투명한 미소를 충분히 형체화 시킬 수 있는 운명적인 필연성조차 내재해 있는 것입니다. 모든 인간을 불신(不信)하지 않을 수 없는 나는, 최후로 貴孃만을 믿는 것입니다. 나는 이제 서슴치 않고 貴孃을 찾아 나설 것입니다.(「미소」, 235)

'나'가 귀양을 만나기만 하면, 그녀는 불안한 눈동자로 '나'를 말없이 응시한다. 그 눈빛에는 '나'에 대한 터무니없는 오해로 가득 차 있다. '나'는 귀양의 투명한 미소를 형체화 할 수 있는 운명의 사람이라고 확신하고 있지만 귀양은 '나'와의 숙명적 관계를 깨닫지 못한다. 자기 인식의 차단, 그것은 귀양이 종교의 그늘 아래 있기 때문에 생기는 일이다. 그녀는 베드로처럼 "신의 그림자를 배경으로" 존재하므로, 자신의 "그 빛나는 미소는 인간에게만 의미"가 있음을 인식하지 못하고 있다. 종교와 같은 이데올로기가 그녀 자신을 직시할 수 없도록 방해한다. 이같은 자기 유폐 현상은 귀양에게만 발생하는 일이 아니다. 귀양을 비롯한 주위의 사람들, 그리고 가족조차 '나'를 이해하지 못하는 것은 그들이 종교적 이데올로기에 갇혀 있는 탓이다.

> 현재 나는 몰이해한 가족들의 부당한 감시 속에서 이 글월을 초하고 있는 것입니다. 그러나 조금도 비관이나 낙망하지 않고, 나는 또 다시 貴孃을 찾아 나설 것을 약속해 둡니다. 스산한 가을비 뿌리는 무한한 회색 바탕의 내 내면 세계에는 貴孃의 투명한 미소만이 단 하나의 태양으로 살아 있는 것입니다. 내가 어찌 貴孃을 찾아내지 못한채 이대로 있을 수 있고, 또 죽을 수 있으리까.
> 나의 얼굴에 貴孃의 미소가 떠오르고, 貴孃의 품에 내가 안기는 날 그 날만이 내가 완전히 사는 날이요, 죽은 날일 것입니다.(「미소」, 241)

온통 회색 바탕인 '나'의 내면을 불식할 수 있는 유일한 해결책은 귀양의 투명한 미소뿐이다. 하지만 귀양은 계속해서 '나'를 피하고 있다. 그렇다고 귀양을 포기할 수는 없다. 포기는 곧 메커니즘에 찌든 '나', 규범화된 '나'를 인정한다는 것이다. 다시 말하면, 귀양이 타인인 '나'를 받아들일 때 진정한 인간으로서의 '나'의 정체성을 형성할 수 있다. 하지만 귀양에게 '나'라는 타자는 여전히 받아들일 수 없는 존재로 남아있다.

원고에는 타자를 통한 자기 발견의 메시지가 담겨있다. 그리고 그 근본적인 의미가 원고 밖의 '나'의 의식 안으로 흘러들어온다. 요컨대, 원고 안의 '나'의 경험이 그 밖에 존재하는 '나'를 반성하고 변하게 만드는 것이다. 원고를 읽은 '나'가 '감명을 받아 그것을 다소 가필해서 발표했다'는 일련의 행동은 원고를 매개로 한 자기이해 없이는 성립될 수 없다.

「미소」 또한 「층계의 위치」처럼 타자를 향한 관심이 곧 '나'를 깨닫는 길임이 함축되어 있다. 「미소」와 「층계의 위치」에 나타난 이 같은 주제적 측면을 포착하지 못한다면, 「유실몽」에 형상화된 '나'의 실존적 자각을 명쾌하게 설명할 근거를 마련하기 어렵다.

「유실몽」에서는 윤리적으로 와해된 사회가 형상화되어 있다. 가족 안에서 빚어내는 우스꽝스러운 모습이 왜곡된 사회를 반영하고 있다. 부부 사이에 빈발하는 신기한 싸움이 그렇고, 직업 없이 빈둥거리는 상근이가 그렇고, 돈 버는 수완은 뛰어나지만 조신함이 부재한 누이가 그렇고, 딸이란 자식이 아니라고 투정하면서도 딸에게 얹혀사는 강노인이 그렇고, 그리고 지금은 하늘 옷을 잃어버린 선녀지만 언젠가는 찬란한 옷을 입고 승천할 것을 꿈꾸는 내가 그렇다. 특히, 누이와 매형 간의 부부싸움을 스포츠라고 할 수 있을 만큼 그 관계가 희화화되어 있다.

> 누이와 매형 사이의 그 기이한 부부 싸움은 거의 이틀 거리로 있었다. 그것은 정말 기이한 부부 싸움이라 할 수 밖에 없었다. 매형은 때리기만 하고 누이는 맞기만 하게 마련이다. 매형인 相根은 아내를 구타하는데 상당히 숙달한 솜씨를 보여 주는 것이었다. 마치 폭싱연습이라도 하듯, 두 주먹을 눈앞에 겨누었다가 연겊어 아내의 어깨와 등을 나려 족치는 것이다. (…) 남편의 주먹이 떨어질적 마다 움칠움칠 놀라면서도 그냥 몸을 더 웅크릴 뿐이다. 간혹 「아야―아야―」하고 유창한 비명을 지르는 것이 고작이었다. 그것은 참말 비명으로 듣기에는 너무나 느리고 부드러운 발음이었다. (…) 이와 매형 사이에 빈발하는 그 신기한 부부 싸움은 언제나 돈 때문이었다. 오늘도 그랬다.(「유실몽」, 266)[32]

누이와 매형 상근의 싸움은 늘 돈이 발단이었다. 오늘도 상근이 아내에게 '천환'을 달라고 했던 것이 화근이 되어 부부 싸움이 일어난 것이다. 상근은 자신의 돈 요구에 아내가 불응하자 복싱 연습의 대상을 때리듯 사정없이 아내를 구타한다. 돈을 준다고 할 때까지 상근의 매질이 계

---

32) 손창섭, 「流失夢」, 『사상계』, 1956. 3(이하 「유실몽」과 관련된 인용문의 숫자는 이 책의 쪽수이다).

속되는 데도, 누이의 얼굴에서는 분노나 비애의 기색조차 찾아볼 수가 없다. 다만 애교 띤 미소만이 물살처럼 번지는 것이다. 이렇게 "현대식 가정 스포츠"라고 할 수 있는 기발한 한 게임이 시작되는 원인은 돈이다.

남편 상근은 직업이 없다. 술집 작부로 일하는 누이만이 이 집에서 돈을 벌어들이는 유일한 돈줄이다. 돈을 버는 데는 수재적인 수완을 발휘하는 누이는 파혼을 당하고도 나이 많은 남자와 결혼했을 정도로 바람기가 다분하다. 그런 누이가 결국은 상근 또한 버리고 다른 남자를 만나 도망을 친다. 우스꽝스러운 부부 싸움에서 알 수 있듯이, 윤리적으로 문제가 있던 누이와 실직한 가장인 상근의 결합은 건전한 가정을 이룰 수 없는 요소를 애초부터 안고 있었다. 말하자면, 윤리의 파괴와 가장의 실직은 진정한 의미의 가족이 성립될 수 없는 결정적인 요인들로 희화화된 부부 싸움에는 전후의 사회 상황이 단적으로 함축되어 있다.

전후시기에 나타난 왜곡된 가족 관계는 강노인네도 마찬가지이다. 딸만 다섯을 낳고 죽은 아내를 원망하는 강노인과 신분 상승을 위해 무리하게 일하는 딸 춘자를 둘러싼 부녀 관계 또한 굴절되어 있다. 아버지는 딸을 미워하고 딸은 아버지를 경멸한다. 건강한 가족 윤리가 전쟁 이후에는 사라진 것이다. 부부관계나 부녀관계에서 보이는 파행적 현상들은 분단과 전쟁이 낳은 부조리이다. 이 같은 현실을 인식한 '나'는 부조리가 난무하는 그곳에서 탈출을 시도한다.

이제는 어디로든 나도 떠나야 할 때가 왔다고 생각했다. 그 집에 내가 월여를 머물러 있는 것도 누이가 있었기 때문이다. 그렇다고 해서 다시 누이를 찾아갈 생각은 아예 없었다. 차라리 나는 누이와는 반대 방향으로 가야 한다고 생각하며 대합실을 나섰다. 밖에는 어둠을 뚫고, 자동차가 수없이 질주하고 있었다. 나는 될 수 있는대로 어두운 쪽을 골라서 걸었다. 십여살 짜리 조무래기 한 놈이 앞을 막아 섰다.

「아저씨, 하숙 안 가셔요?」

「오냐 가자! 가구 말구. 어디라두 가자!」

　나는 소년을 따라 걸었다. 어두운 골목으로 들어 섰다 불현듯 창백한 春子의 얼굴이 눈앞을 얼찐 거렸다. 뒤 이어 여자의 가느단 울음 소리가 들려 오는 것 같았다. 그것은 분명히 숨죽여 우는 젊은 여자의 울음 소리었다. 이러한 착각을 나는 끝까지 견디어 내야 한다고 생각하며 자꾸만 어둠 속을 헤치고 소년을 따라 걸었다.(「유실몽」, 286)

　다른 남자와 부산행 열차를 탄 누이를 떠나보낸 '나'는 "누이와는 반대 방향으로 가야한다고 생각하며" 대합실을 나선다. 자신이 선택한 길을 "끝까지 견디어 내야 한다고" 다짐하면서, '나'는 하숙을 치라던 소년 아이를 따라 어둠 속을 헤치며 들어가는 것이다. 윤리와 도덕이 상실된 방향으로 가는 누이와 전혀 다른 방향으로 갈 것을 결심은 했지만, 그곳이 어디인지 하는 향방이 불투명한 까닭에 '나'의 정체성의 윤곽 또한 희미하다. 그러나 그 불투명은 서술주체 '나'가 의미의 분산 작용에 의한 무의미에의 가치 부여로 인해 파생된 현상이다.[33] 서술주체 '나'가 주제적 의미를 문장 전체 속에 용해시켜, 누이로서, 매부로서, 강노인으로서, 춘자로서 자기 자신을 반성적으로 뒤돌아본 '나'의 나됨의 형상화 과정이 불분명한 것이다.

　의미 분산으로 인한 「유실몽」의 주제적 불투명에 해결의 실마리를 제공하는 소설이 「미소」나 「층계의 위치」이다. 「유실몽」에서 '잃어버린 꿈 찾기'는 「층계의 위치」에서 '층계의 비밀 밝히기'나 「미소」에서 '약혼자 탐색'처럼 '나는 누구인가'에 대한 발견의 과정이었던 것이다. 이처럼 「유실몽」, 「미소」, 「층계의 위치」 등, 서로 다른 이야기 세계에 존재하는 서술주체 '나'는 타자 인식이 곧 자기 인식이라는 구도를 바탕으

---

33) 손창섭은 「유실몽」에서 작가가 의도한 근본적인 목표는 "의미의 분산 작용에 의한 무의미에의 가치 부여에 있다"고 말한 바 있다(손창섭, 「作業餘滴」, 『한국전후문제작품집』, 신구문화사, 1980, 406쪽).

로 일련의 사건들을 이야기하고 있다.

손창섭의 1인칭 이야기에는 끊임없이 이어지는 질문과 몰래 드러내거나 감추어온 의미 찾기에 독자가 적극적으로 참여할 수 있도록 호기심의 전략이 십분 발휘되고 있다. 호기심이야말로 '나'를 억압하고 있는 사회적 기제들을 드러내는 가운데 감춰진 '나'를 찾아내는 원동력이자, 동시에 독자의 궁금증을 유발하면서 긴장감을 조성하는 의사소통의 힘인 것이다. 서술주체 '나'는 사건이 연속적으로 일어나는 서술 방식을 취하는데, 이것은 '나'의 호기심으로 인해 생기는 시련과 고통 속에서 드러나는 일련의 진실들을 독자가 공감하게 하려는 전략으로 볼 수 있다. 「유실몽」, 「미소」, 「층계의 위치」에서는 인간의 근원적인 욕망인 호기심을 자극함으로써 독자를 영원한 현재에 묶어 두지만, 어떤 작품에서는 독자의 의식을 끊임없이 과거로 되돌림으로써 인간이 유한적인 존재임을 인식시키는 서술 방식이 사용되기도 한다.

과거를 회상하는 일은 무의식적으로 일어나지 않는다. 의식의 흐름이나 내적 독백으로 처리되는 소급제시들은 궁극적으로 서술주체 '나'의 기억 작용에 달려 있다. 즉 '나'가 과거에 체험했던 사건들을 잊지 않고 "현재" 기억한 결과인 것이다. 한 시간이라는 제한된 시간 동안, '나'가 겪었던 일들을 끊임없이 기억해냄으로써 이야기의 의미가 생산될 뿐만 아니라 인간이란 모두 유한적 존재임을 탐색한 대표적인 작품은 「유예」이다. 이 작품은 인간이란 시간과 분리되어서는 인식될 수 없는, 시간적인 계기들과 변화들의 연속이라는 배경 하에서만 경험되고 인식되는 존재34)라는 사실을 기억을 통해 보여준다.

---

34) Hans Meyerhoff, 이종철 옮김, 『문학과 시간의 만남』, 자유사상사, 1994, 17쪽.

3. 기억에 의한 중층적 서술

오상원[35]의 「유예」는 한시간이라는 유한성으로 인해, "현재" 이야기하는 서술주체 '나'의 서술하는 의식에 중점이 있다. 죽음을 앞둔 갇힌 자의 한계 상황을 전제해 볼 때, 서술주체 '나'의 초점 대상이 행위보다는 의식에 있다는 사실은 주목된다. 과거의 경험보다는 현존재의 의식에 서술의 초점이 있으므로, 「유예」에서는 이야기의 끝에 가서야 깨닫게 되는 "나는 알았다"의 경험주체 '나'의 목소리가 "나는 알고 있다"는 서술주체 '나'의 목소리에 이미 녹아 있다. 1인칭 이야기에서 일반적으로 나타나는 시간적 간극이 「유예」의 경우에는 죽음을 앞둔 한 시간의 유예 시간으로 인해 다른 방향으로 변형되는 특징을 보여준다.

죽음에로의 존재인 인간은 유한하게 실존한다. 그런데 「유예」에서는 그 유한성이 한 시간에 묶여 있다. 한 시간 내 존재인 서술주체 '나'의 의식 속에서 일련의 사건들이 소급적으로 혹은 사전적으로 제시되기 때문에 「유예」에서는 한 시간의 이야기 내용보다 그것을 이야기하는 데 걸리는 시간이 훨씬 길다. 말하자면, 회상과 예상 등 다양한 삽입에 의해 이야기 시간이 길어진 것이다. 서술주체 '나'의 "현재" 상황은 "과거"의 회상 속에 묻혀 있고, 그 회상된 사건은 한 시간 후에 일어날 "미래"와 연결되어 있으므로 사건의 제시는 그의 기억 작용과 불가분의 관계에 있다. 기억이란 그것을 이야기하는 현재의 산물이므로, 한 시간이라는 유한성에서 끊임없이 일어나는 일련의 연상들은 "반복"적인 양상을

---

35) 오상원의 단편소설로는 「龜裂」(1955), 「죽음에의 訓練」(1955), 「猶豫」(1956), 「殘像」(1956), 「彈痕」(1956), 「亂影」(1956), 「죽어살이」(1956), 「證人」(1956), 「思像」(1957), 「謀反」(1957), 「잃어버린 에피소우드」(1957), 「媒煙」(1958), 「피리어드」(1958), 「내일쯤은」(1958), 「浮動期」(1958), 「位置」(1958), 「報酬」(1959), 「表情」(1959), 「現實」(1959) 등이 있으며, 장편소설로는 1957년 5월부터 『사상계』에 연재한 『白紙의 記錄』이 있고, 중편소설인 「黃線地帶」는 1960년 『사상계』에 발표되었다.

띤다. 회상에 의해 기억되는 사건은 그 자체가 궁극적으로 유추 반복적이다.[36]

　「유예」에서는 과거에 단 한 번 일어났던 사형 집행 직전의 사건이 여러 번 반복적으로 진술되고 있다. 그렇다고 그 죽음의 순간이 똑 같은 문장으로 이야기되지는 않는다. 유추 반복이란 측정 가능한 것이므로, 작품에 나타난 '빈도'[37]의 문제는 유사성과 공통점을 고려한 결과이다. 단 한번 일어난 일이지만, 그것은 현존재의 의식 속에 그리고 앞으로 한 시간 후에 닥칠 운명을 예고하는 가운데 반복적으로 이야기되고 있다. 서술주체 '나'의 기억으로 "죽음"의 순간순간들은 서로 비슷해지고 뒤섞이면서 흩어진 과거와 미래와 연결된다. 이로써 죽음의 순간이 막연하지만 어렴풋이 반복된다. 그러나 서술주체 '나'의 기억에 의한 시간의 연속성은 동시에 인칭대명사 변경으로 와해되고 있다. 분절된 시간 속에서 시간의 연속성을, 시간의 연속성 속에서 분절된 시간이 구조화 된 셈이다. 흩어진 시간 속에서 반복적인 양상을 띠는 기억의 실체는 현재(A)-과거(B)-대과거(C)[38] 사이를 넘나드는 인식주체의 의식의 흐름을 동사의 시제에 따라 나누는 가운데 찾아질 수 있다.

---

36) Gérard Genette, 앞의 책, 94쪽.

37) 주네트의 시간 범주 중 '빈도'는, 이전까지의 연구자들이 시간 분석에서 간과했던 측면이다. 주네트는 그 모델의 범주들이 『잃어버린 시간을 찾아서』에 딱 맞아야 된다고 강요하지 않음으로써 그 이야기가 그 모델의 한 변형 또는 적어도 그 일부임을 시사하였다. 이러한 주네트의 입장, 즉 이야기의 문법이 개별적인 이야기에 의해 변형되거나 깨뜨려질 수 있다는 그의 사고는 이야기 담론을 분석적이게끔 하였다. 하나의 엄격한 모델 영역 밖에 있는 요소는 그 모델의 변형들로 읽힐 수 있기 때문에 결국, 주네트의 이론은 또한 전후 신세대 작가들의 개별적인 이야기에 의해 변형되거나 깨어질 수 있음을 상대적으로 암시하고 있다.

38) 김양호, 「오상원의 작품세계-「유예」의 전형성」, 『강남어문』 7집, 강남대 국어국문과, 1992. 12.

A-1 현　재: 움 속 감방에 갇혀 미래와 과거의 일을 떠올리는 '나'

B-1 과　거: 마지막 심문에서 1시간의 선고유예를 받은 '나'

A-2 현　재: 움 속 감방에서 한 시간 후면 죽을 모습을 상상하는 '나'
　　　　　(미래)

C-1 대과거: 전투하다 후퇴 도중 선임하사와 단 둘이 낙오한 '그'

A-3 현　재: 움 속 감방에 갇혀있는 '나'

B-2 과　거: 사상 전향하도록 심문을 받는 '그'

C-2 대과거: 총을 맞은 선임하사와 그 죽음을 안타까워하는 '그'

A-4 현　재: 몽롱한 의식에 있는 '나'

C-3 대과거: 선임하사가 죽고 혼자 낙오하다, 사수를 쏘아 죽여 포로
　　　　　가 된 '그'

A-5 현　재: 움속 감방에서 끌려나와 사형 집행되어 숨을 거두기까지
　　　　　의 '그'

시간이란 이야기되지 않고는 생각될 수 없다는 점에서 이야기된 시간 (narrated time)은 중요하다.[39] 분절된 시간들을 이야기의 파수꾼으로 전제하면서 「유예」를 살펴보면, 한 시간의 유예 시간 동안에 '나'의 의식은 현재를 매개로 하여 과거와 미래와 만난다. 죽어가는 "현재" '나'(A)의 의식은 전투에서 총살 직전의 국군포로를 구하려다가 적들에게 붙들려 심문 받기 전까지의 "대과거"(C)와 몇 차례의 심문을 받은 "과거"(B)와 자신이 총에 맞아 죽게 될 "미래"를 넘나들고 있다. 그러므로 먼저 '나' 의 행동들을 인과관계에 따라 살펴볼 필요가 있다.

북으로 북으로 쏜살같이 진격은 계속되었다. 수차의 전투가 일어났 다. 그가[40] 인솔한 수색대는 적의 배후 깊숙이 파고 들어갔다. 자주 본

---

39) Paul Ricœur, *Temps et récit* Ⅲ, p. 435.

40) ≪한국일보≫에 실린 「누예」에는 "내가"로 되어 있는데, 그것은 "그가"의 분명한 오식이다. 대명사의 변이 현상이 이야기의 주제를 이루는 중요한 기법인 점을 감 안하여, 이 글에서는 그것을 정정하여 인용하였다(오상원, 「유예」, 『현대한국문학 전집 7』, 신구문화사, 1981, 187쪽 참조).

대와의 연락이 끊어지기 시작하였다.

초조한 소대원의 얼굴은 무전사에게로 쏠렸다. 후퇴다! 이미 길은 모두 적에 의하여 차단되었다. 적의 어느 면을 뚫고 남하할 것인가? 자주 소전투가 벌어졌다. 한명 두명 쓰러지기 시작하였다. 될 수 있는 한 적과의 근접을 피하면서 산으로 타고 올랐다. 기아와 피로. 점점 낙오되고 줄어가는 소대원. 첩첩이 쌓인 눈과 추위, 그리고 알 수 없는 방향을 더듬으며 온갖 자연의 악조건과 싸우지 않으면 안되었다. 연이어 계속되는 눈보라 속에 무릎까지 덮이는 눈 속을 헤매다 방향을 잃은 그들은 악전 고투 끝에 산 밑을 더듬어 내려와서 가까운 그 어느 마을로 파고 들어갔다.[41)]

위의 인용문은 '나'가 전쟁 체험을 회상하는 장면이다. 그러나 회상된 사건은 '나'의 기억 작용에 의해 진술되었음에도 불구하고, 진술된 문장의 주어는 '나'가 아니라 '그'이다. '나'가 자신의 이야기를 하기 때문에 서술 당사자는 '나'여야 하는데, 소급제시된 사건의 주체는 "지금" 움 속 감방에 갇혀있는 '나'가 아니다. 그렇다고 다른 인물의 사건들이 소급제시된[42)] 것도 아니다. 분명 소급제시는 서술주체 '나'의 의식의 흐름에 따라 회상된 '나'의 일이다.

소급제시된 사건의 주인공은 소대장 '그'이다. 그는 소대원들을 이끌고 후퇴 중이다. 그는 적에게 노출되지 않도록 소대원을 이끌고 남쪽으로 이동하고 있다. 하지만 잦은 소전투의 와중에서 소대원들은 모두 죽고 그만 홀로 살아남는다. 혼자서 남하하던 그는 어느 날 한 무리의 적들이 국군청년을 사살하려는 현장을 목격한다.

---

41) 오상원, 「猶豫」, ≪한국일보≫, 1956. 1. 1(이하 인용문은 ≪한국일보≫에 실린 「猶豫」이다).
42) 이런 유형의 소급제시를 '이종 소급제시라고 하는데, 다른 작중인물이나 사건이나 이야기 내용 선에 대한 과거 정보를 제공한다(Gérard Genette, 앞의 책, 91쪽).

눈앞이 빙빙 돈다. 그는 마치 저 언덕길을 걸어가고 있는 것이 자기인 것만 같았다. 순간 그는 총을 꽉 움켜쥐었다. 내일을 위해 오늘의 싸움을 피한다는 것은 비겁한 수단이다. 지금 저 눈길을 걸어가고 있는 피해자는 그가 아니라 나 자신이다. 내가 지금 피살당하여가고 있는 것이다. 쏴야 한다. 그는 사수를 겨누었다. 숨죽이는 순간, 이미 그의 총구에서는 빗발같이 총알이 쏟아져 나갔다. 쓰러진다. 분명히 두놈이 쓰러졌다. 그는 다음 다음 연달아 쏘았다. 일순간이 지나자 응수가 왔다. 이마에선 진끗 땀이 흐른다. 눈앞이 돈다. 전신의 근육이 개머리판의 진동에 따라 약동한다. 의식이 자꾸 흐린다. (…) 눈 앞으로 가져갔다. 그 손끝과 손가락 사이에는 피, 검붉은 피가 함빡 젖어있다. 어디선가 두런두런 말소리가 들린다. 담배연기가 자욱하다. 먼지와 거미줄이 뽀-아니 늘어붙은 찢어진 천정구멍으로 사라져 간다. 방안이다. 방안에 눕혀져 있는 것이다. 이따금 흰눈을 밟고 지나가는 발자욱 소리가 희미한 의식 속에 떠오른다 점점 멀어져가는 발자욱 소리를 따라서 그의 의식도 희미해진다. 그후 몇번이고 심문이 지나갔다. 모-든 것은 결정되었다.

적의 대장이 인민의 처사에 이의가 있느냐고 묻자, 청년은 포로가 되었을 때 비로소 자신이 인간임을 깨달았다며 '지금' 인간으로 죽어 가는 것이 한 없이 기쁘다고 대답한다. 이때 청년을 응시하던 그는 "지금 저 눈길을 걸어가고 있는 피해자는 그가 아니라 나 자신"으로 인식한다. 타자를 통해 지금 이 상황에서 '나는 누구인가'를 깨달은 그는 사수를 쏜다. 위치가 노출된 그는 결국 적에게 잡혀 포로가 되었다. 그 후 몇 차례의 심문이 있었으나 그는 계속 전향을 거부한다.

전공 과목은? 왜 동무는 법과를 선택었오? 어렸을 때부터 벌써 동무는 출신 계급적인 인습관념에 젖어 있었소. 그것을 버리시오. (…) 그렇다면 동무처럼 불쌍한 청년은 또 이 세상에 또 없을 거요 나는 심히 유감스럽소. 동무의 그 태도가 참으로 유감이오. (인제 모든 것은 끝나는 것이다.) 왜 동무는 그렇게 내 얼굴을 차갑게 치어다보고만 있소? 한 마디 대답도 없이 입을 다문 채…. 알겠소. 나는 동무가 지키고 있는 그 침묵으로 동무가 말하고 있는 모-든 것을 이해할 수 있소. 유감이오. 주고받던 대화, 조그만 방안, 깨어진 질화로가 어렴풋이 머리 속을 스친다. 그는 무겁게 몸을 뒤틀었다. 희미하게 또 과거가 이어 온다.

몇 차례의 심문을 받은 '그'는 사상 전향을 회유하는 심문의 시간 속에서 '자기'[43]를 잃지 않는다. 이 점은 자신의 확고한 의지를 표방한 "인제 모든 것은 끝나는 것이다"라는 내적 독백에서 발생한다. 타자인 포로청년을 자기 자신으로 받아들인 이후, 과거의 '그'는 현재의 '그'와 동일인이지만 같을 수는 없다. 그는 남하하던 지난 일처럼 '적군은 부재하고 아군은 존재해야 하는' 이분법적인 이데올로기의 '길'을 스스로 거부하였다. 그는 포로가 되어서야 비로소 자신이 누구이며 무엇을 위해 싸우고 있는가를 반성할 수 있었다. 그러므로 그가 죽는 마지막 순간까

---

43) 이 글에서 '자기'(self)라고 지칭하는 것은 '나'(I)를 가리키는 것이 아니다. 리쾨르는 '나'와 '자기'를 대립시킴으로써 이 문법에서 동일성(identity)의 문제를 이끌어 내고 있다. 그는 동일한(identical)이라는 용어를 그 고유한 성격인 시간성과 관련하여 고찰함으로써 개인의 자기 동일성(personal identity)과 이야기 동일성(narrative identity)을 설명할 수 있었다. 리쾨르는 라틴어 'idem'(same)과 'ipse'(self)를 통해 동질성(sameness)을 동질적 동일성(idem-identity)과 동의어로 상정하고 그것에 자기 동일성(ipse-identity)을 지시하는 자기성(selfhood)을 대립시키는 한편, 자기성은 타자성(otherness)과 상관 짝으로 설명한다. 타자성, 즉 타자(other)가 없으면 자기가 누구인지 구체적으로 확보할 수 없다는 것이다. 리쾨르의 저서 제목, '타자로서 자기 자신'(*oneself as another*)에서 보듯이 그의 동일성에 관한 이론은 자기성이 타자성을 매우 암시적인 단계에서 함축하고 있음을 표방하는 자기 동일성 문제에 그 초점이 있음을 알 수 있다(Paul Ricœur, trans., Kathleen Blamey, Oneself as Another, Chicago UP, 1992, pp. 1~3). 그런데 이 글에서는 리쾨르의 주요 개념이자 철학의 기본 개념인 동일성을 정체성이라는 용어로 대체하고자 한다. 이 글에서 말하는 정체성은 문학, 심리학, 사회학 등에서 두루 운위되는 자아(ego)의 개념에서 출발하는 것은 전혀 아니다. 정체성을 이해하고 기술하는 기본은 물론 리쾨르에게서 빌려왔다. 리쾨르의 해석학 이론은 작품을 독자의 재형상화 차원에서 분석할 수 있는 하나의 틀을 제공하므로 필요하다. 하지만 리쾨르의 이론은 구체적인 소설 분석을 위한 수단이며 궁극적으로는 작품이 그 대상이 된다. 그러므로 리쾨르의 동일성이라는 용어를 많은 사람들이 익히 알고 있는 정체성이라는 용어로 사용하고자 한다.

지 전향이란 있을 수 없다.

"똑바로 정면으로 눈 준 채 조금도 흩어질 줄 모르는 침착한 걸음걸이로", 죽는 순간까지 최선을 다하는 청년을 통해 그는 자신에게 성실하지 못했던 자기를 발견한다. 그 깨달음의 선상에 있는 그는 어제의 '나'이긴 하지만, 그렇다고 어제와 동일한 '나'인 채 존재할 수 없다. 어제와 다른 오늘의 '나'일 수 있는 조건, 그것은 이데올로기와 같은 규범에 함몰되지 않는 자기의식이다. 자기를 발견한 그는 전쟁 중 자기의식이 부재했던 과거의 '나'를 대상화함으로써 현재의 '나'와 구분 짓고 있다. '그'로의 대명사 변이는 이러한 의미가 밑바탕에 깔려 있다.

장용학, 손창섭, 오상원의 1인칭 이야기 텍스트에서 순서, 지속, 빈도 등의 시간 범주가 분석의 초점이 되는 것은 타자 인식이 곧 자기 정체성을 이루는 근본 요소임을 시간을 통해 모색해보려는 '나'의 의식에서 비롯된다. 이로써 독자는 경험주체 '나'의 "무엇을"에 대한 관심 못지않게 서술주체 '나'의 "어떻게" 전달하느냐에 관심을 가진다. 독자는 동일인인 두 행위자 사이의 시간적 간격을 자신의 시간으로 채우면서 이야기의 주인공 '나'를 통해 결국 자기를 반성하게 된다.

3장

자기 정체성 확인과 공존의식

3인칭 이야기의 일반적인 특성이란 초점화의 매개적 인물을 통해 스토리 세계를 1인칭 이야기보다 좀더 객관적으로 전달할 수 있다는 데 있다. 스토리 밖의 서술자가 논평이나 간섭을 삼가면서 적절한 거리를 유지할 경우, 그 객관적 거리는 독자에게 이야기를 믿을 만한 것으로 받아들이도록 하는 기법이 된다. 그러므로 1인칭 이야기와 달리, 서술자와 초점화자가 상호 독립적으로 존재하는 3인칭 이야기에서는 객관적 거리에 대한 분석이 초점화와 목소리를 알 수 있는 근거가 된다.

서술자는 스토리를 이야기하는 과정에서 초점화자에 대한 자신의 평가를 어조(tone)로써 드러낸다. 서술자의 목소리에서 묻어나는 어조에 따라 초점화자에 대한 그의 태도가 우호적인가 냉소적인가를 가늠할 수 있기 때문에 그것은 또한 스토리 세계에 대한 가치 평가적 측면을 함축한다고 말할 수 있다. 이로써 3인칭 이야기에서는 서술자의 목소리뿐 아니라 어조에 대한 구체적인 분석이 뒤따라야 한다.

장용학, 손창섭, 오상원의 3인칭 이야기에서는 초점화와 거리, 어조뿐 아니라, 대화 제시 방식도 중요하다. 특히 서술자의 목소리와 초점화자의 목소리가 섞여 있는 자유간접화법은, 타자와의 공존을 주제로 삼고 있는 그들의 작품들과 관련하여 논의의 관건이 된다. 서술자는 타자를 배려하는 초점화자와 객관적 거리를 유지하는 가운데 한편으로는 다양한 방식으로 자유간접화법을 제시한다. 서술자와 초점화자가 공존해 있는 자유간접화법은 동시에 두 존재가 영원히 대화적이라는[44] 사실을 나타내는 하나의 기법이라고 할 수 있다.

서술자는 초점화자의 '눈'(지각)을 통해 세계를 바라보는 자신의 입장을 매개하므로, 초점화자에게 가장 중요한 조건은 주체적인 자기의식이다. 장용학, 손창섭, 오상원의 3인칭 이야기에 등장하는 초점화자들은 왜곡된 윤리 타파, 자기 정체성의 실천 의지, 타자와의 공존의식 등을 지닌 주체들이다. 즉, 그들의 3인칭 소설에서는 초점화자의 자기 정체성이 이야기를 이끌어 가는 중요한 이야기 요소가 된다.

1. 원형 상징과 행동의 의미망

장용학의 대표적인 3인칭 이야기로는 「비인탄생」, 「역성서설」,『원형의 전설』 등을 들 수 있다. 일종의 연작소설 같은 세 작품 가운데 마지막에 발표된『원형의 전설』에서는 「비인탄생」과 「역성서설」뿐만 아니라, 장용학이 50년대 발표한 소설들에서 다룬 문제들이 총체적으로 형상화되어 있다.

「비인탄생」, 「역성서설」,『원형의 전설』은 초점화자의 '이름'과 관련한 상호 연결적인 측면이 작품의 의미를 산출한다. 1부작 「비인탄생」에서는 땅의 아이인 '地瑚'가 '非人'으로 탄생하여 산으로 들어가는 과정이, 그 후편인 2부작 「역성서설」에서는 산으로 들어간 '非人' '三守'가

---

44) Michael J. Toolan, 김병욱 · 오연희 옮김,『서사론: 비평언어학적 서설』, 형설출판사, 1993, 183쪽.

부조리의 근원적 실체를 물리치고 다시 '地瑚'가 되어 세속으로 들어가는 과정이, 그리고 인간 세상으로 돌아온 지호가『원형의 전설』에서 李章으로 역성하고 원형의 세계를 만들고자 분투하는 과정이 이야기되고 있다. 이와 같이 작품 사이를 명시적으로 관련짓는 '地瑚', '三守(지호의 아명)', '李章' 등 초점화자의 이름 변화와 인간 사회로의 귀환과 이환은 이야기 해석을 위한 단서를 제공한다. 그러므로 세 작품들 중, 가장 먼저 발표된 「비인탄생」에 등장하는 주인공 지호가 '非人'으로 탄생하여 속세를 떠난 까닭을 밝히는 과정은 세 이야기들을 이해하는 출발점이라고 할 수 있다.

「비인탄생」은 <아홉시 병 우화>와 본화로 이루어져 있다. 우화는 이야기의 의미를 생산하는 데 상징적인 역할을 한다. 서술자는 한 어린아이의 심리적인 병상을 기록함으로써 인간들이 자신도 모르게 무서운 병에 잠식되고 있음을 경고하고 있다. 그 무서운 병이란 부조리에 함몰되어 자기 자신을 깨닫지 못하는 '불감증'이다.

아홉시병(九時病)—
아홉시가 가까이 오면 배탈이 나는 아이가 있다. 아홉시는 아동들이 학교에 가는 시간이다.
학교에 가기 싫어서 배가 아프다고 했더니 엄마는 책가방을 저리로 밀어 버리면서 배를 만져본다 이마를 짚어본다 어쩔 줄 몰라 했다. 학교에 안가서 좋았을 뿐더러 뭐 사갖고 싶은 것이 없는가라든지 다음 일요일에는 창경원에 데려다 주겠다든지, 배가 낫게 되면 네가 제일 좋아하는 카스테라를 배가 탈이 나도록 사 주겠다든지 그런 약속까지 해 준다.
재미가 붙은 그 아이는 학교에 가기 싫거나 하면 배가 아프다고 했다. 언짢은 일이 있거나 욕심이 나는 일이 있으면 「배가 아파」 했다. 특별한 아이가 되었다. 모든 일에 특별 대우이다. (…) 전쟁이 일어나서 일선으로 나갔다. 작전명령만 내리면 배탈이 났다. 의심을 품은 중대장은 군의에게 철저히 진찰을 받게 했다. 배는 정말 아픈 것이다. (…) 사회라

는 데는 학교나 군대와 달라 결석이니 제대니 하는 것이 없었다. 배를
부둥켜 안고서라도 직업이라는 것을 가지고 있어야 했다.
　그러는 사이에 그는 배탈의 아픔을 느끼지 않게 되었다. 그의 생리는
배탈에 아주 물들어 버린 것이다. 건강체가 된 것이다.
　모든 사람은 말하자면 그런 健康人인지도 모른다.
　그렇다면 그들은 지금 무슨 아홉시병에 걸려 있는 것인가?…(「비인
탄생」)[45]

<아홉시 병 우화>에서 서술자는 자기 나름의 책략인 '배탈'로 버티
었던 한 인간이 끝내 그것을 참아냄으로써 사회에 종속된 과정을 요약
서술하고 있다. 우화는 짧은 진술로 압축되어 있지만, 그 이야기에 내재
된 상징적 패턴은 본화에서 유추 반복적으로 나타난다. 그리고 이야기
끝에서 서술자는 이야기 끝에서 "모든 사람은 말하자면 그런 건강인인
지도 모른다. 그렇다면 그들은 지금 무슨 아홉시 병에 걸려 있는 것인
가?"라고 되물음으로써, 독자에게 '지금 자신이 건강하다고 생각한다면
당신은 그 지독한 아홉시 병에 걸린 환자'가 아니냐고 묻는다. 그 물음
을 시작으로 이야기 세계의 주인공 비인(非人)이 등장한다. 「비인탄생」
의 비인은 지호(池湖)이다.

지호는 그가 담임으로 맡고 있던 학급의 우등생이 결석 미달로 졸업
자격을 박탈당할 위기에 처하자 그 문제를 두고 교장과 첨예하게 대립
한다. 그는 결석 일수라는 숫자를 앞세워 학생을 희생시키는 교장에 맞
서보지만, 끝내 파괴주의자로 몰려 학교에서 쫓겨난다. 이 일로 교육자
적 양심을 지키려고 했던 지호는 획일성의 논리를 앞세운 기존의 교육
관에 깊은 회의를 느낀다. 그는 모든 것을 정리하고 자신이 동경하던 산
속 혈거 생활을 시작한다. 마치 어머니의 자궁 같은 동굴은 지호에게 잃
어버린 시간을 찾을 수 있는 근원적인 터전을 제공한다.

---

45) 장용학, 「非人誕生」, 『사상계』, 1956. 10, 349~350쪽.

건너편 능선 저쪽에 저 끝까지 지붕이 지붕을 이룬 都會의 灰色.. 저
것이 人間精神의 皮膚色이란 말인가? 體溫이었단 말인가?
그것은 墓地였다. 自然界의 共同墓地였다. (…) 인간은 말하자면 그 소
제부이다. 그 쓰레기를 염색해 뒤집어쓰고 그들은 그것을 文明이다 科學
이다 藝術이다 에티켓이다 蹴球試合이다 코카콜라다 하고 흥분한다. 흥
분에서 價値가 생긴다는 것이다. 그들에게는 대중(標準)이라는 것이 없다.
그들이 사랑하는 말 가운데 「十錢을 웃는 者는 一錢에 운다」라는 것이
있다. 회사에 십만환 손해를 보게 한 사원을 꾸짖을 때와 같은 분량의
노성을 찻잔을 떨어뜨린 급사에게 퍼붓는다. 그래서 「사람은 생각하는
동물이다.」 그렇게 하지 않으면 사람은 생각하는 동물로서의 보람이 없
어지는 것이다. 생각이란 원래 「良心」이 없는 分泌作用이다. 時間과 空間
에 따라 노랑 나비도 파랑 나비가 된다. 그들은 그것을 本能이라고 한다.
그들은 걸핏하면 神을 외치지만 따지고 보면 本能앞에 禮拜하고 있는 것
이다.(「비인탄생」)46)

지호가 스스로 떠나온 도시는 인간을 억압하는 실체들이 들끓는 곳이
다. "지상에서 가장 더러운 도시", "페스트가 창궐하고 쓰레기장인 도
시"에 적응하면서 사는 현대인은 자기의식을 저당 잡힌 건강체이다. 그
러므로 현대인의 사유란 "양심이 없는 분비작용"에 불과하다. 도시는
그렇게 자기의식을 지닌 인간 주체가 존립할 수 없도록 만드는 것이다.

人間은 하나의 反語. 모든 「人間的」은 「人間」에서의 過去證明書에 지나
지 않았다! 暗號가 人間이 아니라 生이 人間이었다. 生 밖에 人間이 있은
것은 아니다! 人間은 그 自體가 原因이요, 그 自體가 目的이었다. 因果의
고리가 人間이었던 時節은 이미 지나갔다.
人間은 廢棄되었다! 一連番號가 내가 아니다. 이웃사람이 내가 아니다.
아들이 내가 아니라! 내가 내다!
人間은 非人으로서 人間이었다! 孝子가 人間이 아니라 蕩兒가 人間이었
다!(「비인탄생」)47)

---

46) 위의 책, 350∼351쪽.

불감증의 환자를 양산하는 도시에서 진정한 자기의식을 지닌 인간이 존재하기란 어렵다. '人間'에서 '人間的'으로 되는 '因果'에서, '的'을 떼어내야 '인간'으로 존립할 수 있음에도 불구하고, 도시를 지탱하는 '的'의 메커니즘은 '인과'의 합리성을 앞세워 자유로운 의식 자체를 봉쇄하고 있다. 그런 '的'의 메커니즘은 여러 가지 허위 이념들을 거느리면서 인간이 스스로 존재할 수 있는 자기의식을 파괴한다. 그러한 '的'의 본질을 가장 극명하게 드러내는 이념이 '지동설'이다.

> 「우리는 열심히 人間 밖을 살고 있었다. 내가 없는 舞臺에서 나는 울고 웃고 하면서 나의 配役을 열심히 담당하고 있었던 것이다. 그러기 때문에 박수소리가 나면 기분 좋아했고 나지 않으면 섭섭해 했던 것이다. 갇혀 있는 것은 원숭이가 아니라 밖에서 손구락질하면서 구경하고 있었던 우리 인간이었다. 우리는 「地動」 위에 盤石같애서 살았던 것이다! 하나의 「合理」를 위하여 모든 「理」를 지워버리는 것을 正義라고 이름지었고, 한 마리의 羊을 위하여 아흔아홉 마리의 羊을 버리는 것을 平和라고 외쳤다. 이러한 詐欺功利主義, 센티멘탈리즘, 제스츄어가 얼마나 人類를 망쳐버렸던 것인가…」(「비인탄생」)[48]

'지동설'이 과학으로 인정된 이후, 현대인들은 그 이론을 종교처럼 믿으며 살아 왔다. 그러나 '지동설'을 맹신하는 동안 합리와 정의는 "合理란 하나의 理를 위하여 다른 모든 理를 지워 버리며, 한 마리의 양을 위하여 아흔 아홉 마리의 양을 버리는 것을 正義"로 변질되었다. 그러한 현상은 공리주의 학설에서도 일어난다. 최대 다수의 최대 행복을 도덕의 기초로 한 공리주의에는 다수에 의한 소수의 희생이라는 폐단을 애초부터 안고 있었다. 인간의 희생과 종속을 바탕으로 이루어진 합리, 정의, 공리주의 등은 '지동설'의 패러다임에서 파생된 이념들일 뿐이다.

---

47) 장용학, 「비인탄생」, 『사상계』, 1957. 1, 370쪽.
48) 위의 책, 370쪽.

그 허위의 이념들로 들끓는 도시에서 인간들은 자신들이 없는 무대에서 울고 웃고 하면서 맡겨진 배역을 충실히 이행하고 있다.

> 乖離 그 자체가 내라는 말인가?! 나는 생각한다. 故로 나는 있다. 억지로 덮어 씌우는 이런 「나」가 나에게 무슨 소용이 있단 말인가. 그렇게 해서 「있는」 「나」란 모욕이다! 人間이란 侮辱인가? 侮辱에 그쳐야 하는 것이 人間이란 이름인가?….
> 인간이 侮辱일지언정 「나」는 모욕이 아니다! 人間은 神이 만들어 냈을지언정 「나」는 神이 죽은 데서 시작한 것이다!
> 神을 사이에 두고 갈려져 있는 人間과 「나」. 이 三者의 압설(狎褻)로 모욕된 땅이 이 世界였다!(「비인탄생」)[49]

"억지로 덮어씌운 「나는 생각한다. 고로 나는 있다」"라는 인식론은 인간을 이해할 수 있는 아무런 근거도 제공할 수 없을 뿐 아니라, 인간이 인간일 수 있는 근원인 자유로운 사유마저 방해한다. 인식론과 더불어 공리주의, 문명, 과학, 합리, 정의, 이름 등은 인간에게 '자기' 없는 '人間的'을 강요하는 부조리의 기제일 뿐이다. 그러므로 '的'을 떼어내고 참된 '인간'으로 설 수 있는 새로운 대안, '지동설'에 맞설 이념이 필요하다. 천동시대의 유인설, 즉 태초부터 인간은 원숭이라는 그 학설이야말로 인간 창조설을 주장하는 '신'에 도전할 수 있는 대항 의식이며, 현대 문명의 메커니즘에서 인간을 해방할 수 있는 대안인 것이다.

> 이제 거기에 꼬리가 나 봐라. 人生이 얼마나 부드러워지고 世界가 얼마나 사양스러워 질 것이겠는가? 사람들은 우선 자기가 따의 아들이었다는 것을 깨치게 될 것이고 하늘이 높다는 것을 알게 될 것이다. 서 있는 것이 어쩐지 무엇을 잃어 버리고 있는 것처럼 설레어질 것이고, 마침내 두 손으로 땅을 짚을 것이다. 마음에는 마침내 地動說의 眩氣症이 비쳐들 것이다.

---

49) 장용학, 「비인탄생」, 『사상계』, 1956. 10, 353쪽.

그렇게 되면 손은 물건을 만들어내는 것을 그만둘 것이다. 그러면 만들어 내어도 소용이 없다는 것을 알게 될 것이다. 그러면 모든 물건은 필요없게 될 것이다. 모든 물건이 없어질 것이다. 이름이 없어진다. 이름이 죽는다….
「아 꼬리야, 얼른 나라…」(「비인탄생」)[50]

'지동설'이 발표되기 전까지 인간은 태양이 지구 중심을 돈다는 '천동설', 즉 '인간' 중심의 사고를 그 세계관으로 삼았었다. 그러나 지구가 태양 중심을 돈다는 '지동설'이 '천동설'을 대치한 순간, 인간은 주체적 사고를 깡그리 잊어버리고 과학이라는 이름으로 대두된 '지동설'을 신봉하게 되었다. 이렇게 볼 때, 신을 모독한 죄로 법정에 섰던 갈릴레이는 새로운 '신'을 창조한 위대한 인물이 된다. 과학을 앞세운 '지동설'이 중세의 '신'의 자리를 대신할 수 있었던 것은 이러한 논리로 설명될 수 있다. 그러므로 중세의 '신'과 현대의 '지동설'에 맞설 천동시대의 유인설이 절실히 요구되는 것이다. 이 같은 사실을 깨달았기 때문에 지호는 과학 문명이 인간을 지배하는 도시, 즉 속세를 떠난다.

한 사내가 산을 들어가고 있었다.
그를 地瑚라고 부를 수는 없었다. 「지호」라고 불러서 그가 돌아본다 해도 그것은 소리가 나서 그러는 것이지 이름으로서가 아닐 것이다. 그는 「이름」을 상실한 것이다. 거기를 걸어가고 있는 것은 그림자였다. 時間과 空間의 座標에서 떨어져 나온 破片이었다.(「비인탄생」)[51]

희생과 종속으로 얼룩진 개념들로 가득 찬 도시에서 스스로 깨우쳐 나온 지호는 규범화된 "시간과 공간의 좌표에서 떨어져 나온 파편"이다. 이렇게 해서 도시, 즉 '현대'를 떠난 비인은 탄생되었다. 그러나 비인에

---

50) 위의 책, 354~355쪽.
51) 장용학, 「비인탄생」, 『사상계』, 1957. 1, 374쪽.

게는 중요한 과업이 남아 있다. 비인은 '인간'을 '的'에 예속시키는 '정의, 이성, 합리, 공리주의, 과학' 등, 반실존적 요소들을 타파해야 한다. '인간적'에서 '인간'으로의, 그 '역성'(易姓)의 단초를 마련한다는 뜻에서 지호는 자신의 이름을 '三守'로 바꾼다. '삼수'라는 이름은 지호가 사회화되기 이전의 이름, 즉 어렸을 때 불리던 이름이다. 이름을 개명한 비인은 이제 그의 의식을 행동으로 옮기기 위해 입산한다.

> 꼬리를 들었다 놓았다 하면서 힐끔힐끔 뒤를 돌아보는 것이 어지간히 귀찮다는 것이겠다.
> 「후에—후에—」
> 저 아래에서 들려오는 사람의 소리. 그러나 한가로웠다. 한가롭다기보다 사람답지 않은 음성이었다. 우야—우야—하는 것처럼 들리는 그 소리 어찌보면 까마귀의 울음소리보다 오히려 동물적이었다. 거치장스런 言語意識의 옷은 아주 벗어 놓았다.
> 「후여—후여—」
> 나무가지가 튀기고 밟히고 꺾여지는 소리가 어수선해왔다.(「역성서설」, 318)[52]

「역성서설」에서 삼수는 "거추장스런 언어의식의 옷을 아주 벗은" 유인원 같은 모습으로 등장한다. 인간을 황폐화시키는 메커니즘의 실체를 타파하기 위해 삼수는 부조리한 속세에서 떠나왔기 때문이다. '人間的'인 '나'를 떠나서 '人間'인 '나'를 찾기 위해 산 속으로 부지런히 들어가던 삼수는 희미하게 들려오는 노래 소리에 귀를 기울인다. 아무도 없는 깊은 산중에서 "멀리서 멀리서 흐느끼듯 호소하든" 그 소리는 귀에 익은 노래 가락이었다.

---

52) 장용학, 「易姓序說」, 『사상계』, 1958. 3(이하 「易姓序說」과 관련된 인용문의 숫자는 이 책의 쪽수이다).

새야 새야 파랑새야
녹두밭에 앉지 말아
녹두꽃이 떨어지면…

그것은 물속에서 나는 것이 아니요. 계류에 실려 저 위에서 흘러오는
것 같았다. 갈증을 축이는 것도 잊고 그는 물줄기를 따라 발을 옮겨 놓
는 것이다.(「역성서설」, 323)

삼수는 "계류에 실려 저 위에서 흘러오는" 듯한 노래 소리를 따라 한
참을 걷는다. 그러나 그 소리는 곧 멈추고 말았다. 그렇다고 울음소리
같던 노래가 완전히 들리지 않는 것은 아니다. 가만히 귀를 기울이면 아
련히 노래 가락이 들려오기도 하는 것이다. 소리의 진원지를 따라 한참
을 헤맨 삼수는 그의 앞에 나타난 장엄한 폭포의 장관에 놀라움을 금치
못한다. 폭포수가 떨어지는 물 속을 들여다 본 삼수는 그곳에서 연희를
발견한다.

「연희다?!…」
삼수는 눈을 비볐다.
엷은 紗로 그리움을 감춘 살결의 無聊. (…)
藥 곰실거리는 生의 東녘. 공기의 냄새도 모르면서 自然의 힘은 어찌
막을 수 없어 살결을 흐르는 부끄러움에 부풀어 오르려는 젖가슴의 화
산한 憂愁. 그 憂愁를 가리면서 어깨로 해서 가슴으로 흘러내린 머리카
락 그리고 죽엄보다 말이 없이 까만 눈동자. 이마에는 靑銅時代의 차가
움이 있었다.
불러 볼가… 그러다 사라지면 어쩌랴. 입김이 닿아도 꺼져버릴 것만
같았다. 망막(網膜)에도 꼭 그려 붙일 수 없는 차가움이었다.
그럴리 없다. 무지개가 저기에 있는 것처럼 이마의 차가움도 거기에
있는 것이다. 이렇게 그리움이 새살스러워지던 그는 갑자기 세계가 꺼
졌다. 없다!
없는 것이다. 없어진 것이다. 무지개와 함께 女人의 모습은 사라져 버

린 것이다. 햇발이 걷히고 주위는 갑자기 어두워 졌었다.
　「아—然姬!」
　「쯧쯧…」(…)
　인기척에 슬며시 뒤를 돌아보는 그 네모진 면상에 툭 튀어나온 두 눈
알은 綠豆 그 노인이 아닌가!(「역성서설」, 324~325)

　삼수는 폭포수가 떨어지는 물 속 바위에 앉아 있던 연희를 뜻하지 않
게 만난다. 아름다운 연희의 이마에서 천동시대의 화신을 본 삼수는 그
녀를 불러보고 싶었지만 사라질까 두려워 차마 부르지 못하고 망설인
다. 그런데 그 갈등의 순간에 "햇발이 걷히고 주위가 갑자기 어두워"지
면서 녹두가 나타난 것이다. 삼수는 갑작스런 녹두의 출현에 당황한다.
과거 언젠가도 홀연히 나타나 이상한 말만 하고 사라졌던 그였다.

　삼수가 녹두를 만난 것은 그의 어머니와 혈거 생활을 할 때였다. 녹
두는 집터를 보러 왔다면서 삼수, 즉 지호에게 접근했었다. 녹두는 지호
에게 자신의 후실이 될 사람을 아들이 탐내고 있다고 횡설수설하면서도
종희가 그 후실임을 넌지시 언급하였다. 종희는 지호가 <마녀의 탄생>
을 그릴 때 그의 모델이었다. 한때 연인이었던 종희를 지호는 그 이후로
다시는 만나지 못했었다. 녹두의 말에 지호는 속으로 분노했지만, 참을
성 있게 그의 넋두리를 들었다. 그렇게 주절대던 녹두가 여기다 집을 짓
겠다면서 지호에게 십만 환의 돈 다발을 놓고 홀연히 사라진다.

　그런데 녹두의 출현 이후부터, 지호에게 이상한 의식이 생기기 시작
한다. 병든 어머니께 거리낌 없이 거짓말을 하는 한편, 산기슭에 집을
짓고 살거나 산을 내려가야겠다는 환상에 사로잡힌다. 그런 생각에 빠
진 순간 지호는 도둑으로 몰려 경찰서에 끌려가 사흘 만에 풀려난다. 그
러나 집으로 돌아온 그를 맞이한 것은 까마귀에 온 몸을 쪼이던 어머니
의 주검뿐이었다. 지호는 병든 어머니의 죽음을 재촉한 도둑 누명으로
인해 잠시나마 도시로 돌아갈 뻔했던 자기 자신을 반성한다. 그 일로 어

머니는 돌아가셨지만, 한편으로 그것은 지호에게 해이해진 자신을 다잡을 수 있는 계기가 된 것이다.

지호의 의식을 돈으로 매수하려 했던 녹두가 다시 나타났다. 녹두는 비인으로 탄생한 지호, 강력한 자아를 형성한 삼수의 의식을 혼란시키기 위해 더욱 교묘한 방법으로 그에게 접근한다. 그 방법이란 삼수에게 천동시대를 표방하는 것이다. 녹두가 자신 또한 그 세계를 열망하고 있음을 삼수에게 인식시킨다면, 그의 의식을 완전히 사로잡을 수 있기 때문이다. 삼수는 그런 녹두의 술책으로 인해 종종 '인간적'의 유혹에 갈등하곤 한다. 그렇다고 삼수가 녹두에 대한 경계를 늦춘 것은 아니다. 인간의 능력을 능가하는 녹두의 힘과 그의 정체 모를 신분을 삼수는 늘 염두에 두고 있었던 것이다. 그러던 어느 날 뜻밖에도 삼수는 녹두의 정체를 알게 된다. 그날도 녹두는 열심히 폭포 아래에서 무엇인가를 찾고 있었다. 삼수가 가까이 다가가는 것도 모르고, 녹두는 물 속에 긴 막대기를 물에 꽂아두고는 발돋움을 해 보기도 하고 한 손을 내밀며 무엇을 겨냥하는 것처럼 측량을 하고 있다.

「뭘하고 있어요?」
「…」
슬며시 돌아보는 것이 어제와 비슷하다.
비슷한 것은 그것뿐이 아니다. 황공해서 어쩔 바를 몰라하는거며 무릎을 꿇는거며…. 그뿐인가.
「오호 전하…」
이마를 쪼아리려다가 말고 턱을 돌려 쳐다본다. 이마를 들고 다시 살펴보고
「너 삼수가 아니냐!」
땅을 차고 일어서는 것이었다.
「난 또 후―」
이마의 땀을 씻는다.

「글쎄 꼭 누구를 닮았다구 몹시 생각했는데 왜 네 생각을 못했을가」
라는 것이다.
　보면 볼수록 꼭 네다. 노란 비단옷에 태자검을 차고 이렇게 가슴을
내밀구 하면…
　「…」
　「…」
　「?!」
　녹두대사는 가슴을 이렇게 내민 대로 언제까지나 돌인 것이다. 마치
스크린을 흐르던 映像이 고장으로 멎은 것처럼.(「역성서설」, 330~331)

　삼수는 "노란 비단옷에 태자검을 차고 이렇게 가슴을 내밀고" 있던 사
람이 바로 '너'라는 녹두의 말에 그와의 숙명적인 대결을 예상한다. 그런
삼수의 예상은 틀리지 않았다. '꿈에 용궁에 갔다 온' 이야기를 "마치 스
크린을 흐르던 영상이 고장으로 멎은 것처럼" 어제처럼 똑 같은 표정과
동작으로 연출하는 녹두가 이상했던 것이다. 인간이라면 한 치의 오차도
없이 어제의 표정과 동작을 오늘도 완벽하게 반복할 수 없다. 게다가 녹
두는 남의 꿈까지 들여다본다. 그것은 인간의 능력을 넘어서는 일이다.

　이 늙은이는 남의 꿈을 들여다 본다.
　「어때 더 말하지 않아두 좋지…. 그러니까 피차 사이좋게 지내자면
남의 꿈자리는 엿보지 않는게 좋을게야. 알았지―」
　몸을 좌우로 흔들면서 내려가는 대사의 뒷모습을 보면서 삼수는 사
람이 아니라 했다. 이 산속에서 사람이 아니면 구미호(九尾狐)밖에 없다 했
다. 구미호와 사이좋게 지내자면 그에게 홀리고 있어야 하는 것이다. 그
것도 연희를 만나기 위해서는 할 수 없는 일이라 했다.(「역성서설」, 336)

　삼수는 지난밤에 불당을 지키지 않았던 녹두를 의심한다. 자신을 의
심하고 있다는 것을 눈치 챈 녹두는 삼수가 어젯밤에 꾼 꿈을 이야기한
다. 남의 꿈을 엿보는 일은 사람의 능력으로는 가당치 않은 일이다. 이

산 속에서 그런 능력을 발휘할 수 있는 존재는 구미호뿐이다. 그러나 삼
수는 "연희를 만나기 위해" 그런 내색을 하지 않는다. 폭포수 아래 비치
는 관세음보살, 즉 연희를 먼저 손에 넣어야만 천동시대를 개막할 수 있
는데, 자신의 능력으로는 도저히 녹두를 따라잡을 수 없기 때문이다. 그
렇다고 녹두가 모든 것을 정통하게 꿰뚫어 보는 능력을 가진 것은 아니
다. 녹두는 삼수의 꿈을 들여다 볼 수는 있지만, 그의 의식을 포착할 수
는 없다. 왜냐하면 의식은 전적으로 인간이 인간일 수 있는 조건이자 본
질이기 때문이다. 더군다나 의식은 시간을 따라 유동한다. 흐르는 시간
처럼 의식도 흐르는 까닭에 녹두는 한 순간에 삼수의 생각을 완전하게
포착할 수 없다. 그래서 녹두는 삼수에게 끊임없이 천동시대를 피력하
면서 그의 의식을 흩뜨리고자 노력한다.

> 「말하자면 이것이 지금 내가 구상하고 있는 「易姓序說」이라는 論文의
> 序章쯤 되는 부분이야. 易姓革命. 王의 姓을 갈아보잔 말이다. 合理다 自由
> 다 因果律이다 善이다 眞理다 또 뭐다 뭐다 하는 封建諸侯들의 싸움에 우
> 리 百姓들은 이젠 더 시달리기 싫단 말이다. 이들은 人知가 깨지 못했던
> 野蠻時代에 어찌어찌해서 王位에 오른 것들이다. 神이 죽은지 이미 언제
> 인데 상기 王權神授說이냐 말이다. 남 보기가 창피하단 말이다. 意識界에
> 도 産業革命이 일어나서 民主主義時代가 올때쯤 되었단 말이다. 오지 않
> 았다면 억지로라도 오게 해서 좋을 때가 됐단 말이다. 그러니 올 것이
> 다! 어이없다 말라. 이보다 더 어이없던 일이 현재 너희들 눈 앞에서 실
> 지로 전개되고 있지 않느냐. 오고야 말라! 너는 그 苗木이고 이를테면
> 나는 그 園丁이랄가 그저 그러한거겠지…」(「역성서설」, 329)[53]

녹두는 천동시대가 멀지 않아 온다고 역설하면서, 삼수는 그 싹이요
자신은 정원사라고 말한다. 천동시대는 삼수가 추구하는 세계이다. 그
시대는 오직 인간을 위한 휴머니즘이 하나의 이념으로서 자리 잡은 세

---

53) 장용학, 「역성서설」, 『사상계』, 1958. 4, 329쪽.

계이다. 그러나 녹두가 곧 실현된다고 하는 천동시대는 그런 의미를 지니고 있지 않다. 녹두는 천동시대의 도래를 예언하지만, 그가 말하는 천동시대는 인간을 위한 시대를 상정하고 있지 않다. 이런 전제는 '인간이 과학에 눌려 질식되어 가는 것은 신이 되어 가는 반증'으로 생각하는 녹두의 사유에 함축되어 있다. 녹두의 논리는 사람의 힘으로는 불가능한 일을 해내는 존재가 신이라면, 현대인 또한 그 신이라는 데 있다. "「역성서설」이라는 논문의 서장"에서 알 수 있듯이 녹두가 구상하고 있는 천동시대는 물질만능주의의 시대이다. 그런 녹두에게 삼수는 관세음보살인 연희를 뺏길 수 없다. 연희가 녹두와 합치되는 날, 인간은 영원히 그 '的'의 메커니즘에서 해방될 수 없기 때문이다.

삼수의 노력에도 불구하고 관세음보살은 결국 녹두의 수중으로 들어가고 만다. 녹두가 관세음보살을 불단 위에 올려놓고 희롱하는 것을 몰래 지켜본 삼수는 분노한다. 녹두가 잠을 자러간 사이, 관세음보살을 빼앗겼다는 상실감에 삼수는 불단 아래 쓰러져 자책한다. 상실감에서 헤어 나오지 못하고 있는 삼수를 관세음보살이 부른다.

「삼수야. 삼수야.」
「아—연희!」
「너를 이렇게 만날 줄 어찌 알았으랴.」
「넌 연희! 어디 있느냐?」
「이제 네가 나를 어떻게 알아 보겠느냐. 관세음보살을 나로 보려므나.」
「…」
「나는 네가 먼저 올 줄 기다렸는데 대사가 먼저 오셨구나.」
「나는 대사에게 속았다.」
「이제 한탄한들 무슨 소용이리오만 나는 대사가 너의 편인 줄 알았는데 나를 용왕에게 시집보내려 하니 이 일을 어찌하면 좋단 말이냐.」
「용왕? 용왕이란 없다! 용왕이 누군 줄 아느냐. 저 대사가 누군 줄 아느냐. 법당에서 잘 땐 금강역사(金剛力士)이구 옛말 속에서는 용왕이다!」

「지금 암자에서 잘 때는 무엇인지 아느냐?」

「구미호다! 꼬리가 아홉개 달린, 그 백년 묵은 여우다! 내 가서 그 꼬리를 끌구 올터이니 보아라!」

「아서라! 넌 여기가 어딘 줄 아느냐!」

그러나 삼수는 벌써 밖에 뛰어 나갔고 기둥 그늘에 가서 거기 떨어져 있는 정을 집어 든 것이다. 몸을 돌이켜 쏜살처럼 암자로 뛰어 올라 가는 것이다.(「역성서설」)[54]

연희는 이제까지 녹두가 천동시대 개막을 위해 노력하는 삼수의 편으로 착각했다고 토로한다. 녹두의 의도를 안 삼수는 정을 들고 암자로 뛰어 들어간다. 연희가 자신과 결합된다면 인간 주체가 사는 천동시대가 구현될 것이지만, 녹두가 연희를 소유한다면 불감증 환자들이 사는 '的'의 메커니즘 사회가 건설된다는 것을 알기 때문이다. 삼수는 오직 인간을 위해 녹두를 죽여야겠다고 결심한다. 암자로 올라 녹두가 자고 있는 방안에 들어간 삼수는 이불을 제쳐 녹두의 가슴에 귀를 대본다.

그는 떨리는 손으로 이불을 가슴에서 제쳤다. 숨을 죽이면서 옷섶을 두 손으로 헤치고 얼굴을 그리로 가져가려다가 그만 소스라치며 제 입을 손으로 꽉 막았다.

「이 무슨 일인가?!」

가슴 복판이 뚜껑이 잘 덮이지 않은 것처럼 네모로 들어났고 그 속에는 시계의 내부처럼 자지레한 기계가 꽉 차 있는 것이다.

로보트였다! 대사는 로보트였다!

「아-人造人間!! 世界는 벌써 여기까지 왔단 말인가?!」

다음 순간 정을 거꾸로 쥔 삼수의 손이 희미한 등불빛에 번뜩 올라갔다. 그의 눈에는 자기도 모르는 눈물이 와르르 흘러 떨어졌다.

「아무 무엇을 위해서가 아니고, 오직 人間, 「人間」을 위하여!」

모든 힘을 다 내어 대사의 가슴을 내리 찍었다.(「역성서설」)[55]

---

54) 장용학, 「역성서설」, 『사상계』, 1958. 6, 375쪽.
55) 위의 책, 376쪽.

삼수는 녹두의 가슴을 보고 놀란다. "시계의 내부처럼 자지레한 기계가 꽉 찬" 가슴을 가진 녹두는 인조인간이었던 것이다. 인간을 '的'의 메커니즘에 예속케 하는, 과학이 '신'임을 선전하는 로봇이었다. 삼수는 정을 들어 인조인간인 녹두를 파괴한다. "오직 인간을 위하여", 휴머니즘의 천동시대를 위하여 삼수는 정으로 녹두의 가슴을 찍어 내렸다. 순간 암자가 온통 불길에 휩싸이면서, 한편으로는 천동시대의 서광이 비춘다. 그러나 삼수는 그대로 연희에게 다가갈 수 없다. 삼수에게는 주체적인 자기의식으로 '人間的'에서 '的'을 탈구할 일이 남아 있기 때문이다. '자아를 끌어 당겨 生에 합치시킨 상태'에 도달한 삼수는 마침내 人間的을 폐기하고 인간으로 돌아간다. 이처럼 천동시대의 화신인 연희와 결합될 수 있는 가장 중요한 조건은 삼수의 자기의식이다. 천동시대의 휴머니즘은 인간 주체 스스로가 "메커니즘-合理的 人間性에서 人間을 구원해내는 의욕"56)이 있어야 도래할 수 있기 때문이다. 그러므로 연희가 지닌 천동시대의 절대 미는 삼수에게만 의미가 있다. 연희의 절대 미가 지닌 이러한 의미를 알기 때문에 종희는 삼수, 즉 예전의 지호를 떠났던 것이다.

> 의사에게 보이다 못해 부처님의 힘으로 고친다고 아버지는 그 애가 열한 살 때 강원도 어느 절간에 들여 보냈다는 것이다.
> 「전 제가 남자라면 할 때가 있어요 동생이면 어때요!」
> 땅에 특 내려선다. 한 걸음 두 걸음 걸음을 옮겨 놓는다.
> 「선생님…」
> 저리로 향한채 걸음을 멈춘다.
> 「선생님은 예술가시죠?」
> 「…」
> 「부자가 되기는 틀렸죠?」

---

56) 장용학, 「感傷的 發言」, 『문학예술』, 1956. 9, 178쪽.

「…」
「예술가는 미가 생명이라죠?」
「…」
「선생님 대답허세요.」
「뭔데….」
「연희는 美야요….」
「…」
「선생님은 연희와 결혼하구, 난 부자와 결혼하구」(「비인탄생」)[57]

종희가 지호에게 제안한 쌍둥이 여동생 연희와의 결합은 중요한 의미를 담고 있다. 종희는 연희가 지호와 결혼해야 하는 이유로 "화가는 美가 생명"인 점을 든다. 이것은 <마녀의 탄생>을 그릴 때, 종희의 유혹에도 현혹되지 않았던 지호를 염두에 둔 말이다. 종희의 언급은 순수성을 지닌 지호와 절대미를 지닌 연희와의 숙명적 만남을 예시하고 있다. 바로 이러한 지호의 인격을 보여주기 위해 서술자는 지호에서 종희로 초점화의 변이를 유도하였다.

초부도 나타나지 않는 이 깊은 산 속에서 내 알몸을 저렇게 냉정하게 바라보는 사내와 결혼할 수 있을가? 결혼해서 행복해질 수 있을가? 차라리 저 사내가 짐승이었으면 싶었다. 짐승처럼 달겨들어 주었으면 싶었다.(「비인탄생」)[58]

「비인탄생」에서 서술자는 줄곧 지호의 편에 서서 이야기하다가 갑자기 종희의 내면을 전달한다. 종희의 심리를 나타내는 이 부분에서 초점화의 변경이 일어난 것이다. 종희로 초점화가 이동되었을 때, 독자는 종희의 내면을 잠깐 들여다봄으로써 지호의 의식을 믿을 만한 일로 여기게 된다. 서술자는 지호의 내면이 아니라, 종희의 내면을 제시함으로써 미를

---

57) 장용학, 「비인탄생」, 『사상계』, 1956. 11, 363~364쪽.
58) 위의 책, 359쪽.

향한 지호의 순수한 마음을 독자에게 설득력 있게 전달할 수 있었다.

그렇다고 초점화의 변경이 아무한테나 일어나는 것은 아니다. 녹두가 이야기 세계에서 차지하는 비중에도 불구하고, 그의 내면으로 초점이 이동된 적이 없다는 사실은 초점화 변경이 지닌 전략적 의미를 암시하고 있다. 녹두는 인간이 아닌 기계이자 '인간적' 메커니즘을 지지하는 신봉자이므로 서술자는 그의 내면세계로 틈입하지 않는다. 이 때문에 서술자는 녹두에 관한 정보를 지호와 접촉하는 가운데 독자에게 제공했던 것이다.

서술자는 순수한 인간애를 지닌 인물에게로 초점화 변경을 시도하는데, 이 방법은 세 작품들에서 일관되게 적용되고 있다. 비인간적인 녹두를 초점화하지 않는 일관성 있는 서술 태도를 통해, 이야기의 주제를 흩뜨리지 않으려는 서술자의 전략이 개입한 결과이다. 서술자는 녹두의 정체를 지호를 통해 서서히 깨닫게 함으로써 독자에게 고통스런 경험 끝에 형성한 자기 정체성이란 무엇인지를 제시하였다.

삼수는 연희를 팔에 안은 채 '지호'가 되어 다시 '불감증의 환자'가 사는 우리의 세계로 걸어 들어온다.

> 무덤의 재를 몸에서 털고 일어나서 그 姓과 名을 가지고 저 푸른 하늘 아래를 다시 한번 살아 볼 것이다!
> 世界는 끝났다!
> 자랑스럽게, 誠實하게 그리고 강인하게 人間을 살 것이다!
> 侮蔑의 時代는 끝났다!
> 삼수는 눈을 뜨며 일어났다.
> 절은 재가 되고 가느다란 연기가 이곳 저곳에서 아침 하늘로 일고 있었다.
> 암자(庵子)가 서 있던 자리에 올라가 저 아래를 보니 황금빛 윤곽(輪廓)이 골짜기를 걸어 나가고 있다. 然姬를 팔에 안은 巨人의 뒷 모습이었다.
> 그리하여 그의 下山은 시작되었다. 황금빛 윤곽은 그의 마지막 幻이었고 生에의 陣痛, 그 베옷이었다.(「역성서설」)59)

삼수는 인조인간 녹두를 물리치고 하산한다. 페스트가 창궐한 쓰레기 더미의 도시에서 비인(非人)이 해야 할 일이 아직 남아 있다. "자랑스럽게, 성실하게, 그리고 강인하게 인간을 살 것"을 다짐하면서 비인은 현대 문명의 속세로 들어온다. 부조리한 사회에서 진정한 행동이 있은 후에야 '어떤 것도' 전과 같지 않다고 말할 수 있기 때문이다.[60]

그런데 문명의 속세로 귀환한 『원형의 전설』의 비인은 '사생아'이다. 말하자면, 현대 문명의 세계에서는 윤리적으로 인정될 수 없는 비인인 셈이다. 서술자는 그런 사생아를 '-읍니다'라는 경어체 종결어미로 소개하면서 독자의 흥미를 유발하고 있다.

> 사생아라고 하면 여러분은 무엇인지 모를 것이지만 아버지가 없는 아이를 私生兒라고 하였읍니다. 이렇게 말하면 그럼 그것은 細胞動物이었느냐고 묻는 사람이 있을지 모르지만 아무렇기로 그런 것은 아니고, 아버지가 정말 없달 수는 없지요. 그렇지만 아버지가 없는 아이라고 했읍니다. 戶籍 때문입니다. 그 당시에는 어머니에게는 아무 權利도 없는 父系時代였는데, 戶籍이라는 制度가 있어서 거기에 오르지 못하면 인간 취급을 받지 못했읍니다. 정식으로 결혼을 한 부부 사이에서 태어난 자식이라야 그 호적이라는 데에 올릴 수 있게 되었읍니다. 어린이들에게는 이 <아버지두 모르는 자식>이라는 말이 제일 쓰라리고 분한 욕이기도 했읍니다.
>
> 그러나 여기에 나오는 李章이라고 하는 私生兒는 그런 욕을 듣지 않고 자랐읍니다. 자기가 사생아라는 것을 스스로도 모르고 자랐으니까요.(『원형의 전설』, 15)[61]

서술자는 독자에게 "사생아라고 하면 여러분은 무엇인지 모를 것이

---

59) 장용학, 「역성서설」, 『사상계』, 1958. 6, 384쪽.

60) Vincent Descombes, 박성창 옮김, 『동일자와 타자: 현대 프랑스 철학(1933-1978)』, 인간사랑, 1996, 48쪽.

61) 장용학, 『圓形의 傳說』, 『현대한국문학전집 4』, 신구문화사, 1981(이하 『원형의 전설』과 관련된 인용문의 숫자는 이 책의 쪽수이다).

지만 아버지가 없는 아이를 사생아"라고 설명한다. 그리고 부권시대에 호적에 올라있지 않은 사생아가 감당해야 할 가장 가슴 아픈 욕은 '아버지도 모르는 자식'이라는 말이다. 그런데 스토리 세계에 등장하는 이장이라는 사생아는 그런 욕을 듣지 않고 자랐다. "자기가 사생아라는 것"을 이장 스스로도 몰랐기 때문이다. 그런 이장이 그 사실을 알게 된 것은 그가 스물 넷 되던 해, 한국전쟁이 일어나고 며칠이 지나지 않아서이다. 기회주의자였던 그의 아버지 이도무는 공산군이 서울에 입성하자, 공산당원이 된다. 그러나 이도무는 과거 민보단 출신이라는 것이 밝혀져 도망치려다 총살을 당한다. 이도무는 숨을 거두기 직전, 이장에게 "너는 방골 마을에서 태어난 사생아"라는 말을 남기고 죽는다. 이장은 사생아라는 말에 바지가 내려가는 듯한 수치를 느끼며 절망한다.

> 그저 棄兒쯤으로 알았지 사생아는 꿈에도 생각해 본 적이 없었읍니다. 私生兒라는 말을 들었을 때 그는 衝擊이라기보다 허리띠가 끌러지며 바지가 아래로 흘러내리는 것 같은 羞恥와 嘔吐症이 뒤섞인 乖離感을 느꼈읍니다.
> 體溫이 식어지고 皮膚가 굳어져 간 그 陷落 속에 피어나는 毒버섯…(『원형의 전설』, 22)

사생아로 태어났다는 사실로 인해 이장은 "수치와 구토증이 뒤섞인 괴리감"을 느낀다. 그리고 그 괴리감은 이장 자신을 "독버섯"으로 생각할 정도의 죄의식으로 발전한다. 이장은 죄의식에 사로잡힌 채 의용군으로 참전한다. 그러나 결국 이장은 포로가 되었으며, 포로교환이 있을 때 이북에 남는 길을 택한다. 그가 북한행을 고집한 것은 "나는 부모를 모르는 사생아이다. 내가 공산세계를 택한 것은 이때까지의 세계가 아닌 세계를 살고 싶다"는 이유에서이다. 물론 상부에 제출한 자서전에서 알 수 있듯이, 이장은 방골 마을에 가서 자신의 출생 경위와 친부의 실체를 알고 싶어서였다. 방골 마을에서 벼락 맞은 느티나무를 확인한 이장은 어머니의 묘 앞에서 여자를 가까이 하지 않겠다고 다짐한다. 그리고 7년 후, 이장은 간첩교육을 받고 남파된다.

그러나 남한에 파견된 이장은 어머니의 묘 앞에서 한 맹세를 두고 갈등한다. 그토록 냉정한 이장을 흔들리게 한 사람은 안지야이다. 운명처럼 만난 지야와 사랑에 빠진 그는 친아버지의 정체를 알고는 분노한다. 어머니를 죽이려 했던 오택부가 이장의 아버지이자 안지야의 아버지라는 것이다. 하지만 이장은 그 믿을 수 없을 만큼 충격적인 사실에서 지야와의 관계에서 비롯되는 근친상간의 문제에 골몰하기 시작한다. 그는 갖가지 형태로 일어나는 근친상간이 모두 윤리적으로 지탄받는 금기의 대상이 될 수 없다는 결론에 이른다. 오택부와 털보 영감의 동물적 본능에 의한 겁탈과, 지야와 자신과의 진정한 사랑이 획일적으로 근친상간으로 수렴될 수는 없는 것이다. 이로써 이장은 근친상간과 같은 하나의 현상을 금기로 규정하는 기준은 무엇인가 하는 의문을 갖는다. 이장은 폭력적인 금기에서 이분법의 변형된 이름들을 발견한다. 그는 마침내 금기와 이분법이 상호작용하여 진실을 왜곡시키고 인간의 자기의식을 혼미케 하는 현실을 직시하게 되었다.

> 「모두 二分法이란 것 때문이오. 세상에는 分法이 여러 가지 있지만 이 二分法이란 것이 압도적으로 많고 따라서 가장 人間的인 分法인데, 그래서 가장 주먹九九로 돼 있는 거요. 二分이란 바꾸어 말하면 對立인데 소위 科學的이라는 입장에서 볼 때 세상에 對立이라는 것은 없는 것이오. 한줄로 <나라비>를 시켜 놓으면 서로 이웃이 되어서 모두 親戚이란 말이오. 靑은 남색과 藍은 紫朱와, 자주는 赤色과, 적색은 朱黃과, 주황은 綠色과, 녹색은 靑色과, 이렇게 한 바퀴 휘 돌게 되거든. 道德도 마찬가지. 봐요. 善은 忠과, 충은 愛國과, 애국은 暗殺과, 암살은 惡과. 그리고 이번엔 거꾸로 말이오. 惡은 도둑질과, 도둑질은 굶주림과 奉養과 봉양은 孝와, 孝는 善이거든…」(『원형의 전설』, 137)

이분법에서 비롯된 대립적 관계들은 "한 줄로 나라비를 시켜 놓으면 서로 이웃이 되어서 모두 친척"이 된다. 도덕도 마찬가지이다. "선은 충과, 충은 애국과, 애국은 암살과, 암살은 악" 등이 한 바퀴 휘 돌면 같은 맥락에 있는 친척이며, "선과 악" 사이에는 "충과 애국과 암살" 등이 내재해 있다. 이렇게 볼 때, "근친상간과 금기" 사이에도 또 다른 측면들이 포함되어 있다고 할 수 있다. 이장은 애국과 암살이 같은 지류의 다른 이름이듯이 "세상에 대립이라는 것은 없는"데도 불구하고, 이분법을 앞세워 대립을 창출함으로써 도덕과 윤리를 획일적으로 규범화하려는 데는 어떤 음모가 개입되지 않았을까 하는 생각에 잠긴다. 이런 저런 생각을 하던 끝에 이장은 한반도에서의 '자유'와 '평등'의 대립적 관계에 주목하게 된다.

프랑스 혁명이 낳은 '자유'와 '평등'이라는 남매가 한반도에서는 서로 각자의 깃발을 꽂고 적대적인 관계로 돌변하였다. 북한에서는 '평등'의 깃발을, 남한에서는 '자유'의 깃발을 세워두고 '자유와 평등은 모순되는 개념'이 된 것이다. 오누이 사이인 '자유'와 '평등'이 한반도에서는 적대적으로 분열되는 바람에 그들은 같은 하늘 아래 등을 맞대고 살 수 없는 원수지간이 되었다. 요컨대, 자유와 평등의 결합은 윤리 도덕적으로 용납될 수 없는 금기, 즉 근친상간으로 변질된 것이다.

이러한 사실을 인식한 이장은 지야에게 숨김없이 모든 것을 털어놓기로 결심한다. 진실로 사랑하기 때문에 그녀를 소유하지 않았던 이장이었다. 지야와 남매지간이라는 사실은 더 이상 이장 자신에게 아무런 문제가 되지 않는다.

  李章의 마른 입이 芝夜의 젖은 입술에 닿았읍니다. 가슴에서 주춤했던 芝夜의 팔은 기다리고 있었던 것처럼 사내의 목에 가 감기는 것입니다. 짙은 키스가 되었읍니다.

「놔요…」 (…) 「그런 것쯤 보통이야. 西洋서는 남매간에 키스쯤 아침
저녁으로 있는 거야.」
　여자의 등어리에서 욕정이 주춤하는 듯했읍니다.
「그런데 우리는 외사촌 사이밖에 안 되거든.」
　시이트에서 머리를 떼어 들었다가 돌아보는 그 얼굴에는 아직 色情이
疑訝 속에 그대로 묻혀 있었읍니다.
「뭐라구요…?」
「내 어머니가 오택부라는 백정의 동생이었다는 것은 틀림없는 일이
니까 보통이면 우리는 윗字가 붙는 사촌 남매가 되어야 하겠지.」
「그럴 리 없어요! 그럴 리가…」
「길 건너에 있는 나도 그럴 리가 없다구 하고 싶지만 오택부씨가 어찌
나 완강하게 우겨대는지, 더 바랄 나위 없는 일이라고 해 둘 수밖에…」
「거짓말이에요! 정말이라면 이렇게 다시 찾아올 리 없어요!.」(『원형의
전설』, 180)

　이장은 욕정에 사로잡힌 지야에게 "우리는 윗字 붙는 사촌 남매"라
고 밝힌다. 그러나 지야는 그것이 사실이라면 다시 찾아올 리 없다며
이장의 고백을 인정하려 들지 않는다. 인정하지 않는다고 해서, 엄연
한 사실이 기성질서의 이념처럼 거짓으로 둔갑될 수는 없는 일이다.
이장은 지야에게 서로가 사랑하기 때문에 남매지간일지라도 결혼이
가능하다고 말하지만, 지야는 공포에 떨면서 이장을 외면할 뿐이다.
그녀 또한 이장을 사랑하지만, 그의 제의를 스스럼없이 받아들일 수
없다. 기성의 지배 이념에 길들여진 지야로서는 근친상간이란 결코 용
서될 수 없는 일이기 때문이다. 이장은 근친상간의 금기란 우생아들이
자신들끼리 "인간목장을 둘러막은 말뚝에 지나지 않는다."며 지야를
설득한다.

　「芝夜, 들어 봐. 優生學的 見地 같은 건 처음부터 우리는 관계가 없어!
그건 優生兒끼리 부지런히 지켜서 優生兒를 낳으라는 거고 私生兒는 사

생아끼리 私生兒를 낳으면 그만이야. 道德이요 人倫이니 하는 것은 그런 優生兒들이 옹기종기 할 수 있게끔 人間牧場을 둘러 막은 말뚝에 지나지 않는 거요.」 (…) 「말뚝이 박히기 전에 거기는 푸른 벌판이었다! 우리 거기 가서 살자! 우리가 人間답게 살 곳은 거기밖에 없다!」 (…) 「빨래처럼 말뚝에서 펄렁거리며 살 것인가? 사랑을 위해서 暴風이 몰아치는 푸른 草原에 가서 살 것인가? 오늘 하룻밤 두고두고 생각해 보오.」(『원형의 전설』, 182)

이장은 지야에게 인간답게 살 곳은 푸른 벌판이지만, 비인간적인 우생아들이 자신들의 아성을 지키기 위해 자유의 영지인 푸른 벌판에 '금지', '죄', '사생아' 등의 말뚝을 박는 바람에 그곳은 지금 대립의 세계가 되었다고 설명한다. 제국주의 이데올로기를 신봉하는 우생아들은 '자유'와 '평등'의 결합이야말로 그들의 세계를 내부로부터 붕괴할 수 있는 가공할만한 저력임을 알기 때문에 '자유'와 '평등'의 만남을 근친상간이라는 이름으로 금기시했던 것이다. 우생아들이 조장한 대립의 세계를 차분히 설명하면서 이장은 지야에게 심사숙고해서 오늘 밤 결정을 내려달라고 말한다. 이장은 그녀에게 "빨래처럼 말뚝에 펄렁거리며 살 것인가" 아니면 "사랑을 위해서 폭풍이 몰아치는 푸른 초원에 가서 살 것인가"를 묻는다. 이장의 진정한 사랑과 부조리한 현실을 인식한 지야는 그의 뜻을 수용한다.

그러나 지야가 이장과 연인 사이임을 알게 된 오택부는 폭력배를 동원하여 그들을 동굴에 감금한다. 지야는 아버지의 비인간적인 행위에 실망하지만 사랑하는 이장과 함께라면 죽음도 불사하겠다는 각오를 한다. 이미 그녀는 근친상간이 죄라는 의식은 거짓이며 한낱 허물[62]에 불과하다는 것을 깨달았기 때문이다.

---

62) Paul Ricœur, 양명수 옮김, 『악의 상징』, 문학과지성사, 1995, 107쪽.

「저는 같이 죽는 길을 찾아 여기까지 따라온 거예요.」
열쇠를 창살 밖으로 멀리 멀리 던져 버리는 것이었읍니다.
「선생님을 빼앗기고 싶지 않았어요!」
멍하니 열쇠가 날아간 곳을 바라보고 있는 李章의 가슴에, 두려움과
哀願과 눈물로 꾸겨진 얼굴을 갖다 대는 것이었읍니다.
「바깥 세계에 나가면 우리는 사랑하지 못하고 말아요!」
李章을 안으로 안으로 밀어 들이는 것이었읍니다.
「아무도 이 연극을 끝내게 할 수는 없다!」
이럴쯤 사람들의 그림자가 서넛 빗발 저쪽에 희끗거렸읍니다.
그때 洞窟이 와르륵! 震動과 함께 破産을 일으켰읍니다. 동굴 위쪽에
서 있는 巨木에 벼락이 떨어진 것입니다.(『원형의 전설』, 209)

프랑스 혁명을 아버지로 한 '자유'와 '평등'이 분단된 한반도에서 각
각 태어난 것처럼 자신들 또한 배다른 형제지간이라는 사실에서 이장과
지야는 서로가 마땅히 만나야 할 제짝임을 깨닫고는 결혼을 감행한다.
그들의 결합은 자유와 평등은 모순이라는 잘못된 도덕관념을 타파하는
일이자 진정한 사회의 도래를 위한 실천인 것이다.[63] 이로써 이장과 지
야의 결합은 참된 인간의 사회, 즉 원형의 세계를 위한 발판이 된다.

「獄이 깨어지는 것이다! <올 것>이 오고 <온 것>이 부서진 것이다.
芝夜, 이제 우리는 죽는 것이 아니다! 꽃이 지는 것이다! 꽃이 지면…」
무너져 내린 흙과 바위는 순식간에, 서로 손을 쥐고 쓰러진 男女를 땅
속으로 해 버렸읍니다.
그렇게 해서 그 洞窟은 무너졌다기보다 꺼져 버렸읍니다. (…)
核戰爭이 分泌해 낸 放射能이 氷河時代처럼 世界를 휩쓴 다음, 洞窟이
꺼진 그 자리에서는 복숭아나무가 한 그루 솟아났읍니다. 꽃이 피었다

---

63) 장용학은 '근친상간'이 "현대의 상황을 나타내는 매개체로서 가장 적합한 소재"
라고 생각한다면서, 기존의 도덕 관념 중에서 가장 두꺼운 벽인 '근친상간'을 통
해 "현대적인 대결"을 시도했다고 밝힌 바 있다(장용학, 「소재노우트」, 『한국문학』,
현암사, 1966, 141~142쪽).

지니 그 가지에는 몇 알의 열매가 맺혔읍니다. 오랜 옛날의 일이어서 확실한 것은 알 수 없지만, 傳說에 의하면 우리가 즐기는 복숭아는 그 가지에 맺혔던 열매의 씨가 四方에 흩어져서 繁殖한 것이라고 합니다.
　　그래서 벼락으로 태어났다가 벼락으로 죽은 이 私生兒의 이야기는 <圓形의 傳說>이라기보다 <복숭아의 由來記>라고 하는 것이 더 어울릴지도 모르겠지만, 그것은 보는 사람의 趣味 나름일 것입니다.(『원형의 전설』, 210)

이장과 지야가 결합한 후 갑자기 동굴이 무너져 내린다. 그리고 그들이 죽은 자리에서 한 그루의 복숭아나무가 솟아난다. 인간애에서 비롯된 그들의 진정한 사랑이 복숭아나무를 꽃피운 것이다. 이러한 맥락에서 볼 때, 복숭아나무는 유토피아를 암시하며 그것에서 열린 열매는 이장과 지야의 결합이 새로운 생명을 잉태하였음을 함축한다. 인간의 자유를 억압하는 '온 것'의 대립적 세계가 허물어지고 '올 것'인 원형의 세계가 도래함으로써 이장과 지야의 사랑 이야기는 <원형의 전설>이 되어 지금까지 전래되고 있다. 하지만 문제는 그들의 이야기가 정사(正史)에 기록되지 못하고 야사(野史)의 한 구석에 겨우 끼였다는 데 있다.

　　<民族이냐, 階級이냐!> <自由냐, 平等이냐!> 하고 다투는 것은 마치 <圓形이 더 크다. 아니다, 四角形이 더 크다> 하고 싸우는 것과 무슨 다름이 있겠읍니까.
　　이 이야기를 <圓形의 傳說>이라고 이름한 것은 그런 쑥스러운 時節에 있었던 이야기라는 것이고 무슨 딴 뜻이 있는 것이 아닙니다.
　　그러나 그 당시의 인간들이라고 해서 그렇게 쑥스럽게만 산 것이 아니었읍니다. 마치 地球가 겉으로 보기에는 딱딱한 죽은 껍질이지만 그 地殼 속에는 불덩어리가 이글거리고 있는 것처럼, 인간도 밖에서 보기에는 쑥스러운 껍질로 싸여 있었지만 그 속에는 불이 있었읍니다. 그리고 지구의 어떤 부분에서 가끔 불덩어리가 지각을 뚫고 噴出하듯이 어떤 인간에 있어서는 그 속에 꼭 싸여 있었던 불이 그 쑥스러움을 뚫고 튀

어나오는 수가 있었지만, 그러나 그것은 正史에는 기록되지 못하고 野史
의 한 구석에 겨우 끼일 수 있었을 뿐이었읍니다. 이제부터 이야기하려
고 하는 私生兒의 이야기도 그러한 野史의 한 토막이라고 할 수 있겠읍
니다.(『원형의 전설』, 14)

위의 인용문은 『원형의 전설』의 서두 부분이다. 서술자는 "이제부터
이야기하려고 하는 사생아의 이야기"는 '민족이냐 계급이냐', '자유냐
평등이냐', '원형이 더 크냐 사각형이 더 크냐'면서 서로가 찢고 찢기는
시절에 일어난 일임을 밝힌다. 그 이야기의 주인공이 이장이라는 사실
은 이후의 사건들을 통해 드러나며, 작품 마지막 장면에 이르러서야 '사
생아 이야기'가 '원형의 전설'이 되었는지에 대한 설명이 가능해진다.
말하자면, 이야기의 끝이 스토리의 시작인 셈이다. '사생아 이야기'를 시
작함으로써 서술자는 '원형의 전설'의 전체적인 의미망을 형성할 수 있
었다. 물론 이 의미망은 '원형의 전설'이 지닌 진실을 직접적으로 전달
하지 못하는 탓에 서술자는 그것을 은유적으로 제시하였다.

이것은 세계가 自由와 平等, 이 두 진영으로 갈라져서 싸우고 있던 시
절, 朝鮮이라고 하는 조그만 나라에 있은 한 私生兒의 이야깁니다. 조선
이라는 나라는 동양에 있는 나라였고 <자유>과 <평등>은 서양에서 생
긴 물결이었읍니다. 이 自由와 平等이 核戰爭을 일으켜 결국 人類前史에
終焉을 고하게 하는데, 六・二五動亂이라고 하는 그 前哨戰과 같은 전쟁
이 벌어진 곳이 바로 이 조선이라는 땅이었읍니다. 그런데 족보를 따지
면 르네상스를 어머니로 하는 프랑스革命이 낳은 男妹라고 할 수 있는
<자유>와 <평등>이 어찌하여 생면부지라고 할 수 있는 조선이라는 엉
뚱한 나라에 가서 충돌하게 되었는가 하는 것을 이해하기 위하여, 우리
는 世界史라고 할 수 있는 西洋史의 흐름을 더듬어 볼 필요가 있겠읍
다.(『원형의 전설』, 11)

서술자는 작품의 시작에서 '사생아의 이야기'를 하겠다고 했지만, 그

가 전달하고 있는 내용은 한국전쟁과 관련된 일들이다. 서술자는 프랑스 혁명이 낳은 '자유'와 '평등'이라는 남매지간이 '엉뚱한 나라'에 와서 충돌했다면서 그 이유를 알기 위해서는 "서양사의 흐름을 더듬어 볼 필요가 있다"고 논평한다. 뒤이어 서술자는 '자유'와 '평등'이 한반도에 이식된 경로와 두 개념이 충돌하여 전쟁이 발발한 과정을 설명하였다. 서술자의 견해에서 보면, 한국전쟁은 '자유'와 '평등'이 결코 결합되어서는 안 될 운명임을 실제로 보여준 사건이 된다.

한국전쟁이 발발한 이후, 자신이 '사생아'라는 사실을 안 이장은 수치심에 괴로워한다. 그의 갈등이 표면화되기 시작하자 이야기 시작부터 전면에 나섰던 서술자는 차츰 이장에게 발언권을 내어준다. 이야기가 진행될수록 서술자는 점차 초점화자 이장과 나란히 존재하고 있음을 암시하는 담론 형식을 취한다.

이장과 서술자의 공존 관계는 대칭적인 종결어미 패턴을 통해 짐작할 수 있다. 서술자 자신이 이장의 내면세계를 전달할 때는 '-습니다' 형의 종결어미로, 반면 이장이 속으로 말하는 내적 독백은 '-이다' 형의 종결어미로 문장을 맺는다. 즉 '-습이다' 형으로 문장이 끝날 경우에는 '그'라는 대명사가, '-이다' 형으로 그것이 끝나는 경우에는 '나'라는 대명사가 주어로 기능하는 것이다. 이와 같은 패턴은 이야기 전체에 일관되게 나타난다.

   ⑦ 그러니 이 동굴은 어느 모로 보나 나에게는 안성마춤인 避身處가 되는 것이다. 이 하늘 아래 이 몸을 가리어 주고, 숨겨 줄 수 있는 곳은 이 洞窟뿐인 것이다.
   ⑭ 그는 間諜이었기도 했읍니다. 간첩이란 그만두었다고 해서 그것으로 그만둔 것이 되는 것이 아니었읍니다. 도리어 孤兒가 되어, 양쪽에 다 용납이 되지 않는 신세가 되는 것이었읍니다. 그래서 이 동굴은 운명에서 뿐만 아니라 法網에서의 安全地帶도 되는 것이었읍니다.

㉮ 脫出이 불가능한 것을 나는 도리어 多幸으로 생각하고 있는 모양이다. 체면상 내놓고 그렇다고 하지 못하고 있는 것뿐이다.

㉯ 그 洞窟에는 동물적인 自由가 없고, 바깥 世界에는 인간적인 자유가 없었읍니다. 그런데 어느 自由가 없는 쪽을 택해야 하는가 할 때, 人間이라면 動物的 자유가 없는 自由보다도 인간적 自由가 없는 自由를 택해야 하는 것입니다. 싫어도 말입니다. 아니 싫으니까 더욱 그래야 하는 것입니다.(『원형의 전설』, 133)

위의 인용문은 간첩 교육을 받고 남파된 이장이 자신의 신분이 노출되자 동굴에 몸을 숨기고 있는 장면이다. ㉮에서 말하는 주체는 이장이다. 반면, ㉯에서 말하는 주체는 서술자이다. 이중적인 종결어미 패턴으로 인해 서술자와 이장이 함께 존재하고 있다는 점이 암시되었다. 그러면서 서술자는 이장의 능력을 넘어선 사건이나 인물에 대한 정보를 제시하지 않는다. 서술자가 논평이나 간섭을 삼가면서도 자신의 존재를 분명하게 노출하는 것은 한편으로는, 자신이 이장의 의식에 공감하고 있다는 무언의 암시이다. 말하자면, 서술자는 초점화의 주체인 이장을 통해 자기의식을 드러내고 있다. 서술자는 이와 같은 방법으로 이장과 상호 주관적인 관계를 맺음으로써 <원형의 전설>은 역사적인 특정한 사건이 현실적으로 인정되는 핍진성을 획득하는64) 것이다.

위에서 살펴보았듯이 「비인탄생」, 「역성서설」, 『원형의 전설』에 등장하는 초점화자들은 '的'의 메커니즘과 맞서 싸우는 자기의식이 강한 인물들이다. 그럼에도 불구하고 장용학의 3인칭 소설에서는 초점화자들이

---

64) 이제까지 이론가들은 일반적으로 역사 이야기와 허구 이야기는 다르다고 취급해 왔다. 그러나 리쾨르는 역사의 허구화와 허구의 역사화를 통해 둘 다 대상지시를 갖는다고 생각하면서 양자의 교차점에서 독자의 재형상화 차원이 마련된다고 하였다. 이 교차점이 "인간 경험의 시간성"(Paul Ricœur, *Temps et récit* Ⅰ, p. 124)이다. 물론 역사가 중시하는 시간과 문학이 서술하는 시간이 다를 수 있다. 하지만 리쾨르는 양자가 서로 상호작용하는 문제를 상징학과 행동 의미론, 철학적 시간론을 종합하여 해석학적으로 설명하였다.

다른 인물들과 서로 영향을 주고받는 실제적인 관계가 좀 결여된 듯한 느낌이 없지 않다. 바꿔 말하면, 초점화자들이 타자들과 함께 세속에서 살아가는 모습이 구체적으로 반영되어 있지 않다는 것이다. 물론 그 문제는 초점화자들이 도시를 떠나 입산한 가운데 이야기가 진행되는 데에 따른 어쩔 수 없는 귀결이기도 한다. 이러한 이유로 손창섭의 3인칭 소설에 주목하게 된다. 손창섭의 3인칭 소설에는 일상을 사는 초점화자의 윤리적 실천이 형상화되어 있기 때문이다. 손창섭의 3인칭 이야기에서는 정신적으로나 육체적으로 불완전한 타자들이 등장하는데, 초점화자는 그들과 어깨를 나란히 하면서 자신의 정체성을 세워나가고 있다.

2. 초점화자의 윤리적 실천

손창섭의 소설에 등장하는 인물은 선행 연구자들의 주요 분석 대상이 되어 왔다. 기존의 연구자들은 이야기에 등장하는 인물들이 일반적으로 상황에 대처할 능력이 거세된 자기소멸 의식으로 가득찬 성격의 소유자이며, 간질, 벙어리, 폐결핵 환자, 상이군인, 위장병 환자, 성불구자 등 불구적인 인간상이 많이 등장하는 이유를 손창섭의 작가 의식에서 찾았다.[65] 「비오는 날」의 동옥과 「혈서」의 준석은 절름발이이며, 「사연기」의 성규와 「생활적」의 순이는 폐병 환자이고, 「혈서」의 창애는 간질병 환자이다. 이처럼 그로테스크한 특성을 지닌 인물이 등장하는 이야기는 상대적으로 사건의 비중이 적기 때문에 인물의 성격상, 신체상의 결함이 이야기를 진행시키는 동력이 되며 주제와도 연결된다는 것이다. 그

---

65) 이강현, 손창섭 소설 연구—작가 의식을 중심으로, 세종대대학원 박사논문, 1994, 35쪽.

러나 신체적 결함을 지닌 인물들이 등장하는 「비오는 날」, 「혈서」, 「사연기」, 「생활적」 등의 작품들에서 주인공들은 허무주의적인 자의식에 빠진 무기력한 인물들이 아니다. 이러한 전제는 위의 작품들을 포함한 3인칭 이야기에서 '생각하다'라는 동사가 일반적으로 주인공인 초점화자에게만 해당되는 서술어라는 점에서 엿볼 수 있다.66) '생각하다'의 동사를 받는 주체가 초점화자라는 점은 두 가지 사실을 상기시킨다. '생각하다'의 동사를 받는 초점화자는 의식주체이며, 동시에 그가 존재하고 있는 이야기 세계를 자신의 인식 대상으로 삼고 있다는 점이다.

「사연기」에서 '생각하다'는 동사를 받는 주체는 동식이다. 그러므로 그는 이야기 세계 내부에 있는 주인공이자 초점화자이다. 동식은 친구 성규네 집에서 하숙을 하고 있다. 폐결핵 말기인 성규는 일을 할 수 없기 때문에 그의 아내 정숙이 남편을 병구완하면서 두 아이와 어렵게 생활을 꾸려나가고 있다. 정숙이 과자 봉지를 붙여 가계에 도움을 주기는

---

66) 이 글에서 상정하고 있는 '생각하다'의 의미는 의식이란 인간에게 매우 중요한 능력이라는 점에서 출발한다. '나'가 혹시나 힘없는 타자를 다치게 하지 않을까 혹은 죽이지나 않을까 하는 두려운 마음은 타자 인식의 한 과정이다. 죽음으로 향한 '나'의 존재에 대한 불안은 타자를 배려하지 않는 이기심에서 일어난다. 거꾸로 말하면, 자기중심적인 생각에서 야기되는 죽음에 대한 불안은 타자를 배려하는 마음을 통해 사라지는 것이다. 본 연구에서 '생각하다'의 의미는 이러한 의미를 담고 있다. 본 본문에서 다루고 있는 세 작품의 경우, '생각하다'라는 서술어가 「사연기」에서는 18번, 「혈서」에서는 26번, 「비오는 날」에서는 23번 나타나는데, 이때 '생각하다'를 받는 주어는 작품의 주인공 초점화자뿐이다. "나는 머지않아 죽을 수밖에 없는 몸이라 죽음만을 <u>생각하고</u> 있지만, 자에야 이제부터 생(生)을 향략해 보려는 야심이니까"(「사연기」, 181쪽), 누구나 다 대학은 나오고 싶은 <u>생각</u> <u>이야</u> 간절하지만 형세가 미치질 못하니 별 수 없이 단념하는 게 아니냐?(「혈서」, 177쪽), 東玉이년이 정말 가엽서 암만 <u>생각해도</u> 그 총기며 인물이 아까워(「비오는 날」, 161쪽) 등의 직접화법이나 자유간접화법에서 알 수 있듯이, 초점화자가 아닌 다른 인물이 '생각하다'는 서술어를 받을 경우, 그것은 단순히 인물의 상태를 전달할 뿐이다. 이러한 맥락에서 볼 때, 손창섭 소설에 등장하는 서술자는 '생각하다'를 받는 주체를 초점화자로 제한함으로써 주제를 이루는 전략으로 사용하고 있음을 알 수 있다. 이러한 서술자의 의도는 3인칭 이야기에 일반적으로 적용되고 있다.

하지만, 사실상 생계는 교사인 동식의 경제력으로 유지되고 있는 형편
이다.

> 東植은 문득 고개를 돌려 貞淑을 바라 보았다. 貞淑은 단 한장이라도
> 더 능률을 올리려고 작업에만 열중하고 있었다. 입고 있는 몸빼 무릎이
> 풀에 번들번들 덞었다. 그렇게 고정하던 貞淑이건만 병든 남편 달련과
> 내직에 여가가 없어 세탁도 못해 입는 것일까? 혹은 가라입을 옷이 없
> 어서일까? (…) 그렇다고 東植이가 어떻게 해 줄 경우도 형편도 못되었
> 다. 아랫도리만 겨우 가린채 맨발로 뛰어 다니는 貞淑의 두 어린 것을
> 위해, 오래 전 부터 고무신을 한켜레씩 사다 주리라고 별러 오면서도,
> 얼마 안 되는 교사의 봉급과 배급으로 聖奎네와 공동생활을 하다 싶이
> 하는 요지음, 좀체로 고만 정도의 여유조차 돌아가지 않는 東植이었든
> 것이다.(「사연기」, 187~188)[67]

동식은 과자 봉지를 열심히 붙이고 있는 정숙을 바라보며, 군소리 없
이 모든 것을 참아내는 그녀가 안쓰럽다는 생각을 한다. 그는 바닥이 다
나간 신발을 신고 다니는 정숙을 위해 고무신 한 켤레를 마련했지만, 그
녀는 그것마저 팔아 생활비에 충당했던 것이다. 동식은 두 아이들에게
도 어떻게든 고무신 한 켤레씩을 사주고 싶지만 그것 또한 마음먹은 대
로 실행에 옮기지 못하고 있다. 동식에게는 그만한 경제적 여력이 없는
것이다. 동식이 받는 교사의 월급으로는 "성규네와 공동생활을 하다 싶
이 하는 요즈음 좀처럼 고만 정도의 여유조차 돌아가지 않는" 형편이다.
그래서 동식은 부지런히 봉투를 붙이는 정숙을 바라보면서 성규가 죽고
나면 남을 세 식구들이 걱정되는 것이다.

---

67) 손창섭, 「死緣記」, 『문예』, 1953. 7(이하 「死緣記」와 관련된 인용문의 숫자는 이
　　책의 쪽수이다).

　　얼마 뒤 자기 방에 돌아와 누어서도 東植은 오래도록 잠을 이룰 수가 없었다. 聖奎의 죽음은 단지 시일 문제라고 생각되었다. 그가 죽은 뒤 처자들의 일이 난감했다. (…) 그러고 보니 聖奎의 말이 무시 못할 새로운 운명의 예언인거나 처럼 구체적인 실감으로 東植을 압박해 오는 것이었다. 그렇지만 聖奎가 지적한것 처럼 貞淑을 생각하며 살기 위해 독신을 지켜온 東植은 아니었다. (…) 그렇지만 앞으로 聖奎가 죽은 뒤 당분간이라도 貞淑이와 한 집에서 어름어름 지내게 되노라면, 東植은 오랫동안 貞淑에게 대해서 지녀온 어떤 의무감(책임감이래도 좋다)에서라도, 새로이 덮어 씌워지는 운명의 그물을 벗어 보려고 끝까지 버둥대지는 못할 것만 같았다. 貞淑에게 대한 일종의 책임－그것은 조금도 불쾌한 압박이 아니었고 따라서 「그때 일」을 후회하는 東植도 아니었다.(「사연기」, 188～189)

　　동식이 이제까지 장가를 가지 않은 것은 어쩌다 보니 상황이 그렇게 되었을 뿐, 정숙에게 미련이 남아 독신을 지켜온 것은 아니다. 그런 동식이 오늘도 자기 방에 누워 잠을 이루지 못하고 뒤척이면서, 성규가 죽은 후 남은 세 식구를 책임져야 할 자신의 운명을 외면할 수 없다고 생각한다. 오랫동안 정숙에게 지녀온 일종의 의무감이 앞으로 닥칠 운명의 그물을 동식이 피할 수 없도록 만드는 것이다. 과거 그때 일을 상기해보면, 동식은 정숙에 대한 일종의 책임이란 것이 전혀 불쾌하지가 않다. 동식이 회상하는 '그때 일'이란 초저녁 이슬 내리던 어느 날 밤, 그와 정숙이 서로 사랑을 확인한 일을 말한다.

　　고등학교 시절, 동식과 정숙, 그리고 성규는 삼사 년간 평양행 통학기차를 함께 타고 다녔었다. 그리고 동식과 정숙은 어느덧 서로 좋아하는 사이가 되었다. 동식이 학도병으로 끌려가 전쟁터에서 생사를 헤매는 동안 정숙은 사방에서 들어오는 혼담을 마다하고 그를 기다렸다. 해방이 되자 무사히 고향으로 돌아온 동식은 며칠 뒤 외가에서 돌아오던 길에 냇가 사장에 혼자 앉아있던 정숙을 만나게 된다. 이슬 내리던 그날 밤, 두 사람은 그 동안 지녀온 사랑을 함께 나누었던 것이다.

　그런데 '그때 일'이 있은 사흘 후, 동식의 아버지는 지주라는 죄목으로 폭행을 당하고 동식 또한 좌익 청년에게 끌려가 흠뻑 두들겨 맞고 열흘만에 풀려난다. 동식이 망가진 몸을 추스르는 2개월 동안 정숙은 성규의 아내가 되어 있었다. 동식은 그들이 결혼한 경위를 나중에서야 알게 된다. 성규가 정숙에게 자신과 결혼하지 않으면 동식을 시베리아로 유형 보낼 것이라고 협박했다는 것이다. 이러한 과거가 있기 때문에 성규는 지금도 동식과 정숙 사이를 끊임없이 의심하고 있다. 그러나 성규의 의심은 질투를 넘어선 비인간적인 수준으로까지 치닫고 있다.

> 東植과 貞淑 사이의 그날 밤의 비밀까지는 모른다 해도, 그 정도의 그들의 과거만도 죽음에 직면하고 있는 聖奎의 과민한 신경을 자극하는 원인이 되었든 것이다. 바로 사 오일 전이었다. 직원회를 끝내고 어두워서야 돌아온 東植은 아랫방에서 聖奎의 발악하는 소리를 들었다. (…) 아랫방에서 전등을 공동으로 쓰노라고 벽에 뚫어 놓은 구멍으로 그는 아랫방을 넘겨다 보았다. 방 바닥에 토해 놓은 검붉은 피를 聖奎는 떨리는 손으로 움켜서 돌부처 처럼 옆에 앉아 있는 貞淑의 입에다 문대 주며 다자꾸 먹으라는 것이었다.(「사연기」, 191)

성규는 자신이 쏟아낸 피를 정숙의 입에 문지르면서 먹기를 강요한다. 그는 병구완과 생활고에 시달리고 있을 아내를 배려하기는커녕 도리어 괴롭히고 있다. 이처럼 성규의 성격이 갈수록 포악해지는 까닭은 동식과 정숙이 연을 맺었던 과거의 비밀이 죽음에 직면한 그의 과민한 신경을 자극한다는 데 있다. 죽음이 다가올수록 성규는 그 만큼 죽음의 공포감에 사로잡혀 있다. 그러나 성규가 느끼는 죽음의 공포는 보통의 사람들과는 다른 차원에 있다. 그의 공포는 타자를 전혀 배려하지 않는 이기적인 마음에서 비롯되기 때문이다. 죽음의 순간이 다가올수록 이기심은 가속화되는데, 이상하게도 그것은 주위의 사람들을 고통스럽게 만드는 가학으로 변형된다. 즉, 성규는 시시각각 파고드는 죽음의 두려움을 아내를 가혹하게 학대함으로써 상쇄하는 것이다. 물론, 성규의 극단적인 자기중심적 이기심은 동식에게도 발동한다.

> 지나치게 흥분한 탓도 아니겠지만 聖奎는 갑자기 뒤가 마렵다고 했다. 貞淑이가 얼른 나가드니 사기 요강을 들고 들어왔다. 들어 오면서 貞淑은 피로와 슬픔이 안개 처럼 긴 눈으로 東植을 보았다. 잠간 나갔다 들어 오겠느냐, 그대로 앉아 있겠느냐를 묻는 눈치임에 틀림 없었다. 그러나 東植은 그대로 앉아 있었다. 자리를 비키면 聖奎가 또 무어라고 비꼬는 소리를 퍼 부을지 모르기도 했거니와, 이런 경우에 자리를 일어서야 할 바가 아니라고 생각했기 때문이다.(「사연기」, 186)

성규는 동식이가 보는 앞에서 일을 본다. 자기 오만에 가득 찬 성규는 정숙과 동식의 처지를 조금도 이해할 줄 모르는 것이다. 성규는 이렇듯 '질투, 시기, 야심이 남달리 강하고 죽음에 앞둔 지금도 그것을 버리지 못하는 집요한 성정'의 소유자이다. 그러나 동식은 그런 성규를 외면하지 못한다. "이런 경우에 자리를 일어서야 할 바가 아니라고 생각"되는 것은 성규에 대한 의리라기보다는 정숙을 위해서이다. 동식이 자리를 뜨게 되면, 성규의 터무니없는 푸념을 혼자 꼬박 겪어내야 하는 정숙의 부담을 조금이라도 덜어주고 싶어서이다.

그런데 그렇게 포악을 떨던 성규가 다음날 세상을 떠나고 만다. 동식이 학교에서 돌아와 보니, 성규는 이미 이 세상 사람이 아니었다. 정숙과 함께 성규의 주검을 화장하고 돌아오는 길에 동식은 앞으로 자신이 어떻게 처신할 것인가 하는 생각에 잠기었다. 그러나 그런 염려도 잠시뿐, 성규가 죽은 지 며칠 지나지 않아 정숙이 유서 한 장을 남기고 자살하였다.

시체를 앞에 놓고 구태여 자기의 귀와 明鎬의 귀를 비교해볼 여유는
없었다. 그러나 明鎬의 귀가 분명히 자기의 귀를 닮았다는 이 새로운 사
실이, 그에게는 놀랍고 저주스러웠다.
쏟아지는 빗소리를 들으며 東植은 한동안 죽은 貞淑의 얼굴을 지켜보
며 앉아 있었다. 그러한 東植의 머리 속에, 줄기가 마르거나 열매가 물으
면 결국은 떨어지고야 말듯이, 貞淑은 그렇게 죽을 수 있었으리라는 동
감과 함께, 고인이 남기고간 두 어린 것의 슬픈 운명을 자기는 책임져야
겠다고 속으로 중얼거리는 것이었다.(「사연기」, 195)

동식은 유서를 통해 명호가 자신의 아들이라는 "새로운 사실이 놀랍
고 저주스러웠지만", 그렇게 죽을 수밖에 없는 정숙의 선택에 동감하면
서 두 아이의 "슬픈 운명을 자기가 책임져야겠다"고 생각한다. 동식은
자기 중심적인 이기심을 접어두고 두 아이들과 윤리적 관계를 맺음으로
써, 결국 그들을 책임져야 할 자신의 존재를 깨달았다.

이와 같이 「사연기」에서는 두 아이들로서 자기를 세우는 동식을 중심
으로 폐병 환자인 성규와 가련한 여인 정숙의 삶이 이야기되고 있다. 서
술자는 세 사람 사이에서 빚어지는 인간관계에 대해 논평하지 않고 동
식의 시각을 통해 그것이 드러나도록 전달함으로써, 따스한 인간애를
지닌 동식과 타자들과의 관계를 설득력 있게 형상화하고 있다. 즉 인격
적인 동식과 비인격적인 성규 사이에 서술자는 중립적 태도를 취함으로
써, 두 인물의 대조적인 성격을 부각시키고 있다. 그러나 이러한 성격
대조는 선과 악의 문제가 아니라, 포화가 채 가시지 않은 전후시대, 즉
위기의 시대를 어떻게 살아가야 할 것인가와 관계가 깊다. 이러한 문제
가 좀더 구체적으로 형상화된 작품이 「혈서」이다.

날이 어두워서야 達壽는 집으로 돌아오는 것이다. 물론 그것은 자기
네 집이 아니다. 奎鴻이가 임시로 들어있는 집이었다. 그것이 누구의 집
이건 간에, 達壽가 찾아들어갈 곳이라고는 그집밖에 없는 것이었다. (…)

그러나 취직자리는 아무데도 그를 기다리고 있지 않았다. 진종일 꽁꽁 얼어서 거리바닥을 헤매노라면, 達壽는 몸보다도 먼저 마음부터 견딜 수 없이 무거워지는 것이었다. 거리에 어둠이 오면, 시각(視覺)을 통해서 보다 더 짙은 어둠이 그의 마음을 덮어 버리는 것이었다. 그리되면 어디라 갈곳이 없는 그는, 무거운 걸음으로 奎鴻이네 집쪽을 향하고 걷는 수 밖에 없었다. 그렇게 어둡고 무겁기만한 귀로에서 「최선을 다한 나의 노력은 오늘도 수포로 돌아갔다」는 생각이 어쩔 수 없는 결론이나 처럼 선명하게 의식되는 것이었다.(「혈서」, 174~175)[68]

「혈서」의 초점화자는 달수이다. 달수는 일자리를 찾아 온종일 꽁꽁 언 거리를 뛰어 다니지만, 어둠이 내리면 “최선을 다한 나의 노력은 오늘도 수포로 돌아갔다”며 스스로를 위로한다. 그러나 그것을 그저 마음에 담아둘 뿐, 달수는 다음날 아침에도 부지런히 밖으로 나선다. 매번 실패하면서도 달수는 포기하지 않고 오늘도 구직에 도전하는 것이다. 최선을 다하는 노력이란 오늘이나 내일로 소진될 일이 아니기 때문이다.

그래도 그는 날마다 닥치는대로―회사고, 음식점이고, 서점이고, 시계방이고 그러한 구별없이 십여군데 내지는 이십여군데나 찾아들어가 보는 것이었다. (…) 그런데 몇달을 두고 진력해도 어째서 자기만은 취직이 안되는 지 알 수가 없었다. 물론 그가 모를 일이란 그것 뿐만은 아니었다. 우선 그 자신이 죽지않고 이렇게 살아 있다는 것 부터가 達壽에게는 도무지 알 수없는 일이었다. 한번은 거리에서 바루 자기 앞을 걸어가던 사람이 미군 추럭에 깔려 즉사했다. 그때 達壽 자신도 하마트면 추럭 앞대가리에 이마빼기를 들어받을뻔 했다. 그날 이후, 達壽는 자기가 살아 있다는데 불안을 느끼게 되었다. 이상하게도 대량 살육이 자행 되었던 六・二五 때가 아니라 그러한 불안은 실로 그날 부터였다. 따라서 자기는 왜 죽지않고 이렇게 멀쩡히 살아 있을가가 문제되기 시작했다. 그 생각은 납덩어리 처럼 무겁게 잠시도 쉬지않고 그를 짖누르는 것이었다.(「혈서」, 186)

---

68) 손창섭, 「血書」, 『현대문학』, 1955. 1(이하 「혈서」와 관련된 인용문의 숫자는 이 책의 쪽수이다).

달수는 12월의 추운 날임에도 불구하고 일자리를 구하기 위해 먼지를 뒤집어 쓴 채 까칠까칠한 얼굴로 하루 종일 돌아다닌다. 최선을 다해 시간을 보내는 일, 그 이상의 어떠한 수단도 방법도 발견할 수 없다고 생각하기에, 달수는 요즘은 손톱만한 희망도 거는 일이 없지만, 한편으로는 나름대로 노력을 다하고 있다. 그런데 그런 달수에게 불안의 순간이 갑자기 다가온다. 그 불안은 몇 달 전 어느 날, 앞서 걸어가던 사람이 미군 트럭에 깔려 즉사한 그때부터 시작되었다. 대량 학살이 자행되었던 전쟁 때가 아니라, 이상하게도 하마터면 트럭에 이마를 들이받을 뻔했던 그날 이후부터 생긴 것이다. 그러나 그 불안은 역설적이게도 "자기는 왜 죽지 않고 이렇게 멀쩡히 살아있을까"하는 자기 존재의 물음으로 되돌아왔다. "납덩어리처럼 무겁게 잠시도 쉬지 않고" 짓누르는 실존적 물음을 지닌 채 달수는 전쟁으로 폐허가 된 도시, 장래가 불투명한 도시를 열심히 헤매고 있다. 이처럼 「혈서」의 초점화자 달수는 내일 자신이 죽을지도 모르는 불안한 현실 속에서도 자기 자신에게 최선을 다하는 인식의 소유자이다. 그리고 그는 남을 감싸줄 수 있는 따뜻한 마음도 지니고 있다.

> 모가지를 잘라서 혈서를 써? 모가지를 잘라서말야, 이 모가지를 잘라서말야. 그러면 어떻게 되는거야. 내 원 별자식 다 보겠어. 奎鴻이 같은 건 일선에 나가서 콩알맛을 좀 봐야 돼. 감정 콩알이 가슴패기를 뚫구 나가두 모가지를 잘라서 혈서를 써? 대관절 그게 시야, 그게.」 (…) 俊錫은 마치 싸움하듯 주먹을 다 불근거리며 대드는 것이다. 그러한 俊錫도 奎鴻에게 대해서만은 제 성미를 나타내지 못하는 것이었다. 누구를 찾아가 보아도, 다리 하나 없는 자기를 奎鴻이만큼 너그럽고 무탈하게 대해주는 사람은 없었기 때문이다. 밤낮 방에서만 딩굴며 아무리 오래 얻어먹고 지내도 奎鴻은 얼굴 한번 찡그리는 일이 없었다.(「혈서」, 180)

달수는 시란 여자가 쓰는 일이지 남자가 할 일이 아니라면서 벽에 붙은 규홍의 시를 향해 손가락질하며 조소를 퍼붓는 준석이 못마땅하다.
규홍이가 없을 때만 그를 비난하고 질시하는 준석이 달수는 마음에 들
지 않는다. "밤낮 방에서만 뒹굴며 아무리 오래 얻어먹고 지내는" 준석
을 "얼굴 한번 찡그리는 일이 없이" 너그럽고 탈없이 대해주는 규홍을
생각해 보면 "일선에 나가서 콩알 맛을 좀 봐야" 한다고 씨근덕거리는
준석의 행동을 이해할 수가 없다. 그래서 달수는 규홍을 대변하듯 그의
시 「혈서」를 옹호해 보지만, 그럴 때마다 준석은 "마치 싸움하듯 주먹을
다 불근거리며 대든다."

서술자는 이런 인격적 면모를 지닌 달수 편에 서서 이야기를 엮어 나
간다. 그런데 달수의 마음만을 들락거리던 서술자가 어느 부분에서 준
석에 대한 정보를 미리 제시한다. 말하자면, 서술자가 준석의 내면을 간
파하고 논평한 것이다.

> 그런일이 아니라도 俊錫은 도대체가 실없이 화를 잘냈다. 세상 만사
> 가 그에게는 하나도 비위에 맞지않는 것이었다. 개중에도 達壽의 언동은
> 더했다. 俊錫은 達壽를 향해서만은 화를 내지 않고는 이야기를 할 수 없
> 는 것 같았다. 그러한 자신을 저도 알고있는 모양이라, 오래동안 군대밥
> 을 먹어왔기 때문에 자기는 고분고분 말을 못하노라고 스스로 변명하듯
> 하기도 했다. 그러나 따지고 보면 俊錫은 가짜 상이군인인 것이다. 군속
> 으로 전방에만 나가있던 그는 한쪽 다리가 절단되어 가지고 후방으로
> 돌아와서 부터 어엿이 상이군인 행세를 하러드는 것이었다. 그가 걸핏
> 하면 達壽보고도 군대에 나가라거니, 기피자라거니 하는 것에는 그러한
> 심리적 연유가 있는 것이다.(「혈서」, 186~187)

이야기 세계에 존재하는 등장인물들은 준석이 매사에 화를 잘 내는
이유를 오랫동안 군대에 있었던 탓에 고분고분 말하지 못한다고 생각하
고 있다. 그러나 준석이 화를 내는 이유는 다른 데 있다. 그는 '가짜 상
이군인'인 것이다. 준석이 걸핏하면 달수에게 병역 기피자라며 불 같이

화를 내는 데는 상이군인 행세에 대한 자신의 죄책감을 남에게 전가하
여 자신을 합리화하려는 이상심리에 연유한다. 달수를 공격하고 비난함
으로써 준석은 상이군인으로 가장한 순간순간의 불안들을 잠재워 왔던
것이다. 준석이 화를 내는 데는 따라서 거짓으로 위장된 자신을 감추려
는 불안 심리가 내재해 있다. 그런 준석의 심리를 알기 때문에 서술자는
"군속으로 전방에만 나가있던 그는 한쪽 다리가 절단되어 가지고 후방
으로 돌아와서부터 어엿이 상이군인 행세를 하러드는" 준석에게 우호적
일 수 없다. 준석을 두고 "따지고 보면 가짜 상이군인"이라고 비꼬는 서
술자의 어조에는 비판적인 그의 입장이 반영되어 있다. 서술자의 비꼼
의 어투는 '준석이 가짜 상이군인'이라는 정보와 더불어 독자에게만 넌
지시 전달된다. 이야기 세계에 존재하는 달수를 비롯한 등장인물들은
준석이 가짜 상이군인이라는 사실을 전혀 모르는 것이다. 요컨대, 준석
에 관한 사전 정보는 의사소통 과정에 있는 서술자와 독자만이 아는 비
밀이 되는 셈이다.

  달수가 준석의 속마음까지 간파할 수 없다는 초점화의 한계를 보완하
는 사전 정보 제시는, 한편으로는 독자에게 비밀스런 정보를 공유한다
는 친밀감으로 상승되는 효과를 자아낸다. 둘 사이에 긴밀한 관계가 성
립됨으로써 독자는 서술자를 더욱 신뢰하는 것이다. 바로 그 신뢰성을
바탕으로 서술자가 달수와 객관적 거리를 유지하기 때문에 그 거리는
인간적인 달수에게 독자가 밀착되는 하나의 전략으로 환원된다.

  아무리 俊錫이가 그렇게 끝까지 버티드라도 오늘밤만은 이래가지고
는 안되겠다고 達壽는 노상 여니때 없이 흥분을 느껴보는 것이었다. 그
것은 얼마 전부터 틈愛의 몸에서 놀라운 이상(異狀)을 발견해 왔기 때문
이다. (…) 「이자식아. 틈愛의 배가 불렀건 꺼졌건, 그게 나하구 무슨 상
관이 있단 말이냐? 틈愛의 배는, 어디까지나 틈愛의 배지, 내 배는 아니
다. 틈愛 배가 부른게 어째서 내 죄란말야.」 하고, 악을 쓰듯이 딜대는

것이었다.

「나두 잘 몰라…. 나는 왜 그런, 그런 쓸데없는 말을 했을가.」達壽는
울음과 웃음이 반반씩 섞인 그 비극적인 표정으로, 영문모를 소리를 간
신히 그렇게 중얼거렸을 뿐이었다. 「이 육시할 자식아. 너는 국적이다.
병역 기피자니까 너는 국적이나 같아. 이자식 어디 견디어 봐라. 내 당
장 경찰서에 고발하구 만다. 너같은건, 너같은 악질은 문제없이 사형이
야 사형. 내 당장 가서 고발하구 올테다.」(「혈서」, 190~191)

준석에 대한 서술자의 사전 정보는 '창애가 누구와 이불을 덮고 자느
냐'를 두고 벌어진 설전을 계기로 인물들의 성격을 이해하는 단서로 작
용한다. 사건의 발단은 준석이 창애와 함께 이불을 덮고 자겠다고 자청
한 일을 달수가 반대하면서 시작된다. 준석은 창애와 같이 자려는 이유
로 창애와 규홍이 언젠가는 결혼할 사이라는 조건을 내세운다. 그러나
달수는 준석의 그 논리를 받아들일 수가 없다. 오래 전부터 창애에게 태
기가 있음을 짐작한 달수는 요즘에 와서 준석이가 그녀를 범했다는 의
심이 부쩍 들기 때문이다. 그런데도 준석은 "창애의 배가 불렀건 꺼졌건
그게 나하구 무슨 상관이 있단 말이냐? 창애의 배는 어디까지나 창애의
배지, 내 배는 아니다"고 항의한다. 준석은 사실을 부인하고 있는 것이
다. 준석은 매번 그랬듯이, 있지도 않은 달수의 병역 기피 문제를 내세
우면서 창애와의 관계를 무마시키려고 한다. 그러나 달수가 울음 섞인
목소리로 창애의 임신 사실을 들먹이자, 준석은 국적이 되지 않으려면
'자원입대'라는 혈서를 쓰라고 윽박지르며 달수의 검지를 잘라 버린다.
순식간에 일어난 상황에 망연자실한 달수는 피를 흘리며 기절한다.

그러나 사실상 손가락을 잘라 혈서를 써야 할 사람은 준석이다. 서술
자가 앞서 제시한 것처럼 준석은 가짜 상이군인인 동시에, 달수가 말한
것처럼 창애를 범하고도 책임을 회피하는 파렴치한이다. 그럼에도 불구
하고 준석은 애매한 사람을 국적으로 몰면서 자신의 잘못을 교묘하게

은폐하고 있다. 결국, 자신의 감정 조절의 능력을 상실한 준석은 달수의 손가락을 무자비하게 자른다. 준석의 잔인한 행동 이면에는 자신의 실체가 드러나지나 않을까 하는 두려움이 도사리고 있다. 언젠가는 가짜 상이군인으로 위장한 자신의 신분이 노출될 수 있다는 불안이 그를 잔인한 인간으로 변하게 했던 것이다. 불안 심리란 일반적으로 타자를 배려하는 시간 속에서 상쇄되는데, 인간애가 없는 이기적인 준석에게는 타자 지향의 의식이 전무하다.

서술자가 준석에 대한 정보를 독자에게 미리 제공했던 것은 이러한 이유에서이다. 서술자는 타인에게 고통과 상처만을 주는 준석의 정체를 미리 폭로함으로써 그와 상반되는 달수의 사고와 행위를 독자가 설득력 있게 받아들이도록 조정한다. 서술자는 이야기 대상인 인물들과 거리를 조절하면서, 독자에게 어둡고 불안한 시대를 극복하는 길이란 달수처럼 타자를 배려하면서 자신에게 충실할 때 도달할 수 있음을 의미하고 있다. 사소한 일상 속에서 타자들과 부딪치는 가운데 일어나는 달수의 고민들은 결과적으로 앞으로 어떻게 살아가야 하는 문제에 대한 해결을 제시한다. 달수의 일상은 타자에 대한 관심 없이는 '나' 스스로에게 충실할 수 없다는 휴머니즘을 반영하고 있다. 전쟁의 뼈저린 아픔과 참혹한 비극을 치유할 수 있는 원동력은 '나'와 '너' 사이의 인간애적인 관계없이는 불가능하다는 것이다. 「혈서」에 등장하는 서술자가 달수라는 인물을 초점화했던 것은 그가 위기의 시대를 이겨내는 삶의 진정성을 소유하고 있기 때문이다.

이야기 세계에 존재하는 초점화자의 일상적인 고민의 뿌리를 밝혀 진정한 인간 삶의 방식을 좀더 적극적으로 모색한 작품은 「비오는 날」이다. 이 작품에서는 '흐르는 비'의 이미지로 일상에 존재하는 삶의 방식이 형상화된 탓에, 초점화자의 사고와 행위가 그대로 전달된 「혈서」보다 그 의미가 더 구체적이고 풍부하다. 「비오는 날」에서 흐르는 비가 만들어 내는, 질척거리면서도 축축한 감각적 현상은 그 안에 어떤 의미를 함축하고 있다. 그리고 그 의미는 흐르는 비의 이미지가 환기하는 느낌의 이면에 암시되어 있어, 초점화자의 체험을 생생하게 느끼는 가운데 독자는 그 잠재된 의미를 포착할 수 있는 것이다.

독자는 언어로 전달되는 감각적 체험인 이미지를 서술자가 아닌 초점화자의 체험을 통해 느끼기 때문에 서술자는 스토리 세계에 존재하면서 그 세계에 영향을 미치는 초점화자에 대한 시점을 조정할 수밖에 없다. 「비오는 날」에서 서술자는 초점화자 원구가 겪는 경험의 의미가 독자에게 흘러 들어가도록 자신의 주관적인 목소리 내기를 자제하고 초점화자의 내면세계가 실제적으로 발화되는 듯한 재현 방식을 주로 사용한다.

> 東旭의 그 싱글싱글한 웃음을 元求는 이전부터 몹시 꺼렸다. 상대방을 조롱하는 것 같은, 그러면서도 자조적(自嘲的)이요, 어쩐지 친애감조차 느껴지는 그 싱글싱글한 웃음은, 元求에게 어떤 운명적인 중압을 암시하여 감당할 수 없이 마음이 무거워지는 것이었다. 대체 그림은 누가 그리느냐니까 지금 여동생 東玉이와 둘이 지내는데, 東玉은 어려서부터 그림을 좋아하더니 초상화를 곧잘 그린다는 것이다. 東玉이란 元求의 귀에도 익은 이름이었다. 소학교 시절에 東旭이네 집에 놀러가면 그 때 대 여섯 살밖에 안 되는 東玉이가 귀찮게 졸졸 따라다니던 기억이 새로웠다. (…) 東旭의 말에 의하면 지난번 一·四 후퇴 때 데리고 왔는데, 요새 와서는 짐스러워 후회될 때가 있다는 것이었다. 그의 남편은 못 넘어왔느냐니까, 뭘 엽때 처년대, 했다. 지금 몇살인데 미혼이냐고 묻고 싶었지만, 元求는 혼기가 지난 東旭이나 자기 자신도 아직 독신인걸 생각하고, 여자도 그럴 수가 있을 거라고 속으로 주억거리며 그는 입을 다물었다.(「비오는 날」, 160)[69]

위의 인용문은 원구가 부산의 한 거리에 동욱을 만나 음식점에서 함

---

69) 손창섭, 「비오는 날」, 『문예』, 1953. 11(이하 「비오는 날」과 관련된 인용문의 숫자는 이 책의 쪽수이다).

께 술을 마시며 나눈 일을 회상하는 장면이다. 그런데 원구의 의식 속에는 동욱의 말이 직접적으로 드러나 있다. 첫 번째 밑줄 친 문장, "대체 그림은 누가 그리느냐니까 지금 여동생 東玉이와 둘이 지내는데, 東玉은 어려서부터 그림을 좋아하더니 초상화를 곧잘 그린다는 것이다."에서는 원구의 말과 동욱의 말이 조합되어 있다. 두 사람의 말이 한 문장에 묶여져 있지만, 그 속에서 원구와 동욱은 서로 제 목소리를 내고 있는 것이다. 이 문장을 간접화법으로 옮기면 '동욱은 지금 여동생 동옥이와 둘이 지내는데, 동옥은 어려서부터 그림을 좋아하더니 초상화를 곧잘 그린다고 했다'로 바꿔야 한다. 반면, 이것을 직접화법으로 하려면 '동욱은 "지금 여동생(동옥이)과 둘이 지내는데, 동생은 어려서부터 그림을 좋아하더니 초상화를 곧잘 그려"라고 대답했다'로 인용 부호를 삽입해야 한다. 그러나 이 문장에서는 인용 부호가 없는 간접화법의 형태를 취하면서도 동욱의 직접화법의 언어를 인용하고 있다. 이와 같은 재현 방식을 '유사직접화법'[70]이라고 하는데, 유사직접화법은 초점화자 원구의 내면세계가 제시될 때 전체적으로 사용되고 있다. 원구가 동욱과 나누었던 대화의 장면이 원구의 마음속에 회상될 때, 인용부호 없이 그리고 서술자의 간접적인 전달동사가 생략된 채 제시되기 때문에 독자는 그 대화 내용을 현장에서 듣는 듯한 환영을 받는다.

하지만 그렇다고 해서 서술자의 존재가 사라진 것은 아니다. 밑줄 친 두 번째 문장, '그의 남편은 못 넘어왔느냐니까, 뭘 입때 처년대, 했다'에서는 세 사람이 대화에 참여하고 있다. '그(동옥)의 남편은 못 넘어왔느냐'고 묻는 사람은 원구이다. 그런 원구의 질문에 동욱은 '뭘 입때 처년대'하고 대답한다. 그리고 두 사람의 대화를 서술자가 '했다'라는 간접전달 동사로 옮기고 있다. 즉 원구와 동욱이가 직접 나눈 대화를 서술

---

70) Boris Uspensky, 김경수 옮김, 『소설 구성의 시학』, 현대소설사, 1992, 70~77쪽.

자가 가운데서 중개하고 있는 것이다. 이러한 맥락에서 볼 때, 밑줄 친 첫 번째 문장의 '–(하)는 것이다'의 경우, '–는'이라는 관형형 어미 뒤에 붙은 '것이다'는 둘의 대화를 받아 객관화시키는 기능을 담당한다고 할 수 있다. 말하자면 서술자가 자신의 주관적인 논평을 삼가는 한편, 그들의 대화에 참여하고 있는 것이다.

그러나 결국 독자는 서술자가 원구의 회상 장면을 자신의 언어로 바꾸어 전달하고 있음에도 불구하고 그의 존재를 의식하지 못한 채 원구와 함께 동욱을 만나는 듯한 현장감을 느낀다. 더군다나 '나', '너', '그', '그녀', 그리고 '그들'과 같은 대명사보다는 고유명사가 지속적으로 지칭되는 까닭에 독자는 행동하는 인물, 주체 규명의 인물들인 '원구'와 '동욱'을 머릿속에 그리면서 그들의 대화를 듣게 된다. 이러한 현장적인 친밀감으로 인해 독자는 원구와 동욱과 함께 있다는 환영뿐 아니라, 그들 사이에 화제가 되고 있는 '동옥'에 대해서도 호기심을 갖는다.

서술자가 원구와 객관적인 거리를 유지하면서 원구가 제 목소리를 충분히 낼 수 있도록 유사직접화법을 사용하는 것은 무엇보다도 그의 인간적인 측면이 배어 나오는 어조를 바탕으로 한다. 원구의 따뜻한 마음이 어조로 환기되기 때문에 원구의 마음속에 떠오르는 동욱과의 대화 장면을 독자는 친밀하게 느낄 수 있었던 것이다. "목사가 되겠노라고 하면서도 술을 사랑하는 동욱을 아껴 줘야겠다고" 생각하는 원구에게 독자가 밀착될 수 있도록 서술자는 그에게 발언권을 내어주거나 혹은 발화된 자신의 언어에 원구의 목소리가 고스란히 담길 수 있는 재현 방식을 사용하고 있다.

장마철, 비오는 어느 날 원구는 늘 그러하듯 동욱의 집을 방문한다. 그런데 동욱은 예전에 없이 어깨를 축 늘어뜨린 채 원구를 맞이하는 것이다. 뒷방의 주인 노파가 동옥의 돈 이만 환은 물론 집까지 처분해서 도주해 버렸다는 말을 동욱에게 들은 원구는 이틀 동안 아무 것도 먹지 않고 방안에 누워 있는 동옥을 보고는 측은한 마음에 사로잡힌다. 어떤 대책도 마련하지 못하는 자신의 답답한 심정을 억누르면서 원구는 방을 구해보겠다며 그 집을 나선다. 그리고 며칠 후 비오는 날, 원구는 동욱과 동옥의 일이 자연 무겁고 우울하게 떠올라 동욱네를 찾아간다. 그러나 새로운 집주인이 냉랭하게 원구를 맞이할 뿐, 동욱 남매의 모습은 그 어디에도 없다.

> 죽지나 않았을가, 자살을 하든, 굶어 죽든… 하고 혼잣말 처럼 중얼거리며 돌아서는 元求의 등에다 대고, 중요한 웃가지랑은 꾸려 가지고 간 모양이니 자살할 의사는 없었음이 분명하고, 한편 병신이긴 하지만, 얼굴이 고만큼 밴밴 하고서야, 어디 가 몸을 판들 굶어 죽기야 하겠느냐는 말에 이상하게 元求는 정신이 펄쩍 들어, 이놈 네가 東玉을 팔아 먹었구나, 하고 대들듯한 격분을 마음속 한 구석에 의식하면서도, 천근의 무게로 내리 누르는듯한 육체의 중량을 감당할 수 없어 그는 말없이 발길을 돌이키었다. 이놈, 네가 東玉을 팔아 먹었구나, 하는 흥분한 소리가 까마득히 먼 곳에서 자기를 향하고 날아오는 것 같은 착각에 오한을 느끼며, 元求는 호박넝쿨 우거진 밭두둑길을 잃고난 사람 모양 허전 거리는 다리로 걸어나가는 것이었다.(「비오는 날」, 171)

새로 이사 온 집주인이 동옥을 두고 "중요한 옷가지랑은 꾸려 가지고 간 모양이니 자살할 의사는 없었음이 분명하고, 한편 병신이긴 하지만 얼굴이 고만큼 밴밴 하고서야 어디가 몸을 판들 굶어 죽기야 하겠느냐"는 말에 원구는 격분한다. 집 주인은 사기를 당해 망연자실해 있던 동욱 남매에게 당장 방을 비우라고 했던 사람이다. 그는 곤경에 빠진 남이야 어떻든, 다른 사람들과 함께 사는 방법을 인정하려 들지 않는다. 원구는 "호박 덩굴 우거진 밭두둑 길을 잃고 난 사람처럼 허정거리며" 걸어 나가면서 자신이 동옥을 팔아먹었다는 자책감에 괴로워한다. 원구의 그 마음에는 동욱 남매가 없다는 부재의 슬픔이 내재해 있다. 현실은 고향과 가족을 버리고 월남한 동욱 남매의 의욕마저 앗아간 것이다.

그렇다고 원구가 현실을 원망하면서 동욱 남매가 없다는 슬픔에 좌절할 수만은 없다. 비가 오는 날이면 원구의 의식 속에 '동옥 남매의 음산한 생활 풍경이 영사막처럼 흘러가고, 언제나 비에 젖은 인생들처럼 남매의 모습이 연상되곤' 하기 때문이다. 말하자면, 원구가 존재하는 한 초라하고 힘겨운 모습이라도 동욱 남매의 모습은 끊임없이 그의 마음속에서 살아 숨쉬고 있다.

> 이렇게 비오는 날이면 元求의 마음은 감당할 수 없도록 무거워지는 것이었다. 그것은 東旭 남매의 음산한 생활 풍경이 그의 뇌리를 영사막처럼 흘러가기 때문이었다. 빗소리를 들을적 마다 元求에게는 의례의 東旭과 그의 여동생 東玉이가 생각나는 것이었다. 그들의 어두운 방과 쓰러져가는 목조건물이 비의 장막 저편에 우울하게 떠오르는 것이었다. 비록 맑은 날일지라도 東旭 오뉘의 생활을 생각하면, 元求의 귀에는 빗소리가 설레이고 그 마음 구석에는 빗물이 스며 흐르는 것 같았다. 元求의 머리 속에 떠오르는 東旭과 東玉은 그 모양으로 언제나 비에 젖어 있는 인생들이었다.(「비오는 날」, 159)

원구는 '이렇게 비 오는 날이면' 언제든지 동욱 오누이를 떠올린다. 비가 오지 않는 맑은 날일지라도 그들을 생각하면 원구는 어느덧 자신의 귀에 빗소리가 설레고 마음 구석에 빗물이 스며 흐르는 듯한 느낌에 빠져든다. 이처럼 흐르는 비는 동욱 남매의 존재를 연상하는 매개이다. 서술자는 비 오는 날을 반복 리듬으로 되풀이해 그려냄으로써 독자들을 "어두운 방과 쓰러져 가는 목조건물이 비의 장막 저편에 우울하게 떠오르는", 그 암울한 상황 속에 묶어 놓고 있다. 그러나 그 상황은 단순히 동욱 남매의 궁핍하고 어두운 현실을 드러내기보다는, 원구의 의식 속에 그들이 살아 숨쉬는 존재로 자리하고 있음을 함의하고 있다.

이 같은 의미를 형상화하기 위해 서술자는 비 오는 모습을 '줄기차게 내리는’, ‘오줌발처럼 쏟아지는’, ‘구질구질하게’와 같은 구절들이 보여주는 시각과 ‘물탕에 젖어 꿀쩍거리는 신발 속처럼’, ‘엉덩이가 척척해’지는 촉각, 그리고 ‘출랑출랑 쪼르륵 출랑’ 떨어지는 청각 등을 통해 묘사하고 있다. 비의 이미지들은 그것들이 환기하는 연상, 애정, 관심 등의 의미들을 담은 채 ‘흐른다’의 연속성과 운동성을 지닌, ‘흐르는 비’가 되어 의사소통 과정에 있는 독자의 의식에 전이되고 있다. 이로써 독자 또한 원구처럼 시나브로 동욱 남매의 생사에 마음을 쓰는 것이다.

이렇게 볼 때, 서술자가 유사직접화법으로 원구의 속마음을 드러내는 가운데 ‘흐르는 비’의 이미지를 끊임없이 형상화했던 의도는 궁극적으로 독자의 상상력을 환기하여 이야기 세계의 의미를 깊이 있게 확장하는 데 있다고 할 수 있다. 서술자는 자신과 원구와 독자 사이에 형성되는 세 존재의 팽팽한 의식이 가능하도록 자유간접화법을 통해 사건을 전달하는 동시에 흐르는 비를 반복적으로 이미지화하여 독자를 대화의 장 안으로 끌어들이고 있다.

위에서 살펴보았듯이 「사연기」, 「혈서」, 「비오는 날」 등의 이야기에서는 따스한 인격을 지닌 주체가 초점화자로 등장하고 있다. 동식, 달수, 그리고 원구와 같은 초점화자들은 궁핍하고 어려운 현실 속에서도 타자와 더불어 존재하려고 애쓰는 인물들이다. 서술자는 인간적인 초점화자의 일상을 전달함으로써 독자에게 공존이 곧 실존이라는 주제를 표방하고 있다. 그런데 이 같은 주제의 형상화 작업은 오상원의 3인칭 소설들에서도 나타난다. 그들의 작품들에 등장하는 서술자들은 타자의 존엄성과 연대의식을 강조함으로써 공존이 바로 자기 자신임을 휴머니즘이라는 통로를 통해 전달하고 있다.

3. 인간의 존엄성 추구와 연대의식

오상원의 3인칭 이야기로는 「증인」, 「보수」, 「균열」, 「황선지대」, 「모반」, 『백지의 기록』 등을 대표적으로 들 수 있다. 이들 작품에 등장하는 서술자는 잔인한 당파 싸움이나 전쟁 이데올로기에 함몰되지 않는 초점화자의 삶을 전달함으로써 휴머니즘이란 인간에 대한 사랑에서 비롯된다는 사실을 강조하고 있다.

휴머니즘은 한 가지 방법으로 해석될 수 있는 실체가 아니다. 그것은 남녀간의 사랑의 결실로 나타나기도 하고, 비인간적인 '적'에게 총격을 가해야 하는 암살자의 고민들로 형상화되기도 하고, 때로는 잔인한 인간을 냉소적으로 바라보는 서술자의 흔적을 통해 드러나기도 한다. 첫 번째 유형으로는 「증인」과 『백지의 기록』을, 두 번째 유형으로는 「균열」과 「모반」을, 세 번째 유형으로는 「보수」와 「황선지대」 등을 대표적으로 들 수 있다. 물론, 이 세 유형은 모두 초점화자의 자의식에 대한 구체적인 분석 없이는 불가능하다.

객관적 서술의 경우, 서술자는 시점 제공자인 초점화자의 행위와 사고를 전달할 뿐 논평을 삼감으로써 자신의 존재를 되도록 노출하지 않으려고 한다. 그러나 서술자가 자신의 신분을 감춘다는 것은 한편으로는, 자신의 관점을 서술을 통해 관철시키고자 하는 의도가 숨어 있음을 말한다. 시점 제공자인 초점화자의 시각을 그대로 전달함으로써 서술자는 그의 입장에 동조하고 있음을 암시적으로 보여주는 것이다.

그렇다고 서술자의 중립적 서술 태도가 모든 초점화자에게 같은 의미로 적용되는 것은 아니다. 잔인한 초점화자나 혹은 정당한 방법으로 자신에게 충실하지 않는 초점화자가 등장하는 이야기의 경우, 객관적 거리는 서술자가 초점화자의 시각에 동조하는 것이 아니라 그를 비판적,

냉소적으로 바라보고 있음을 표방하기 때문이다. 즉, 아무리 자기의식이 강한 초점화자가 등장할지라도 그의 마음속에 인간에 대한 사랑이 부재한다면, 그것은 주체적 자의식을 소유한 인물로 상정할 수 없다는 것이다. 이렇게 볼 때, 서술자의 객관적 서술 태도는 휴머니즘의 실체들을 규명하는 하나의 원리로 작용한다고 할 수 있다. 이와 같은 문제에 주목하면서 앞서 제시된 세 가지 유형을 중심으로 휴머니즘의 실체를 구체적으로 살펴보기로 하겠다.

먼저, 첫 번째 유형으로 거론된 「증인」과 『백지의 기록』에서는 순수하고 아름다운 이성간의 사랑을 저당 잡힌 젊은 세대가 이야기되고 있다. 「증인」에서는 사랑하는 연인을 두고 참전했던 한 '청년'이 초점화자로 등장한다. 부상 없이 제대한 '청년'이 예전처럼 연인과 순수한 사랑의 관계를 유지하고 싶어 하지만, 전쟁에서 길들여진 육욕으로 인해 과거의 자신으로 되돌아갈 수 없는 현실에 갈등한다. 그러나 청년의 그런 심정을 알 리 없는 연인은 이별을 선언하는 그가 야속할 뿐이다. 서로를 깊이 있게 이해하지 못하는 가운데 벌어지는 그들의 언쟁은 서로에게 마음의 상처만 준다.

> 「좋아요. 하는 수 없죠. 그렇지만 끝으로 저는 꼭 한번쯤 듣고 싶어요. 그 이유를 이야기해 주세요. 제가 싫어져서인가요?」
> 청년은 묵묵히 침묵을 지켰다.
> 「그렇군요?」
> 여인의 애처러운 시선이 청년의 시선을 더듬어갔다. 여인은 그 시선 속에서나마 청년의 마음을 읽고 싶은 것이다.
> 「그럼요?」
> 초조로히 다시 되묻는 여인의 음성속에는 눈물마저 배였다.
> 「나는 내가 싫어졌기 때문이요. 할 수 있다면 나는 나를 내버리고 싶소. 다만 나 아닌 나가 되고 싶어서요.」(「증인」, 252)[71]

연인이 헤어질 수 없다고 사정을 하는데도 '청년'은 그만 만나자고 한다. 이유는 단 하나 "나 아닌 나가 되고" 싶어서 "나를 내버리고 싶다"는 데 있다. 하지만 연인은 그런 이유라면 자신이 더욱 '청년'의 곁에 있어야 한다고 버틴다. 그렇다고 '청년'이 그녀의 마음을 모르는 바도 아니다. 사랑하기 때문에 '청년'은 자신의 상처가 독이 되어 그녀에게 전염되지 않도록 하고 싶을 뿐이다. 서로 실랑이를 벌이는 사이, '청년'의 친구가 찾아온다. 두 사람의 사랑싸움을 목격한 친구는 '청년'에게 칼날 같은 말을 내뱉는다. 전투 중 파편을 맞아 얼굴이 이지러진 친구는 육체적 상처 없는 '청년'의 이별 선언이 너무도 가소로웠기 때문이다. 흉하게 변한 얼굴은 연인과의 사랑은커녕, 돈으로 산 여자가 해줘야 할 정당한 애무마저 앗아간 것이다.

「나는 더욱 못견디게 여자의 입술을 쫓으며 나의 얼굴을 그의 뺨위로 얹어갔었다. 그 순간 나의 팔을 획 뿌리치며 왜 이래 이 양반이 미쳤나! 입술까지 팔지는 않았어, 흥! 하고 소리쳤던거야. 내 이 상판데기를 보란 말이다! 파편에 찢어진 입술의 흉터뿐만 아니다.」(「증인」, 256)

부드러운 살결 속에 안겨보고 싶었던 청년의 친구는 어느 날 여자를 돈으로 산다. 그는 윤락녀라는 사실에 개의치 않고 온정을 다해 키스하려고 했지만 그녀가 눈을 감으며 외면해버리자 인간적인 배신감을 느낀다. 흉하게 일그러진 얼굴만을 보고 자신의 인간적인 온정을 배반했다는 생각에, 그는 그녀의 얼굴이 자신의 그것보다 더 흉악해지는 순간까지 그녀를 괴롭힌다. 그 이후로도 청년의 친구는 인간적인 친밀감을 느껴보지 못하는 마음의 공허를 여자를 괴롭힘으로써 채워 나갔다. 그렇다고 해서 기성세대의 불신으로 인한 그의 증오가 삭여지는 것은 아니다.

---

71) 오상원, 「證人」, 『사상계』, 1956. 8(이하 「증인」과 관련된 인용문의 숫자는 이 책의 쪽수이다).

시간이 지날수록 청년 친구의 상흔은 깊어만 간다. 자신과 같은 젊은이들이 조국과 자유를 위해 장렬하게 싸우다가 정신적 혹은 육체적 상처를 입고 돌아왔지만, 기성세대들은 그들에게 타락했다고 비난만 할 뿐이다.

> 「좀 생각해보란 말이야. 신문을 봐요. 요즘 학생들은 타락했다, 공부를 하지 않는다, 성실치 못하다, 도대체 우리 세대를, 그리고 이 현실에 이어올 다음 순간을 어떻게 우리는 그들에게 기대할 수 있느냐? 하고 제법 똑똑한채 떠들고 있거든. 자식들은 자기네들이 어떠했다는 것을 생각지도 않고 있단 말이야. 현실은 우리를 전쟁속에 휘몰아갔다. 우리는 그야말로 모든 것을 버리고 나가 싸운거다. 그리고 돌아왔다. 모든 것을 잃어버리고 돌아온 것이다. 이 잃어버린 것들을 우리는 메꾸어야 했다. 그러나 메꾸울 수는 없었다. 이러한 이그러진 우리에게 그들은 돌아오기도 바쁘게 다자꾸 수많은 것을 요구해 오는 것이다. 공부를 하라, 좀더 진지해지라, 성실해지라 하고 뭐니 뭐니… 우리는 그야말로 상실당한 속에서도 또한 수많은 이 사회의 요구를 동시에 걸머져야 한단 말이다. 이것이 우리들의 현실인거야. 이중 삼중으로 우리는 그야말로 학대를 받아야 한단 말이다. 과연 우리들은 그들이 말하듯이 타락한 거야? 바보같은 자식들!」(「증인」, 259)

청년들은 한창 공부하고 일할 나이에 동족을 죽이는 살육의 현장에서 "모든 것을 잃어버리고" 전쟁에서 돌아왔다. 그러나 청년들을 반기는 것은 기성세대의 비난뿐이다. 젊은이들이 상실 당한 것들을 스스로 메울 겨를도 없이 기성세대는 "이 현실에 이어 다음 순간을 어떻게 우리는 그들에게 기대할 수 있느냐"고 성토하면서, 전후의 불안한 형국에 대한 책임이 마치 젊은이들에게 있는 것처럼 힐책한다. 기성세대의 태만한 반민족적 태도로 인해 전쟁과 분단이 자행되었음에도 불구하고 그들은 모든 잘못과 책임을 청년세대에게 떠넘기고 있다. 그러나 사실상 그 힐책은 기성세대 자신들에게 향해야 한다. 청년들이 '진지하지도 성실하지 못한' 데에는 기성세대가 조장한 비윤리성이 내재해 있기 때문이다.

「나는 여자를 탁 보면 육욕이 일어나거든 여자에게서 느끼는 것이란 그것 뿐이야. 달콤한 감정이건 순결한 마음과 마음의 접촉이건 이미 나에겐 있을 수 없단 말이다. 결국 전쟁이란 것이 남기고 간 유일한 유물일테지. 마드모아젤, 당신이 좋아하는 이자가 뭐, 그리 깨끗한 줄 아슈. 이미 우리들은 순결한 마음을 상실당한 놈들인걸 알아두는 게 좋을거요. 우리는 연애 이전에 계집의 살 맛을 먼저 알아버렸으니까 말이요. 전선 속에 휩쓸려갔을 때 처음 우리는 여자의 맛부터 배웠었오. 초조한 순간에 임박하기 전이나 또는 그러한 순간이 지나고 몸과 마음이 총성과 죽음속에 지칠대로 지쳤을 때 여자의 맛이란 항상 멋드러지게 강한 정열을 일으켜주었던거요. 다문 몇분의 여유만 있어도 찾아가는 곳은 곧 계집이었으니까…. 이 자와 참 많이 싸돌아다녔었지. 자식이, 그렇게 감출 필요는 없는 거야, 마드모아젤이 있다고 해서…. 도대체 우리가 연애를 할 수 있을줄 알어? 우리는 이미 순결한 의미에서 연애란 할 수 없는 거야. 그런데 너는 하고 있단 말이야.」(「증인」, 255)

기성세대들은 포화와 죽음의 문턱을 넘나드는 전쟁의 상황에 청년들을 옭아매기 위해 육욕의 덫으로 그들을 기만했다. 그러한 사실도 모르는 채 청년들은 "전선 속에 휩쓸려 갔을 때" 혹은 "몸과 마음이 총성과 죽음 속에 지칠 대로 지쳤을 때" 육체적인 욕망의 해소를 통해 두려움의 순간들을 잊었던 것이다. 제대한 후에야 비로소 자신들이 순간의 욕정에 사로잡혀 순수한 영혼을 팔았다는 사실을 깨닫지만, 때는 이미 늦었다. 과거의 순수한 사랑의 감정보다는 전쟁에서 길들여진 육체적인 본능이 앞설 때마다 그들은 그런 자신들이 혐오스러워 견딜 수 없었다. 그것은 부상을 당하든 그렇지 않든 간에 참전한 모든 젊은이들에게 해당되는 문제였다.

바로 이러한 상황 속에 청년세대의 "현실"이 있다. 과거에 사랑했던 여자를 더 이상 사랑할 수 없게 된 '청년'의 비애는 그 같은 현실에서 배태된다. 상실 당한 자신의 순결한 마음을 연인의 사랑 속에서 되찾으려고 했던 '청년'은 "알아버린 감각의 율동을" 떨쳐버릴 수 없는 본능의 포로가 될 때마다, 밀려오는 공허로 고통스럽다. 사랑을 나누면 나눌수록 그녀에게서 사그라져 가는 수줍음과 순결이 청년에게는 전선에서 만났던 여자처럼 정욕만을 만족시켜 주는 존재로 착각되는 것이다. 연인과의 사랑도 공허로 느껴질 정도로 '청년'의 정신은 이미 황폐해 있다.

> 그 순간 쾅 닫기던 문소리와 함께 청년은 착잡히 이어가던 생각에서 깨어났다. 나는 이미 치욕과 저주에 <멍>든 나인 것이다. 여인은 정당한 것이다. 그러나 나는 이 저주스러운 나, 그리고 모든 것을 상실당한 이 <텅빈 나>에서부터 나는 나를 다시 시작하지 않으면 안 되는 것이다. 저주받아야 할 나, 허무러진 나를 그대로 허덕 허덕 이상 더 이어갈 수는 없는 것이다. 나는 이 시대의 증인이 되어야 하는 것이다. 결코 무위(無爲)한 증인이 되어서는 안 되는 것이다. 강력한 증인이 되어야 하는 것이다.
>
> 지금껏, 나는 상실당한 나를 찾으려 헤매였던 것이다. 그러나 이미 상실당한 것은 상실당한 것이다.
>
> 청년은 가슴속에서부터 불덩이 같은 열이 확 터져 나오는 것만 같았다. 나는 이 사회의 저주와 증오 속에서 그들에게 강력한 증인이 되어주어야만 하는 것이다. 그러기 위해선 스물넷인 나를 버려야 하는 것이다. (「증인」, 260)

'청년'은 치욕과 저주에 멍든, "허물어진 나를 그대로 허덕허덕 이상 더 이어갈 수" 없어서 지금껏 "상실 당한 나를 찾으려" 헤맨다. "이미 상실 당한 것은 상실 당한 것"이므로, '청년'은 "텅 빈 나에서부터" 자기를 세우지 않으면 안 된다. 육욕과 같은 기성세대의 기만적인 논리에 함몰되지 않을 때 '청년'은 비로소 젊은이다운 순수와 순결로 "텅 빈 나"를 채워 나가는 것이다. 그래서 '청년'이 철저하게 자기를 정립하는 과정이란, 한편으로는 저주와 증오의 시대를 대변하는 "강력한 증인"이 되는 셈이다. 그러므로 "이 시대의 증인"이 되는 최선의 조건은 황폐화되지 않은 마음, 즉 자기의식이다.

이처럼 「증인」에서는 인간적 순수에 대한 반성적 사유를 통해 은폐된 기성세대의 과오를 폭로하면서, 한편으로는 자기 정체성 문제를 조명하고 있다. 젊은이들의 의식을 지탱하는 순수와 순결을 통한 자기 정체성 탐색의 문제는 장편소설인 『백지의 기록』에서 더 깊이 있게 논의되고 있다.

『백지의 기록』에서는 「증인」의 '청년'과 '친구'처럼 "제일 젊음이 발랄하여야 할 시절"에 "이미 무너져 버린 젊음"을 알게 된 전후 시대의 '증인'들이 등장한다. 서술자는 증인들의 고뇌와 아픔을 설득력 있게 전달하기 위해 이야기 시작에서, 육체적 상처 없이 돌아온 중서가 불구가 되어 제대한 형 중섭을 만나는 상황을 제시한다.

> 스물 넷. 제일 젊음이 발랄하여야 할 시절이다. 그러나 이미 무너져 버린 젊음이었다. 전쟁으로 삼년간이란 세월이 포연(砲煙) 속에 사라진 것이다. 집에는 벌써 불구가 된 형이 돌아와 있었다. 오른손이 보기 흉하게 몽둥아리가 되고 다리가 하나 절단되어 있었다. 돌아오던 날 어머니는 몸 성한 작은아들을 껴안고 불구가 되어 맏아들이 돌아오던 그날보다도 더 목메어 울었다. 아버지는 다만 묵묵히 작은아들을 지키면서 눈물을 머금고 서 있었다. 어머니는 목메어 울면서도 작은아들의 팔과 다리와 그리고 온 몸을 아무리 하여도 믿어지지가 않는 듯이, 자꾸 더듬어 쓸어 보는 것이었다. 남편은 그러한 아내의 태도를 초조스럽게 지키고 있다가 넌지시 만류하며 큰아들을 돌아보았다. 큰아들은 아버지와 시선이 마주치는 순간 고개를 떨구고 절름거리며 급히 자기 방쪽으로 걸음을 옮기는 것이었으나 그만 몇 걸음 못 가 헛디뎌 쓰러졌다. 아버지가 황급히 달려가 일으켜 세우려 할 때 큰아들은 눈을 꾹 지려감고 있었다. 다시는 영 뜨지 않으려는 듯이. 그 순간 아버지의 두 눈에서는 눈물이 소리없이 주루루 흘러내리고 있었다.(『白紙의 記錄』, 10)[72]

---

72) 오상원, 『白紙의 記錄』, 『현대한국문학전집 7』, 신구문화사, 1981(이하 『백지의 기록』과 관련된 인용문의 숫자는 이 책의 쪽수이다).

전쟁에서 불구가 되어 제대한 중섭과 그렇지 않은 중서의 대조적인 상황 설정은, 한편으로는 두 인물이 형과 아우라는 혈연적 관계로 인해 그들의 갈등이 가족 전체의 문제로 확장될 여지를 충분히 안고 있다. 말하자면, 서술자는 사회의 축소판인 가족을 통해 전쟁 체험이 개인의 고통 차원에서 끝나는 것이 아니라 공동체의 체험이자 고통임을 암시하는 것이다. 서술자는 이처럼 도입 부분에서 발가락 두 개의 기능을 상실할 뿐 온전한 몸으로 돌아온 중서를 맞이하는 부모의 표정과 행위를 그대로 전달함으로써, 중섭의 갈등을 먼저 자연스럽게 표면화한다.

> 중섭은 이렇게 죽어간 시체들을 눈앞에 대할 때마다 그 부릅뜬 눈을 감기면서 울음을 머금었다. 때로는 곧 후방으로 이송만 되면 생명을 건질 부상병도 있었다. 그때마다 중섭은 앰부란스에 뛰어올라 핸들을 잡았다.
> 「김중위!」
> 「네!」
> 「귀관의 심중은 십분 이해하고도 남음이 있다. 어느 부상병이나 살고 싶은 마음은 간절할 것이다. 하지만 그들의 모두를 살릴 수 없는 것이다.」
> 「네?」
> 「스스로 깨닫기를 바란다. 알겠나?」
> 「…」
> 그럴 때마다 중섭은 의무대장인 박 소령의 얼굴만을 한동안 의아스러이 지키는 것이었다.(『백지의 기록』, 10~11)

중섭은 오른손이 보기 흉하게 뭉뚝해지고 다리 하나 없는 상이군인으로 제대하였다. 그가 군에 입대한 것은 의대 3학년에 재학 중이었을 때였다. 중섭은 계급의 상하를 막론하고 부상병을 치료하는 것이 의무관의 본문이라고 굳게 믿고 있을 뿐만 아니라, 죽어 가는 병사들에게 주사 한 방이라도 놓아줄 수 없어 가슴 아파하는 인물이다. 서술자는 중섭의 이러한 인간적 측면을 보여주기 위해 직접 대화의 방식으로 그에 관해 요약 서술하고 있다. 중섭이 직접 나서서 않고, 서술자가 간접적으로 이야기를 전달하기 때문에 독자는 중섭이라는 인물을 객관적으로 바라보게 된다. 이 같은 서술자의 이야기 방식은 중섭이 파편을 맞고 불구가 되기 전까지 유지된다.

어느 날 중섭은 연대장이 부상당했다는 연락을 받고 부관과 함께 전방으로 간다. 연대장을 태우고 막 출발하려고 할 때, 그는 앰뷸런스의 불빛을 향해 기어오는 일등병을 발견하고 차에서 내리려고 한다. 그러나 부관이 일개 병졸 때문에 시간을 지체할 수 없다면서 총으로 위협하는 바람에 할 수 없이 그의 명령에 따른다. 연대장을 치료소로 옮기자마자 곧바로 부상당한 병사를 찾아 폭음이 난무하는 최전방으로 돌아간 중섭은 폭탄이 터지는 바람에 파편을 맞고 의식을 잃는다. 며칠 만에 의식이 돌아온 중섭은 자신의 오른손을 내려다보고 경악한다. 골수염으로 절단된 다리보다 오른손의 다섯 손가락 모두 잘려 나갔기 때문이다. 의사가 아닌 자신을 생각해 본 적이 없던 중섭은 그 경악할 현실에 좌절한다.

악몽이 왔다. 연속되는 악몽 속에 소리를 지르고 눈을 뜨면 어둠만이 첩첩이 눈앞을 도사리고 마주지켜서는 것이었다. 몽둥아리가 된 손, 폭음. 격렬히 이어오는 총성 속에 쓰러지며 부르짖는 마지막 비명. 누가 가슴을 향하여 가늠쇠를 겨누고 있다. 방아쇠를 당긴다. 불길과 함께 총알이 심장을 꿰뚫고 지나갔다. 나는 이미 없다. 심장에서는 검붉은 피가 줄줄 흐르고 있다. 누가 가까이 다가온다. 내 목덜미를 움켜쥐고 고개를 쳐들어 들여다본다. 낯이 익다. 입맛이 쓰게 픽 웃고 있다. 나를 쏜 놈이다. 그는 총을 들고 있다. 지금 막 나를 쏜 총을 멋적게 들고 있다. 「나를 알아 보겠어?」 하는 듯이 자식이 또 쓰게 입맛을 다시며 픽 웃는다. 낯이 익다. 이상하다. 그는 바로 나와 똑같은 얼굴을 하고 있다. 이상하다. 「내가 바로 너란 말이다. 이 못난 자식! 자기도 몰라봐!」 그는 저주스러운 듯이 움켜쥐었던 목덜미를 홱 뿌리치고 개머리판으로 뒤통수를 내리 갈겼다. 「너 같은 자식은 본 적이 없다. 몽둥아리! 손몽둥아리!」 침을 퉤 뱉고 더없이 저주스레 다시 한번 픽 웃고 성큼성큼 어둠속으로 꺼져 버린다.(『백지의 기록』, 18)

이야기의 시작에서 줄곧 중섭에 대해 객관적으로 요약 전달하던 서술자는 파편을 맞고 쓰러진 중섭이 의식을 되찾자 직접 말할 수 있도록 발언권을 내어준다. 중섭의 꿈이 서술된 위의 장면은 내면의 독백에 가깝지만, 사실상 그것은 서술자의 언어를 빌려 제시된 것이다. 그런데도 독자들은 꿈속에서 고통 받는 중섭을 마치 실감 있게 받아들인다. 간접화된 방식인데도 독자는 그것을 마치 중섭의 내면화된 목소리로 수용하는 것이다. 물론 이것은 현실을 바탕으로 한 중섭의 체험이 꿈으로 반복 제시되기에 가능한 일이다. 따라서 서술자의 존재는 사라진 것이 아니라, 언어의 이면에 물러나 있다고 할 수 있다.

번민은 날이 갈수록 더욱 상한 마음을 칼끝처럼 파고드는 것이었다. 창백한 얼굴은 더욱 백지장처럼 하얗게 핏빛을 잃어가고 있었다. 형인 중섭은 거의 밤을 새우다시피 악몽과 어두운 오뇌의 그늘에 짓눌려 버려야만 하였다. 귀찮은 존재가 되어 버린 자기, 사회생활의 기능을 송두리째 상실한 이상 살면 살수록 어머니와 아버지에게 그만큼 괴로운 부담이 되어 버릴 뿐인 것이다.
의존, 거기에는 아무런 주장도 용납될 수가 없다. 생활에 대한 주장의 상실은 이미 욕구를 잃어버린 생활인 것이다. 의존해 산다는 것은 무의미하다. 무의미를 위해서도 살아야 한단 말인가? 그 순간 중섭은 문득 세차게 떠오르는 한 가닥 생각에 사로잡혔다. (…) 처음 그들은 아들이 불구가 되어 돌아왔을망정 살아서 돌아왔다는 것, 그것만으로도 만족할 수 있었고 도리어 아들을 위로해 주고 싶었을 것이다. 그러나 그 아들로 인하여 받은 고통의 도가 점점 날이 갈수록 못 견디게 심해 가자 그들은 아예 죽어서 돌아온 것만 못했을 것이다. 순간적으로 받는 고통과 비애는 더 컸을지 모르지만 이처럼 지속되는 고통보다는 차라리 나았을 것이라고 생각하고 있을 것이다.

중섭의 마음은 지금 이러한 생각으로 압도되어 가고 있었다. 스스로 목숨을 끊는다는 것이 그들을 위하는 길일 것이다. 중섭은 또 다시 이렇게 입속에서 되풀이하였다.(『백지의 기록』, 38~39)

위의 인용문에서 보듯이 "번민은~되어 버릴 뿐인 것이다"라는 첫 번째 문단은 서술자의 시각으로 바라본 중섭의 모습이다. 서술자는 중섭의 피폐화된 모습을 자신의 어조로 전달하고 있지만, 그 언어 이면에는 이미 중섭의 의식이 내포되어 있다. '사회 생활의 기능을 송두리째 상실한 이상 살면 살수록' '귀찮은 존재가 되어 버린 자기'라고 느끼는 존재는 중섭이기 때문이다.

서술자의 언어와 초점화자의 말이 반반씩 섞여 있는 자유간접화법으로 제시된 중섭의 인식은 뒤이은 "의존 ~생각에 사로잡혔다"에서처럼 중섭 스스로 말하는 내면의 독백으로 전달된다. 그러나 중섭의 독백에는 타인의 말이 뒤섞여 있다. "인간은 무의미하지만 스스로 의미를 붙여 나가는 존재"라고 한 보병장교의 말이 중섭의 내면세계에 틈입해 있는 것이다. 즉, 중섭의 마음속에 자신도 모르게 무의식적으로 타자와 대면하고 있다. 그러나 중섭은 의존해서 사는 삶이란 무의미하다고 생각하고 있다. 인간은 자기에게 주어진 사회생활을 성실히 수행하는 가운데 삶의 의미를 추구한다는데 그것을 잃어버린 지금, 중섭은 스스로를 불필요한 존재로 여긴다. 불구가 된 자신이 부모에게 고통이 되고 있는 이 현실을 중섭은 도외시할 수 없다. 이러한 중섭의 마음은 네 번째 문단에서 다시 서술자의 언어로 흡수되어 들어간다.

이와 같이 중섭의 내면이 자유간접화법, 내적 독백, 직접화법 등으로 진술되고 있다. 그렇다면 중섭의 내면세계가 이처럼 다양한 재현 방식으로 제시되는 이유는 무엇일까? 그것은 중섭의 갈등을 그의 목소리로 전달하기보다는 서술자의 목소리로 중개하거나 혹은 타자의 말을 삽입

함으로써 그의 고통이 개인적 치기에서 비롯된 것이 아니라 사회생활을 성실하게 할 수 없는 현실에 기인하고 있음을 나타내기 위해서이다. 다시 말하면, 고통 끝에 내린 중섭의 자살 선택을 좀더 객관적으로 그리고 현실적으로 드러내고자 다양한 대화 제시 방식이 사용된 것이다. 그러나 자살 미수에 그친 이 사건은 그 동안 불거져 있던 가족간의 갈등이 한꺼번에 터져 나오는 계기가 된다. 특히 중서의 갈등은 증폭되어 나타난다.

중서는 형 중섭의 자살 소동도 모른 채 외박했다 다음날 오후 늦게 일어난다. 기지개를 켜다 아버지의 시선과 마주친 중서는 아버지의 어둡고 우울한 눈빛에 반발심이 생겨 마음이 불편해진다.

> 너희는 우리에게 전쟁에 가야 한다고 했다. 우리는 가야 했기 때문에 갔다. 격렬한 전투가 한 고비를 넘고 싸움과 죽음에 지쳐서 돌아올 때마다 술과 계집을 너희들은 우리에게 묵인했다. 우리는 저마다 전쟁에서 한 가지씩의 기능을 상실하고 또는 지쳐서 돌아왔다. 그때부터 너희들은 너희 스스로 우리에게 묵인했던 그것들을 모두 안된다고 부인했다. 그리고 수많은 책임만을 우리에게 강요했던 것이다. 좀더 순진해지라! 정신이 썩었다. 노력이 부족하다. 너희들 같은 자식들 때문에 사회는 더 부패되어 가고만 있다. 너희들은 사회를 좀먹는 악의 무리들이다 하고 너희들은 마구 지껄여댔다. 그리고 나서 너희들만이 정당한 것처럼 행세하였다. 중서는 몹시 흥분하고 있었다. 그는 저주에 가득찬 시선으로 아버지를 노렸다.(『백지의 기록』, 65)

중서는 자신의 잘못보다는 아버지에 대한 서운한 감정을 억누를 수가 없다. 그는 "저마다 전쟁에서 한가지씩의 기능을 상실하고 또는 지쳐서" 집으로 돌아온 젊은이들에게 타락했다고 비난하는 아버지를 비롯한 기성세대의 독설이 견딜 수 없는 것이다. 제대한 젊은이들이 무감각해진 지성과 멍든 정열로 정신적 고통에 시달리고 있는 지금, 그것을 치유할 시간적 여유도 주지 않은 채 기성세대들은 그들을 무참히 비판하려고만 한다. 중서가 "음탕한 여인의 웃음과 몸짓을 따라 같이 킥킥거리며 제멋 대로 감각의 율동을 타고 히히덕거리고 술을 처먹고 비꼬일 대로 비꼬 여 역설만을 지껄여대게끔" 된 것은 전쟁으로 순수한 영혼을 상실한 탓 이다. 그런데 그처럼 영혼이 강탈된 근본적인 원인은 "전쟁이란 냉혹한 현실이 이루어 놓은 무질서한 울타리", 즉 "격렬한 전투가 한 고비를 넘 고 싸움과 죽음에 지쳐서 돌아올 때마다 술과 계집을" 제공한 기성세대 에 있다. 젊은이들에게 가장 소중한 감정을 망각케 하는 그 무질서한 울 타리를 기성세대가 방관하거나 조장했던 것이다. 그럼에도 불구하고 기 성세대, 즉 아버지들은 그러한 사실을 망각한 채, 젊은이들이 성실과 순 수를 상실했다면서 비난할 뿐이다. 아버지를 "저주에 가득 찬 시선으로" 똑바로 쳐다보는 중서의 마음에는 이런 갈등들이 도사리고 있다. 그러나 이 같은 중서의 갈등들은 형의 자살을 계기로 서서히 깨지기 시작한다.

형의 자살 기도를 아버지에게서 들은 중서는 형이 입원해 있는 정신 병원으로 달려간다. 병실에서 형 중섭과 눈이 마주친 중서는 중섭의 이 지러진 얼굴 속에서 부스러져 나간 자기 자신을 발견한다. 혼란했던 자 기 자신을 되돌아보면서 시간을 보내던 중서는 중섭이 입원한 병원에서 연인이었던 정연을 만난다. 정신 이상자가 된 정연과 재회한 중서는 전 쟁이 젊은 청년들뿐만 아니라 젊은 여자들을 철저하게 짓밟았다는 현실 에 분노한다. 그러나 그 분노는 곧 정연에 대한 애정으로 바뀐다. 중서 는 무너져 버린 서로의 얼굴 속에서 다시 몸을 마주 대고 새롭게 시작 해야 한다고 다짐하면서, 임신 중인 정연에게 청혼한다. 그러나 정연은 자신의 임신 사실을 이미 알고 있으면서도 중서가 청혼했다는 사실에 충격을 받고 그 길로 계단 밑으로 떨어져 자살한다. 정연은 일선지대에서 이미 순결을 짓밟혀 버린 몸으로 중서의 청혼을 받아들일 수 없었던 것 이다. 그러한 정연의 마음을 중서는 그녀가 남긴 편지를 통해 이해한다.

일사 후퇴 시 어머니를 낯설은 땅에 묻고 일선 지대를 헤메다… 아니 그 이야기는 하고 싶지도 않습니다. 용서하여 주세요 (…) 그러나 전쟁이 저에게 남긴 상처는 너무도 가혹했읍니다. 그리고 그 상처는 다시금 행복되려는 제 눈앞을 무자비하게 가로막아 버리고 말았읍니다. (…) 아버지 어머니 그리고 중섭씨에게도 안부 전하여 주십시오. 끝으로 제가 떠난 다음에 절대로 저를 찾으려 하지 마시기 바랍니다. 저는 어머님 곁에 가서 어머님과 함께 중서씨의 행복을 빌고 있겠읍니다.

그럼 안녕히. 이 정 연 올림(『백지의 기록』, 97)

편지를 읽고 나서야 "다시금 불행해진 자신을 무서워했던" 정연의 심정을 알게 된 중서는 그녀를 지켜주지 못한 자신을 원망한다. 정연의 자살로 심란해진 중서는 한편으로는, 모든 역경을 헤치고 오롯이 선 중섭과 준을 보자 그들이야말로 중섭 자신을 일으켜 세우는 존재라는 사실을 인식한다. 정연을 공동묘지에 묻고 돌아오면서 가족들은 오래간만에 하나가 된다. "정연의 죽음을 생각하고 서로 눈물을 머금으면서 한편 무너졌던 서로의 마음속에 다시금 찾아온 따스한 입김 같은 것을 느끼며 눈물을 흘리면서" 이야기는 끝을 맺는다. 전쟁으로 분열된 가족이 정연의 죽음을 통해 서로가 귀중한 존재임을 깨달았던 것이다.

『백지의 기록』에서는 전쟁으로 인한 상처를 서로의 잘못으로 전가시키기보다는 그 같은 현실을 배태시킨 현실이 어떻게 인간성을 상실했으며, 한편으로는 잃어버린 그것을 어떻게 회복할 것인가 하는 문제가 제시되어 있다. 이야기 서두에서 제시된 중섭의 갈등 원인은 '인간'을 사랑한 죄에서 비롯된다. 그러나 그 선택의 결과는 중섭에게 불구라는 상처만 남겨주었다. 하지만 재활의 의지 하나로 새로운 삶을 개척하는 사람들이 사는 <우리들의 마을>을 본 이후로, 중섭은 예전의 자신의 모습을 되찾는다. 그의 정체성 찾기 과정은 진정한 휴머니즘이란 육체적인 상처나 정신적인 고통으로 와해되지 않는다는 의미를 담고 있다.

서술자는 이러한 주제적 측면을 전달하기 위해 1장, 3장, 5장, 7장에서는 전쟁에서 부상당한 중섭을 중심으로, 2장, 4장, 6장, 8장에서는 가벼운 상처만 입고 돌아온 중서를 중심으로 이야기를 진행했던 것이다. 그리고 마지막 9장에서 중섭과 중서의 갈등이 맞물리면서 휴머니즘의 구심점이 어디에 있는가를 노정하고 있다. 이 때문에 서술자는 지그재그 식의 초점 변경과 다양한 대화 제시 방식을 사용하였다. 이처럼 「증인」과 『백지의 기록』에서는 전후라는 위기의 시대를 치열하게 산 증인들, 특히 초점화자들을 통해 휴머니즘이란 서로가 공존하는 가운데 실현될 수 있음이 이야기되고 있다. 그러나 그 증인들이 보통의 사람이 아닌, 특수한 처지에 있는 사람이 등장하는 이야기들도 있다. 가장 극한적인 상황에서 목숨을 건 선택을 하는 증인들이 등장하기도 하는데, 「균열」과 「모반」이 그와 같은 작품들이다.

두 소설 작품에 등장하는 초점화자들은 '적'을 암살해야 하는 암살자들이다. 그렇다고 그들이 정당한 사유 없이 '적'에게 방아쇠를 당기지는 않는다. 조직의 명령일지라도 암살에 대한 타당한 이유가 성립되지 않으면, 초점화자들은 그 논리를 따르지 않는 것이다. 「균열」과 「모반」의 시간적 배경이 해방된 지 일년이 채 지나지 않은, 혼란한 시기라는 점은 이러한 초점화자의 존재를 현실적으로 만든다. 그런데 「균열」에서는 이북의 혼란한 정치 상황이 배경인 반면, 「모반」에서는 이남의 어지러운 정국이 그 배경이다.

「균열」의 공간적 배경은 신의주이다. 어느 날 공동전선을 취하기로 하고 신진당과 손을 잡았던 자립당 당수가 살해되는 사건이 발생한다. 그런데 암살당한 자립당의 당수는 초점화자 '그'의 형이다. 이 때문에 동지들은 '그'가 신진당 당수를 쏘아야 한다고 의견을 모은다. 그러나 그것은 '그'에겐 무의미한 일이다. 소련군 치하에서 중공계 출신 밀파원인 신진당 당수를 죽인다는 것은 그에게 아무런 의미가 없기 때문이다.

신진당 당수, 이자를 하나 죽이기는 쉬운 일이다. 방아쇠를 한번 당기
면 고만이다. 그러나 이자를 하나 죽임으로써 모든 것이 끝나는 것은 아
니다. 이자를 죽였다고 배후의 음모가 끝나는 것은 아니다. 쏘련점령군
치하(治下)다. 그들은 다만 입맛을 한번 쓰게 다실뿐 다시 더 강력한 자
를 밀파할 것이며 그들은 더욱 치밀히 그들의 음모와 술책을 강화 촉진
하여만 갈 것이다. 그때마다 우리의 희생은 더욱 커져만 갈 것이다. 쏘
련점령군치하다. 밀파된 자들은 아무리 죽여도 그것이 모두 무의미하다
는 것, 한 인물을 죽임으로써 모든 것이 끝날 수는 없다는 것, 이것은 이
미 지나간 모든 혁명이 가르쳐 주고 있는 것이다.(「균열」, 53)[73]

‘그’가 신진당 당수를 암살하는 일은 간단한 일이다. “방아쇠를 한번
당기면 고만이다. 그러나 이자를 하나 죽임으로써 모든 것이 끝나는 것
은 아니다. 이자를 죽였다고 배후의 음모가 끝나는 것은 아니다.” 소련점
령군치하에 있는 신진당 당수는 소련의 꼭두각시에 불과하기 때문이다.
그 한 명을 제거한다면 소련군은 “다시 더 강력한 자를 밀파할 것이며
더욱 치밀히 음모와 술책을 강화 촉진하여만 갈” 것이다. 그럼에도 불구
하고 동지들은 자립당 당수가 ‘그’의 형이라는 점을 내세워, ‘그’가 반대
편 당수를 암살하는 것을 당연시 하고 있다. 할 수 없이 ‘그’는 당의 결
정에 따른다. 그리고 며칠 후 신진당 당수가 모습을 나타내자 ‘그’는 총
알이 명중할 수 있도록 겨냥하면서 최적의 순간을 기다린다.

신진당 당수가 곧 눈에 띠었다. 그러나 간호부와 호위가 그 곁에 서서
계단을 내려서는 것을 부축하고 있다. 쏠 수가 없다. 간호부가 막아 서
있다. 쏘아도 헛되다. 그러나 자동차에 오르면 기회는 아주 없어진다. 그
는 자동차 앞으로 닥아가지 않으면 안되었다. 위험은 결정적이다. 그는
사, 오 미―터까지 육박하여 갔다. 쏘는 이상 죽여야 한다.(「균열」, 61)

---

73) 오상원, 「龜裂」, 『문학예술』, 1955. 3(이하 「균열」과 관련된 인용문의 숫자는 이
　　책의 쪽수이다).

그런데 신진당 당수를 향해 방아쇠를 당기려는 순간, '그'는 옆에서 부축하는 간호부가 그 표적 안으로 들어와 쏠 수가 없게 된다. 간호부를 죽인다면 '쏘아도 헛되다'. 그러나 상황은 아주 긴박하다. 신진당 당수가 자동차에 올라타면 기회는 영영 사라지기 때문이다. 냉정하게 사태를 판단한 '그'는 간호부가 다치지 않도록 위험을 무릅쓰고 자동차 앞으로 다가간다. 그 같은 행동은 곧 죽음을 뜻하는 것이다. 자신의 신분이 노출되면 뒤따르는 위험은 결정적이다. 그럼에도 불구하고 '그'는 앞으로 다가가 마침내 당수만을 암살한다.

> 그의 걸음이 멈춰지는 것과 동시에 몇발의 총성이 요란하게 울렸다. 눈앞에는 신진당 당수가 맥없이 점점 쓸어져가고 있었다. 또 연발하여 총성이 울렸다. 커다란 몸집이 털썩 쓰러지며 계단을 미츠러져 떨어졌다. 그는 또 당겼다. 현관 유리창이 요란하게 부서져 날아갔다. 동시에 모든 것이 깨어져 나가는 것만 같았다. 모든 것이 산산히 깨어져 나간 눈앞에는 아무 것도 없었다. 또 몇 방의 총성이 거리를 두고 측근에서 울려왔다. 그는 경련적으로 몸을 떨었다. 그리고 뜨거운 무엇이 주루루 이번에는 그의 내부에서부터 흘러내리는 것 같았다.
> 모든 것은 그의 주위에서부터 깨어져 나갔다. 무의미하지는 않았다. 이 순간을 위하여 그는 닥아온 것이다. 무의미하지는 않은 것이다. (「균열」, 61)

적을 암살한 반면, 간호사를 다치지 않게 했다는 안도감에 '그'는 자신이 한 일이 무의미하지만은 않다고 생각한다. 당파 싸움에서 당수 한 사람을 죽인다는 것은 하나의 의의에 불과하지만, 간호사가 희생되지 않도록 마지막 순간까지 최선을 다했다는 사실이 '그'에게는 의미가 있기 때문이다.

냉정한 암살자지만 목표된 '적' 이외의 사람들을 죽음으로 몰아가지 않는 초점화자는 「모반」에서도 등장한다. 「균열」과 마찬가지로 「모반」

의 시간적 배경은 해방기의 혼란한 시기지만, 그 공간은 「균열」과 달리 남한이다. 극적인 장면 제시에 의해 시공간이 형상화되기 때문에, 독자는 이야기 세계를 입체적으로 받아들인다.

四二七九년 늦가을, 해방 만 일년의 환희가 혼돈된 갈등속에 기울어져 가던 어느날 저녁이었다. 커다란 벽보가 신문사 게시판마다 나붙고 가는 곳마다 커다랗게 쓴 먹글씨 위에 수없이 줄을 긋고 내려간 붉은 잉크의 무질서한 자국이 시민들의 시선을 사로잡고 있었다. 벽보를 급히 읽어내려가는 의문에 가득찬 시민들의 표정은 삽시간에 창백하게 질리고 불안한듯 서로 말없이 얼굴들만 마주보고 있었다. 호외! 호외! 네모진 종잇장은 특호 활자를 싣고 가두에서 가두로 쏜살같이 퍼져가고 있었다.
여기는 어느 뒷골목에 들어앉은 조그만 선술집, 술취한 실없은 친구들이 문을 나서기가 바쁘게 벽에 대고 오줌을 흘린 탓인지 구석지마다 해가 바뀌어도 축축이 습기가 떠돌고 퀴퀴한 내음새가 풍기고 있다. 아직도 시간이 이른 탓인가, 호젓하다. 다만 삼십이 넘어 뵈는 두 남자가 아까부터 술잔을 기울이며 무언지 조용히 서로 이야기하고 있었다. 틈틈이 정객들의 이름이 그들의 입사이로 오르내리는 것을 보아 정담(政談)을 하고 있는 모양이었다. 그들과는 달리 테이블을 하나 건너서 이쪽 구석지에 혼자 앉아 술을 마시고 있던 二十五, 六세 가량의 청년은 자주 그들의 이야기에 귀를 기울이다가는 또 술잔을 혹 들이키곤 하는 품이 보기에도 초조한 인상을 주고 있었다. 청년의 눈가에는 일종 불안한 그림자가 이따금 스쳐 지나가고 마저 있었다.(「모반」, 49~50)74)

「모반」에서는 "四二七九년 늦가을, 해방 만 일년의 환희가 뒤범벅된 갈등 속에 기울어져 가던 어느 날 저녁"으로 시작되는 시간이 "어느 뒷골목의 조그만 선술집"이라는 공간과 교차되면서 독자를 작품의 한복판으로 이끈다. 독자는 벽에 붙은 벽보를 보고 창백하게 질리고 불안한 듯

---

74) 오상원, 「謀反」, 『현대문학』, 1957. 11(이하 「모반」과 관련된 인용문의 숫자는 이 책의 쪽수이다).

서로 말없이 얼굴들만 마주보고 있는 시민들의 표정과 축축이 습기가 떠돌고 퀴퀴한 내음새가 풍기고 있는 선술집을 통해 1946년 늦가을의 혼란한 정국에 대한 상상력을 발휘한다. 이 와중에서 서술자는 '이십 오륙 세 가량의 청년'을 초점화한다.

이야기의 서두에서는 영화에서 카메라가 이동하면서 주인공이 천천히 노출되는 듯한 기법이 사용되었다. 말하자면, 독자가 현장감을 느낄 수 있도록 서술자가 자신의 역할을 카메라의 눈으로 축소하였다. 독자는 그 극적인 장면으로 인해 초점화자 '민'의 갈등을 객관적으로 바라보게 된다.

> 「너도 나를 배반자라고 생각하고 있니?」
> 민은 아무런 표시도 주지 않았다. 상대방의 마음을 꿰뚫듯이 노려가던 청년의 시선속에 한 줄 그늘이 다시 스쳤다.
> 「나는 다만 반대정당 친구들과 이야기를 자주 나눴을 뿐이야. 물론 그들과의 접촉은 빈번했어. 그러나 그것은 <나>를 더 명확히 알고 싶어서였어. 내가 그들에게 기밀을 팔았다고? 제기랄!」(…)「너희들은 처음집에서부터 나를 고이 유인해냈다. 그러나 내가 모든 것을 버리고 다시 집으로 되돌아가려 할 때 그것을 용서하지 않았어. 나는 이상 더 내 정열을 헛되게 더럽히고 싶지 않았을 뿐이야. 나는 누구와도 이야기를 나눠야 했어. 나와 같은 동세대의 친구들과…. 그것뿐이야. 그러나 너희들은 나를 오해했어!」(「모반」, 61~62)

'민'은 지하실에서 죽어 가는 청년 때문에 갈등하고 있다. 그는 '민'의 동지였다. 그러나 지금, 그는 배신자로 몰려 지독한 고문을 받고 있는 중이다. 죄목은 단 하나 반대당 친구들에게 '기밀'을 누설했다는 것이다. 그러나 그것은 사실이 아니다. 청년은 단지 자기 또래의 젊은이들과 사담을 나누었을 뿐이다. 그런데도 조직의 동지들은 그런 사정을 그대로 받아들이지 못한다. "동세대의 친구들과" 나눈 인간적인 정담마저도 기밀 누설로 오해하고 있기 때문이다. 어머니의 임종으로 이미 마음이 흔

들린 '민'은 그 청년을 통해 '비애국자들을 색출하여 사전에 제거하는 비밀 결사' 조직에 회의한다.

> 어머니가 돌아가신 다음부터 약간 그에게는 마음의 동요가 일어나고 있었다. 자기가 한 행위는 하나의 의의를 갖는 반면 하나의 의의를 상실하고 있었던 것이었다.
> 날이 갈수록 정치적 혼돈은 더욱 극심하여져 가고 있었다. 저명한 애국투사들간에 일어나는 분열과 반목, 집회석상에서의 노골적인 폭행과 선동, 복잡 미묘한 배후와 배후는 서로 얽히면서 모반(謀反)은 거듭되어 가고 있었다.(「모반」, 59~60)

'민'은 동지의 인간적인 측면마저 믿지 못하는 조직에서 암살이란 하나의 의의를 갖는 반면, 하나의 의의를 상실한다는 진리를 깨닫는다. 정권욕에 사로잡힌 기성세대의 끊임없는 모반이 선량한 사람을 범인으로 둔갑하고, 소중한 동지를 배신자로 몰아세우는 비인간적인 조직에 '민'은 더 이상 이런 모습으로 살아갈 수 없다고 생각한다. "저명한 애국 투사들 간에 일어나는 분열과 반목, 집회석상에서의 노골적인 폭행과 선동, 복잡 미묘한 배후"들이 얽히면서 거듭되는 모반이 자신과 같은 젊은 이들의 정열과 의리, 그리고 우정을 소용돌이처럼 앗아갔던 것이다. 이와 같은 모반의 악순환이 동지를 사랑하고 어머니를 그리워하는 자신의 인간적 측면마저 끝내 파멸하고 말 것이라는 생각에, '민'은 조직을 떠나기로 결심한다.

> 「잘 들어 둬. <내일에 화려한 도시를 건설하기 위해서 오늘 한 평범한 인간의 뺨을 치고 싶지 않다>는 말을 아직 못들어본 모양이군. 위대(?)한 하나의 일의 성공보다는 나는 오히려 소박하게 살아가는 인간의 모습들이 하나라도 더 소중스러워졌단 말이다.」
> 「너는 아직 역사라는 것을 모르고 있군.」
> 「나는 너희들이 말하는 그러한 희생을 강요하는 역사를 요구하지 않아.」

「그럼 너는 의의라는 것을 부인한단 말이냐?」
「인간의 의의를 묻고 살기보다는 나는 오히려 묻지 않고 살기를 원해.」
「변절이야?」
「아무렇게 생각해도 좋아. 나는 돌아가겠어.」
「어디로?」
「집으로」 (…)
민은 침착한 걸음걸이로 길 한복판을 서서히 걸어 내려가고 있었다.
그의 눈앞에는 소녀의 얼굴과 앓아 누어 있다는 소녀 어머니의 모습이
돌아가신 어머니 얼굴과 겹쳐져서 떠돌고 있었다. 마치 그는 오래간만
에 집으로 돌아가는 듯한 마음이었다.(「모반」, 65~66)

조직에서의 탈퇴는 곧 죽음을 뜻한다. 그럼에도 불구하고 '민'은 동지
들에게 "내일에 화려한 도시를 건설하기 위해서 오늘 한 평범한 인간의
뺨을 치고 싶지 않다"고 자신이 조직을 떠나는 이유를 밝힌다. 그러자
그들은 '민'에게 "너는 의의라는 것을 부인하느냐"고 반문한다. 이에
'민'은 "인간의 의의를 묻고 살기보다는 나는 오히려 묻지 않고 살기를
원한다"고 대답하면서 자신의 결심을 굽히지 않는다. 인간에게 '의의'는
없기 때문이다. '의의'란 인간들이 제멋대로 만들어 놓은 것에 불과하
다.[75] 비애국자들을 암살하는 일이 조국을 굴욕과 타락에서 구출하는
하나의 '의의'였지만, 한편으로 그것은 인간의 존엄성을 말살하고 민족
공동체의 정체성을 파괴하였다.

서술자는 해방기의 혼란한 정국 속에서 진정한 인간성을 탐색하는
'민'을 생생하게 전달하기 위해 영화적인 기법으로 장면들을 제시한다.

---

75) 오상원은 "人間에게 意義는 없는 것이다. 意義란 긴 歲月을 두고 다만 人間들이
제멋대로 만들어 놓은 것에 불과한 것이다. 人間에게 의의를 찾는다는 것이 얼마
나 헛된 노력이며 무위한 것인가 하는 것은 이미 先行者들에 의하여 뼈저리게 알
아온 일인 것이다"라고 말하면서, 정치적 음모로 돌아가신 사촌 형님과 그가 남긴
많은 책들, 그리고 전쟁을 통해 인간에 대한 더 없는 무서움과 동시에 강렬한 인
간을 배웠다고 한다(오상원, 「나의 文學修業」, 『현대문학』, 1956. 5).

현장감 있는 일련의 장면들 중에서도 '민'이 등장할 경우, 서술자는 일반적으로 그가 실제로 말하는 듯한 직접화법을 재현하고 있다. 서술적 현재가 강한 극적 방식으로 '민'이 초점화되기 때문에 그의 말을 독자는 사실적으로 받아들인다. 독자는 의의를 찾는 "위대한 하나의 일의 성공보다는 오히려 소박하게 살아가는 인간의 모습들이 하나라도 더 소중스러워졌다"고 비장하게 말하는 '민'에게 공감하게 된다.

「모반」에서는 정권을 잡기 위해 동지를 모반하는, 인간성 파괴의 현실을 직시한 암살자가 그 상실된 인간성을 찾는 탐색 과정이 진술되어 있다. 앞서 살펴본 「균열」에서는 해방된 지 일년도 지나지 않은 이북이 공간적 배경인 반면, 「모반」에서는 이남이 그 배경이 된다. 공간적 배경은 다르지만 시간적 배경이 비슷한 두 이야기에서, 초점화자들이 갈등하는 이유는 공통적이다. 그들의 갈등은 정권욕에 사로잡힌 기득권자들이 인간의 존엄성과 민족적 연대의식을 와해하는 계략에 자신들을 교묘하게 이용했다는 사실을 인식한 데서 출발한다. 이렇게 볼 때, 초점화자들은 비인간적인 조직에 매몰된 자기 자신을 반성하고 그러한 현실에서 과감하게 벗어나려고 노력하는 주체적 인물들이다.

주체적인 초점화자가 등장하는 「균열」이나 「모반」과 달리, 「보수」와 「황선지대」에서는 참된 노동 없이 한탕주의적 성향이 강한 초점화자들이 등장한다. 서술자는 이러한 초점화자를 냉소적으로 바라봄으로써 그들에 대한 자신의 비판적 태도를 서술의 흔적을 통해 드러낸다.

> 민규는 묵묵히 담배를 꺼내어 청년에게 권하였다. 청년은 고개를 저었다. 민규는 청년의 이야기에 그실 흥미가 없었다. 민규에게 감상(感傷)이란 있을 수 없기 때문이다. 잔인한 생활만이 민규의 전부인 것이다. 민규의 과거가 그러하였고 지금 민규가 이 청년에게 걸고 있는 그 자체도 그러한 잔인한 생활인 것이다. 더욱이 민규는 지금껏 걸어온 잔인한 자기 생활에 대하여 돌이켜 생각해 본 적도 없고 또한 인제부터 시작될

잔인한 그 생활에 대하여도 생각해 본 적이 없었다. 잔인 그 자체가 민
규 자신인 이상 그것은 생각할 필요가 없는 것이다.(「보수」, 372)[76]

「보수」의 주인공 민규는 비정한 성격의 소유자이다. 화물 열차에서
물건 빼내는 일을 혼자서 감당할 수가 없어, 그는 지금 동업자가 될 청
년을 회유하고 있다. 그러나 이미 윤씨 부인에게 민규의 잔인한 수법을
전해들은 청년은 그의 설득에 넘어갈 리 없다. 민규가 물건을 빼내 달아
나는 동안 동업자들 대부분이 보초병에게 살해당했다는 사실을 안 이
상, 그의 제안을 받아들일 수 없는 것이다. 청년과의 동업 계획이 무산
된 민규는 화를 추스르면서 윤씨 부인이 사는 윤락가를 찾아간다. 그러
나 윤씨 부인이 청년에게 그 같은 비밀을 누설한 데에는 나름대로 계산
이 있었다. 그녀는 남편 윤씨가 청년이 할 일을 대신했으면 하는 바람에
서 일의 성격을 귀띔한 것이다. 그녀는 돈을 벌기 위해 몸을 파는 동안
망을 볼 정도로 어수룩한 남편이 거추장스럽게 느껴진 것이다.

민규는 윤씨에게 동업을 제의한다. 윤씨는 민규의 수법을 익히 들어
알기 때문에 몇 번을 망설였지만, 결국 그 제의를 수락한다. 계획을 이
행하던 날, 민규는 그 동안 자신이 썼던 방법대로 보초병의 추적을 따돌
리려고 윤씨에게 도망치라고 소리친다.

「저쪽으로 빨리 뛰라. 도망쳐야 한다.」
그러나 윤씨는 도리어 차바퀴 밑으로 기어들어가며 말하였다.
「나는 안 뛴다. 뛰면 총맞아 죽는 걸 난 알고 있다. 밤낮 네가 하는
수법이다. 상대방을 도망치게 해 놓고 그 틈을 타서 너는 늘 도망쳐 왔
다. 나는 다 이미 안다.」
「뭐라고, 안 뛸테야!」

---

76) 오상원, 「報酬」, 『사상계』, 1959. 5(이하 「보수」와 관련된 인용문의 숫자는 이 책
의 쪽수이다).

민규는 급히 뺀취를 꺼내어 들었다.
윤씨는 더욱 바퀴밑으로 악착같이 기어들었다.
「난 죽기보다 잡히는게 나아. 어리석은 놈에게 다 어리석은 만큼 자기 생각이 있는 게야.」
뛰닫는 여러 발자국 소리가 점점 그들이 있는 쪽으로 다가오고 있었다. 민규는 뻰찌를 들었던 손을 맥없이 떨구었다. 이미 승산은 자기에게 없었다. 민규는 윤씨를 다시 한번 정면으로 마주보았다. 힐끔힐끔 자기를 노리며 외면하고 있는 윤씨의 손에는 한 개의 상자가 꼭 움켜쥐어져 있었다.(「보수」, 377)

민규가 도망치라고 소리치자, 윤씨는 "밤낮 네가 하는 수법이다. 상대방을 도망치게 해 놓고 그 틈을 타서 너는 늘 도망쳐 왔다. 나는 다 이미 안다"고 말하면서 열차 바퀴 안으로 숨어 들어간다. 민규의 수법을 윤씨가 역으로 이용한 것이다. 결국 민규는 보초병에게 붙잡히고 만다. 그는 윤씨를 너무 우습게 생각했던 탓이다. 윤씨는 이미 민규가 자기 부인과 짜고 자기를 없애려고 한다는 것을 간파하고 있었다. 잔인한 생활이 반복되는 동안, 스스로 강하다고 착각한 민규가 어수룩하게 여겼던 윤씨에게 되려 당하였다. "세상이란 강한 자만이 살 수 있는 게 아니다. 어리석은 자는 어리석은 대로 다 저대로 살아가기 마련이다"는 사실을 민규는 보초병에게 발각된 순간에 깨닫는다.
그러나 민규는 원래 이처럼 잔인한 사람은 아니다. '외군'에게 점령당해 외곽으로 밀려나 있는 바라크 촌에서 살아남기 위해서는 비정한 방법으로 세상을 살 수밖에 없었다. 어린이들이 훔친 감자로 연명하는, 인간다운 생활을 할 수 없는, 궁핍하고 헐벗은 땅에서의 생존은 비참한 순간들의 연속이다.

민규는 감자밭을 지나 뚝을 내려 섰다. 잡초들이 우거진 속에 물이 잠방히 고여있는 개천을 건너 뚝을 다시 하나 넘어섰을 때 멀리 어둠속에 까물거리는 불빛이 보였다. 바락크촌이었다.

전쟁이 낳은 유일한 부산물인 것이다. 그리고 이 부산물은 외군에 의하여서만이 그 명맥이 이어져가고 있었다. 모든 것으로부터 제외된 영역, 그러나 그 곳처럼 살기 위하여 자기에게 충실한 곳은 없었다. 더우기 낮과 밤이 바뀌어진 이 제외된 영역속에서는―. 지금 이 바락크촌에서는 생활을 위한 거래가 한창인 때였다.(「보수」, 367)

전쟁이 낳은 유일한 부산물 바라크 촌은 "외군에 의하여서만이 그 명맥이 이어져가고" 있다. 미군이 식민지화한 바라크 촌에서는 늘 생활을 위한 잔인한 거래들이 오가고 있다. "낮과 밤이 바뀐 제외된 영역", 그 특수한 지대에서 민규는 냉정하고 잔인할 수밖에 없다. 다시 말하면, 민규를 비정한 인간으로 만든 것은 자신의 터전을 외군에게 강탈당한 현실에서 비롯된 것이다. 이와 같이 특수지대에 사는 인간들의 모습이 좀 더 깊이 있게 다루어진 작품은 「황선지대」이다.

OFF LIMIT · YELLOW AREA. 여기는 전쟁과 함께 미군주둔지 변두리에 더덕더덕 서식된 특수지대다. 흡사 곰팽이와 같다. 미국 군인이 먹다 버린 한 조각의 치즈, 비스켙 귀퉁이, 빵껍질에도 빈틈없이 시궁창속 같은 습기와 함께 곰팽이는 무섭게 번창한다. 곰팽이는 살기 위해선 분간을 하지 않는다. 하찮은 조그만 메뉴통 껍질이라도 그들이 충분히 생명을 붙일 수 있는 밑판이 된다. (…)

큰길 건너 저쪽에는 그 거리의 구조처럼 질서정연한 도시가 누워 있다. 그 곳에는 누구나가 불러 험찮은 이름들이 있다. 그러나 큰 길 건너 넓은 폐허를 등진 이 변두리엔 이름대신 약 십 메타 간격으로 담벽 또는 나무 판자에 커다란 구형(矩形)의 표지가 붙어 있다. 노란 색과 까만 색으로 사선(斜線)이 여러개 그어진 그 표지. 그 한 가운데 하얀 펭키로 로마자(羅馬字)가 기입되어 있다.

OFF LIMIT · YELLOW AREA.

이 또한 전쟁의 산물이다.

저 도시와 이마를 맞대이고 어제도 오늘도 같은 운명속에 놓여 있으

면서도 이 지대는 저 도시에 스스로 등져야 하는 슬픈 운명을 지니고
있다. 전쟁이 던지고 가는 꼭 같은 불안과 상처속에서 서로 무거운 호흡
을 나누면서도 그들은 결코 일치할 수 없는 체온과 생리를 갖고 있다.
저 질서정연한 도시로부터 완전히 배반당한 이 특수지대―.(「황선지대」,
102)[77]

　「황선지대」는 한 명의 초점화자가 존재하는 3인칭 객관적 시점이라
기보다는 정윤이나 소년과 같은 중추적인 시점 제공자를 중심으로 곰새
끼나 청년의 내면세계도 잠깐씩 보이는 서술 방식을 취하고 있다. 황선
지대는 전쟁이 끝나고 미군이 주둔하고 있는 지역의 변두리로, 미군의
생활 터전에 기생하는 사람들이 사는 곳이다. 큰 길 도시와 구획된 이곳
은 같은 시간선상에 있음에도 불구하고, 이 지대는 저 도시에 스스로 등
져야 하는 슬픈 운명을 지니고 있다. 큰길 건너 저쪽에는 그 거리의 구
조처럼 질서정연한 도시가 누워 있고 그곳에는 미군 병사의 가족들이
사는 것이다. 그러나 큰 길 건너 넓은 폐허를 등진 이 변두리에는 커다
란 구형의 표지가 붙어 있고 그 표지에는 하얀 페인트로 로마자로 'OFF
LIMIT · YELLOW AREA'라고 쓰여져 있다.
　이 황선지대는 흡사 곰팡이 서식지와 같다. 미국 군인이 먹다 버린
한 조각의 치즈, 비스킷 귀퉁이, 빵 껍질에도 빈틈없이 시궁창 속 같은
습기와 함께 곰팡이는 무섭게 번식한다. 곰팡이가 우글거리는 이곳, 황
선지대로 내몰린 정 윤, 청년, 곰새끼 등은 미군부대의 창고에서 물자를
빼내자고 모의한다. 그것은 그들이 인간답게 살기 위한 마지막 길이다.
그것만이 '저 질서 정연한 도시로부터 완전히 배반당한 이 특수지대'에
서 벗어날 수 있는 유일한 방법인 것이다.

---

77) 오상원, 「黃線地帶」, 『사상계』, 1960. 4(이하 「황선지대」와 관련된 인용문의 숫자
　　는 이 책의 쪽수이다).

벌써 신호가 여러번 있어야 하였을텐데 통 없기 때문이었다. 곰새끼
는 밧줄을 당겼다. 그러나 굴속에서는 아무런 대꾸가 없었다. 곰새끼는
무슨 일이 생겼나 하여 굴속으로 상반신을 들여밀고 안의 동정을 살폈
다. 캄캄한 저끝에 간데라의 불빛이 반딧불처럼 희미하고 그속에 두 그
림자가 보였다.(「황선지대」, 358)

먹물처럼 컴컴함 어둠이 무덤 속처럼 황선지대를 지키고 있지만, 부
대 쪽만은 경계등이 환히 내리비치고 있다. 경계가 삼엄한 그 창고에 들
어가 물자를 안전하게 빼돌릴 수 있는 길은 굴을 타고 들어가는 방법뿐
이다. 창고가 있는 곳까지의 거리를 철저히 계산한 정윤은 청년과 함께
굴속을 파들어 가고, 굴 밖에서는 곰새끼가 물이 고인 폐허에 땅을 판
모래를 버리는 작업을 담당하였다. 잠시 짬이 난 곰새끼는 담배를 피우
면서 다가올 미래에 흡족해 하였다. 모두의 가슴 속에는 한량없는 만족
감으로 가득 차 있었던 것이다. 그러나 그들의 계획은 수포로 돌아갔다.

정 윤과 청년과 곰새끼는 최후로 씨멘트 콩크리트로 된 창고의 밑바
닥을 조심스러히 뚫고 안으로 기어올라갔다. 안으로 올라간 순간 세 사
람의 눈앞으로 드리닥친 것은 기대했던 그것이 아니라 공허, 그것이었
다. 텅 빈 속에 남아 있는 것이라곤 먼지와 어둠과 휴지조각뿐이었다.
갑작이 곰새끼가 우는지 웃는지 알지 못할 웃음을 미친 사람처럼 터
트리면서 펄석하고 주저 앉았다. 청년은 실신한 사람처럼 멍하니 어이
없이 웃고 있었다.
정 윤은 어디까지나 묵묵히 어둠을 뚫어지게 지켜보고 섰을 뿐이었
다.(「황선지대」, 370)

힘겨운 작업을 어렵게 끝낸 정윤, 청년, 곰새끼는 두근거리는 마음으
로 창고의 문을 연다. 그러나 그들을 기다린 것은 기대했던 미래가 아니
라 텅 빈 창고였다. 그때서야 비로소 그들은 창고 안처럼 텅 빈, 공허의
의미를 깨닫는다. 이 특수지대에서 벗어나려고 아무리 발버둥쳐도, 그것

은 허사라는 것이다. 즉 미군에 점령당한, 미군에 의해 명맥이 유지되는 특수지대 그 자체가 없어지지 않는 한 공허는 어디에도 존재한다. 자기 없는 존재 영역, 그곳이 황선지대이다. 따라서 황선지대는 '쏘련점령군 치하'(「균열」)처럼 '미국점령군치하'의 한 전형적인 공간을 내포하고 있다. 이 왜곡된 공간에서 사람들은 주체적일 수 없으며, 그 삶 또한 의미가 있을 수 없는 것이다.

「황선지대」의 서술자는 제국주의 논리에 따른 식민지화의 점진적인 확산의 두려움을 '빈 창고'를 통해 제시하고 있다. 이러한 맥락에서 볼 때, 「황선지대」는 사실상 오상원의 이야기 세계를 총체적으로 보여주는 작품이라고 할 수 있다. 오상원의 3인칭 이야기들은 일반적으로 인간애가 깊은 초점화자가 등장한다. 그러나 황선지대처럼 전쟁의 부산물인 공간이 그 배경일 경우, 부정적인 초점화자들이 등장한다. 이 때문에 서술자는 거리를 조정하고 다양한 재현 방식을 취하는데, 이것은 서술자 자신이 이야기 세계에 끼어들기보다는 그 세계를 바라보는 초점화자의 의식이 충분히 드러나도록 하기 위해서이다. 서술자가 초점화자와 객관적 거리를 유지한다고 할 때, 이 경우 서술자는 초점화자의 인격에 따라 어조를 달리한다. 인간적인 초점화자를 향한 서술자의 어조는 긍정적이고 우호적이지만, 비인간적인 초점화자를 향한 그것은 부정적이고 냉소적이다. 서술자가 남녀간의 순수한 사랑의 결합을 추구하는 초점화자(「증인」, 『백지의 기록』)와 '적'은 암살하지만 무고한 사람은 그 누구도 다치게 하지 않으려는 초점화자(「균열」, 「모반」)와는 우호적인 반면, 자신의 목적을 위해 사람을 이용하는 잔인한 초점화자(「보수」)에게는 냉소적인 것이다. 이처럼 오상원의 일련의 작품에 등장하는 서술자들은 거리 조정을 통해 휴머니즘의 본질에 도달하는 최선의 길이란 무엇보다도 인물 주체의 인격에 달려있다는 사실을 역설하고 있다. 텅 빈 '나'를 직시하고 주체로서 존립하지 않는 한 상실된 인간성 회복은 불가능하다는 주제적 측면은 「황선지대」에 수렴되고 있다.

위에서 살펴보았듯이 장용학, 손창섭, 오상원의 3인칭 이야기에서 '객관적 거리'는 중요하다. 공존의식을 표방하는 초점화자에 대한 서술자의 그 거리는 독자가 텍스트를 만남으로써 자기 성찰의 계기가 되는 해석적 거리로 환원되기 때문이다. 독자가 초점화자의 감정에 완전히 몰입되지 않으면서 자기를 반성하는 거리, 그것이 장용학, 손창섭, 오상원의 이야기에서 '객관적'이 지닌 의미이다.

독자가 직접적으로 자기를 반성한다는 것은 어려운 일이다. 그러므로 간접적인 방식으로 자기를 이해할 수 있는 이야기의 매개 작용이 필요하다. 독자는 이야기를 향해 자기 자신을 개방하는 한편, 작품의 의미를 뛰어넘어 자신의 의식 안으로 들어온 무엇으로써 자신을 변화시킬 수 있다. 독자는 이야기, 구체적으로 말하면 인물의 행동인 뮈토스를 수용함으로써 자신을 반성하고 새롭게 자기 정체성을 형성하고자 하는 것이다.[78] 전형상화(미메시스 I), 형상화(미메시스 II), 재형상화(미메시스 III) 등, 형상화의 역동성이 그 여정을 끝마치는 것은 독서를 통해서이다.

---

78) 정기철, 「리쾨르의 문학 이야기」, 『신학이해』 12집, 호남신학대학교출판부, 1994, 332쪽.

4장

이야기의 해석학적 지평

전후소설에서 인물의 의식이 '육이오' 이후의 역사적 사건으로 퇴행하여 진술되는 이야기의 반복은 시간 통일을 위한 가능 조건으로 간주할 수 있다. '육이오' 이후의 사건들이 다른 시공간적 차원에 있는 외재적인 독자에게 구체적으로 이해될 수 있는 것은, 그 이야기가 독자 자신의 고유한 경험을 투사한 현실 세계에 관한 명제들을 함축하기 때문이다. 물론 인물이 경험한 세계가 독서 과정에 있는 독자에게 완전히 똑같은 경험으로 옮겨지는 것이 아니라, 이야기된 경험의 의미(sense)인 '무엇인가'가 그의 의식 속으로 흘러 들어온다. 따라서 경험은 여전히 사적인 것이지만, 그 의미는 이해 가능한 공적인 것이 된다. 이러한 방식으로 작품의 의미는 소통 불가능을 극복한다.[79]

이야기 텍스트는 그것과 수용자 사이의 상호작용을 통해서만 작품이 된다. 이때 작품의 서술자는 이야기 내용을 전달하면서 독자에게 말을 건넬 뿐 아니라 새로운 어떤 경험을 독자와 함께 나누기를 갈망한다. 그러므로 독자가 수용하는 것은 작품의 의미뿐 아니라 그 의미를 가로질러 작품의 대상지시, 즉 언어로 옮겨진 경험이며 궁극적으로는 작품이 그 앞에 펼쳐놓는 세계와 그 시간성이다. 이로써 그 경험은 다시 세계를

---

79) Paul Ricœur, 김윤성·조연범 옮김, 『해석 이론』, 서광사, 1998, 45~46쪽.

지평으로 갖는다. 지평은 대상지시와 밀접한 상관관계에 있는데 모든 대상지시는 공지시(co-reference), 즉 대화논리적(dialogical)이거나 대화적(dialogal)인 대상지시이다.[80] 대상지시의 문제는 그것이 현실을 가리키고 재현한다는 단순한 차원을 넘어서서 현실을 드러내고 변형시킨다는 점에서 재형상화 문제로 이끌어진다. 이처럼 독서행위를 통해서 텍스트의 내적 초월성은 윤리적 실천과 연결된다.

장용학, 손창섭, 오상원의 소설들은 역사 기술과 허구 이야기의 교차점에서 대상지시의 문제를 제시하고 있다. 이들 작품들에서는 대상지시의 의미를 먼저 의식의 흐름, 내적 독백 등으로 확장된 인물의 정신 속에서 살펴보아야 한다. 정신의 이완과 시간의 연장 간의 상호성은 재형상화 과정에서 독자가 자신의 세계를 알도록 그의 의식을 붙잡아두는 일과 관련되어 있다. 또한 소설은 언어로 옮길 수 없는 메시지가 은유적으로 제시되어 있기 때문에 독자는 그 숨겨진 의미를 작품 안에서 찾아야 한다.

은유에 의한 의미론적 혁신은 담론의 층위에서 이루어진다. 독자가 상투적 용법에서의 단어들의 저항과 또한 문장의 자구적 의미해석 차원에서의 단어들의 모순을 지각하는 한, 은유는 여전히 살아있다. 은유는 독자로 하여금 상상력으로써 새로운 것을 생각나도록 한다. 독자의 상상력에 의해 살아나는 은유는 전후소설의 인물이 타자를 둘러싼 억압적 실체들을 깨닫는 시간의 흐름 속에서 자기 정체성을 형성하듯이 독자를 실재 세계로 인도한다. 이 과정에서 독자는 자기 자신을 새롭게 변화하는 힘을 얻는다. 바로 이것이 은유가 지닌 진정한 가치이다. 소설 작품은 그 고유의 대상지시 체계, 즉 은유적 대상지시 체계에 따라 세계와 관계를 맺는 것이다.[81]

---

80) Paul Ricœur, *Temps et récit* I, p. 119.
81) 위의 책, 120쪽.

1. 은유적 대상지시와 세계

장용학, 손창섭, 오상원의 작품에서는 주인공 '나'를 억압하는 실체가 집요하게 형상화되어 있다. 그 문제는 '나'와 더불어 살아가야 할 '너'에 대한 존재를 인정하는 한편, '나'와 '너'를 억압하는 "그들"이라는 세력을 분명히 경계 짓는 가운데 성립되고 있다. '타자', 즉 '너'는 '나'의 정체성을 이루는 근원이지만, '타자'의 범주에도 구분해야 할 존재 "그들"이 있다는 것이다.

> 自由와 平等이라는 이름으로써 그렇게 원수가 된 것인데, 이 <자유>와 <평등>은 위에서도 말한 것처럼 르네상스에 있은 <自我의 發見>에서 싹이 튼 것입니다. (…) 결국 <自我>의 발견이란 <無數한 自我>의 발견이었고, <無數한 自我> 속에 <自我>를 상실하는 일이었읍니다.
> 그로부터 人間의 歷史는 잃어버린 自我를 찾아 거울 속을 헤매는 科程이 되었읍니다. 그것이 그들의 새로운 祈禱, 새로운 敎會였읍니다.
> 그 敎會에 이름을 붙여야 했읍니다. 이름이 없다는 것은 그 자체가 없다는 것이 되니까요. 그런데 이전과 달라 교회는 두 개였읍니다. 그래서 앞에 서 있는 교회에는 <自由>라는 旗를 꽂고, 뒤에 서 있는 교회에는 <平等>이라는 旗를 꽂았읍니다. 그리고서 學者들로 하여금 自由와 平等은 矛盾되는 槪念이다, 라고 定議를 내리게 했읍니다. 바꾸어 말하면 싸움을 붙여 놓은 것입니다. 어쩌면 처음부터 이 싸움을 노렸던 것인지도 모릅니다.(『원형의 전설』, 12)

자아 발견의 핵심인 '자유'와 '평등'이 한반도에서는 서로 갈라져 원수지간이 되었다. 남쪽에서는 자유만을 북쪽에서는 평등만을 고집하는 바람에 전쟁이 일어났고, 전쟁 이후로는 자아의 발견이란 결국 무수한 자아 속에 자아를 상실하는 일이 되었다. 상관 짝인 자유와 평등을 이 땅에서 서로 모순되는 개념, 적대적인 요소로 이식한 존재는 "그들"이다. 그들은 어쩌면 처음부터 이 싸움을 노렸을지도 모를 실체들로, 자유와 평등의 건강한 결합을 금기로 조장했던 배후의 세력들이다. 말하자면, "그들"에 의해 '자유'와 '평등'의 결합은 한반도에서 근친상간, 곧 윤리 도덕적으로 용서될 수 없는 금기가 된 것이다.

> 自由와 平等의 대립은 고양이 한 마리도 죽을 필요가 없는 대립입니다. 그것은 男妹라기보다 하나로 결합해서 서로 자기를 完成시키는 夫婦와도 같은 것이었읍니다. 그런데도 <u>그들의</u> 自由를 취하려면은 平等을 버려야 하고, 平等을 취하려면은 自由를 버려야 한다고 하였읍니다. 그러나 자유가 없는 平等이라면 우리 속의 돼지에게 더 있을 것이고, 평등이 없는 自由라면 산에 사는 늑대를 따를 것이 없을 것입니다. 人間은 돼지도 아니고 늑대도 아니고, 人間이어야 하는 것입니다. 自由 안에서의 平等, 平等 안에서의 自由라야 참다운 平等이고 참다운 自由일 것입니다. <u>그들이</u> 내세운 自由나 平等은 참다운 자유, 참다운 평등이 아니었읍니다. 그렇기 때문에 그렇게 피투성이가 되어 싸울 수 있었다고 하겠읍니다.(『원형의 전설』, 14)

"그들"은 자유를 취하려면 평등을 버려야 하고, 평등을 취하려면 자유를 버려야 한다고 강요하였다. "그들"이 내세운 자유나 평등은 참다운 자유 혹은 참다운 평등이 아닌데도 "그들"의 논리에 종속된 자유와 평등은 서로 대립하여, 결국 한반도를 전쟁과 분단으로 초토화하였다.

분단 현실이 고착될수록 "그들"의 이데올로기는 점차 확대되었으며, 이에 못지않게 한민족 공동체의 와해 움직임도 심화되어 갔다. "그들"은 자신들의 이데올로기를 합리화하기 위해 '너'를 통해 '나'를 진정으로 만날 수 있는 계기를 교묘하게 차단한다. 사랑의 짝인 자유와 평등의 결합을 금기했던 것처럼, '나'와 '너'가 서로를 배려하려는 시도 자체를 봉쇄하는 일이 "그들"의 지상 과제이다. 이에 "그들"은 자신들의 문화에 친숙해지도록 유도하는 한편, '나'와 '너'의 연대의식이 약화되는 민족의 이질성을 조장하였다. 이러한 부조리한 세계 속에 '나'와 '너'가 존재한다. 그러므로 "그들"의 존재를 몰아내지 않는 한, '나'와 '너'가 의식 있는 주체로 존재한다는 것은 불가능하다. 의식은 '나'와 '너'를 세우는 실존의 조건이자 인간의 본질이기 때문이다.

"그들"의 실체란 텍스트 세계에서는 직접적으로 드러나지 않는다. 언어가 지시하고 있는 "그들"은 '나'와 '너'가 그들의 문화에 종속되는 산발적인 현상을 통해서만 알 수 있다. 손창섭 소설에서는 "그들"의 정체는 친미적 성향의 주변인물의 행동 속에서 드러난다. 「생활적」의 봉수는 '영어 만능 시대'인 요즘 출세를 위해 길가의 미군을 붙들고 열심히 영어를 배우고 있으며, 「STICK氏」의 아버지는 철저하게 권위적이지만 자신을 조롱한 미군 병사에게 지팡이 한번 제대로 휘두르지 못하고, 「인간동물원초」의 펑펑이는 '비이프까스' 같은 미국 음식이 한국의 '설렁탕'보다 월등 좋다며 자랑하고, 「미해결의 장」의 가족들은 '미국 유학'만이 살길이라며 영어 공부에 열중하고 있다. 「생활적」, 「STICK氏」, 「인간동물원초」, 「미해결의 장」에 등장하는 주변인물은 분단 이후 새롭게 대두된 "그들"의 힘에 붙좇아 자신의 안위만을 꾀함으로써 '나'와 '너'의 연대성을 단절시키는 1950년대의 전형적 인간상을 은유적으로 함의하고 있다. 특히 「미해결의 장」은 가족 전제가 미국 유학 열병에 사로잡혀 있을 만큼 "그들"의 실체는 가히 위력적이다.

> 우리집 식구들 가운데서 나는 이방인(異邦人)시 당하고 있는 것이다. 그들은 이방인에게 대해서는 주저없이 힐난과 조소를 퍼부을 수 있는 것이다. 마침 오늘은 온 가족이 오래간만에 한 자리에 모여앉게 되었다. 그들은 이 기회에 집단적으로 나를 비난하러 드는 것이다. 물론 그 중에서도 나를 가장 증오하는 사람은 대장이다. (…) 어쨌든 대장이 나를 증오하는 사람이라면, 志淑은 나를 가장 경멸하는 사람인 것이다. 志淑이가 나를 경멸하는 이유는 극히 간단한 것이다. 한창 청운의 뜻에 불타야

할 청년이 전연 입신양명(立身揚名)에 대한 야심이 없다는데 있는 것이다.
(…) 그들은 영어 실력 여하에 따라 인간의 자격을 평가하고, 양행(洋行)
을 했느냐 아니냐에 의해서 인간의 가치를 규정하려 드는 것이다. 그러
한 그들의 눈에는 첫째 내 영어 실력이 의심스러운 것이다. 더구나 내가
미국 유학의 희망을 완전히 포기했다는 말을 志淑에게서 들은 그들은
「그럼 형은 뭣하러 살까?」하고, 이해할 수 없다는 듯이 고개를 기웃거렸
던 것이다. 志哲이나 志雄에게는 즉 산다는 것은 미국 유학을 의미하는
것이다. 인생의 목적은 미국 유학에 있다고 신앙하는 것이다.(「미해결의
장」, 180~181)[82]

「미해결의 장」의 주인공 '나'는 미국 유학 포기로 가족들과 갈등하고
있다. 대학생인 여동생 지숙은 유학을 포기한 '나'를 경멸까지 한다. 어
머니를 제외한 식구들 모두 "인생의 목적은 미국 유학에 있다고 신앙하
고" 있는 탓이다. 중학교 2학년 지철은 다른 학과 점수는 60점을 여러
개 받았어도 영어 과목 점수가 98점이라는 점을 들어 으스대고 있으며,
고등학교 1학년 지웅은 미국 유학 수속의 절차며 내용을 뚜르르 꿰뚫고
있을 정도로 동생들은 미국 유학에 철저하게 대비하고 있다. 아침에만
밥을 먹고 점심은 거르고 저녁에는 우유죽으로 끼니를 해결하는 등, 가
족 모두가 하루하루를 버티어 나가기도 버거운 현실 속에서 유학은 사
실상 실현 불가능한 일이다. 그런데도 식구들은 유학의 환상을 버리지
못하고 있다. '나'는 유학 열병의 세균에 잠식당한 가족들의 "무의미가
무거워 견딜 수 없는 것이다." 그래서 오늘도 '나'는 집안에 꽉 차있는
무의미에서 벗어날 수 있는 해결을 찾고자 집을 나선다.

국민학교의 그 콩크리트 담장에는 사변통에 총탄이 남긴 구멍이 숭
숭 뚫려져 있었다. 나는 오늘도 걸음을 멈추고 그 구멍으로 운동장을 들

82) 손창섭, 「未解決의 章」, 『현대문학』, 1955, 6(이하 「미해결의 장」과 관련된 인용문
의 숫자는 이 책의 쪽수이다).

여다 보는 것이다. 마침 쉬는 시간인 모양이다. 어린애들이 넓은 마당에
가득히 들끓고 있다. 나는 언제나 처럼 어이없는 공상에 취해보는 것이
다. 그 공상에 의하면, 나는 지금 현미경을 들여다 보고 있는 병리학자
(病理學者)인 것이다. 난치(難治)의 피부병에 신음하고 있는 지구덩이의
위촉을 받고 병원체의 발견에 착수한 것이다. 그것이 「인간」이라는 박
테리아에 의해서 발생되는 질병이라는 것은 알았지만, 아직도 그 세균
이 어떠한 상태로 발생, 번식해 나가는지를 밝히지 못하고 있는 것이다.
그러니 치료법에 있어서는 더욱 캄캄할 뿐이다. 나는 지구덩이에 대해
서 면목이 없는 것이다. 나는 아이들을 들여다 보며 한숨을 쉬는 것이
다. 아직은 활동을 못하지만, 고것들이 완전히 성장하게 되면 지구의 피
부에 악착같이 달라붙어 야금야금 갈가먹을 것이다. 인간이라는 병균에
침범 당해, 그 피부가 는적 는적 썩어 들어가는 지구덩이를 상상하며,
나는 구멍에서 눈을 떼고 침을 뱉았다. 그것은 단순한 피부병이 아니라
지구에게 있어서는 나병과 같이 불치의 병일지도 모른다는 생각을 안고
나는 발길을 떼어놓는 것이다.(「미해결의 장」, 175)

초등학교 담장을 돌아가다 말고 '나'는 총탄에 뚫린 담장 구멍으로 운
동장에서 뛰어 놀고 있는 아이들을 들여다본다. 아이들을 보고 있으면
'나'는 한숨이 절로 나온다. 아직 활동은 못하지만 성인이 되면 그들은
"지구의 피부에 악착같이 달라붙어 야금야금 갉아먹을 것이기" 때문이다.
'지구'는 인간이 사는 생명체이다. 그런데 그 생명체가 난치의 피부병
에 걸려 있다. 그 병의 원인은 '인간'이라는 박테리아에 의해서이다. '지
구'는 지금 인간 박테리아로 인해 그 피부가 썩어 들어가고 있다. '나'는
지독한 피부병에 걸린 지구를 치유할 방법은 모른다. 그러나 확실한 것
은 초등학교 학생들이 피부병의 박테리아가 되는 과정을 학교에서 착실
히 배우고 있다는 사실이다. 중학생인 지철과 고등학교 지웅, 그리고 대
학생 지숙이도 초등학교에서 그 과정을 거쳤다. 그들이 "산다는 것은
미국 유학을 의미하는 것"이며 "인생의 목적은 미국 유학에 있다"고 굳
게 믿을 만큼 초등교육은 친미 편향적 방향으로 치닫고 있다. 곧 있으

면 초등학교 학생들도 완전히 성장한 박테리아가 되어 지구를 갉아먹을 것이다.

친미 편향적 교육은 반민족적 교육을 기반으로 한다. 학교 담장 안쪽에서 진행되고 있는 교육은 민족 공동체, 즉 '지구'를 갉아먹도록 아이들의 의식을 잠식하는 과정과 동궤에 있다. 따라서 '나'는 학교 운동장에서 뛰노는 아이들을 들여다보고 있노라면, 한숨이 절로 나온다. 그렇다고 여기서 한숨만 쉴 수만은 없는 노릇이다. '지구'를 병들게 하지 않는 방안을 찾던 '나'는 가출을 결심한다.

민족 공동체인 '지구'를 난치병에 걸리게 하는 "그들"은 또한 정전 상태를 인식하지 못하도록 하는 실체이기도 하다. 이 같은 "그들"의 정체가 좀더 적극적으로 은유되어 나타난 작품이 「파편」이다. 「파편」에서는 어깨에 파편 두 개를 꽂고 전쟁에서 돌아온 '그'가 등장한다. 정전되어 귀향한 '그'는 파편의 고통으로 잠을 제대로 이룰 수가 없다. 파편은 '그'의 몸속에서 전쟁의 상태를 유지하고 있는 것이다. 전쟁은 파편처럼 살아있다. 파편이 '그'의 몸 안에 존속하는 한, 전쟁 종식이란 어불성설이다.

> 눈을 떠본다. 머리가 엿덩어리처럼 무겁다. 사이를 두고 밤새 이어온 악몽이 아직도 눈 앞에 도사리고 앉아있다. 차가이 식은 자기의 죽음을 자기가 지키고 앉아 있었다. 지금 나는 확실히 눈을 뜨고 있다. 하지만 지금 죽어서 눈을 부릅뜨고 이렇게 누워 있는 것이 아닌가? 몸을 꿈틀거려 본다. 전 근육이 양잿물 속에 녹아버린 모직물처럼 흐물흐물하다.
> 식은 땀이 등골으로 호젓이 흐른다. 악몽은 갔다. 그는 조용히 담요를 제끼고 허리를 일으켰다. 일어서려는 순간 눈앞이 핑 돌고 다리가 후둘후둘 떨렸다. 중심을 잃은 그의 몸은 다시 스트레이처 위에 그대로 나가 떨어졌다.
> 담요를 꾹 움켜쥔다. 움켜쥔 손가락 끝이 하르르 떨고 있다. 오한이 전류처럼 전신을 스치고 지나간다. 이윽고 미열(微熱)이 난다. 어둠이 눈 앞에서 빙그르르 맴돌며 나선처럼 하늘로 올라간다.(「파편」, 143)[83]

몸 안에 있는 두 개의 파편 조각은 늘 '그'를 공격한다. '그'는 발작이 시작되면 뇌수가 전부 물처럼 녹아내리는 듯한 고통에 6개월 동안 시달려 왔다. 병이란 언어도단으로 생각할 만큼 건강했던 '그'는 어쩔 수 없이 병원을 찾아간다.

> 어떻게 오셨오! 식은 땀이 나고 이따금 눈앞이 어지럽고 또… 청진기가 가슴팍과 등허리를 두루두루 살피고 지나갔다.
> 뭐, 그리 염려할 것은 없읍니다. 영양분을 좀 잘 섭취하십시요. 흰 가루약이 다섯봉, 식후에 먹을 것, 약봉을 받아든 내 손, 주사기에 바늘을 꽂으며 침착하니, 피하에 그 바늘을 꾹 찔러 넣던 의사의 얼굴, 이것뿐이었다. 참으로 어이가 없는 노릇이었다.
> 병원을 나서자마자 그 간판에 대고 한바탕 배를 안고 킬킬킬 웃어댄 언젠가의 기억이 아직도 눈앞에 또렷이 남아 있다.(「파편」, 143)

'그'는 의사가 "어떻게 오셨냐?"는 질문에 난감해 한다. 딱히 어디가 아파서 내원한 것이 아니기 때문이다. '그'는 식은땀이 나고 이따금 눈앞이 어지럽다면서 파편의 실체를 숨긴 채 증상만을 말한다. 그러자 의사는 치료와 전혀 관계없는 약을 다섯 봉지나 조제해서 '그'에게 안겨 준다. '그'의 아픔의 근원을 알지 못하는 의사는 눈으로 보이는 상태만을 고려하여 처방을 내린 셈이다. 이러한 의사의 행위를 통해 '그'는 파편의 고통은 다른 사람이 해결할 수 없는, 바로 자신의 현안 문제임을 깨닫게 된다. 고통은 '그'에게 파편의 존재를 그리고 아직 끝나지 않은 전쟁을 상기시키지만, 파편의 고통을 알리 없는 의사는 전쟁의 연장선상에 자신이 존재한다는 사실조차 눈치 챌 수 없다.

어둠이 내리면 발작과 악몽은 어김없이 '그'를 찾아온다. 그러므로 '그'는 초조히 움직이지 않을 수 없다. 그렇지 않으면 어둠이 '그'를 삼

---

83) 오상원, 「破片」, 『신한국문학전집 28』, 어문각, 1979(이하 「파편」과 관련된 인용문의 숫자는 이 책의 쪽수이다).

켜버려 결국 파편에 무기력한 인간으로 만들지 않을까 해서이다. 어둠에 지는 일, 즉 고통에 무기력해지는 것은 '그'가 현실을 직시할 수 없는 상태로 만들기 때문에 마음을 졸이면서 이렇게 늘 깨어있어야 한다.

> 그러나 그림자는 움직이지 않는다. 그는 자기를 내려다보았다.
> 축 늘어진 왼쪽 손… 두 개의 파편, 이것은 생명체가 아닌 무기물(無機物)이다.
> 그러나 이것들은 무기물이면서도 박테리아균보다도 더 무서운 생명력을 가진 무기물이다.
> 그것들은 지금 내 육체 속에서 파고들어 나란 인간을 좀먹어 가고 있다.
> 나의 젊은 핏줄을 끊고 나간 생명체의 조직을, 세포를 뇌수를 살육하여 가고 있다.
> 그러나 나는 이것과 함께 살아가야만 한다.
> 나는 이것들과 함께 살다 죽어야 할 또없이 저주스러운 운명 속에 결합되어 있는 것이다.(「파편」, 152)

박테리아보다도 더 무서운 생명력을 가진 파편은 '그'가 죽어 한줌의 흙으로 돌아가더라도 그 자리에 영원히 존재한다. 폭력적인 파편이 제거되지 않은 한, 전쟁은 지나간 과거가 아니라 미래에도 지속될 것이다. 하지만 '그'가 만났던 의사처럼 많은 사람들은 전쟁이 끝났다고 생각하고 있다. '그'의 육체 속에 파고들어 병들게 하는 파편이 없었더라면 '그' 또한 보통 사람들과 마찬가지였을지도 모른다. 그러므로 '그'가 죽음의 순간까지 감당해야 할 시간들은 정전을 확인하는 계기들이다. 이러한 사실을 인식한 '그'는 자기 자신을 정확히 지켜내고자 노력한다. 죽을 때까지 성실하게 파편의 고통과 싸우는 일만이 '그'에게는 이 부조리한 현실에 반항하는 유일한 길이기 때문이다.

어디에고 싸움은 있고 죽음은 있다. 이 모든 것과 더불어 살아가야만
한다. 그는 잘 알고 있었다. 죽음이란 아무 것도 아니다. 다만 어떻게 그
순간까지 자기를 정확히 지켜가느냐가 문제다.(「파편」, 144)

'그'는 어디에도 싸움과 죽음은 있다고 생각한다. 이에 '그'는 죽음의
순간까지 파편의 고통을 고스란히 견디면서 파편과 맞서리라 마음먹는
다. 파편은 '그'가 스스로 행한 것이 아니라 누군가에 의해 행해진 것이
므로, '그'는 누군가의 정체를 늘 인식하는 가운데 파편의 고통을 감당
하지 않을 수 없다. 바로 이점이 '누군가'의 정체, 즉 "그들" 실체의 한
축을 이룬다. '그'는 사람들에게 지금도 계속되고 있는 전쟁을 끝났다며
거짓 정보를 내면화하는 "그들"에게 맞설 수 있는 길이란 주체적인 자
기의식에 달려 있음을 알고 있다. 자기의식은 현재를 직시하고 과거를
기억하면서 미래를 기대하는 시간 속에 있는 '그'에게 진실을 향한 행동
을 불러일으키는 원동력인 것이다.
　장용학, 손창섭, 오상원의 작품들은 자기 발견이란 "그들"과의 대항적
관계 속에서 성립될 수 있음을 함축하고 있다. '나'와 '너'를 억압하고
병들게 하는 "그들"의 실체는 독자에게 은유적으로 이야기되고 있다.
"그들"의 세력은 '나'가 민족 공동체인 지구를 와해시키는 박테리아가
되도록 하는 친미적 교육 속에, 혹은 '나'의 몸을 파멸시키는 파편처럼
일상에 은밀히 작동되고 있다. 과거는 상상력을 통해서만 재구성될 수
있다는 점에서 이와 같은 새로운 의미 창조, 즉 "의미론적 혁신"[84]은 기
존의 틀을 깨고 타당성 있는 새로운 틀을 찾아낸다. 말하자면, 은유는
"발견적 허구"[85]인 것이다. 이 발견적 허구에 의해 독자는 존재론적 세

---

84) Paul Ricœur, *The Rule of Metaphor: Multi-disciplinary studies of the creation of meaning in language*. trans., Robert Czerny & Kathleen McLaughlin & John Costello, Toronto: Toronto UP, 1979, p. 98.
85) 위의 책, 239쪽.

계를 이해하고 해석할 뿐 아니라, 이해하고 해석하는 방식대로 또한 존재한다.

2. 시간과 삼중의 미메시스

전후소설은 1950년대를 나타내는 역사적 시간들이 명시되어 있어 인물의 행위는 개인의 삶뿐 아니라, 공동체의 삶을 의미하는 것으로 확대될 수 있다. 말하자면, 전후소설이 역사 이야기와 허구 이야기가 통합될 수 있는 어떤 근본적인 경험의 장이 될 수 있다는 것이다. 허구 이야기는 시학적 구성을 통해 삶의 단편들을 모으고 엮지만, 사실과는 언제나 거리가 있다. 그럼에도 불구하고 실제로 일어났던 사건들을 기술한 역사보다 은유적인 방식으로써 말해지지 않은 진리를 명백하게 함축하고 있다는 점에서 전후소설의 의미는 역사와 허구의 교차점에서 발생한다고 할 수 있다.

허구와 역사의 긴밀한 상호작용으로 인해 인간의 시간이 발생하는데, 그것이 바로 이야기된 시간이다. 시간의 현상학에서 일어나는 아포리아들에 역사가 대응하는 독특한 방식은 어떤 제3의 시간(역사적 시간), 말하자면 경험적 시간과 보편적 시간을 중개하는 시간을 창안하는 데 있다.[86] 달력, 세대들의 연속, 사료, 문서, 흔적 등의 사유도구들을 사용함으로써 경험적 시간과 보편적 시간 사이의 연결고리를 만들어 내는 것이다. 전후소설에서는 주로 달력의 시간을 통해 제3의 시간을 드러낸다.

---

86) Paul Ricœur, *Temps et récit III*, p. 189.

그러나 여기에 나오는 李章이라고 하는 私生兒는 그런 욕을 듣지 않
고 자랐읍니다. 자기가 사생아라는 것을 스스로도 모르고 자랐으니까
요. 자기가 사생아라는 것을 확실히 알게 된 것은 위에서 말한 六·二
五動亂이 일어나고 얼마 지나서였으니까, 그의 나이 스물 네 살 되던
때입니다.(『원형의 전설』, 15)

이장이 자기가 사생아라는 사실을 안 것은 "6·25 동란이 일어나고
얼마 지나서"였다. 전쟁이 터지지 않았더라면, 그는 자신의 운명이 뒤바
뀔 그 수치스런 사실을 몰랐을 터였다. 하지만 불행하게도 전쟁으로 인
해 이장은 가슴 아픈 출생의 비밀을 알게 되었다. 이 과정에서 이장은
출생의 비밀뿐 아니라 한반도의 굴욕적인 탄생의 비밀도 깨닫는다. 그
렇다고 전쟁이 그에게 고통과 시련만을 준 것은 아니다. 지야와의 사랑
은 그를 기쁨과 흥분에 휩싸이도록 한 계기가 되었다. 하지만 지야가 배
다른 형제라는 사실에 이장은 또 한번 시련을 겪는다. 하지만 이장은 죽
음을 각오하면서까지 지야와의 사랑을 포기하지 않는다. 이장과 지야는
서로가 '자유'와 '평등'처럼 맺어져야 할 제짝임을 인식했기 때문이다.
지야는 이장 자신을 자기이게끔 하는 타자인 것이다. 이장처럼 타자로
서 자기 자신을 알 수 있는 덕목은 '사랑'만이 아니다. 「비오는 날」에서
는 '배려'가 '사랑'의 또 다른 이름으로 나타난다.
　「비오는 날」의 주인공 원구는 전쟁 이전에 삼팔선을 넘어 남하한 월
남인이다. 그는 피란지 부산에서 초등학교, 중학교, 대학교 동창인 친구
동욱과 우연히 재회한다. 그 후 장마기간 동안 비가 와서 가게를 벌일
수 없는 날이면 원구는 동욱의 집을 방문하였다. 세 번째 방문하던 날,
그는 동옥의 태도가 변한 사실에 기분이 좋아진다.

천장에 떨어진 빗물은 약간 경사진 한 쪽으로 흘러오다가 소 눈깔만
한 옹이 구멍으로 새어흐르는 것이었다. 그날만 해도 元求와 東旭이가

주고 받는 말에 비교적 냉담한 東玉이었다. 그러나 세번째 갔을 때 부터
는 元求와 東旭이가 웃을 때는 함께 따라 웃어주는 것이었다. 간혹 한 두
마디씩은 말 추념에도 들었다. 그날은 일찍암치 저녁을 얻어먹고 돌아
오려고 하는데, 비가 하도 세차게 퍼 부어서 자고 오는 수 밖에는 없었
다. 한 손에 우산을 들고 선채, 회색 장막을 드리운 듯, 비에 뿌예진 창
밖을 내다보며 망설이고 있는 元求의 귀에, 고집 피우지 말고 자고 가라
는 東旭의 말에 뒤 이어, 이런 비에는 앞 도랑에 물이 불어서 못 건너십
니다, 하는 東玉의 음성이 들린 것이었다. 그날밤 비로소 元求는 가벼운
기분으로 東玉에게 말을 걸 수가 있었던 것이다. 언제 부터 그림 공부를
했느냐니까, 초상화 따위가 뭐 그림인가요, 하고 그 우울한 미소를 지어
보이는 것이었다. 元求는 東玉의 상처를 건드릴만한 말은 일체 꺼내지
않았다.(「비오는 날」, 165~166)

원구는 동옥을 처음 만났을 때 그녀의 냉담한 반응에 내심 걱정했었
다. 그가 두 번째 방문했을 때도 동옥은 그 태도를 누그러뜨리지 않았
다. 그러나 세 번째 만났을 때는 놀랍게도 동옥은 원구의 말에 따라 웃
거나 그에게 말을 건네기도 하는 것이다. 동옥이 처음으로 웃음 짓던 그
날, 그녀는 원구에게 "앞도랑에 물이 불어서 못 건너십니다."하면서 묵
고 가기를 청한다. 그날 밤 원구와 동욱과 동옥은 늦게까지 서로 이야기
를 나누면서 어렸을 적에 부르던 '중중 때때중'이라는 노래도 불렀다.
"불구적 육체로 인해 불구적 성격을 지닌" 동옥이 마침내 얼어붙은 마
음을 조금씩 풀 수 있었던 것은 비오는 날이면 늘 자신의 집에 찾아온
원구 덕분이다. 원구의 관심 있는 태도가 동옥의 마음을 움직임으로써,
동옥은 점차 인간에 대한 불신과 냉소를 해소할 수 있었던 것이다.

비 오는 날 원구가 늘 그랬듯이 빗속을 뚫고 친구를 찾아가는 그의
행동은 궁극적으로 독서과정에 있는 독자가 겪어야 할 체험으로 작용한
다. 세 번째 방문했을 때 마치 '인사불성에 빠졌던 환자가 회생하여 물
좀 달라며 입을 열었을 경우와 같은 반가움을 동옥에게서 경험한 원구'

처럼, 독자 또한 실제로 그와 같은 경험을 해야 한다는 것이다. 자기 안에 타자가 존재하는 길이야말로 공동체를 병들게 하는 "그들"과 맞설 수 있는 실천적 행동이 되기 때문이다. 「생활적」의 동주 또한 원구와 같은 인물이다.

> 東周가 반공 포로 수용소를 나온 것은 두어 달 전 일이었다. 근 일주일이나 낯선 집에서 신세를 졌다. 그러던 어느날 목욕탕에서 돌아오는 길에 東周의 어깨를 붙잡는 사람이 있었다. 육 년 만에 보는 天植이었다. 그는 바로 동학 소학 동창일 뿐 아니라 팔촌 처남이기도 했다. 그때는 모든 사람이 반공 포로 석방에 감격하여 극도로 흥분해 있던 시기다. 天植은 이제부터 우리 생사를 같이하세 하며 東周의 손을 아프도록 잡아 흔들었던 것이다. 그날 저녁으로 東周는 데리러 온 天植을 따라나섰다. 장마로 질적거리는 판잣집 촌의 언덕길을 몇 번이나 굴러날 뻔 하면서 그때 天植에게 안내되어 온 집이 바로 지금 東周가 목석같이 누워 있는 이 방이었던 것이다.
>
> 天植에게는 노모와 자기 부처 외에 어린애 둘이 있었다. 그는 六 · 二五사변 전에 월남해 있었다. 일 주일이 못가서 天植의 노모와 그 부인은 東周 앞에서 노골적으로 좋지 않은 얼굴을 했다. 방도 좁고 거북한 점이 많으므로, 잠만은 鳳洙의 방에 가 자기로 했다. 당시도 順伊는 병석에 누워 지냈다. 天植이네 식구들은 順伊를 폐병이라고 하며 몹시 꺼렸다. 그 뒤로는 東周가 방에 드나드는 것도 싫어했다. 마침내는 식사도 아이를 시켜 옆방으로 날라왔다. 東周는 鳳洙와 마주 앉아 수저를 놀리며 자기가 살아 있다는 것에 무의미를 느끼는 것이었다. 얼른 어떻게든 해야겠는데 하고 초조해 하면서도 어떻게 하는 도리가 없었다. 송장처럼 외계의 힘을 빌지 않고는 적극적으로 자신을 움직여 보지 못하는 위인이었다.(「생활적」, 157~158)87)

월남한 동주는 반공포로이다. 그는 반공포로석방(1953. 6. 18)으로 2개

---

87) 손창섭, 「生活的」, 『현대한국문학전집 4』, 신구문화사, 1981(이하 「생활적」과 관련된 인용문의 숫자는 이 책의 쪽수이다).

월 전에 포수용소에서 나왔지만 갈 데가 없다. 최근 1주일 동안은 낯선 사람의 도움을 받아 그 집에서 지냈다. 그러던 어느 날 동주는 초등학교 동창이자 팔촌 처남인 천식을 길에서 우연히 만나 함께 살게 되었다. 그러나 일주일도 지나지 않아 천식의 식구들은 동주에게 노골적으로 싫은 기색을 보였다. 비좁은 판잣집에서 여러 명이 생활하기가 불편했기 때문이다. 결국 동주는 폐병 환자인 순이의 방으로 옮겨 생활하였다. 며칠이 지나자 식구들은 순이에게 병이 감염되지나 않았을까 해서 동주가 자신들의 방에 드나드는 것을 꺼려하였다. 동주는 사람들의 이런 태도에 전혀 개의치 않는다. 그가 마음을 쓰는 일이란 순이가 오늘도 살아 있나 확인하면서 돌보는 데 있다.

그러던 어느 날, 마을 사람들이 천식의 집으로 몰려와 동주가 공동 우물에 오물을 투척한 범인이라며 다짜고짜 욕을 퍼부었다. "에라 이 자식 똥이나 처먹고 뒈져라"고 심한 욕설을 들은 순간, 동주는 현실이 견딜 수 없을 만큼 무겁다는 기분에 사로잡힌다. 하지만 그것을 참아낼 수밖에 달리 도리가 없다. 동주가 변명도 하지 않고 잠자코 있으니까, 봉수와 춘자 또한 그를 오물 투척 범으로 의심하려 든다.

> 東周가 내쳐 잠자코만 있으니까 春子도 鳳洙도 부쩍 의심을 품는 모양이었다. 「그것 참. 아 먹는 물에 똥을 타문 어떻게, 허허 그것 참.」鳳洙가 곁눈질로 東周를 보며 어처구니 없다는 듯이 그러자, 「바르게 말을 해봐요. 오빠가 그렇게 했소? 오빠가 그랬지요?」春子는 왈칵 들이대듯이 캐묻는 것이었다. 그 말을 들으면 東周는 참말 자기가 그랬는지도 모른다고 생각이 드는 것이었다. 그렇게 생각하니 어째 꼭 그럴 것만 같다. 그러나 다음 순간, 아무래도 요즈음 자기의 머리가 좀 이상해진 것 같다고 東周는 생각하는 것이었다. 그것은 육신보다도 정신이 차차 흐려지는 징조인지도 모른다. 밤낮 귀신의 울음소리 같은 順伊의 신음소리를 듣고 지내는 까닭인가? 혹은 요즘음 송장물을 먹기 시작한 탓일까? 이러다가는 아무래도 順伊보다 먼저 죽게 될 것이라고 東周는 생각하며,

그리되면 아침마다 順伊의 죽을 누가 쑤어 줄까? 그리고 그 신음소리
를 귀담아 들어 줄 사람이 없지 않겠느냐고 별 생각이 다 드는 것이
었다.(「생활적」, 167)

동식은 악착같지 못하고 주변 없는 성격 때문에 공동 우물에 가서도
물 한번 제대로 긷지 못하고 아주머니들에게 줄곧 괄시만 받아 왔다. 이
때문에 동주가 보복으로 오물을 투척했다고 그들은 지레짐작하고 있다.
그러나 어림으로 헤아린 몇몇 사람의 의심은 마을 사람들 전체의 의심
으로 확산되면서 마침내 동주가 범인으로 기정사실화된다. 말하자면, 몇
사람 소수의 의심이 무고한 사람을 범인으로 모는 '다수결'의 그것으로
변질된 것이다. 부조리한 사회에서 다수결의 의견 수렴이란 이렇게 해
서 성립된다. 약자인 타자의 입장을 전혀 고려하지 않은 강자들의 자기
중심적 의견들이 마치 다수결의 의견인 양 둔갑하곤 한다. 이런 집단 이
기심은 타자와 비윤리적 관계를 형성하므로, 자기 자신 또한 인정받을
수 없게 된다. 타자에 대한 관심은 어제와 다른 오늘의 '나'를 확인하는
시간들과 맞물려 있기 때문이다.

물론, 동주는 강자의 이기심에서 벗어나 있는 인물이다. 주위에서 거
드는 바람에, 자신이 범인일지도 모른다는 생각이 든 동주는 '지금' 자
기가 순이 보다 먼저 죽으면 누가 순이의 죽을 누가 쑤어 줄까를 걱정
하고 있다. 힘없는 순이가 죽지나 않을까 하는 걱정과 안타까움에는 타
자를 배려하는 동주의 의식이 내재해 있다. 자기와 타자의 존재를 인정
하는 동주의 의식은 순이의 죽음으로 구체화된다.

順伊는 그날 마침내 죽었다. 山水屋 개업하는 날 오후에 아무도 없는
방에서 順伊는 혼자 당연히 죽어간 것이다. 東周가 물을 길어다 놓고 나
서 도로 누우려고 하는데 順伊의 신음소리가 들리지 않았다. 東周는 숨
을 죽이고 귀를 기울였다. 하나, 둘, 셋, 세기 시작했다. 「아흔 여덟, 아

흔 아홉, 배액.」그래도 옆방에서는 아무 기척이 없었다. 東周는 긴장을 느끼며 일어나 옆방으로 갔다. 順伊는 입을 반쯤 벌린 채 자는 듯이 누워 있었다. 입에는 거품 흔적이 있었다. 파리가 몇 마리 입가로 기어다니고 있었다. 이미 싸늘하게 식은 소녀의 손을 東周는 쥐어 보았다. 그리고 잠시 고요한 얼굴을 들여다 보다가 그는 왈칵 시체를 끌어 안았다. 자기의 입술을 順伊의 얼굴로 가져갔다. 인제는 順伊가 아니다. 주검이었다. 東周는 주검에 키스를 보내는 것이었다. 주검 위에 무엇이 떨어졌다. 눈물이었다. 섧지도 않는데 눈물이 쏟아지는 것이었다. 자기는 분명히 지금도 살아 있다고 東周는 의식했다. 살아 있으니까 죽을 수 있다고 생각했다. 그것만은 자기가 확신할 수 있는 단 하나의 「장래」라고 생각하며, 東周는 주검의 얼굴 위에 또 한번 입술을 가져가는 것이었다.(「생활적」, 168)

동주는 공동 우물에서 물을 길어다 놓고는 숨을 죽이곤 한다. 옆방에 있는 순이가 숨을 쉬는 지를 확인하기 위해서다. 어제까지만 하더라도 백을 세기 전에 순이의 가느다란 숨소리를 들을 수 있었지만, 오늘은 백을 꼬박 세고 나서도 아무런 기척도 들리지 않자 동주는 불안해한다. 이상한 예감에 동주는 긴장을 느끼며 일어나 옆방으로 갔다. 그러나 순이의 몸은 이미 싸늘하게 식은 뒤였다. 동주는 순이의 주검을 끌어안으며 눈물을 흘린다. "주검의 얼굴 위에 또 한번 입술을 가져가는" 동주는 구더기와 오물이 널려 있는 부조리한 현실 속에서 타자와 더불어 사는 공존의 의미를 아는 인물이다. 무의미하게 흐르는 시간이라도 그것이 동주에게 의미 있는 것은 순이와 함께 존재했기 때문이다. 동주는 순이로서 자기 자신을 인정하고 있는 것이다. 초점화자가 동주인 까닭이 바로 여기에 있다.

고자리와 구더기가 우글거리는 음침하고 암울한 현실이라도 그곳에 '타자'와 함께 '나'가 있다. '타자'가 없는 '나'는 있을 수 없다. '타자'는 생물학적으로 따지면 '나'와 다름이고, 존재론적으로 보면 다른 '나'이고, 윤리적으로 보면 '나'가 죽을 수 없는 윤리적 책임을 요구하는 존재이며, 해석학적으로 보면 해석의 대상이라기보다 대화 상대이다. 그래서 '나'는 '타자'의 삶에 무책임할 수 없다. '나'는 '타자'를 통해, 그리고 '타자'와 함께 규정되는 것이다. 그러므로 '타자'와 더불어 사는 '나'의 일상은 곧 공동체의 삶이다. '나'의 일상은 '나'만 홀로 존재하는 것이 아닌 까닭이다. 치욕과 굴욕의 사건들, 즉 6·25 전쟁, 1·4 후퇴, 6·18 반공포로석방, 7·27 정전협정 등으로 얼룩진 현실이라도 그 순간 '너'와 함께 '나'가 존재한다면 그것은 "그들"에게 종속될 수 없는 힘이 된다. 개인의 삶뿐만 아니라 공동체의 운명을 결정한, "그들"이 조장했던 그 사건들은 독자가 작품을 읽는 "지금 여기"에서도 영향을 미치고 있다. "파편"과 "난치의 피부병에 걸린 지구"가 "그들"의 영향력을 말해주는 것이다. 이렇게 해서 독자는 결국 자신이 처해 있는 지금의 상황, 그리고 그 속에 존재하는 자신을 반성적으로 이해한다. 장용학, 손창섭, 오상원의 작품들, 즉 역사 이야기가 허구화되고 허구 이야기가 역사화된 이야기 속에서 '독자'는 자신의 과거와 현재, 그리고 미래를 발견하는 것이다. 이로써 해석학은 실천적 영역의 전형상화(미메시스 I)와 작품의 수용에 의한 재형상화(미메시스 III) 사이를 매개하는, 텍스트의 형상화(미메시스 II) 작업의 구체적 진행과정이 그 목적임을 알 수 있다. 요컨대, 삼중의 미메시스 이론은 이야기를 매개로 하여 독자가 자기 자신을 이해하고 변화하는 실천적 영역과 관련되어 있다.

3. 전후소설의 이야기 정체성

전후소설이 역사와 허구의 교차점에서 발생하였다면, 그것은 한민족

의 어떤 특정한 정체성을 상정할 수 있다. 전후소설이 한 개인이나 공동
체의 정체성을 말한다고 할 경우, 그 정체성은 누가 서술 행위의 주체인
가 하는 문제와 결부되어 있다. 이야기된 스토리는 서술 행동의 누구를
지칭한다. 따라서 '누구'의 정체성은 이야기 정체성인 것이다.

자기 정체성에서 자기 인식의 '자기'(self)란 기존의 이기적이고 나르시
스적인 자아가 아니다. 자기인식의 자기는 자신의 문화에 전승되는 이
야기들이 갖는 카타르시스로 정화된 삶이다. 그러므로 동일자의 추상적
인 정체성과 달리, 자기성(self-sameness)을 이루고 있는 이야기 정체성은
변화의 가능성을 함축하고 있다.[88] 이로써 자기성은 독자가 서술적으로
형상화된 것들을 반성적으로 적용함으로써 재형상화 된다고 말할 수 있
다. 또한 개인적 주체의 자기성에 대해 그러하듯, 공동체의 자기성에 대
해서도 말할 수 있다. 개인과 공동체가 그 누구에게나 자신들의 실제 역
사가 되는 이야기들을 받아들임으로써 정체성이 형성되기 때문이다.

그런데 어떤 작품에서는 이야기 정체성을 확인할 수 없는 경우도 있
다. 1인칭 이야기에서 서술주체 '나'가 죽어갈 경우, 일련의 사건들을 이야
기할 수 없는데도 「유예」에서는 서술 행위가 이루어지고 있다.

「유예」에서 죽음을 앞둔 1시간이라는 시간 동안 서술주체 '나'는 끊
임없이 처형 장면을 기억해 낸다. "죽음"에 대한 유추 반복적 서술은 덧
없이 흐르는 시간 속에서 무엇이 일어났는가를 단순히 비추어 내는 것
이 아니라, 무엇이 일어날 수 있는가를 독자가 찾고 상상할 수 있게끔
이끌고 있다. 서술주체 '나'는 유한적 존재인 독자 또한 자기 자신을 인
식할 수 있도록 눈 속의 처형 장면을 반복해서 유추하고 있다.

몸을 웅크리고 가마니속에 쓰러져있었다. 한 시간 후면 모든 것은
끝나는 것이다. 손과, 발이 돌덩어리처럼 차다. 허여케 흙벽 마다 서리

---

88) Paul Ricœur, *Temps et récit III*, p. 443.

가 앉은 깊은 움속, 서너 길 높이에 통나무로 막은 문틈 사이로 차거이 하늘이 엿보인다. 퀴퀴한 냄새가 코를 찌른다. 냄새로 짐작하여 그리 오래 된 것같지는 않다. 누가 며칠 전까지 있었던 모양이군. 그놈이나 매 한가지지, 하고 사닥다리를 내려서자마자 조그만 구멍으로 다시 끌어올리며 서로 주고받던 그자들의 대화가 아직도 귀에 익다. 그놈이라고 불린 사람이 바로 총살 직전에 내가 목격하고 필사적으로 놈들의 사수(射手)를 향하여 방아쇠를 당겼던 그사람이었을까… 만일 그 사람이 아니었다면 또 어떤 사람이었을까… 몸이 떨린다. 뼈 속까지 얼음이 박힌 것 같다.

이야기의 끝에서 이야기되어야 할, 한 시간 후면 모든 것이 끝나는 나의 "미래"가 이미 이야기 시작에서 예상되고 있다. 과거의 경험으로 미루어 보건대, "흙벽마다 서리가 앉은 깊은 움 속"에 있는 '지금'의 나는 '한 시간 후면' 총살 직전의 청년처럼 사형장으로 끌려갈 것이 분명한 일이다. 그런데 아직 일어나지 않은 미래에 대한 예상은 과거의 일을 반추하지 않고는 불가능하다. 기억된 일들은 서술주체 '나'의 의식에서 여과되어 전달되기 때문에, 과거의 경험들은 지금의 '나'를 알 수 있는 관건이 된다. 그런데 서술주체 '나'는 심문과정에서 과거의 자신을 카메라의 눈으로 축소시켜 극적으로 전달하는 담론 형태를 취함으로써 역설적으로 전향 불가능성에 대한 심정을 자신이 부재한 상태에서 전달하고 있다.

　　소속 사단은? 학벌은? 고향은? 군인에 나온 동기는? 공산주의를 어떻게 생각하시오? 미국에 대한 감정은? 그럼… 동무의 말은 하나도 이치에 당치않소
　　동무는 아직도 계급 의식이 그대로 남아 있소. 출신계급을 탓하지는 않소. 오해하지 마시오. 그 근성이 나쁘다는 것뿐이오. 다시 한번 생각할 여유를 주겠소 한 시간 후, 동무의 답변이 모든 것을 결정지을 거요

마지막 심문과정은 서술주체 '나' 역할을 카메라의 역할로 축소시키

고 독자 스스로 그 전달정보를 추측할 수 있도록 하기 때문에, 정보는 최대한으로 제공되고 그 제보자인 서술주체 '나'의 존재는 최소화되어 있다. 이와 같은 직접화법의 재현을 독자는 실제 세계의 기준과 관련시켜 속도를 측정한다. 허구적인 대화를 실제 대화처럼 받아들이는 것이다. 이것은 하나의 관습적 효과로 독자가 심문 현장에 있다는 느낌이 들도록 만든다. 이 과정에서 독자는 심문자의 물음에 응답 없는 경험주체 '나'와 만난다. 그리고 심문자의 간단하고 빠른 질문이 숨 가쁘게 계속 이어지는 문장 사이에서, 결과적으로 독자가 경험주체 '나' 대신 문장 틈 사이를 채워나가면서 심문의 의미를 파악한다. 심문자가 "미국에 대한 감정은?" 하고 물은 후 뒤이어 "동무의 말은 하나도 이치에 당치 않소"라고 다그칠 수 있었던 것은, 그 질문에 대한 경험주체 '나'의 대답이 부정적이었을 때 가능한 진술이다. 이때 독자는 "그럼…"이라는 문장 안에 숨어 있는 경험주체 '나'의 부정적 대답을 스스로 채워 넣는다. 심문의 전체적인 상황을 그려볼 수 있기 때문에 독자만이 생략된 일련의 분절들 사이에 담론의 의미들을 채워 넣을 수 있다. 이렇게 보자면, 심문 과정에서 발화된 모든 문장은 진술 상으로 드러나지 않는 경험주체 '나'를 전제한다기보다는 사실상, 이 전체적인 상황을 알고 있는 독자에게 향한 질문에 가깝다.

직접화법으로 제시된 심문 장면은 이야기 텍스트를 읽는 독자의 능동적인 참여를 유도함으로써 서술된 내용에 대한 신빙성을 도출한다.[89] 독자의 적극적인 참여 없이는 대명사의 이해 지표, 짧은 질문의 문장, 말줄임표, 등의 담론 자질들 사이에 함축된 맥락들이 의미를 지닐 수 없는 것이다. 이것은 경험이 감추고 있는 그 무엇인가를 독자에게 보이기 위해 서술주체 '나'가 서술을 압축시키고 왜곡시킨 결과이다. 그러므로

---

89) Dorrit Cohn, *Transparent Minds*, New Jersey: Princeton UP, 1978, p. 162.

마지막 심문에서 주어진 한 시간의 유예 시간이란 사형을 모면할 기회의 시간이 아니라, 죽음에로의 존재인 자신을 되돌아보는 반성적 시간이다. 그 시간 속에서 독자는 앞으로 벌어질 일을 서술주체 '나'처럼 예상할 수 있게 된다.

> 한 시간후면 나는 그들에게 끌려 예정대로의 둑길을 걸어가고 있을 것이다. 몇 마디 주고받은 다음, 대장은 말할 테지. 좋소. 뒤를 돌아다보지 말고 똑바로 걸어가시오. 발자욱마다 사박, 사박, 눈부서지는 소리가 날것이다.

'나'가 아직 일어나지 않은 자신의 사형 집행 장면을 이야기의 시작에서 구체적으로 예상할 수 있었던 것은 과거에 이미 일어났던 사건을 기억하는 인식 행위에서 비롯된다. 회고적인 1인칭 이야기가 갖는 '기억'의 특성으로 인해 미래에 일어날 사건을 서술주체 '나'가 유추하거나 언급하는 일을 독자가 자연스럽게 수긍하게 된다. 따라서 서술주체 '나'의 '선행 서술'[90]은 전략적인 의미를 띤다.

시간 논리상 아직 일어나지 않은 미래의 사건이 미리 알려지는 사전제시[91]는 독자에게 한 시간이면 죽게 될 '나'라는 존재를 지속적으로 상기시킨다. 이처럼 1시간 후면 죽을 '나'가 현재를 직시하는 가운데 끊임없이 과거를 회상하고 미래를 예상하는 것은 궁극적으로 '나'의 고통에 대한 연대와 책임을 독자와 함께 하도록 이끌기 위해서이다.

---

90) 시간적 위치의 측면에서 서술은 네 가지 형식이 있다. 사후 서술, 선행 서술, 동시적 서술, 그리고 삽입 서술이 그것이다(Gérard Genette, 앞의 책, 229쪽).
91) 주인공은 회고적 인물이기에 1인칭 이야기에서는 사전제시가 적절하게 사용된다. 이 회고적 인물은 서술자로서 미래를 암시하는 권위를 지니며 특히 현재 상황에 대해서는 더욱 그렇다(위의 책, 106쪽).

걸음걸이는 그의 의지처럼 또한 정확했다. 아무리 한 걸음, 한 걸음 다가가는 걸음걸이가 죽음에 접근하여가는 마지막 길일지라도 결코 허 투른, 불안한, 절망적인 것일 수는 없었다. 흰 눈, 그속을 걷고 있다. 훤 칠히 트인 벌판 넘어로, 마주선 언덕, 흰 눈이다. 연발하는 총성. 마치 외부세계의 잡음만 같다. 아니 아무 것도 아닌 것이다. 그는 흰 속을 그 대로 한 걸음, 한 걸음 정확히 걸어가고 있었다. 눈속에 부서지는 발자 욱 소리가 어렴풋이 들려온다. 두런두런 이야기 소리가 난다. 누가 뒤통 수를 잡아 일으키는 것같다. 뒤허리에 충격을 느꼈다. 아니, 아무 것도 아니다. 아무 것도 아닌 것이다. 흰 눈이 회색빛으로 흩어지다가 점점 어두워 간다. 모든 것은 끝난 것이다. 놈들은 멋적게 총을 다시 거꾸로 둘러메고 본부로 돌아들 갈 테지. 눈을 털고 추위에 손을 부벼가며 방안 으로 들어들 갈 것이다. 몇분 후면 화로불에 손을 녹이며 아무 일도 없 었던 듯 담배를 말아 피고 기지개를 할 것이다. 누가 죽었건 지나가고 나면 아무 것도 아니다. 모두 평범한 일인 것이다. 의식이 점점 그로부 터 어두워갔다. 흰 눈 위다. 햇볕이 따스히 눈속위에 부서진다.(「유예」)

시간의 구조를 배려(care)의 구조와 연결 짓는 일은 시간의 문제를 인 식론에서 존재론의 차원으로 이끄는 작업이다.[92] 어떤 한 사람이 행한 것은 어느 측면에서 보면, 모든 사람에 의해 행해진 것이기도 하다. 즉, 「유예」의 '나'는 독자에게는 타자들 가운데 한 사람이다. 그러므로 독자 는 허구적인 '나'를 타자로 인정함으로써 자기성을 이룬다. 이야기의 마 지막에서 '나'는 '그'로 죽어가는데 이것은 과거 '나'가 국군 청년 '그'를 통해 자기성을 정립한 사실과 맞물려 있다. '그' 또한 모든 죽어가는 독 자 '나'이기도 하다. 결국 죽는다는 의미에서의 '끝난다'는 것은 현존재 의 전체성을 구성한다.

죽어 가는 '나'가 더 이상 스토리를 전달할 수 없음에도 불구하고 인 칭 대명사의 변경[93]을 통해 서술을 끝까지 고집했던 것은 진실이란 시

---

92) Paul Ricœur, *Temps et récit III*, p. 116.
93) 주네트는 기존의 '인칭'이 방법적 단점을 지니고 있다고 지적하면서 '이종이야

간의 흐름에 따라, 의식에 따라, 보는 이의 시각에 따라 달라질 수 없다
는 확신에서 출발한다. 회상과 예상으로 뒤얽힌 덧없는 시간의 흐름이
라도 그 일련의 시간들 가운데는 분명 의미 있는 시간이 있기 마련이다.
이처럼 의미 있는 시간에 독자를 끌어들이기 위해 이야기 내용 시간보
다 이야기 시간이 상대적으로 훨씬 길어진 것이다. '지속'의 정도를 측
정할 수 있는 규준이 객관적이지 못하고 가변적이더라도 사형 집행이
유예된 한 시간의 이야기 내용 시간보다 이야기 시간이 더 많이 소요된
다는 것은 물론 독자의 정신의 이완과 관계가 있다. 요컨대, 독서시간을
지연시켜서라도 서술주체 '나'는 독자가 재형상화 단계에서 반성과 변
혁을 이끌어낼 수 있도록 윤리적 책임감이야말로 자기성을 구성하는 최
고의 덕목[94]임을 강조하고 있는 것이다. 이 경우, 이야기 정체성은 진정
한 자기성과 동등한 가치를 갖기 때문이다.

반복 서술에 대한 이해는 시간을 조합할 수 있는 독자의 사유 능력에
달려 있다. 그러므로 독자는 '나'가 왜 움 속 감방 안에 갇혀 있는지, 그
리고 왜 몇 차례의 심문을 받아야 하는지에 대한 분산된 정보를 인과적
관계에 따라 재배열한다. 바로 이 때문에 시작을 통해 끝을, 끝을 통해
시작을 담게 되는 이야기는 시간적 존재인 주체뿐 아니라, 이야기 전면

기', '동종이야기' 등 신조어로 그것을 대체하고자 하였다. 소설의 '인물' 중 한 사
람이 스토리를 이야기하는 경우는 '동종(homodiegetic) 이야기'이고, 스토리 밖의
서술자가 스토리를 전달하는 경우는 '이종(heterogiegetic) 이야기'라는 것이다
(Gérard Genette, 앞의 책, 252쪽). 그러나 이것으로 인칭 문제가 해결된 것은 아니
다. 그는 논란의 대상이었던 『갈리아 전쟁기』에 대한 자신의 입장을 『새로운 이
야기 담론』(1980)과 『픽션과 딕션』(1990)에서 선회하거나 유보함으로써 기존의 인
칭의 카테고리 역시 방법의 단점이 있더라도 어느 정도 유효성이 있다는 것을 역
설적으로 보여주었다. 이와 같은 인칭 문제는 송지연이 「소설에서의 인칭의 문제」
(『서술이론과 문학비평』, 서울대출판부, 1999, 31~59쪽)라는 글을 통해 타당성 있
게 설명하고 있다. 사실, 기존의 형식과 내용을 파괴하는 소설들이 끊임없이 등장
하기 때문에 이 같은 작품들을 일관성 있게 설명할 수 있는 이야기 이론이 그 뒤
를 쫓아가기 어려운 형편이다.
94) Paul Ricœur, *Temps et récit III*, p. 447.

에 존재하는 독자의 존재를 상정한다. 말하자면, 왜곡된 세상에 동요되지 않으면서 우연에 자신을 내맡기지 않고 고통스러운 순간들을 통해 얻은 체험의 의미가 독자의 의식 안으로 흘러 들어가도록 이야기 시간이 길어진 것이다. 시간 분석이 심오한 것은 이러한 이유에서이다. 이야기된 시간이야말로 독자에게 본질적으로 자기의식을 혁신케 하는 존재론적 조건이다.

> 흰 눈이 회색빛으로 흩어지다가 점점 어두워 간다. 모든 것은 끝난 것이다 놈들은 멋적게 총을 다시 거꾸로 둘러메고 본부로 돌아들 갈 테지. 눈을 털고 추위에 손을 부벼가며 방안으로 들어들 갈 것이다. 몇분 후면 화로불에 손을 녹이며 아무 일도 없었던듯 담배들을 말아피고 기지개를 할 것이다. 누가 죽었건 지나가고 나면 아무 것도 아니다. 모두 평범한 일인 것이다. 의식이 점점 그로부터 어두워 갔다. 흰 눈 위다. 햇볕이 따스히 눈속 위에 부서진다.

서술주체 '나'는 이야기 끝에서 죽어 가고 있다. 그렇다고 '모든 것은 끝난 것이 아니다.' 그것은 시작에 불과하다. 왜냐하면 이야기 끝에서 충격적인 결말의 의미를 이해하는 독자가 존재하기 때문이다. 이처럼 죽어 가는 서술주체 '나'는 언어의 정체성 속에서 살아난다. 따라서 '누가 죽었건 지나가고 나면 아무 것도 아니다'는 주체의 범주에서 볼 때, 서술주체 '나'의 부재가 '아무 것도 아니다'를 의미하지 않는다.[95] '주체'의 부재를 부정적 방식으로 드러내어 '주체'의 자기 존재[96]를 더 설득력 있게 말하고 있다. 그러므로 「유예」에서 이야기 결말의 위기는 총체성이 와해된 전후 현실을 반영하면서, 한편으로는 개인의 자기 정체성과 공동체의 이야기 정체성을 표방하고 있다고 할 수 있다.

---

95) Paul Ricœur, *oneself as another*, p. 166.
96) Paul Ricœur, *The Rule of Metaphor: Multi-disciplinary studies of the creation of meaning in language*, p. 297.

제2부

전후소설의 이야기 담론

사례분석

1장

초점화자와 의식

─ 손창섭의 3인칭 이야기

1. '주변 인물'의 초점화

손창섭의 이야기 텍스트에 등장하는 인물들은 선행 연구자들의 주요한 분석 대상이 되어 왔다. 특히 3인칭 이야기에 등장하는 간질병 환자, 절름발이, 폐결핵 환자, 상이군인 등, 육체적으로나 정신적으로 불완전한 인물들은 그들의 중점적인 연구 대상이었다. 기존의 연구자들은 병자나 불구자를 통해 1950년대 절망의 상황에 매몰된 존재는 실존적 자각을 드러내는 인물이 될 수 없으며,[1] 현실적인 적응 능력이 없는 불구적 인물의 형상화는 '행위의 불가능성'을 드러내려는 작가의 의도적 산물이며,[2] 따라서 손창섭의 작가 의식은 모멸 의식[3]이라고 규정하고 있다. 하지만 이러한 평가는 재고될 필요가 있다. 왜냐하면 손창섭의 3인칭 소설에서 서술자가 초점화하는 인물, 즉 초점화자는 병자나 불구자

---

1) 김양호, 「전후실존주의소설연구─손창섭, 장용학, 오상원을 중심으로」, 단국대대학원 박사논문, 1992, 70쪽.
2) 이부순, 「한국 전후소설 연구─전도적 상상력을 중심으로」, 서강대대학원 박사논문, 1994, 77쪽.
3) 이강현, 「손창섭 소설 연구─작가 의식을 중심으로」, 세종대대학원 박사논문, 1994, 35쪽.

가 아니기 때문이다. 병자나 불구자들은 주인공인 초점화자와 더불어 사는 주변 인물들일 뿐이다.

폐결핵 환자나 간질병 환자, 불구자 중심의 주변 인물들은 1950년대라는 시대적 문맥과 밀접하게 연관되어 있다. 그들의 삶의 터전이 '우중충한 동굴' 같은 방(「사연기」), '거적만 깔았을 뿐인 마룻방'의 판잣집(「생활적」), '공동묘지 같이 쓸쓸한 문 밖 거리' '겨울 들어 불이라고는 지펴 본 적이 없는 방'(「혈서」), '어두운 방과 쓰러져 가는 목조 건물'(「비오는 날」)이라는 점을 고려해 보면, 병자나 불구자들은 전후의 사회적·물질적 조건들과 상응 관계에 있다는 것을 짐작할 수 있다. 말하자면 병자와 불구자의 일상은 궁핍하고 피폐화된 전후 현실을 상징적으로 반영하고 있다. 그러나 서술자가 전달하고자 하는 것은 병자나 불구자와 같은 주변 인물의 일상이 아니다. 요컨대 서술자가 이야기하는 일상은 주변 인물들과 더불어 사는 주인공, 즉 초점화자의 일상이다. 초점화자의 일상이 주목되는 것은 전쟁과 전후의 사회적·물질적 조건에 매몰된 주변 인물들과 달리, 그는 그것에서 한 발 비켜나 있다는 데 있다. 현실을 직시하면서 전도된 가치관이나 이데올로기에 벗어나 있는 초점화자가 이야기 내용에 존재해 있어야, 서술자는 피폐화된 전후 현실을 반영하는 데 멈추지 않고 개인과 사회의 문제를 껴안으면서 그 극복의 지향점을 제시할 수 있기 때문이다.

3인칭 이야기에서 서술자는 '그'가 존재하는 이야기 내용 밖에 있다.[4] 서술자는 자신이 전달하는 이야기 내용의 세계에 부재하기 때문에 그 안에 존재하는 인물들을 초점화하지 않을 수 없다. 손창섭의 3인칭 소설의 경우, 그 초점이 한 사람에게 고정되는 '내적 초점화'[5]가 일반적이다. 말하자면 모든 것이 주인공, 즉 초점화자의 눈을 통해 이야기되는

4) Gérard Genette, 권택영 옮김, 『서사담론』, 교보문고, 1992, 235쪽.
5) 위의 책, 177쪽.

것이다. 병자나 불구자가 주변 인물로 등장하는 3인칭 이야기에서 초점화자는 「사연기」의 국어교사 동식, 「생활적」의 대학 나온 포로수용소 출신 동주, 「혈서」의 구직으로 애쓰는 법대생 달수, 「비오는 날」의 대학 출신 잡화상 원구 등이다. 동식, 동주, 달수, 원구 등은 그들의 지식 정도나 직업에 비추어 볼 때, 현실 생활이 가능한 정상적인 인물들이다. 더군다나 초점화자들이 전쟁으로 야기된 이데올로기에 매몰되지 않고, 전후의 절망적 상황 속에서도 그 나름의 생활을 충실하게 지켜내려고 한다는 점에서 폭 넓게는 비판적 자세를 견지하고 있다고도 할 수 있다. 그러나 초점화자들의 그 같은 삶의 자세는 직접적으로 드러나 있지 않다. 그것은 초점화자의 의식을 통해 간접적으로 제시될 뿐이다. 손창섭의 3인칭 소설에서 서술자의 서술 대상이 '초점화자의 의식 중심'[6]에 놓이는 것은 이 때문이다. 서술자는 병들거나 약자인 주변 인물들과 더불어 살아가는 초점화자의 의식을 통해 가치관이 전도된 전후의 현실에서도 자기 정체성이란 타자의 존재 없이는 불가능하다는 것을 제시하고 있다.

손창섭의 3인칭 이야기에서 초점화자들은 일반적으로 주변 인물들을 배려하면서 살아가고자 한다. 하지만 그들은 인간성 상실을 부추기는 식민지 근성의 소유자에게는 적대적인 감정을 드러낸다. 초점화자의 적대감은 위기의식의 발로이다. 탈식민성을 지양하면서 인간 존재를 지향하는 의식을 견지한다는 점에서 초점화자들은 30, 40년대와 다른, 전후의 지식인을 대표하는 전형적 인물이라고 말할 수 있다. 「사연기」의 동식은 죽음을 앞둔 성규가 정신적으로 자신을 학대하는 데도 그런 그를 외면하지 못하고, 「생활적」의 동주는 식구들 모두가 꺼리는 순이를 돌보면서 힘겨운 물 긷기 작업을 계속하고 있으며, 「혈서」의 달수는 자기를 조롱하면서 괴롭히는 준석이 못 마땅하지만 그런 준석에 관여치 않

---

6) 3인칭 의식의 중심에서 의식은 중심은 초점화자인 반면, 3인칭의 사용자는 서술자이다(S. Rimmon-Kenan, 최상규 옮김, 『소설의 시학』, 문학과지성사, 1988, 112쪽).

으면서 열심히 취직자리를 구하고 있으며, 「비오는 날」의 원구는 비가 오는 날이면 어김없이 동욱과 동옥 남매를 떠올리며 장마철 기간 동안 재회한 그들을 걱정하면서 그리워한다. 초점화자들은 이렇듯 일상에서 주변 인물들과 부딪히며 더불어 살아간다. 초점화자들은 궁핍에 찌든 가련한 여인 정숙(「사연기」), 간질병 환자인 폐병환자 순이(「생활적」), 창애(「혈서」), 절름발이라 마음까지 불구적인 동욱(「비오는 날」)에게는 연민의 정을 가지고 우호적인 관계를 유지하지만, 자기중심적인 폐병 환자 성규(「사연기」), 정신적인 불구자 마약장수 봉수(「생활적」), 위선적인 상이군인 준석(「혈서」), 피 같은 동욱의 돈을 떼먹고 달아난 노파와 그들을 집에서 쫓아낸 집주인(「비오는 날」)에게는 적대적 감정을 표출한다.

이처럼 초점화자가 다른 인물들과 우호적이냐 혹은 적대적이냐는 그의 의식을 알 수 있는 관건이 된다. 초점화자가 의식의 중심이 되는 3인칭 소설에서 서술자는 다른 인물의 의식에 직접 개입할 수 없기 때문에 다른 인물들이 어떠한 의식의 소유자인지는 초점화자의 의식을 통해 전달된다. 말하자면 동식, 동주, 달수, 원구는 초점화의 주체인 서술자의 초점화 대상이기도 하지만, 한편으로 그들은 초점화 주체가 되어 다른 등장인물들을 초점화 대상으로 삼는 것이다. 따라서 서술자가 이야기 내용을 중개하는 과정에서 초점화자의 의식이 제시된 방법, 즉 초점화자가 누구와 갈등하느냐 혹은 누구와 우호적이냐 하는 것은 초점화자의 의식뿐 아니라 주제를 형상화하는 중심축이기도 하다.

이 글에서는 1950년대 손창섭의 3인칭 소설에 나타난 초점화자의 일상을 연구 대상으로 하여 그의 의식을 고찰하고자 한다. 초점화자의 의식은 초점화자가 '보는' 것을 서술자의 '목소리'로 이야기는 가운데 제시되므로, 서로 다른 주체(초점화자와 서술자)의 시선과 목소리(서술자)의 역동적인 결합 관계에 대한 분석이 초점화자의 의식을 구체적으로 밝힐 수 있는 연구 방법이 될 것이다.

2. 인식주체로서의 초점화자

사소한 일상이 주는 의미를 독자에게 전달하려고 할 경우, 무엇보다
도 중요한 것은 서술자가 서술 대상으로 삼으면서 거리를 조정하는 초
점화자이다. 손창섭의 3인칭 소설에서 서술자는 초점화자의 성격을 대
개 간접적으로 제시한다. 서술자가 초점화자의 몇 가지 두드러진 특성
을 한정하여 설명하지 않고, 자질구레한 구체적 자료들로부터 서서히
나타나는 간접 제시[7]의 방법으로 초점화자의 성격을 구현하는 것이다.

> 어슴프레한 등잔불 밑에서 아이들의 작문을 챗점하고 있노라니까, 아
> 랫방에서 또 좀 내려 오시래는데요, 하는 정숙의 조심성 있는 음성이 들
> 려왔다. 네, 곧 내려가리다 하고 동식은 정숙이 보다도 오히려 전 신경
> 을 귀에다 모으고 초조해 앉았을 성규의 그림자 같은 모양을 눈앞에 그
> 리며 성큼 대답은 하고서도 좀체 일어서려고 하지는 않았다. 작문지를
> 가즈런히 추려 책상 한 귀통이에 밀어놓고 나서도 멍하니 앉아 있는채
> 동식은 한동안 움직일 줄을 몰랐다.
> 쉴 사이 없이 입으로 성규가 발산하고 있을 폐결핵균이 무서워서가
> 아니다. 그렇다고 가끔 가다 돌발하는 성규의 그 어처구니 없는 발작을
> 감당하기가 끔직해서도 아니다. 슬픈 운명을 지닌 처자를 바라보며 죽
> 음을 기다리고 앉았는 젊은 남편과, 그처럼 죽기싫다고 발악하면서도
> 어쩔 수 없이 하루하루 그 생명이 진해가는 남편을 지키고 있는 젊은
> 아내―이렇게 암담한 부부와 대해 앉을 때, 무엇으로든 그들을 위로할
> 턱이 없을 뿐 아니라, 동식이 자신 그러한 절망의 고랑창이로 휩쓸려 들
> 어가지 않을 수 없었기 때문이다.(「사연기」, 180~181)[8]

위의 인용문은 「사연기」의 첫 장면이다. 이 장면에서 알 수 있듯이

---

7) 위의 책, 94쪽.
8) 손창섭, 「死緣記」, 『문예』, 1953. 7(이하 「사연기」와 관련된 인용문의 숫자는 이 책
   의 쪽수이다).

서술자가 초점화하는 인물은 동식이다. 동식은 아랫방으로 내려오라는 정숙에게 "네, 곧 내려가리다" 대답만 하고는 멍하니 앉은 채 한동안 움직일 줄 모른다. 동식이가 작문지를 추려 놓고도 곧바로 내려가지 않고 다락방에서 한참을 망설이는 것은 끊임없이 발산되는 성규의 폐결핵 균이 무서워서도, 그의 어처구니없는 발작을 감당하기가 끔찍해서도 아니다. 암담한 부부, 즉 "슬픈 운명을 지닌 처자를 바라보며 죽음을 기다리고 있는" 남편 성규와 "그처럼 죽기 싫다고 발악하면서도 어쩔 수 없이 하루하루 생명이 진해가는 남편" 성규를 지키고 있는 정숙과 마주 앉아 있을 때 "무엇으로든 그들을 위로할 턱이 없는"데다가 무엇보다도 동식 스스로 "그러한 절망의 고랑창이로 휩쓸려 들어가지 않을 수 없는" 감정의 연루 때문이다. 죽음을 앞둔 성규와 그의 아내 정숙을 바라보는 동식의 마음은 그만큼 참참하다. 그러나 성규에 대한 그의 안쓰러움에는 일종의 반항심이 내재해 있다. 동식이 아랫방으로 불려 내려간 다음의 상황은 성규에 대한 그의 반감을 반영하고 있다.

짜증에 가까운 성규의 어투로, 얼른 좀 내려오지 않고 뭘 꾸물거리고 있느냐는 재촉을 받고서야 동식은 마지못해 일어서 아랫방으로 내려갔다. 먼지와 끄림과 파리똥으로 까맣게 쩔은 창 하나 없는 벽과 천장 구석구석에는 거미줄이 얽히어 있고, 때고 또 때고 한 장판 바닥에서는 먼지가 풀석풀석 이는 음침한 단간방이었다. 이 방에 들어설 때마다 동식은 어느 옛날 얘기에나 나옴즉 한 끔찍스러운 괴물이라도 살 것 같은 우중충한 동굴을 연상하는 것이었다. 언제나처럼 성규는 그러한 방 아랫목 벽에 등을 기대고 앉아, 들어오는 동식을 노리듯이 지켜보고 있었다. 편포와 같이 엷어진 흉곽과 거미의 발을 생각케 하는 가늘고 길어만 보이는 사지랑, 생기 없는 전신에 비하면 이상하게도 그 눈만은 낭랑히 빛났다. 그러나 그것도 생기와는 성질이 다른 眼光인 듯 했다. 왼몸의 정기가 눈으로만 몰리어 마지막 일 순간에 퍼런 불이 펄펄 타오르는 것 같은, 그러한 눈이었다. 동식은 성규의 그 눈이 싫었다. 성한 사람에게서는 도저히 볼 수 없는 귀기가 서린 눈이었기 때문이다. 귀신이 있다면 저런 눈이 아닐까 생각해 보는 것이었다.(「사연기」, 181)

서술자가 초점화하는 인물은 동식이므로, 동식을 제외한 다른 작중인물들이나 사물은 동식의 내면 의식을 통해 간접적으로 제시된다. 말하자면 서술자의 초점화 대상이었던 동식이 마찬가지로 다른 사람들의 사고와 행위를 초점화 대상으로 삼고 있는 것이다. 그러므로 성규라는 인물의 성격 또한 동식의 의식을 통해 제시될 수밖에 없다.

성규는 아랫방으로 내려간 동식을 "노리듯이 지켜보고" 있다. 동식은 그런 성규를 보면서 귀기 서린 눈을 가진 거미를 떠올린다. "편포와 같이 엷어진 흉곽과 거미의 발을 생각케 하는 가늘고 길어 보이는" 팔다리나 생기 없는 전신에 비해 성규의 눈만큼은 "성한 사람에게서는 도저히 볼 수 없는 귀기가 서린 눈"으로 생각되는 것이다. 그러나 성규에 대한 동식의 이와 같은 평가는 단순히 감정적인 차원에서 비롯된 것이 아니다. 그것은 "어처구니없는 발작을 감당하기" 어렵게 만드는 성규의 비인간적인 성격에서 기인한다. 동식의 내면에 가난에 찌든 단칸방이 "끔찍스러운 괴물이라도 살 것 같은 우중충한 동굴로" 연상되는 것은, 성규라는 인물의 그런 성격이 투사된 까닭이다.

동식과 정숙 사이 밤의 그날의 비밀까지는 모른다 해도, 그 정도의 그들의 과거만도 죽음에 직면하고 있는 성규의 과민한 신경을 자극하는 원인이 되었든 것이다. 바로 사 오일 전이었다. 직원회를 끝내고 어두워서야 돌아온 동식은 아랫방에서 성규의 발악하는 소리를 들었다. 그는 자기방 문고리쇠를 잡았다 말고 아랫방 문 앞으로 다가갔다. 그러나 가슴 숨소리와 함께 내어 뱉듯이 씨부리는 성규의 지청구 가운데 거듭 자기의 이름이 불리어지는 것을 들은 동식은 살근이 자기 방으로 들어와 버리고 말았다. 아랫방에서 전등을 공동으로 쓰노라고 벽에 뚫어 놓은 구멍으로 그는 아랫방을 넘겨다보았다. 방바닥에 토해 놓은 검붉은 피

를 성규는 떨리는 손으로 움켜서 돌부처처럼 옆에 앉아 있는 정숙의 입
에다 문대 주며 다자꾸 먹으라는 것이었다. 「이년! 너도 같이 죽자. 나와
함께 죽잔 말야! 둘이 함께 죽어야 한다. 그렇다면 난 언제 죽어도 겁나
지 않는다. 그래 같이 살다 나만 혼자 죽으란 말야? 너는 살구 나만 혼
자 죽으란 말야? 안 된다, 안 돼. 나 죽은 뒤 넌 동식이놈 하구 얼릴 판
이지? 그렇지? 안 그래? 내가 다 안다, 다 알어. 이 동식이놈 어디 갔니?
여태 안 돌아 왔냐? 동식아! 동식아! 이 놈 나 죽길 기다려? 안 죽는다,
안 죽어. 너이 연 놈이 판치고 살라고 내가 죽어? 안 죽는다. 안 죽는다.
이년! 내 필 먹어라, 어서 먹어!」 그러고는 기운이 진해 그 자리에 쓰러
져 기신을 못하면서도, 음성은 알아들을 수 없으나 악을 쓰노라고 물고
기처럼 입을 넉적넉적 하는 것이었다. 정숙은 입에다 피 매닥질을 한 채
얼빠진 사람처럼 멍하니 앉아서 움직일 줄을 몰랐다.(「사연기」, 191)

성규는 자신이 방바닥에 토해 놓은 검붉은 피를 손으로 움켜쥐고는
아내 정숙의 입에다 문대며 먹으라고 자꾸만 강요한다. 그것을 아랫방
에서 전등을 공동으로 쓰노라고 벽에 뚫어 놓은 구멍으로 동식이 넘겨
다보고 있다. 그렇다고 그가 부부싸움에 끼어 들어가 말릴 수 있는 처지
도 못 된다. 그는 이 상황을 어쩔 수 없이 지켜 볼 뿐이다. 서술자도 사
라지고 동식의 개인적 견해도 없는 이 상황에서 그 모든 판단은 사실상
독자에게 맡겨진다. 동식의 편에 서서 이 모든 상황을 '보고', '듣던' 독
자는 이 장면에서 성규의 비인간성을 보게 된다. 죽음을 앞둔 성규는 동
식을 질투하고 있다. 성규는 자신이 죽고 난 다음 아내 정숙이 동식과
결합하지 않을까 의심하고 있다. 그러나 질투를 동반한 그의 의심은 인
간적 도를 넘어서고 있다. 하지만 성규를 이토록 포악하게 만든 원인 제
공자는 성규 자신이다.

고등학교 시절 동식과 정숙 그리고 성규는 삼사 년간 평양행 통학 기
차를 타고 학교에 다녔었다. 그러던 사이 동식과 정숙은 서로 좋아하는
사이가 되었고, 동식이 학도병으로 끌려가 전쟁터에서 생사를 헤매는

동안에도 정숙은 줄곧 그를 기다렸다. 해방이 되자 전쟁에서 무사히 돌아온 동식은 정숙과 이슬 내리던 "그날 밤" 서로의 사랑을 확인한다. 그런데 "그날 밤"이 지난 사흘 후, 동식의 아버지는 지주라는 죄목으로 폭행을 당하고, 동식 또한 좌익 청년에게 끌려가 두들겨 맞고 열흘 만에 풀려나는 사건이 생긴다. 동식이 망가진 몸을 추스르는 동안 성규는 정숙에게 자신과 결혼하지 않으면 동식을 시베리아로 유형을 보낸다고 협박한 끝에, 마침내 정숙을 아내로 삼는다. 친구에 대한 배신과 정숙에 대한 애욕으로 점철된 과거가 성규라는 인물의 성격을 나타내고 있다.

성규의 그러한 성정은 죽음이 다가올수록 더욱 가속화된다. 자신의 병구완과 생활고에 시달리고 있는 아내 정숙을 배려하거나 경제적으로 도움을 주고 있는 동식을 고맙게 여기기는커녕, 둘 사이를 의심하는 것은 궁극적으로 성규의 이기적인 마음에서 비롯된다. 그리고 이기심은 아내 정숙과 친구 동식을 고통스럽게 만드는 가학으로 전이된다. 즉 성규는 시시각각 파고드는 죽음의 두려움을 아내나 동식을 괴롭힘으로써 상쇄하는 것이다.

그런데 그렇게 포악을 떨던 성규가 마침내 세상을 뜨고 만다. 동식은 그의 주검을 화장하고 돌아오면서 앞으로 자신이 어떻게 처신할 것인가를 곰곰이 가늠해 본다. 그러나 여러 가지 상념이나 염려도 잠시뿐, 성규가 죽은 지 며칠 지나지 않아 정숙은 유서 한 장을 남기고 자살한다.

시체를 앞에 놓고 구태여 자기의 귀와 명호의 귀를 비교해볼 여유는 없었다. 그러나 명호의 귀가 분명히 자기의 귀를 닮았다는 이 새로운 사실이, 그에게는 놀랍고 저주스러웠다. 쏟아지는 빗소리를 들으며 동식은 한동안 죽은 정숙의 얼굴을 지켜보며 앉아 있었다. 그러한 동식의 머리 속에, 줄기가 마르거나 열매가 물으면 결국은 떨어지고야 말듯이, 정숙은 그렇게 죽을 수 있었으리라는 동감과 함께, 고인이 남기고 간 두 어린것의 슬픈 운명을 자기는 책임 져야겠다고 속으로 중얼거리는 것이었다.(「사연기」, 195)

동식은 유서를 통해 명호가 자신의 아들이라는 "새로운 사실이 놀랍고 저주스러웠지만", 그렇게 죽을 수밖에 없는 정숙의 선택에 동감한다. 그리고 동식은 남겨진 두 아이의 슬픈 운명을 자기가 책임져야 한다고 다짐한다. 동식은 이기심을 접어두고 두 아이들을 책임지는 인물인 것이다.

위에서 살펴보았듯이 「사연기」에서 서술자는 동식의 내면만을 알고 있을 뿐, 그 이외의 것들에 대해서는 단순한 관찰자로 머무는 내적 초점화9)를 택하고 있다. 그리고 3인칭 사용자인 서술자의 존재를 알 수 있는 흔적들을 감추고 있다. 즉 동식이란 인물이 서술자와 구별되는 사람으로서 3인칭 대명사 '그'로 지칭되거나, 시제는 직접 경험의 현재시제라기보다는 서술의 과거 시제가 연이어서 사용되는 것이 일반적인데 그 같은 지표들이 보이지 않다. 물론 관례적으로 사용되는 과거형 서술 어미 '-(았)었다'는 존재한다. 하지만 그것은 이야기가 진행되고 있음을 표지할 뿐, 인용부호 없이 전달되는 작중인물들 사이의 대화나 이후 제시되는 동식의 지속적인 사고의 직접성으로 인해 미묘하게도 그것은 잘 인식되지 않는다. 게다가 '그'라는 대명사 표지가 없고 작중인물들의 이름이 '동식', '성규', '정숙' 등 고유명사 그대로 지시되어 있어, 서술자의 개입은 거의 깨달을 수 없을 정도이다. 그렇다고 서술자가 존재하지 않는 것은 아니다. 그는 관찰자처럼 바라보고 있다. '-것이(었)다'와 같은 보고식의 서술 어미는 그의 존재를 나타내고 있다. 다만 그가 그의 존재를 숨기는 것은 독자가 동식에게 밀착되는 효과를 자아내기 위해서이다. 말하자면 독자와 동식과 거리를 가깝게 만들고 있다. 서술자의 이러한 거리 조정에 의해 독자는 동식의 편에 서게 되고, 포악함과 잔인함으로 얼룩진 성정의 소유자 성규에게는 반감을, 그리고 남편의 병구완

---

9) S. Rimmon-Kenan, 앞의 책, 114쪽.

과 굴욕적 언동을 참아내는 정숙에게는 연민을 느끼게 된다.

이처럼 서술자가 이야기 내용간의 거리를 크게 하는 가운데 독자는 동식과 가까운 거리를 유지하게 된다. 서술자는 보여주기의 서술을 통해 독자에게 직접적 환상을 갖게 함으로써 동식은 물론 그와 관계되는 인물들을 판단하도록 유도한다. 서술자의 그 전략은 궁극적으로 전후라는 위기 시대를 어떻게 살아가야 할 것인가 하는 문제와 관련되어 있다. 서술자는 동식과 성규, 그리고 정숙의 간접적인 성격 구현을 통해 그 문제를 함축적으로 제시한다. 서술자는 인격적 면모를 지닌 동식이 존재하는 이야기 내용을 중개함으로써 전후의 궁핍하고 암울한 현실에서 인간성 사실은 곧 인간 존재의 위기를 초래한다는 것을 나타내고 있다. 암울한 현실을 극복하는 지름길이란 자기중심적인 이기심을 버리고 다른 사람을 배려할 때 가능하다는 것이다. 서술자가 동식의 의식을 초점화한 것은 바로 이 때문이다. 암울한 현실이 빚어내는 존재 위기를 극복하는 길이란 개별적 존재들의 인간성 회복에 있다는 그와 같은 의미가 좀 더 적극적으로 구현된 이야기는 「생활적」이다.

아침이 되어도 동주는 일어날 생각을 하지 않는다. 송장처럼 그는 움직일 줄을 모른다. 그만큼 그의 몸은 지칠대로 지쳐 버린 것이다. 몸뿐이 아니다. 마음도 困憊할 대로 곤비해 있었다. 심신이 걸레 조각처럼 되는대로 방 한구석에 놓여져 있는 것이다. 걸레 조각처럼! 이것은 진부한 표현일지 모른다. 그렇지만 동주의 주제를 나타내는 데 이에서 더 적절한 말은 없을 것이다. 기름기 없이 마구 헝클어진 머리털. 늙은이같이 훌쭉하니 졸아든 채 무표정한 얼굴, 모서리가 닳아서 너슬너슬 해진 담요로 싸고 있는 야윈 몸뚱이, 그런 꼴로 방 한편 구석에 극히 작은 면적을 차지하고 누워 있으니 말이다. 정물인 듯 가만하고 있다가도 반시간이 못 가서 그는 한번씩 돌아눕곤 한다. 거적만 깔았을 뿐인 마룻방이라 파리한 엉덩뼈가 아파서 한 모양대로 오래 누워 견디지 못하는 것이다.
(「생활적」, 152)[10]

손창섭의 3인칭 소설이 일반적으로 그러하듯, 「생활적」의 초점화자 또한 이야기 첫 장면에서부터 등장한다. 그런데 서술자는 이야기 시작 부분에서부터 초점화자와 관련된 정보를 제시한다. 서술자는 자신의 존재를 드러내는 전지적 서술로 초점화자 동주의 모습을 전달한다. '송장처럼', '걸레 조각처럼', '늙은이 같이', '정물인 듯' 등의 비유적 표현은 동주에 대한 서술자의 주관적 태도가 개입한 결과이다. 말하자면 서술자가 직접 나서서 동식이라는 인물을 논평하고 있다. 그렇다면 서술자가 비유적인 표현을 동원하면서까지 초점화자 동주의 성격을 직접 한정하는 이유는 무엇일까. 이에 대한 답은 동주가 두어 달 전 포로 수용소에서 출소했지만, 현실은 수용소보다 더 열악하다는 데 있다.

> 샘터에는 언제나 십여 명의 여인네가 북적대고 있었다. 많은 때는 이십여 명이나 들끓었다. 차례로 서서 순서를 기다리는 것이 아니다. 우물을 둘러싸고 저저끔 바가지로 긁어내는 것이다. 어깨들을 부벼대며 달라붙어 물을 퍼내는 아주머니들 틈에 동주는 좀체 뚫고 들어가 한몫 끼일 용기가 나질 않는다. 바께스를 든 채 남의 뒤로만 빙빙 돈다. 그러나 요행 한 사람이 삐어져 나오는 틈을 타서 어깨를 들이밀면 어느새 뛰어들었는지 옆에 섰던 아주머니가 팔굽으로 동주의 옆구리를 밀어내는 것이다. 「남덩 어런이 왜 점잖디 못하게 이르케 덤베 때리우.」 동주는 밀려 나와 또 남의 뒤로만 서서 돌며 기회를 기다리는 것이다. 그러나 한참만에 간신히 한 바께쓰 퍼놓으면 이번엔 들고 오는 게 큰일이다. 물통을 든 편으로 허리가 반이나 휘어진 채 다른 한쪽 손을 연방 내저으며 걷기 시작하는 것이다. 물이 넘어서 양복 가랑이와 발을 적신다. 전신에 땀이 비오듯 흘러내린다. 게다가 고르지 못한 비탈길이라 얼마를 못 가서 허리가 켕기고 숨이 가빠진다. 출렁소리가 나게 바께쓰를 내려놓는다. 그나마 십여 차나 쉬어 가지고 집에까지 돌아온 때는 바께쓰의 물이 반밖에 남아 있지 않는 것이다. 그렇게 두서너 번 샘터를 다녀오면 동주

---

10) 손창섭, 「生活的」, 『현대한국문학전집 3』, 신구문화사, 1981(이하 「생활적」과 관련된 인용문의 숫자는 이 책의 쪽수이다).

는 그만 견딜 수 없는 피로에 짓눌리는 것이다. 그의 몸이 극도로 허약
해진 것은 사실이다. 포로수용소에 있을 때보다 추세기는 커녕 더 꺼져
들어가는 것이 분명했다.(「생활적」, 156~157)

물 긷는 일은 동주의 일상이다. 그는 물을 길러 하루에 두서너 차례
샘터에 갔다 온다. 하지만 물 긷는 일은 쉽지만은 않다. '팔꿈치로 다른
사람의 옆구리를' 밀쳐내면서까지 악착같지 못하는 동주의 성격 때문이
다. 그는 "좀체 뚫고 들어가 한몫 끼일 용기가 나질 않아" 양동이를 든
채 남의 뒤로만 빙빙 돌다가 겨우 물을 길어 가지고 오는 것이다. "그렇
게 두서너 번 샘터를 다녀오면 동주는 그만 견딜 수 없는 피로에 짓눌
리는 것이다". 그러나 그를 지치게 만드는 것은 물통을 양편으로 가지고
고르지 못한 비탈길을 오르내리는 데서 생기는 피로 때문이 아니다. 그
것은 순서도 지키지 않고 막무가내로 다른 사람을 밀쳐내면서 '나 먼저
물 뜨기'를 앞세우는 사람들의 이기심에서 비롯된다. 사람들의 이기심
이 그를 피로에 짓눌리게 할 뿐만 아니라, 그의 몸을 극도로 허약하게
만들고 있다. 그래서 지금 동식의 육체는 포로수용소에 있을 때보다 형
편없이 사위어 가고 있는 것이다. 다른 사람을 생각하지 않는 사람들의
이기심이 가장 잘 반영된 사건이 오물 투척 사건이다.

그렇다면 아무리 동주가 아니라고 변명을 한대야 곧이들어 주지 않
을 것이 아니냐. 아무 대답이 없이 동주는 벽을 향해 도로 얼굴을 돌려
버리고 말았다. 밖에서는 어투가 대단히 거칠게 나왔다. 끌어내라, 다리
를 꺾어놔라, 똥을 퍼다 먹여 줘라 하는 소리가 들렸다. 인제는 자개수
염도 완전히 동주가 저지른 것으로 인정하는 모양이었지만, 과연 그는
자개수염 값을 하노라고 폐인이 다된 사람을 어디 성한 사람 다루듯 할
수 있느냐, 그랬다가 만일 근처에 불이라도 질러 놓으면 더 큰 일이 아
니냐고, 성이 가라앉지 않은 사람들을 달래 가지고 돌아가 버렸다. 「에
라 이 자식 똥이나 처먹고 뒈져라.」 마지막으로 돌아서는 사람이 그러

면서 발길로 문을 힘껏 지르고 가는 것이었다. 동주는 그저 무거웠다. 온 몸뚱이가, 그리고 이 구린내 나는 공기가 무거워서 견딜 수 없는 것이다. 그러나 견디어 내는 수밖에 달리 어쩔 수 없지 않느냐? 순이의 신음소리에 간신히 자기가 살아 있다는 것을 의식하며 동주는 그대로 하루가 또 저물어야 하는 것이다.(「생활적」, 166)

공동 우물에 오물을 투척한 사건이 생기자 마을 사람들은 동주를 그 범인으로 간주한다. 그들은 동식이 물 한번 제대로 긷지 못하고 괄시만 받았던 것에 비추어 그 보복으로 그가 오물을 투척했다고 믿는다. '자기 먼저 물 뜨기'에 급급하지 않은 동주의 행동을 눈여겨보던 마을 사람들은 그를 경계 대상의 이상한 인물로 생각한다. 이기심에 사로잡힌 사람들은 그의 행동이 비정상적으로 보일 뿐이다. 앞뒤 상황도 제대로 파악하지 못한 채 이기심이 부추기는 대로 몰려온 사람들은 동주의 그 어떤 말도 설득력 있게 받아들이지 못한다. 동주의 태도가 그러자 사람들은 그에게 "끌어내라, 다리를 꺾어 놔라, 똥을 퍼다 먹여 줘라"고 고함을 칠 뿐만 아니라, "똥이나 먹고 뒈져라"하는 심한 막말까지 퍼붓는다. 극단적인 욕설을 듣는 순간, 동주는 현실, 구린내 나는 공기가 무거워서 견딜 수 없는 것이다. 그러나 동주는 곧 "견디어 내는 수밖에 달리 어쩔 수 없지 않느냐"고 스스로 반문하면서 옆방에서 흘러나오는 순이의 신음소리에 간신히 자기가 살아 있다는 것을 의식하며 우울한 하루의 일상을 접는다.

끊임없이 내지르는 신음소리는 순이가 '살아있다는 유일한 신호'이며, 그녀의 신음소리 듣기는 동주가 '살아가야 하는 유일한 힘'이다. 마지막 순간까지 최선을 다하는 순이의 신음소리를 통해, 동주는 포로수용소에서 몇몇 동지들이 적색 포로에게 맞아 죽을 때 느꼈던 죽음의 순간을 상기하곤 한다. 한편, 동주는 죽음의 그 순간부터 지금까지 참고 견디며 살아온 자신을 돌이켜 본다. 즉, 순이의 '현재'의 신음소리가 동주의 '과거'의 사건들을 기억나게 할 뿐만 아니라, '현재'의 자신을 추스르게 하는 동기가 되고 있다. 그러나 이처럼 마음 착한 동주를 봉수는 늘 우울하게 만든다.

> 문 밖에서 인기척이 났다. 신발 소리로 봉수에 틀림없다고 판단하는데 정말 문이 열렸다. 그는 언제나 자기 방으로 들어가기 전에 동주의 방에서부터 먼저 들리는 것이었다. 봉수는 보스턴백을 옆에 놓고 자리에 앉기가 바쁘게 자기 방 쪽으로 귀를 기울이는 것이다. 순이의 신음소리를 분명히 듣고난 봉수는 「오늘두 무사했군. 괜스레 죽었을까봐 걱정하면서 왔더니.」하고 버릇처럼 입맛을 다시는 것이었다. 그 말을 들을 적마다 동주는 언어가 지니는 무거운 우울을 견디어 내야 하는 것이다. 왜냐하면 기실 순이가 하루라도 속히 죽기를 기다리고 있는 봉수였기 때문이다. 순이는 그의 친딸이 아니었다. 8·15 해방 이후, 평양에 돌아와서 얻은 여자의 前夫 자식이다.(「생활적」, 160)

봉수는 순이의 의붓아버지이다. 봉수는 다른 사람들 앞에서는 순이가 죽지나 않았을까 염려하는 것 같지만, 그것은 가장에 불과하다. 봉수는 늘 자기 방으로 들어가기 전에 동주의 방에 들어와서 옆방 자기 방에 귀를 대보고는 순이의 생사를 확인한다. 순이 숨소리 듣기는 딸을 걱정하는 아버지의 애정에서 비롯된 것이 아닌 탓에 그는 '언제나' 실망한다. 귀가하자마자 '언제나' 순이가 죽었을까봐 걱정하면서 왔다며 설레발을 치는 봉수의 말에 동주는 언어가 지니는 무거운 우울을 감당해야만 한다. 겉으로 내색은 못하지만, 동주는 반윤리적이고 비도덕적인 봉수에게 우호적일 수 없다.

위에서 살펴보았듯이 「사연기」, 「생활적」에서 서술자가 초점화하는 인물은 인격적 면모를 지닌 사람들이다. 동식과 동주는 구더기와 파리가 우글거리는 음침하고 암울한 현실에 매몰되어 있지 않다. 이것이 가능한 것은 동식과 동주의 타자를 향한 시선에는 인간애가 내재해 있기 때문이다. 초점화자들은 성규처럼 잔인하고 포악한 자기중심적 사고에 수장되지 않으며, 마을 사람들처럼 집단 이기심에 사로 잡혀 사람을 함부로 의심하지 않으며, 봉수처럼 반윤리적이고 비도덕적이지 않다. 초점화자들은 자신들이 돌보아야 할 약자나 병자들을 배려하거나 혹은 그들의 죽음을 두려워하면서 이 참혹한 전쟁의 현실을 견뎌내려고 애쓰고 있다. 서술자는 주변인(병자/약자)들과 더불어 살아가려는 초점화자의 성격을 일상에서 만나는 사람들을 통해 구체화하고 있다.

초점화자의 일상이 주목되는 것은 의미의 분산 작용에 의한 무의미에의 가치부여11)에 있다. 말하자면, 초점화자의 사소한 일상에는 위기의 시대를 어떻게 살아야 할 것인가 하는 인간 삶의 진리가 담겨져 있다.

3. 일상 말하기

손창섭의 3인칭 소설에 등장하는 서술자는 대개 초점화자와 우호적인 관계를 형성하는데, 서술자의 그와 같은 태도는 궁극적으로 인간적 면모를 지닌 초점화자가 이야기 내용에 존재한다는 데 기인한다. 서술자는 권위적인 목소리를 낮추고 초점화자의 목소리에 그의 목소리를 중첩시키는데, 그것은 독자로 하여금 초점화자의 의식은 물론 그의 일상에 공감할 수 있도록 서술 대상과의 거리를 조정한 결과이다. 그런데 이때 서술자가 설득력이 없는 초점화자의 일상을 제시한다면, 초점화자에 대한 신뢰는 말할 것도 없고 서술자의 신뢰 또한 위태롭게 된다. 그러므로 서술자는 독자에게 최대한 모방이라는 환상을 심어주기 위해 초점화자의 일상 묘사에 주력한다. 자질구레한 세부 사항은 재현의 환상, 그래

---

11) 손창섭, 「작가 여적」, 『한국전후문제작품집』, 신구문화사, 1980, 406쪽.

서 모방적 효과를 불러일으키는 탁월한 매개[12]이기 때문이다.

　　날이 어두워서야 달수는 집으로 돌아오는 것이다. 물론 그것은 자기
네 집이 아니다. 규홍이가 임시로 들어있는 집이었다. 그것이 누구의 집
이건 간에, 달수가 찾아들어갈 곳이라고는 그집밖에 없는 것이었다. 공
동묘지 같이 쓸쓸한 문밖 거리에는 행인도 없었다. 상여 뒤를 따르는 상
제처럼 달수는 지금 절망을 앞세우고 풀이 죽어서 돌아오는 것이었다.
나는 도대체 언제까지나 이렇게 친구네집 신세를 져야 하는가? 그는 돌
아오는 길에서 날마다 하는 생각을 되풀이해 보는 것이다. 달수는 매일
아침 조반을 치르기가 무섭게 쫓겨나듯 밖으로 나오는 것이었다. 그러
나 취직자리는 아무데도 그를 기다리고 있지 않았다. 진종일 꽁꽁 얼어
서 거리바닥을 헤매노라면, 달수는 몸보다도 먼저 마음부터 견딜 수 없
이 무거워지는 것이었다. 거리에 어둠이 오면, 視覺을 통해서 보다 더 짙
은 어둠이 그의 마음을 덮어 버리는 것이었다. 그리되면 어디라 갈곳이
없는 그는, 무거운 걸음으로 규홍이네 집쪽을 향하고 걷는 수밖에 없었
다.(「혈서」, 174~175)[13]

　「혈서」에는 1950년대 전후의 젊은이들이 일자리를 구하기 위해 고군
분투하는 일상이 자세하게 묘사되어 있다. 따라서 전후의 현실에 따른
실직의 현상과 구직의 과정이 초점화자의 일상에 묻어 있어야 한다. 이
것을 서술자는 달수의 일상을 통해 전달하고 있다. 달수의 날마다의 생
활이란 직장을 구하기 위해 아침 일찍 집을 나서서 저녁 늦게 돌아오곤
하는 일의 지속이다. 달수는 '진종일 꽁꽁 얼어서 거리바닥을 헤매면서'
열심히 취직자리를 알아보지만 그러나 늘 수포로 돌아간다. 그렇다고
그가 그 일을 포기하는 것은 아니다. 오늘도 친구의 도움을 져야하는 자
신의 신세를 한탄하면서 '지금 절망을 앞세우고 풀이 죽어서 돌아오는'

---

12) Gérard Genette, 앞의 책, 153쪽.
13) 손창섭, 「혈서」, 『현대문학』, 1955. 1(이하 「혈서」와 관련된 인용문의 숫자는 이
　　책의 쪽수이다).

길이지만, 내일이면 또 다시 '아침 조반을 치르기가 무섭게 쫓겨나듯 밖으로' 나와 '날이 어두워서야 집으로' 돌아올 것이기 때문이다. 매번 실패로 끝나지만 일자리를 찾아 또 다시 추운 거리를 종일토록 헤매는 일, 그것이 곧 달수의 일상이다.

달수의 일상이 의미를 갖는 것은 바로 이 점이다. 삶에의 충실성, 사회적 환경이 공동묘지처럼 쓸쓸하고 손이 굽을 정도로 춥더라도, 그는 그것에 굴하지 않고 구직에 최선을 다하고 있다. 거리에 어둠이 오면 '보다 더 짙은 어둠이 그의 마음을 덮어 버리는' 것이 견딜 수 없지만, 달수는 현실의 그 어둠을 부정하지 않고 맞닥뜨린다. 어둠을 부정하는 일은 곧 달수 자신의 존재를 인정하지 않는 것과 마찬가지이기 때문이다. 즉 달수는 어둠과 추위가 배인 일상 속에서 자신의 존재를 확인하는 것이다. 달수와 같은 삶에의 충실성을 「생활적」의 동주에게서도 찾아볼 수 있다.

> 춘자가 공장에서 돌아오기 전에 동주는 물을 두어 바께쓰 길어다 놓아야하는 것이다. 물바른 부산, 가뜩이나 이런 산꼭대기에서는 그게 결코 용이한 일이 아니었다. 샘터까지에는 십오분 이상이 걸렸다. 판잣집과 판잣집 사이의 좁은 길을 빠져나가면 산허리에 간신히 알아볼 정도로 발이 붙지 않는 비탈길이 있다. 그 길을 어마간 돌아 올라가면 범 형상을 한 바위 밑이라서 범바위 우물이라는 샘이 있다. 그리로 통하는 길 언저리에는 맨 똥이다. 거기뿐 아니라 이 부근 일대는 도대체가 똥오줌 천지였다. 공기마저 구린내에 쩔어 있는 것이었다. 이곳 판잣집들에는 변소가 없었다. 그러므로 여기 주민들은 대소변에 있어서 아주 개방적이었다. 남녀노소의 구별없이 누구나 빈터를 찾아나와 아무데나 웅크리고 앉아 용변을 하는 것이다. 앞으로는 훤히 트인 바다를 내려다보고, 맑게 개인 하늘이랑 우러러보며 동주도 별수 없이 어디든 쪼그리고 앉아 뒤를 보곤 했다. (…) 그런데 동주에게는 이 일대 주민들이 온통 구더기처럼만 보이는 것이었다. 이 방대한 거름더미에서 무수히 꿈틀거리고 있는 구더기 구더기.(「생활적」, 156)

「생활적」에는 동주의 물 긷는 일상이 묘사되어 있다. 그런데 동주의 일상은 「혈서」의 달수의 그것과 다르다. 동주가 포로수용소 출신인 점을 고려해 볼 때, 그가 달수처럼 일자리를 찾아 헤매는 일상은 사실상 사실감이 떨어진다. 따라서 서술자는 "춘자가 공장에서 돌아오기 전에 물을 두어 바께쓰 길어다 놓아야 하는" 동주의 물 긷는 일상을 통해 삶에 대한 그의 자세를 제시한다.

걸어서 15분 떨어진 샘에서 매일 물을 길어 와야 하는 동주는 샘으로 통하는 오물투성이의 길이 곤욕스럽다. 공기마저 구린내와 지린내가 배어 있다. 그렇다고 샘에 가지 않을 수도 없는 노릇이다. 그가 물을 긷지 않으면, 식구들이 생활을 할 수 없기 때문이다. 무엇보다도 순이의 죽을 쑤어 먹일 수가 없다. 따라서 순이가 최선의 생활인 신음소리를 내려면 동주가 존재해 있어야 한다. 그리고 그것이 동주의 존재 근거이다. 또한 음료수와 배설물이 함께 있는 것처럼 오물이 곧 비료가 되는 '이 방대한 거름더미에서 무수히 꿈틀거리며' 살아가는 까닭이다. 동주의 일상은 암울한 상황에서 살아가는 평범한 인간들의 진솔한 삶 그 자체이다.

「혈서」나 「생활적」이 참 일상을 획득할 수 있었던 것은 그것이 전후의 평범한 인간의 일상이기 때문이다. 그러므로 그 일상은 무의미하지 않다. 「혈서」의 달수가 번번이 실패하는데도 다음 날 아침이면 어김없이 구직하러 꽁꽁 언 거리로 나가는 일이 무의미하더라도, 혹은 「생활적」의 동주가 우물에서 물 한번 제대로 긷는 것은커녕 오물 투척의 범인으로 몰려 비난을 받아 무의미를 느꼈다고 하더라도, 그것은 의미가 없는 일이 아닌 것이다. 확연하게 드러나 있지는 않지만, 오물과 파리, 그리고 어둠과 추위로 뒤범벅된 달수와 동주의 일상에는 암울한 상황을 직시하는 가운데 구더기처럼 쉼 없이 꿈틀거리며 살아가는 그들의 충실한 삶의 자세가 담겨져 있다. 무의미한 일상의 중요성, 즉 독자가 인간의 생활은 결코 관념적인 의미의 퇴적이나 연결로만 일관될 수 없으며,

보다 무의미한 면의 누적임을 어렵지 않게 발견할 수 있는 것은 이러한 초점화자가 존재하기 때문이다.

따라서 그 자질구레한 일상의 이면에는 어떤 인간적 본질들이 내재해 있음을 알 수 있다. 인간의 본질이란·초점화자가 다른 작중인물들과 맺는 관계를 통해 구체적으로 드러나는데, 갈등과 배려라는 항목으로 접근될 수 있는 그 본질은 사실상 양자를 동전의 양면처럼 갖고 있다. 이와 같은 맥락을 따르는 까닭에 손창섭의 3인칭 소설들에는 일반적으로 영웅적이거나 완벽한 초점화자가 등장하지 않는다. 만약 초점화자가 자기 자족적인 완벽한 인물이라면 그의 일상은 참 일상이 될 수 없는 것이다. 핍진성을 획득하려면 평범한 인물의 자질구레한 사건들을 충실하게 전달해야 하는데 완벽한 초점화자일 경우, 그것은 평범한 인간의 일상이 아닌 비범한 인간의 그것이 되기 때문이다. 비범한 인간의 일상은 완벽한 인간이나 영웅이 존재할 수 없었던 전후의 현실을 고려해 볼 때, 사실적인 실감을 획득하기 어렵다. 그런데 손창섭의 3인칭 소설들 중 예외적으로 비범한 초점화자가 등장하는 작품이 있다. 「잉여인간」이 그 것이다.

> 만기와 익준이와 봉우는 중학 시절에 비교적 가깝게 지낸 사이지만 가정 환경이나 취미나 성격이나 성장해서의 인생 태도는 판이하게 달랐다. 만기는 좀처럼 흥분하거나 격하지 않는 인물이었다. 그렇다고 활동적인 타이프도 아니지만 봉우처럼 유약한 존재는 물론 아니었다. 반대로 외유내강한 사내였다. 자기의 분수를 알고 함부로 부딪치지도 않고 꺾이지도 않고 자기의 능력과 노력과 성의로써 차근차근 자기의 길을 뚫고 나가는 사람이었다. 아무리 놀라운 일에 부닥치거나 비위에 거슬리는 사람을 대해서도 도리어 반감을 느낄 만큼 그는 침착하고 기품 있는 태도를 잃지 않는다. 그것은 본시 천성의 탓이라고도 하겠지만 한편 그의 풍부한 교양의 힘이 뒷받침해주는 일이기도 하였다. 문벌 있는 가문에 태어나서 화초 가꾸듯 정성 어린 어른들의 손에서 구김살 없이 곧

게 자라난 만기는 예의범절이 자연스럽게 몸에 배어있을 뿐 아니라 미술, 음악, 문학을 비롯해서 무용, 스포츠, 영화에 이르기까지 깊은 이해와 고급한 감상안을 갖추고 있었다. 쿠레졸 냄새만을 인생의 유일한 권위로 믿고 있는 그런 부류의 의사와는 달랐다. 게다가 만기는 서양사람처럼 후리후리한 키와 알맞은 몸집에 귀공자다운 해사한 면모를 빛내고 있었다. 또한 넓고 반듯한 이마와 맑고 잔잔한 눈은 그의 총명성과 기품을 설명해주고 있었다. 누구를 대해서나 입을 열 때는 碁士가 바둑돌을 적소에 골라 놓듯이 정확하고 품 있는 말을 한 마디 한 마디 신중히 골라 썼다. 언제나 부드러운 미소와 침착한 언동으로 남에게 친절히 대할 것을 잊지 않았다. 좋은 의미에서 그는 영국풍의 신사였다. 자연 많은 사람 틈에 섞이면 군계일학격으로 그의 품격은 더욱 두드러져 보였다. 그는 한편 같은 치과 의사들 가운데서도 기술이 출중한 편이었다. 그러면서도 현재는 근방에 있는 딴 치과에게 많은 손님을 뺏기고 있는 형편이었다. 그것은 단지 시설이 빈약하고 병원 건물이 초라한 까닭이었다. (「잉여인간」, 351)14)

「잉여인간」에 등장하는 만기는 그 이야기의 초점화자이다. 그는 익준과 봉우와는 중학교 동창으로 치과의원의 원장이다. 위의 인용문에서 알 수 있듯이 그는 문벌의 가문에 태어나 화초처럼 곧게 자라 예의범절이 자연스럽게 몸에 배어있고 예술을 감상하는 고급의 심미안을 갖추고 있으며 귀공자처럼 이목구비가 수려한데다 총명하고 기품 있는 사람이다. 말하자면 완벽한 인간인 것이다. 게다가 그의 주위에는 여자들이 많다. 아내뿐 아니라 처제와 간호원, 그리고 봉우의 아내, 하다못해 병원을 찾아오는 젊은 여자들까지 그를 존경하고 사랑한다. 마치 만기를 위해 모든 여자들이 존재한다고 할 수 있을 만큼 그는 이성의 사랑을 독차지하고 있다. 그러나 그는 도덕군자처럼 아내만을 바라본다. 가끔은 간호원 인숙과 처제 은주의 헌신적인 사랑으로 가슴이 뭉클해지기도 하

---

14) 손창섭, 「剩餘人間」, 『사상계』, 1958. 9(이하 「잉여인간」과 관련된 인용문의 숫자는 이 책의 쪽수이다).

고, 육체적으로 접근하는 봉우의 아내 때문에 당황하기도 하지만, 그는 이성에 대해 완벽하게 처신한다.

하지만 그런 그에게도 갈등은 있다. 그런데 그 갈등이라는 것이 병원 건물과 시설이 낙후되어 있어 손님이 뜸한 탓에 다른 병원에 손님을 빼앗긴다는 데 있다. 건물과 시설의 소유주가 봉우의 아내이기 때문에 만기는 그 일로 툭 하면 유혹과 고초를 받기도 한다. 하지만 그는 그것으로 크게 갈등하지는 않는다. 그러니 자연 서술자가 전달하는 만기의 일상이 독자에게는 사실적이지 다가오지 못한다. '군계일학'의 일상이 전후의 현실과 맞아떨어지지 않기 때문이다.

손창섭의 3인칭 소설에 등장하는 서술자 대부분이 이야기 내용의 상위에 위치하지 않았던 것과 달리, 「잉여인간」에서는 상위에 위치하고 있다는 데서도 이러한 혐의를 불러일으킨다. 일반적으로 서술자는 초점화자의 성격을 간접적인 방법으로 제시한다. 자질구레한 일상들을 서술자가 전달하는 가운데 서서히 그 실체가 드러나는 것이다. 그런데 「잉여인간」의 경우, 서술자는 그의 권위적인 목소리를 내세우는 직접 한정15)의 방법을 취한다. 서술자가 초점화자의 성격을 구현하는 데 있어 직접 한정 방식을 사용할 때, 그는 초점화자의 두드러진 몇 가지 특성만을 설명해야 독자에게 신빙성을 줄 수 있다. 하지만 만기에 대한 인물 한정은 그 수위를 한참 벗어나 있다. 이 때문에 독자는 만기보다는 모든 일에 비분강개하는 익준이나 실의의 인간 봉우가 더 신빙성 있는 인물로 받아들여지기까지 한다. 독자가 그렇게 이해했다면, 사실 그것은 서술자가 자신의 말하기 실력을 십분 발휘한 것으로 바꿔 말할 수 있다. 서술자의 전략은 익준과 봉우뿐 아니라 만기 또한 불필요한 존재, 즉 잉여인간이라는 점을 독자가 인식하도록 하는 데 있기 때문이다. 즉, 만기

---

15) S. Rimmon-Kenan, 앞의 책, 93쪽.

의 일상은 현실과 인간이 만나는 경계선상이 아니다. 암울한 배경과 인물의 형체가 겹쳐지는 가운데 빚어지는 일상의 중요한 측면들이 결여되어 있는 것이다.

「혈서」와 「생활적」 그리고 「잉여인간」을 통해 알 수 있듯이 초점화자들의 일상이 거짓이 아닌 참이 되기 위해서는 비범하지 않은 평범한 인간, 말하자면 타자들과 갈등하기도 하고 그들을 배려하기도 하는 인간적 측면이 내재해 있어야 한다. 초점화자는 자신이 존재하는 일상을 인식 대상으로 삼기 때문에 갈등과 배려의 양상은 그를 알 수 있는 지름길이다. 하지만 어떤 경우에 서술자는 초점화자의 의식이 아니라 자신이 직접 나서서 정보를 미리 제공하기도 하는데, 한편으로 이러한 초점화 변이는 독자에게 서술자를 신뢰할 만한 근거를 마련하기도 한다.

> 그런 일이 아니라도 준석은 도대체가 실없이 화를 잘 냈다. 세상만사가 그에게는 하나도 비위에 맞지 않는 것이었다. 개중에도 달수의 언동은 더했다. 준석은 달수를 향해서만은 화를 내지 않고는 이야기를 할 수 없는 것 같았다. 그러한 자신을 저도 알고 있는 모양이라, 오래동안 군대밥을 먹어왔기 때문에 자기는 고분고분 말을 못하노라고 스스로 변명하듯 하기도 했다. 그러나 따지고 보면 준석은 가짜 상이군인인 것이다. 군속으로 전방에만 나가있던 그는 한쪽 다리가 절단되어 가지고 후방으로 돌아와서 부터 어엿이 상이군인 행세를 하러드는 것이었다. 그가 걸핏하면 달수보고도 군대에 나가라거니, 기피자라거니 하는 것에는 그러한 심리적 연유가 있는 것이다.(「혈서」, 186~187)

「혈서」의 서술자는 달수 편에서 이야기를 엮어 나간다. 그런데 달수의 내면만을 들락거리던 서술자가 '준석이 진짜 화를 잘 내는 이유'를 미리 제시한다. 말하자면 서술자가 준석의 내면을 간파하고 논평하는 것이다. 그러나 준석에 대한 서술자의 정보는 달수를 비롯한 작중인물들에게 제공되는 것이 아니라 독자에게만 제공된다. 준석이 매사에 화를 잘 내는 이유는 "오랫동안 군대밥을 먹어 왔기 때문"이 아니라, 그는 "가짜 상이군인"이라는 데 있다. "걸핏하면 달수보고도 군대에 나가라거니 기피자라거니 하는 것에는" 준석의 그러한 심리적 연유가 있다. 준석은 달수를 괴롭히고 비난함으로써 상이군인으로 가장한 순간들의 불안을 잠재우고 있는 것이다. 준석이 화를 내는 데는, 따라서 거짓으로 위장된 일상에서 오는 불안을 감추려는 심리가 내재해 있다. 그런 준석의 심리를 알기 때문에 서술자는 "군속으로 전방에만 나가있던 그는 한쪽 다리가 절단되어 가지고 후방으로 돌아와서 어엿이 상이군인 행세를 하러드는" 준석에 대해 우호적일 수 없다. 준석을 두고 "따지고 보면 가짜 상이군인"이라고 비꼬는 듯한 서술자의 냉소적인 어조에는 비판적인 그의 입장이 반영되어 있다. 서술자의 그런 태도는 '준석이 가짜 상이군인'이라는 정보와 더불어 독자에게만 넌지시 전달된다. 즉 준석의 상이군인 진위에 관한 정보는 의사소통 과정에 있는 서술자와 피서술자인 독자만이 아는 비밀이 되는 셈이다.

달수가 준석의 속마음까지 간파할 수 없다는 시학적 규칙에서 비롯된 서술자의 정보 제시는, 한편으로 독자에게는 비밀을 공유한다는 친밀감으로 상승되어 서술자의 신빙성을 배가시키고 있다. 이러한 신뢰성을 바탕으로 서술자가 달수와 우호적인 관계를 계속 유지하기 때문에 독자는 달수에게 더 밀착하게 된다. 서술자는 타자에게 고통과 상처를 주는 준석의 정체를 미리 폭로함으로써, 그와 상반되는 달수를 독자가 설득력 있게 받아들이도록 조정하는 것이다. 이렇듯 서술자는 서술 대상인 인물들과 관계를 조절하면서, 독자에게 어둡고 불안한 현실을 극복하는 길이란 달수처럼 타자를 배려하면서 자신에게 충실할 때 도달할 수 있음을 보여주고 있다. 이러한 초점화자의 인간적 측면을 통해 더불어 사는 일상의 중요성을 좀 더 구체적으로 형상화된 작품은 「비오는 날」이다.

　　이렇게 비오는 날이면 원구의 마음은 감당할 수 없도록 무거워지는
것이었다. 그것은 동욱 남매의 음산한 생활 풍경이 그의 뇌리를 영사막
처럼 흘러가기 때문이었다. 빗소리를 들을 적마다 원구에게는 의례의
동욱과 그의 여동생 동옥이가 생각나는 것이었다. 그들의 어두운 방과
쓰러져가는 목조건물이 비의 장막 저편에 우울하게 떠오르는 것이었다.
비록 맑은 날일지라도 동욱 오뉘의 생활을 생각하면, 원구의 귀에는 빗
소리가 설레이고 그 마음 구석에는 빗물이 스며 흐르는 것 같았다. 원구
의 머리 속에 떠오르는 동욱과 동옥은 그 모양으로 언제나 비에 젖어
있는 인생들이었다.[16]

비가 오는 날이면 원구의 머리 속에는 어김없이 동욱 남매의 모습이
떠오른다. "동욱 남매의 음산한 생활풍경이 그의 뇌리를 영사막처럼 흘
러가고", "그들의 어두운 방과 쓰러져 가는 목조건물이" 우울하게 상기
되는 것이다. 그런데 비가 오지 않는 "맑은 날일지라도 동욱 오뉘의 생
활을 생각하면 원구의 귀에는 빗소리가 설레고 그 마음 구석에는 빗물
이 스며 흐르는 듯" 느껴질 정도로, '흐르는 비'는 원구에게 동욱 남매
를 떠오르게 하는 하나의 구체적인 이미지로 전환된다.

서술자는 이야기 서두에서부터 원구의 장마철 일상을 계속 전달함으
로써 독자들로 하여금 "어두운 방과 쓰러져 가는 목조건물이 비의 장막
저편에 우울하게 떠오르는", 그 암울한 상황을 생각나게 한다. 하지만
비 오는 상황이 단순히 독자로 하여금 어두운 현실을 환기시키는 데 그
치지 않는다. 원구가 존재하는 한, 그것은 그의 마음속에서 동욱 남매를
향한 애정으로 되살아나기 때문이다.

'줄기차게 내리는 비' '오줌발처럼 쏟아지는 비' '구질구질하게 내리
는 비' '물탕에 젖어 꿀쩍거리는 신발 속의 비' '엉덩이가 척척해지게
하는 비' '촐랑촐랑 쪼르륵 촐랑 떨어지는 비', 이 모든 비의 형태가 끊

---

16) 손창섭, 「비오는 날」, 『문예』, 1953. 11, 159쪽.

임없이 동욱 남매를 연상시키는 탓에 독자는 어느덧 비오는 날의 그 일상 속에 자신 또한 존재하는 듯한 환영을 받는 것이다. 이렇듯 서술자는 비의 이미지들을 사용함으로써 원구가 동욱 남매를 통해 자기를 발견하듯이 독자로 하여금 원구를 매개로 자기 존재를 발견하도록 유도하고 있다.

초점화자의 일상, 매일 되풀이되는 그 일상이 중요한 것은 암울한 상황 속에서도 타자를 늘 염두에 두는 그의 존재 인식이 개입되어 있기 때문이다. 초점화자의 '나'와 타자인 '너'에 대한 인식은 궁극적으로 현실을 직시하는 시각 없이는 불가능하다. 초점화자는 자신의 일상을 인식 대상으로 삼기 때문에 나와 너의 존재를 위협하는 현실의 위기들을 똑바로 꿰뚫어 보지 않을 수 없는 것이다. 이에 서술자는 두 개의 위기가 내재된 초점화자의 일상을 전달하는 데 주력하고 있다.

4. 위기의 폭로

일상에 대한 묘사가 참이 되어야 하는 것은 거짓 일상이란 인간 존재의 위기를 드러내지 못하기 때문이다. 말하자면 거짓 일상은 개별적 존재들의 진솔한 삶뿐만 아니라 사회적인 차원의 그것까지 투영할 수 없는 것이다.

> 「난 꼭 일본 여잘 한번 마음대루 부레보고 싶단 말이예요. 미세스 하루꼬상, 정말 참한 걸루 하나 소개해 달라구요.」 절반은 동주더러 들으라는 말인 줄을 동주도 깨닫는 것이다. 거기에 대한 춘자의 대답 같은 건 아무래도 좋았다. 이미 동주에겐 순이의 암담한 신음소리 외에 아무 것도 남아 있지 않았기 때문이다.(「생활적」, 163)

「생활적」에 등장하는 식구들은 폐병을 앓는 순이를 모두 꺼려한다. 의붓아버지이긴 하지만 그래도 명색이 순이 부친인 봉수는 그들보다 더 심하여 내심 그녀가 빨리 죽기를 바라기까지 한다. 그런 순이에게 관심을 갖는 사람은 동주뿐이다. 매일 순이에게 죽을 쑤어 주는 동주는 "순이의 암담한 신음소리"에 온통 신경을 쓰고 있다. 그가 그토록 신음소리에 관심을 갖는 것은 그것이 곧 자기 존재를 확인하는 행위이기 때문이다. 말하자면, 순이는 동주의 자기 정체성을 형성하는 타자인 것이다. 동주의 순이 부재의 두려움은 봉수와 같은 인물을 부정함으로써 더욱 두드러지게 나타난다.

> 동주는 그 '미스터 고상'이 질색이었다. 요즘도 부산거리에서 자주 '긴상'이니 '복상'이니 하는 소리를 듣거니와, 그때마다 동주는 '우메보시' 맛이 연상되어 입안이 시금털털해지며 군침이 괴어서 야단이었다. 마찬가지로 '미스터 이'니 '미스터 고'니 하는 말을 들을라치면 까닭없이 구역이 났다. 더구나 봉수는 그냥 '미스터 고'라고 부르는 게 아니라, 반드시 '미스터 고상'이다. 그뿐이 아니라 그는 또한 춘자를 으례 '미세스 하루꼬상'이라고 부르는 것이다. …(중략)… 인간이란 시대의 추세에 민감하지 않아서는 안 된다는 것이다. 시대가 어떻게 움직이는가를 잘 보아가지고, 언제나 그 시대에 맞게 행동해야 된다는 것이다. 시대에 뒤떨어져서 허덕이거나, 시대의 중압에 눌려 버둥거리지만 말고, 시대와 병행하며, 그 시대를 최대한으로 이용해야만 된다고 했다. 결국 인간이란 수하를 막론하고, 종국적인 목적은 돈 모으는 데 있다는 것이다.(「생활적」, 153~154)

봉수는 해방이 된 이후에도 일본어를 곧잘 사용하면서 "곧 일본 여잘 한번 마음대루 부레보고 싶다"는 생각에 사로잡혀 있는 식민지 근성의 소유자이다. 그 같은 봉수가 최근 들어서는 영어 공부에 열을 올리고 있다. 영어를 모르면 우쭐거릴 수 없다고 하면서 그는 하루에도 몇 차례씩

거리에서 미군을 붙잡고 영어 연습을 하고 있다. 영어에만 능통하면 돈벌이가 무진장으로 널려 있다고 자신하는 봉수는 주위 사람들을 부를 때도 성 앞에 꼭 "미스터"나 "미스"를 붙인다. 그런데 그는 "미스터"나 "미스"라는 호칭을 꼬리처럼 붙이는 데 만족하지 않는다. 거기에 한 술 더 떠 봉수는 "상"을 붙이기까지 한다. 동주를 "그냥 '미스터 고'라고 부르는 게 아니라 반드시 '미스터 고상'"이라고 부르는 것이다. 동주는 봉수가 자신을 "미스터 고상"이라고 호칭하는 것에 질색한다. "요즘도 부산 거리에서 '긴상'이니 '복상'이니 하는 소리"를 듣기만 해도 기분이 상해지는 동주인 탓에 봉수의 호칭에는 욕지기까지 난다. 동주의 이 같은 반발심은 일제 강점기의 식민 근성이 전후 시대의 그것으로 옮아왔다는 생각에서 비롯된다. 그러나 정작 중요한 것은 그 식민성이 인간 삶과 앎을 왜곡시켜 결국 인간 존재의 위기를 불러일으킨다는 데 있다.

식민성은 곧 물질 중심적인 타자 부재의 사고를 내면화한다. 현대를 영어 만능 시대라고 신봉하는 봉수에게 순이가 안중에 있을 리 없다. 봉수는 타자의 존재를 인정하지 않는 것이다. 성냥장사를 가장한 마약장수 봉수는 "종국적인 목적은 돈 모으는 데" 있다고 생각하기 때문에 돈 가치가 떨어진 순이가 걸림돌이 될 수밖에 없으며, 우동집을 내려면 춘자처럼 일본인 여자가 필요할 뿐이다. 동주가 봉수를 부정적으로 바라보는 것은 인간 존재의 위기를 초래하는 그의 식민성에 있다. 탈식민성 시각이 진정한 인간 존재를 확보할 수 있는 데 봉수는 그것이 결여되어 있는 것이다. 권력의 위기와 인간의 위기 사이의 이러한 상관성은 「신의 희작」에서 구체적으로 나타나 있다.

얼마 뒤 학기말 시험 때다. 고의에선지 우연인지는 몰라도 영어 시험에 라이프 워크라는 말이 나왔다. 그 저주할 횡서 문자를 발견하는 순간, 불의의 습격을 당한 때처럼 S는 몸이 굳어져 버렸다. 다음 순간 전신이 분노의 불 덩어리로 화했다. S는 연필로 라이프 워크라는 문귀를 북북 째 버리고, 그 위에 워크 라이프라고 써넣은 다음, 「이것이 절대로 옳음」이라고 주까지 달았다. 그리고 답안지는 백지대로 내놓고 교실을 나와 버렸다.

　다음날 영어 선생에게 사무실로 불리어 갔다. 선생은 극심한 노기로 얼굴 근육을 푸들푸들 떨면서,

　「넌 선생을 모욕하고 반항할 셈이냐」

　미친듯이 고함을 지르고 구타했다.

　「아닙니다. 영어에 반항하는 겁니다. 그리구 돼먹지 않은 영어에 노예가 된 인간을 경멸하는 겁니다.」 (…) 학기말 성적표에는 영어 과목이 제로나 다름없는 낙제 점수로 나와 있었다. 그 성적부를 갈기갈기 찢어 버리는 S의 얼굴에는 자조적인 냉소가 살기를 띠고 번지어 갔다.17)

초점화자 S는 "영어 그 자체에 말할 수 없는 적의와 분노를" 느낀다. 그의 분노는 "돼먹지 않은 영어에 노예가 된 인간"에 대한 경멸에서 비롯된 것이다. 영어 시간에 "라이프 워크"라는 단어를 본 S는 문득 경계심이 생겨 그것을 의심하게 된다. 어느덧 자신이 영어의 노예가 되어 가고 있음을 새삼 깨달았던 것이다. 영어 시간에 영어 단어를 외우고 쓰는 것은 부정확한 정보와 왜곡된 편견으로 허상화된 미국을 아름답게 인지시키는 작업의 다름 아님을 알고, 영어 단어 "라이프 워크"를 부정하여 "워크 라이프"로 스스로 고쳐 인식한다. '필생의 일'을 뜻하는 "라이프 워크"를 의심 없이 내면화하는 일은 곧 미국의 이데올로기에 종속되는 것이 일생의 과업을 가리킨다는 암시를 받았기 때문이다. 실상이 이렇기 때문에 S는 영어 시간에 "연필로 라이프 워크라는 문귀를 북북 째 버리고, 그 위에 워크 라이프라고 써 넣은 다음, 「이것이 절대로 옳음」이라고 주까지" 달고는 끝내 낙제 점수를 받는다. S가 끝까지 자신의 고집을 꺾지 않고 신념을 다한 것은 탈식민성에 대한 우회적 표현이다. 식민

---

17) 손창섭, 「神의 戲作」, 『현대문학』, 1961. 5, 31쪽.

성에서의 해방은 결국 S가 시험지에 "워크 라이프"라는 단어를 다시 씀으로써, 자기 존재를 확인하는 것과 같은 맥락에 있다.

이상에서 살펴본 바와 같이 손창섭 소설에서 초점화자의 일상이 중요한 것은 그것이 인간의 위기와 권력의 위기를 상호 연관적으로 함축하고 있기 때문이다. 물론 그러한 위기들이 드러나는 것은 전적으로 서술자의 서술 행위에 달려 있다. 위기의 폭로 과정은 서술자의 언어 작업 없이는 불가능한 것이다. 서술자는 그 폭로를 향해 미 제국주의에 의한 새로운 힘의 재편을 직시하면서, 자기와 타자를 인식하는 인물에 독자가 신뢰할 수 있도록 여러 가지 방법들을 동원하고 있다. 서술자의 전략으로 수렴될 일련의 방법들은 서술자가 최선을 다해 일상에 숨겨진 위기들을 드러내는 데 기여한다. 그러므로 서술자가 진실을 말하려는 것을, 폭로 또는 대안적 해석들[18]이라고 부를 수 있는 것이다.

5. 인간존재와 탈식민성

지금까지 손창섭의 3인칭 소설에 나타난 초점화자의 일상을 중심으로 그의 의식을 구체적으로 살펴보았다. 「사연기」, 「혈서」, 「생활적」, 「비오는 날」, 「신의 희작」의 초점화자들은 1950년대 지식인을 대표하는 전형적 인물이다. 동식, 달수, 동주, 원구, S 등, 초점화자들은 일상에서 일어나는 자질구레한 일로 고민하거나 갈등하는데, 그의 사소한 고민은 범상을 넘어선 심각한 문제로 부각된다. 초점화자의 고민은 전후의 전도된 권력에서 발생하는 인간 존재의 위기를 함축하고 있기 때문이다. 사소하지만 심각한 문제를 안고 있는 이러한 초점화자의 일상

---

18) Edward W. Said, 전신욱 · 서봉섭 옮김, 『권력과 지성인』, 도서출판 창, 1996, 59쪽.

을 전달해야 하는 탓에 서술자는 다양한 이야기 방식을 취한다. 독자에게 좀더 자세히 그리고 생생하게 초점화자의 의식을 제시하기 위해서이다.

서술자는 초점화자의 사소한 고민, 그러나 중요한 의식을 독자에게 설득력 있게 전달하고자 한다. 서술자가 스토리가 사실임직하게 보이도록 사전 정보 제시, 가변적인 초점화 등을 동원하는 것은 이러한 까닭이다. 서술자의 목소리내기에 따라 의사소통 과정에 있는 독자에게 초점화자의 의식을 인식시킬 수 있느냐가 좌우되기 때문이다.

서술자의 이야기 방식들은 초점화자의 의식을 의사소통 과정에 있는 독자가 인식할 수 있도록 하는 전략이지만, 이 모든 것은 사실상 실제작가에 의해 창조된 것임을 감안할 때, 서술자는 한편으로 실제작가인 손창섭을 환기시킨다. 따라서 앞에서 살펴 본 것으로 비추어 볼 때, 손창섭의 작가적 시선은 인간의 가치를 부정하는 모멸로 가득 차 있다는 기존의 연구들은 재고의 여지가 있다. 더군다나 자화상이라는 부제가 붙은 「신의 희작」의 S를 손창섭으로 보고, S의 우스꽝스런 외모를 불구적 인물의 변형으로 전제하면서 S라는 인물은 작가의 모멸 의식[19]을 반영한다고 이해할 때는 더욱 그러하다. 초점화자 S는 부정적이든 긍정적이든 전후의 현실을 반영한 인물들과 관계를 맺으면서 자신의 가치를 확인하는 의식있는 인물이다. 그리고 그의 의식에는 미국 주도로 전도된 권력이 식민성을 고착할 뿐 아니라, 인간 존재의 위기를 초래한다는 불안감이 늘 자리하고 있다. 그러므로 S는 인간에 대한 존재 가치를 찾지 못하는 모멸적인 인물이 될 수 없다. 초점화자 S의 이 같은 의식을 독자에게 전달하는 것이 서술자의 의도이자 목적이라면 이 전체적인 것을 창조한 손창섭의 작가 의식을 초점화자 S의 의식으로 투사해 볼 수 있을 것이다.

---

19) 이강현, 앞의 논문, 37~38쪽.

2장

성 담론과 근대적 주체

—손창섭의 「신의 희작」

1. 성 담론의 이야기

1990년대 이후 한국 사회는 금기되어 오던 성을 이야기하기 시작했다는 점에서 한층 성숙된 모습을 갖게 되었다. 성문화, 성이론, 성폭력, 포르노그래피, 매춘, 동성애자, 등에 관한 공공연한 발화와 저작물은 오랜 역사 속에서 억압되던 성을 담론화한 결과로써 받아들여질 수 있다. 그러나 최근 들어 성 담론이 여성들에 의해 주도되고 여성의 주체성 찾기와 여성의 제목소리 내기에 독점됨으로써 한편으로는, 남성의 성 담론이 소외되는 기이한 현상을 낳았다. 여성 작가나 감독이 만든 소설 작품들에 나타난 주체성 문제, 즉 성이 남성의 권력 유지를 위한 여성 억압의 기제가 된다는 사실을 강조하면서 남성 중심적 성에서 해방된 여성의 성적 주체성을 탐색하는 데 역점을 두는 것이다. 그런데 이때 문제는 권력 중심에서 밀려난 주변의 남성이 담론화하고 있는 성이다. 특히 중심의 외부에 존재하는 남성이 주체의 본질을 파악할 수 있는 핵심 전략으로 성을 함의하면서 성 담론을 저항담론으로써 전제하고 있다면, 그것은 물론 간과될 수 없는 일이다. 이처럼 성을 매개로 자기 정체성 문제를 심도깊게 다룬 작가가 손창섭이다.

손창섭은 전후소설을 대표하는 작가 가운데 한 사람이다. 1952년 「공휴일」이 『문예』에 추천됨으로써 등단한 그는 「잉여인간」으로 1959년 동인문학상을 수상하였다. 손창섭은 「비오는 날」, 「생활적」, 「혈서」, 「미해결의 장」, 「유실몽」 등 일련의 소설에서 전쟁과 분단 이후 나타난 각종 위기 뒤에 은폐되어 있는 사회현상을 비판하고 그 대안을 마련하고자 하는 열정을 보여주었다. 주로 단편소설을 통해 왕성하게 활동했던 그는 1961년 「육체추」와 자전적 소설인 「신의 희작」을 발표한 후에는 통상 장편소설로 선회하게 된다. 그런데 장편소설에로의 선회가 대부분 신문 연재소설로 이루어지고 있고, 그 내용은 남녀간의 사랑과 결혼이라는 문제를 다루고 있다는 점에서 흥미롭다. 『부부』(1962)를 비롯하여 『이성연구』(1967), 『여자의 전부』(1969) 등이 그 대표적인 소설들인데, 이 작품들은 성과 사랑이라는 소재와 아울러 신문 연재소설이라는 점에서 다분히 대중적 통속성을 지닌다.

사랑과 결혼이라는 소재를 담은 『부부』, 『이성연구』, 『여자의 전부』 등은 애정소설의 일정한 공식을 따르는 듯하다. 하지만 그 이면에는 남성은 성적으로 우월한 지배자이며 여성은 연약한 피지배자라는 위계적 질서를 깨뜨리면서 전통적인 성 담론에서 벗어난 새로운 성 담론을 제시하고 있다. 성문화의 중심에서 일탈된 성을 현실 대응적 전략으로 은유화하는 이 같은 움직임은 사실상, 「신의 희작」에 그 뿌리를 두고 있다. 말하자면, 『부부』, 『이성연구』, 『여자의 전부』 등은 「신의 희작」이라는 주춧돌 위에 세워진 기둥에 해당되는 셈이다.

「신의 희작」은 손창섭의 자전적인 소설이다. 이 작품에서는 '육체적 정신적으로 기형적인' 인물인 S가 등장하는데, 특히 그 기형성은 성을 매개로 하여 극명하게 드러난다. 성기학대, 어머니와의 페딩, 복수심이 성욕을 자극하는 기묘한 심리적 현상의 성 관계, 통상의 사랑 공식을 깨는 결혼, 강력한 산아 거부 등으로 이어지는 일련의 사건은 S의 기형적인 성을 비유적으로 나타내고 있다.

그러나 일종의 일탈 행위처럼 보이는 S의 기형성에는 규범화된 성문화를 내면화하고 있는 주체에 대한 손창섭의 강한 거부가 내재해 있다. 낭만적 사랑이 근대화 과정을 거치면서 새로운 성 담론으로 부상되었다는 점에서 볼 때, 질서와 규범의 중심 밖에 있는 S의 기형성은 사실상 주체의 본질이 무엇인가를 되짚어 볼 수 있는 탈근대적인 신성한 기호로 작용하게 된다. 주체는 선험적으로 존재하는 자명한 진리가 아니라 그 생성의 사회적 관계를 다시 질문해야 할 가상으로써의 이데올로기임을, 손창섭은 S의 성을 통해 탐색하고자 했던 것이다. 전쟁과 분단으로 재편된 한국 사회의 특수성에서 산출된 '한국식 근대'[1]의 주체에 대한 점검을 시도하고 있다는 점에서 1961년에 발표된 「신의 희작」은 중요한 의미를 지닌다.

이 글은 분단 이후 새롭게 형성된 근대의 주체를 그 내부로부터 비판하기 위한 근거로써 성[2]을 담론화한 「신의 희작」을 통해 진정한 주체의 성격을 탐색하는 데 그 목적이 있다.

2. 타자화된 내면과 주체

「신의 희작」은 손창섭의 자서전이다. 「신의 희작」에 붙여진 부제가

---

1) 김동춘, 『근대의 그늘』, 당대, 2000, 90쪽.
2) 성(sexuality)은 성적인 욕망, 성적인 정체성, 성적 실천을 의미하는 것으로 성적인 감정과 성적으로 맺게 되는 모든 관계들을 포괄적으로 감싸 안은 용어이다. 인간의 성은 신비의 영역이며 불확실성의 영역이므로 절대적으로 좋거나 또는 그릇된 성 행동이라는 정의는 있을 수 없다. 말하자면 인간의 성 행동은 그 목적이 단순하지 않으므로 이에 대해 정상, 비정상을 논하기가 무척 어렵다. 게다가 인간의 성 행동은 사회적인 규제를 강하게 받고 있기 때문에 더욱 그렇다.

"자화상"인 점도 그렇지만 연보에 나타난 출생지나 학업 및 직업 등의 경력이 허구 이야기와 맞아떨어지는 부분이 많아서 그 점을 더욱 신빙성 있게 뒷받침하고 있다.

하지만 작가 자신이 「신의 희작」에서 "삼류작가 손창섭씨"를 운운하면서 주인공 S를 손창섭으로 지칭한다고 해서 작품 안의 S가 곧 작품 밖의 손창섭일 수는 없다. 작가가 직접 나서서 '지금부터 말하는 것은 나의 이야기'라고 하더라도 그것은 작품 내의 사건을 실재에 기초하는 것으로 간주하게끔 하는, 즉 손창섭의 전기적 사실과 동일할 수 있는 해석적 조건을 마련할 뿐이다. 소설이라는 장르 안에서 작가의 전기적 사실들은 보편적 진실을 향한 허구로 담론화될 수밖에 없는데, 이 점은 두 가지 사실에서 분명하게 드러난다. 서술자와 스토리의 존재가 그것이다.

> 시시한 소설가로 통하는 S─ 좀 더 정확히 말해서 삼류작가 손창섭씨는, 자기 자신에게 숙명적인 유우머를 발견하고 있는 것이다. 무딘 대가리를 쥐어짜서 소설이랍시고 어이없는 소리만을 늘어놓는 그 자신의 글이 반드시 해괴망측하대서만이 아니다. 외양과 내면을 가릴 것 없이, 그의 지극히 빈약한 그 자체가 이미 하나의 유우머로써 존재하고 있기 때문이다. 우선 아무렇게나 생겨 먹은 그의 외모부터가 도무지 탐탁한 구석이라곤 없는 것이다. (…) S의 외형이 이런 꼬락서닐 제야, 그 내부 세계 또한 규격 미달의 불구 상태일 것은 거의 뻔한 노릇이다. (…) 즉 그것은 더 말할 것도 없이 작자의 육체적 정신적 기형성에 연유한 것으로서, 여기에 그의 비극적인 유우머가 있는 것이다. 이러한 그의 유우머는 작품을 통해서보다도, 실생활면에 노출될 때, 더욱 비극적인 색채를 가미하게 되는 것이다.
>
> 아마도 그가 격식에 맞지 않는 문학을 스스로 필생의 업으로 택하게 된 것은 자신의 이러한 비극적인 유우머의 정체를 기어이 밝혀보자는 절실한 욕구에서인지 모른다.(「신의 희작」, 410~411)3)

---

3) 손창섭, 「神의 戲作」, 『현대한국문학전집 3』, 신구문화사, 1981(이하 「신의 희작」과 관련된 인용문의 숫자는 이 책의 쪽수이다).

「신의 희작」에서 작가 손창섭은 "삼류작가 손창섭씨"를 '나'가 아닌, 'S'(그)라는 인물로 기호화하고 있다. 이것은 이야기 내용의 세계에 존재하는 S를 그 밖에 있는 서술자가 이야기하는 3인칭 시점을 작가가 선택하고 있음을 뜻하기도 하지만, 한편으로는 작품 외부에 존재하는 손창섭이 작품 내부의 S와 서술자를 통해 자신을 대상화하고 있음을 암시하는 표지이기도 하다. 다시 말하면, 작가 손창섭은 소설이라는 장르에 흡입해 들어가 자신을 객관화시켜 바라보는 것이다. 그런데 이때 작가 손창섭이 자신을 타자화해서 바라보려는 작품 내부의 S는 육체적으로나 정신적으로 기형적인 인물이다.

S의 육체적 정신적 기형성은 "의식 세계의 단적 표현인 그의 소설이란 것을 읽어보면 족히 짐작할 수" 있다. S의 소설에 등장하는 작중인물들은 정신적 질병에 대한 면역성이 있으면서도 줄곧 신음소리를 연발하는 가식적인 존재들이다. 이것은 반복되는 현실의 자극에 무감각해질 수 없는 작중인물들의 현실 인식을 우회적으로 표현한 것으로, 여기서 '면역성'은 현실에 대한 무감각을, '신음소리'는 '존재자로서 제목소리 내기를 함축한 비유이다. S는 자신의 "의식 세계의 단적 표현"으로 소설을 거론하면서 작중인물들이 신음소리를 연발하며 사는 것은 "작자의 육체적 정신적 기형성"에서 비롯된다고 덧붙인다. 작중인물들의 현실 인식이 S의 기형성에서 연유한다는 것은 곧 그들의 인식을 통해 작가 S의 기형성을 탐색할 수 있다는 말이 된다.

이점에서 작가 S는 소설에 등장하는 작중인물들의 인식과 행동으로 자신의 내면을 객관적으로 상대화하고 있다. 물론 그것은 앞에서 언급한 것처럼, 작품 밖의 작가 손창섭이 S를 통해 자신의 내면을 타자화하는 것과 같은 맥락에 있다. S가 "문학을 스스로 필생의 업으로 택하게 된 것은 자신의 이러한 비극적인 유우머의 정체", 즉 "육체적 정신적 기형성"의 실체를 밝혀보겠다는 절실한 욕구에서 시작했다고 한다면, 작품 밖의 손창섭 또한 「신의 희작」에서 S와 비슷한 동기로 글쓰기를 단행했으리라는 전제는 어느 정도 설득력이 있다. 여하튼 기형성의 실체를 파악할 수 있는 길이란 「신의 희작」의 S를 통해서만 가능하다.

S의 기형성, 그러니까 남과 다른 이상 행위에 대한 탐색은 먼저 S가 자신의 성기를 학대하는 극단적 행동에서 찾아볼 수 있다.

> S는 자주 아무도 없는 곳에서 고간의 돌출부를 내놓고 학대했다. 실없이 잠자리에서 찔찔 갈겨서 소유주의 체면을 여지없이 손상시키는 이 맹랑한 돌출부가 그에게는 참을 수 없이 미웠던 것이다. 일종의 성기 증오증이라고 할까. 그는 더 없이 증오에 찬 시선으로 자신의 그것을 들여다보며 손가락으로 때리기도 하고 손톱으로 꼬집기도 했다.(「신의 희작」, 416)

S는 종종 "아무도 없는 곳에서 고간의 돌출부를 내놓고 학대"하곤 한다. 그 이유는 야뇨증에 있다. 야뇨증에서 오는 수치심과 불안감이 S로 하여금 자신의 성기를 "손가락으로 때리기도 하고 손톱으로 꼬집게" 만든다. 잠을 자는 동안 무의식적으로 배출되는 오줌 탓에 S는 고무풍선을 끼고 잠을 자는 등, 야뇨증을 방지할 여러 가지 방안을 모색해 보지만 별로 효과가 없다. 중학교를 졸업할 무렵까지, 방뇨의 도수가 줄기는 했지만 반비례적으로 정신적 상처가 커질 만큼 S의 강박증은 시간이 지날수록 심해져 갈 뿐이다. 그러니 자연 "실없이 잠자리에서 찔찔 갈겨서 소유주의 체면을 여지없이 손상시키는 이 맹랑한 돌출부"에 대한 증오가 남다를 수밖에 없다.

어린 시절 동네 아이들이 '오줌싸개'라고 놀리면 S는 즉각 달려들어 '단순한 아이들 싸움이라고 볼 수 없을 만큼' 잔인한 격투를 벌이곤 했는데, 그것은 다름 아닌 '자신을 이렇듯 어이없는 존재로 창조해준 조물주에 대한 필사적인 도전'이었다. 초등학교부터 중학교까지 줄곧 "싸움닭"으로 통할 정도로, 학창 시절 내내 S는 야뇨증에서 오는 수치심과 불안감에 시달리면서도 이에 위축되지 않고 치열한 싸움과 성기학대로 자신만의 대응 방안을 강구해 왔다. 그것만이 자신을 "어이없는 존재로 창조한" 신에게 도전할 수 있는 유일한 방법이었기 때문이다. 이렇게 볼 때, S에게 야뇨증은 성기 학대와 싸움꾼으로 몰아가는, 남과 다른 기형적 성질이 되지만 한편으로는 신에게 과감히 도전할 수 있는 원동력으로 작용하고 있다고 할 수 있다.

그러나 이와 같은 S의 성기 학대는 어머니와의 페팅 사건과 긴밀한 관련을 맺고 있다. 13살 되던 어느 날 밤, 한 이불 속에서 잠자던 어머니가 얼결에 자신의 성기를 애무하자 S는 팽창해 오는 성기의 흥분을 즐기던 끝에 고간에 힘을 주어 어머니의 손을 꼭 끼었다. 그러자 놀란 어머니가 S를 탁 밀어붙이듯 하고 돌아누워 버렸다. 이 일이 있은 후부터 S는 수치심에 억눌리게 된다. 이 수치심은 낯선 남자와 한 이불 속에서 뒹굴던 어머니의 동침 사건과 결부되어 S의 마음속에서 일종의 까닭 모를 공모의식 같은 것으로 변하게 된다. 생물학적 대상으로서의 어머니라는 입장에서 보면 그녀의 행동은 '죽으리만큼 창피한' 일이지만, 성적 대상으로서의 그녀의 행동은 '까닭 모를 공모의식'을 느끼게 하는 것이다.

어머니와의 페팅 사건 이후, S는 양가적인 어머니 상 사이에서 고민하면서 야릇한 혼란과 공포감에 휩싸여 갔다. 그러던 어느 날, 또 다시 어머니의 정사장면을 문틈으로 엿본 S는 어머니와 성적 대상자를 동시에 잃었다는 상실감에 결국 자살을 감행한다. 하지만 '신을 실소케 하리만큼 어떤 절대적인 음모에 도전하는' 듯한 자살 시도는 미수에 그쳤고, S의 어이없는 행동에 겁먹은 어머니는 동침하던 남자와 함께 만주로 도망쳐 버렸다. 어머니의 도주와 부재는 S로 하여금 희생적이고 가족 중심적인 어머니가 지닌 절대성의 환상을 깨닫게 했으며, 그 이후 중학교에 들어가서는 누군가와 도전을 할 때마다 '나는 부모도 형제도 집도 돈도 없는 사람이다'를 공식적인 첫마디처럼 던지게 되는 실마리가 되었다.

여하튼 S의 기이한 성적 경험은 야뇨증과 결합하여 기형성을 형성하는 원인이었지만, 그 보다는 오히려 신의 어떤 절대적인 음모에 도전하는 근원이었다. 따라서 오줌싸개, 싸움닭, 불량학생 등으로 점철된 S의 학창시절은 주체를 획일화하여 공동체 사회에 복속시키는 교육의 중심에서 비켜나 있는 시간들의 연속이었다. 자신을 조롱하는 듯한 신의 의도에 S는 내부의 자기모순을 투철하게 인식하면서 과감하게 맞서 나갔던 것이다. 자기보다 약한 자와 싸우는 일없이 '반드시 강적'과 붙었으며, '명분이 서는 어떤 목적의식을 지닌 행동에의 가담을 요청 받았을 때는 선두에 서기'를 주저하지 않았는데, 이것은 S가 자신을 내부로부터 비판적으로 인식한 결과이다. '어이없는 존재로 만든' 신에게 도전하는 가운데 S는 자기의 정체성을 형성해 나간다. 바로 이 점은 작가 손창섭이 「신의 희작」이라는 자전적 소설을 쓴 이유이다. 정신적으로 자유롭기 위해서는 내면에 대해 거리를 두고 보는 일이 필요했던 것이다.

결국 작가 손창섭은 허구의 양식인 소설 장르를 통해 자신의 내면을 타자화함으로써 "내부 세계 또한 규격 미달의 불구 상태일 것은 거의 뻔한 노릇"인 기형적인 주체의 진정한 본질을 탐색하고자 하였다.

3. 변주된 신의 다섯 가지 얼굴

모든 주체들은 일반적으로 견고하게 짜여진 '정상'이라는 틀 속에서 사유하고 기억하도록 코드화되어 있다. 그러나 기형적인 비정상의 S의 정신은 이러한 '정상'을 향한 구심력에서 벗어나 있다. 이러한 사정은 S

의 중학교 시절의 한 에피소드를 통해 강력하게 나타나 있다.

> 영어시간이었다. 부독본을 가지고 선생이 강의를 하고 있을 때였다. S
> 는 갑자기 손을 들고 일어서며, "선생님, 이 책에 틀린 데가 있습니다."
> 하고 외쳤다. "어디가?" "여기 Life work라고 되어 있는데, 이건 Work life
> 가 잘못 인쇄되었나 봅니다." 그 말에 먼저 반 아이들이 와그르르 웃었
> 다. 선생도 따라 웃고 나서, "이놈아, 모르면 잠자코나 있어. 망신을 사
> 서하지 말구." 핀잔을 주었다. 그러나 S에게는 왜 그런지 워어크 라이프
> 가 꼭 옳다고만 생각되었다. (…) "이놈아, 라이프 워어크냐, 워어크 라이
> 프냐?" "워어크 라이프입니다." "고노야로." 선생의 손길이 멋지게 또 날았
> 고, S의 볼에서는 짝 소리가 났다. S는 그저 입을 더욱 힘껏 다물 뿐이었
> 다. "라이프 워어크냐, 워어크 라이프냐?" "워어크 라이프입니다." "고노야
> 로." 선생의 손은 이번에도 역시 S의 따귀를 후려갈겼다. 이와 같은 진
> 기한 문답과 동작이 몇 번이나 더 되풀이된 뒤, 종내 선생 쪽이 손을 든
> 격이 되었다. (…) "넌 선생을 모욕하고 반항할 셈이냐?" 미친 듯이 고함
> 을 지르고 구타했다. "아닙니다. 영어에 반항하는 겁니다. 그리고 돼먹
> 지 않은 영어의 노예가 된 인간을 경멸하는 겁니다." S는 구타를 당하면
> 서도 이렇게 입을 놀리었다. 그는 정말 영어 그 자체에 말할 수 없는 적
> 의와 분노를 느끼었다. 동시에 도전을 각오했다. 그것은 하나의 심리적
> 자멸행위였다. 이 자포자기의 자멸 의식은 언제나 S의 가슴 속 깊이 불
> 씨처럼 덮여 있었다.(「신의 희작」, 426~427)

영어시간에 "워어크 라이프"냐 "라이프 워어크"냐를 놓고 S는 선생님
과 한바탕 설전을 벌이게 된다. S는 "Work life"가 꼭 옳다고 생각하기
때문에 책에는 "Life work"가 잘못 인쇄되었다며, 선생님께 이의를 제기
하였다. 그러나 영어 선생은 S를 질책하면서 사전을 찾아보라고 다그친
다. 사전을 직접 들쳐본 S는 "라이프 워어크"로 적혀 있는 의외의 결과
에 당황한다. 그래도 꿋꿋하게 "워어크 라이프"가 옳다고 말하자, S의
태도에 화가 난 선생은 그의 따귀를 때리면서 "라이프 워어크"를 인정
할 것을 요구한다. 그러나 S의 태도는 확고부동하다. "워어크 라이프"가

맞다는 것이다. 분노에 찬 선생은 또 한 차례 S의 따귀를 때려 보지만 S는 아랑곳하지 않는다. 선생은 때리고 S는 맞는 사이 "진기한 문답과 동작이 몇 번이나 더 되풀이된" 끝에 결국엔 선생이 먼저 지쳐 손을 들고 말았다.

그리고 나서 며칠이 지난 학기말 영어 시험 시간이었다. 영어 시험에 "라이프 워어크"라는 단어가 나오자 S는 극도의 분노를 느끼며 시험지의 그 부분을 북북 째버리고 "워어크 라이프"라고 써넣은 다음, '이것이 절대로 옳음'이라고 주까지 달아 백지인 답안지와 함께 제출하고 교실을 나와 버렸다. 다음 날 이런 사실을 안 영어 선생은 S에게 선생을 모욕하느냐고 미친 듯이 고함을 지르며 구타를 가했다. 그러자 S는 자신의 반항 대상은 "영어"이며, "영어의 노예가 된 인간을 경멸한다."고 대답한다. S는 요즘 들어 부쩍 영어 그 자체에 말할 수 없는 적의와 분노를 느끼고 있다. 그리고 동시에 영어에 대한 도전을 각오했다. 말하자면, S가 학교에서 영어를 배우는 동안에 도전 대상이 '신'에서 '영어'로 바뀐 것이다. 마치 "work life"를 "life work"로부터 지켜내야 할 "필생의 과업"처럼 S는 영어를 필사적으로 거부하고 있다. 이유는 한 가지, "영어의 노예가 된 인간을 경멸"한다는 것이다.

영어는 비서구적인 주체를 서양 중심, 백인 중심의 문화와 체제에 종속시키는 데 필수 불가결한, 무적의 '신'이다. 교육이라는 수단을 통해 주체의 자유로운 사고를 봉쇄하는 영어는 결국 인간을 노예화한다. 즉, 영어 교육은 인간을 사회화하는 과정이 아니라 지배질서에 대한 피지배자의 적응의 한 방식이자 제국주의의 노예가 되는 근대적 프로젝트의 역할을 담당하고 있다. 그렇기 때문에 S는 "정말 영어 그 자체에 말할 수 없는 적의와 분노를 느끼며", 필사적으로 영어에 대항했던 것이다.

'신'은 비단 '영어'에서만 그 실체를 드러내는 것은 아니다. '신'의 이미지는 사랑과 결혼에도 내재해 있다. 특히 사랑은 결혼의 필수 전제 조

건이며 자유연애에 의한 것이라는 낭만적 사랑의 공식은 국가가 통제하
기 쉽도록 가족을 규제하는 이념일 뿐이다. 중요한 것은 낭만적 사랑의
성적 욕망이나 성행위는 기존의 틀을 유지하고 재생산하는 근간이 된다
는 사실이다. 하지만 그와는 반대로, 기형적인 S의 성은 낭만적 사랑의
틀을 전복시킨다.

> S는 처음으로 여자의 피부를 감촉했다. 다소 실망했다. 수음의 경험
> 을 가진 그는, 그보다 몇 갑절의 황홀한 쾌감을 예상했지만 마찬가지였
> 기 때문이다.
> 　여자에 대한 그의 어처구니없는 복수 행위는 여기서부터 시작되었다.
> 성욕을 합리화시키기 위해 복수심을 불러일으키는 것이 아니라, 그와는
> 반대였다. 그의 경우 정체 불명의 터무니없는 복수심은 대개 성욕을 자
> 극하는 기묘한 심리적 현상으로 나타났다. 복수의 쾌감이 곧 섹스 아피
> 일과 통했던 것이다.(「신의 희작」, 429)

S가 처음으로 여성과 성 관계를 맺은 대상은 영어 선생의 장녀였다.
"워어크 라이프/라이프 워어크"로 인해 학기말 성적을 제로에 가까운
낙제점수를 받은 S는 반항심과 복수심에 사로잡힌다. 처음엔 단순한 복
수심에서 별 생각 없이 S는 영어 선생의 집을 배회했었다. 그런데 집을
나서던 선생님의 딸을 본 순간, 그에게는 복수의 대상을 발견했다는 생
각과 동시에 성욕이 일었다. 여자를 위협한 끝에 성 관계를 맺은 S는 수
음보다 몇 갑절의 황홀한 쾌감을 기대했지만 결과는 수음의 쾌감에 못
미치는 실망스런 것이었다. "여자에 대한 그의 어처구니없는 복수 행위
는 여기서부터 시작되었다." 그 이후로 맺은 두 번의 성 관계도 복수심
과 야합한 성욕에 의해서였다. S는 자신을 업신여기거나 치욕스런 분노
를 느끼게 하는 대상이 나타나면 복수심이 일곤 했는데, "터무니없는 복
수심은 대개 성욕을 자극하는 기묘한 심리적 현상"으로 나타났다. 방뇨
한 이불을 발견한 하숙집 딸이 식구들 전체에게 그 사실을 알렸던 것에

화가 난 때도 그랬고, 징집된 친구의 생환 여부가 궁금해서 찾아갔던 집에서 그 아버지가 심하게 경계하는 것에 분노한 때도 그랬다. 그때에도 "복수의 쾌감이 곧 섹스 아피일과 통했던 것이다."

그렇다고 S가 여러 여자와 성 관계를 맺으며 쾌감에 젖는 몰염치한 사람은 아니다. 그는 여자와 성 관계를 맺으며 즐길만한 생활의 여유가 없는 것이다. S는 양복 두어 벌로 사철을 견디며 밥을 하루에 한 끼만 먹는 속식법으로 하루하루를 연명하는, 궁핍과 고난의 연속선상에 존재하기 때문이다. 그런 그에게 친구 동생인 지즈꼬가 아내가 되었다. 하지만 둘의 결합은 행복의 실현을 지향하는 이념인, 낭만적 사랑에 의한 결과가 아니다. 낭만적 사랑은 결혼으로 이어지는 과정이며 성은 이 사랑을 완성하는 하나의 상징이라면, S와 지즈꼬의 결합은 그런 사랑과 거리가 있다. 그들의 결합은 복수심이 성욕을 일으키는 S의 기묘한 심리적 반응에 따른 성 관계의 결과이기 때문이다. 물론 둘의 결합에 문제가 있다는 것은 아니다. 다만 사랑은 결혼의 필수 전제 조건이며, 이것은 하나의 완결된 존재가 아님을 S와 지즈꼬의 결합에 함축되어 있다는 것이다. 성이란 불확실성의 영역이며 사랑은 그것의 반영이라는 점에서 S의 결혼에는 근대가 지향하고 있는 낭만적 결혼과 배치되어 있다. 그리고 이러한 상반된 결혼관은 '산아 제한'이라는 제도에서도 나타난다.

분단 이후 한국의 근대는 산아 제한이라는 제도와 상호 역동적 관계에 있다. 인공적으로 수태나 출산을 제한하는 산아 제한은 '통제'의 의미가 강하다. 산아 제한은 수태나 출산을 조절하는 산아 조절의 결과이기 때문이다. 그러나 국가가 국민 통치를 원활하게 하기 위해 실시했던 산아 제한은 「신의 희작」에 나타난 그것과는 완전히 어긋나 있다.

S는 강력하게 산아를 거부한다. 자식이 있으면 '언제나 무엇에 도취되듯 자신 있게 저질러 버릴 수 있는 자랑스런 가능성'이 박약해질 수밖에 없기 때문이다. 자유로운 정신에서 비롯된 행동의 실천 가능성이

약화된다는 것은 '마치 그의 인간 가치나 존재의 의미가 약화되는 것 같아 겁났던' 것이다. 이처럼 배치의 역학을 통해 작가 손창섭은 낭만적 사랑이 은폐하고 있는 이념의 허상을 꼬집고 있다. 낭만적 사랑에 의한 결혼의 공식은 모든 성을 지배적인 성문화로 끌어들이는 구심점 역할을 수행한다. 성이란 모든 사회관계들이 개입하여 특징 집단의 이해를 관철하는 정치학의 영역 보고이기도 하므로 낭만적 사랑은 성을 이용하여 기존 질서를 존립하게 하는 신의 또 다른 얼굴이라고 할 수 있다. 이 점은 마찬가지로 "국가"에도 해당된다.

> 십여 년만에 S가 조국이라고 찾아 돌아와 보니, 도시 말이 아니었다. 일본의 사회상에 비할 바가 아니었다. 모두가 문자 그대로 엉망진창이었다. 물론 아직도 해방되어 일천한 데다가, 군정시기였으니 만큼, 일제의 혹심한 탄압과 약탈의 깊은 상처가 가시지 않은 탓이라고 해석해 버리면 그만일지 모른다. 그러나 그러한 해석만으로 간단히 납득이 가지 않는 어떤 막연한 불안을 조국의 현실과 국민성 속에서 극히 희미하게나마 느끼지 않을 수 없었던 것이다.
> 하지만 그와 같은 불안의 본질을 철저히 분석하고 규명해 보기에는, 그는 너무나 무지했고, 그러한 현실에 대결하여 대국적인 투쟁을 전개하기에는 그는 너무나 무력한 존재였다. 단순한 무지라든가 무력이라기보다도, 육체적으로나 정신적으로나 비정상적인 기형성을 바탕으로 구조된 인간이, 이러한 상황 속에 던져졌을 때 그것은 다만 조국 땅에서 새로운 넌센스를 연출시키는 결과를 가져왔을 뿐이다.(「신의 희작」, 431~432)

조국이 해방되자, S는 수많은 동포와 함께 귀국할 것을 결심한다. 단순히 생활난 때문만은 아니었다. 오히려 '해방된 조국의 벅찬 감동과 찬란한 희망은 치욕적이며 불구적인 그의 어두운 요소를 감싸주면서 위대한 일꾼을 만들어 줄지도 모른다'는 생각에서였다. 당장 아내 지즈꼬와 아기를 데리고 환국할 엄두가 나지 않았던 S는 고민 끝에, 아내에게는 일년 내에 반드시 자리를 잡고 데려가겠다고 간신히 타일러 놓고 한국으로 귀국하였다. 하지만 10년 만에 돌아온 조국은 S가 생각했던 것과는 완전히 딴판이었다. 패전의 일본과는 비교할 수 없을 정도로 엉망이었던 것이다. 하지만 무엇보다도 그가 우려하는 바는 "어떤 막연한 불안을 조국의 현실과 국민성 속에서" 어렴풋이 느낄 수 있었다는 데 있다.

S의 불안감은 어김없이 현실로 나타났다. '벌거숭이 인간의 최소한의 생존 가능성을 경험하기 시작'하면서, 그는 조국의 현실을 조금씩 파악하게 되었다. S는 끼니를 해결하기 위해 하루 종일 구걸하다시피 음식점 방문 행각을 벌였으며, 잠은 서울역 대합실에서 잤다. 해방따라지와 잘 곳 없는 사람들로 대합실은 언제나 미어지게 초만원이었으나 그것도 잠시뿐, 최종 열차가 떠나고 나면 역원들이 몽둥이로 모두 쫓아내고 강제로 문을 닫아버려 그들은 새벽 한두 시부터 추위와 어둠 속에서 떨어야 했다. 거기에 설상가상으로 속옷이나 겉옷 할 것 없이 가을부터 한 겨울을 단벌치기로 꼬박 입고 있자니 이가 왕성하게 번식하여 파리해진 S를 더욱 곤란하게 만들기도 했다. 어떤 날은 인천역 대합실에서 음식보따리를 훔쳐서는 선창가 인적 드문 곳에서 끼니를 해결하기도 했는데, 그것은 S가 태어나서 처음으로 저지른 행동으로 내리 세 끼를 굶은 데 따른 어쩔 수 없는 일이었다.

S는 하늘에다 대고, 혹은 억울한 생각에 가끔은 파출소 문 앞에서 "나는 부모도 형제도 집도 돈도 고향도 조국도 없는 놈이다"라고 외치곤 하는데, 이것은 '실망할 자유조차' 없는 조국의 현실에 대한 S의 비판적 포효이다. 여기서 '나는 부모도 형제도 집도 돈도 없는 놈이다'에서 "나는 부모도 형제도 집도 돈도 고향도 조국도 없는 놈이다"로, 그 없음의 대상에 "조국"이 포함되어 있다는 것은 의미심장하다. 해방 이후 미군정 시기의 조국은 희망에 찬 어머니의 땅이 아니라 돌아오는 자식을 버리는, 어머니 부재의 체제였던 것이다. 이러한 현상은 전쟁과 분단 이후

의 사회 체제에도 고스란히 되풀이되고 있다.

한국식 근대의 성립을 위해서는 국가 제도의 정비뿐만 아니라 어떤 동질 의식이 필요하다. 그 동질 의식을 보장하는 것이 바로 친미였다. 어머니 부재의 땅에 뿌리를 내린 친미 의식은 전쟁과 분단을 거치면서 미국 우위의 지배 질서 구축에 모든 것을 블랙홀처럼 빨아들이는 역할을 수행해 왔다. 따라서 S는 국가의 중심화를 위한 새로운 '신', 즉 '친미'에 도전을 감행하지 않을 수 없다.

미군정 시기에 이어 50년대는 단순히 자본주의, 근대로의 과도기라기보다는 전쟁과 분단이라는 정치적 상황에 의해 조건 지어진, 한국식 근대의 기점으로서의 성격을 지니고 있다. 따라서 그 특수성에서 비롯된 사회 체제는 친미 중심의 지배 질서를 지니고 있음은 자명한 일이다. 물론 S처럼 정신적 기형성의 인간이 친미 체제의 "이러한 상황 속에 던져졌을 때, 그것은 다만 조국 땅에서 새로운 넌센스를 연출시키는 결과를" 가져올 수밖에 없다. 최소한의 생존 가능성 여부를 스스로 체험하면서, 즉 의식주를 해결하는 과정에 나타난 행동은 물론, 전쟁과 분단을 거치면서 보이는 비정상적인 행동들은 친미 체제 중심의 문화를 내면화할 수 없었던 S의 기형성을 비유적으로 뒷받침하고 있다.

> 이러한 그의 비현대성, 비문화성, 비일반성은 그의 정신과 육체의 기본 형성 요소인 기형성과 불구성에서 돋아난 가지(枝)로서, 그의 생활과 문학에 비극과 희극을 동시에 투영해 온 근원인 것이다. 그렇다면 그는 그러한 비극을 연출하기 위한 의미로만 존재하는 것일까. 신은 이 세상 만물 중 어느 것 하나 의미없이 만든 것이 없다고 하니 말이다. 여기서 S는 너무나 저주스럽고 짓궂은 신의 의도와 미소를 발견하고, 새로운 도전을 결의하지 않을 수 없는 것이다. 그 자체가 이미 하나의 완전한 넌센스인 도전을.(「신의 희작」, 443)

S의 기형성에서 비롯된 비현대성, 비문화성, 비일반성은 "그의 생활과

문학에 비극과 희극을 동시에 투영해 온 근원"이다. 물론 이러한 성질은 처음부터 주어진 자명한 것이 아니라, '가족', '영어', '사랑', '산아 제한', '친미' 등의 이념들을 함축한 상황에 부딪쳤을 때마다 비판 의식으로 지켜내면서 형성된 것이다. S의 기형성은 야뇨증에 시달리는 '어이없는 존재로 창조해 준 조물주', 즉 자신을 '희작'으로 만든 '신'에게 맞서기 위한 도전으로 시작되었지만, 그 도전은 이데올로기로써의 '가족', 인간을 노예화하는 '영어', 허상뿐인 낭만적인 '사랑', 국가 통제를 위한 '산아 제한', 동질의식으로써의 '친미'를 거부하는 필사적인 반항으로 이어지는 지속성을 지니고 있다. 말하자면 '신'은 '가족', '영어', '사랑', '산아 체한', '친미' 등, 다섯 가지 변주된 얼굴로 한국식 근대를 형성하였지만 S는 변주된 신들에 도전함으로써 그 중심의 외부에 존재할 수 있었던 것이다.

S는 실제로 다섯 가지 얼굴의 신으로부터 자유로울 수 없다. 다만 정신적으로 자유로울 수 있을 뿐이다. 이점에서 S의 기형성은 자유로운 정신을 표방한다. 그 정신이 성기를 학대함으로써 시작되는데, 이것은 성이야말로 S가 내부로부터 비판할 수 있는 근거가 될 수 있기 때문이다. 성기 자학은 남근 중심적 성문화의 바깥에 존재하는 S를 단적으로 나타내면서 동시에 다섯 가지 변주된 신에게 도전하는 S의 자유로운 정신의 실마리라는 의미를 내포하고 있다.

4. 성 담론의 탐색

이 글에서는 근대의 주체를 탐색하고 있는 손창섭의 「신의 희작」을 성 담론으로 분석하였다. 주인공 S는 성을 비롯하여 교육과 문화, 국가에 관한 근대화 프로젝트에 맹목적으로 포섭되지 않은, 가라타니 고진의 표현을 빌리자면 공동체와 공동체 사이에 존재하는 이방인[4]이다. 작가 손창섭은 이방인 S를 통해 성이란 남근 중심의 질서에 대한 비판과 동시에 기존 체제와 지배 질서에 대한 저항일 수 있음을 제시하였다. 손창섭은 이 같은 문제를 S의 행동과 성격으로 형상화하는데, 궁극적으로 S가 작가 손창섭이 모델이라는 점에서 「신의 희작」이 지닌 의미는 크다.

손창섭은 「신의 희작」에서 자기를 대상화함으로써 작가로서의 윤리적 책임을 S를 통해 표방하였다. 손창섭은 S란 근대, 즉 '신'이 규정한 존재가 아니라 자기의식에 근거한 존재이기 때문에 '가족', '영어', '사랑', '산아 체한', '친미'로 변주된 신의 실체를 성 담론으로 드러낼 수 있었다. 이러한 맥락에서 볼 때, 「신의 희작」은 주체의 진정한 자기 정체성을 형상화하면서 지배질서에 대항하는 전략으로써 기능하는 저항 담론이라고 할 수 있다.

---

4) 가라타니 고진, 박유하 옮김, 『일본근대문학의 기원』, 민음사, 1997, 242쪽.

3장

기억과 파노라마 서술

―선우휘의 「불꽃」

1. 선우휘 문학의 한계

선우휘는 전후문단을 대표하는 소설가 중의 한 사람이다. 1955년 단편 「귀신」을 『신세계』에 발표하며 문단 활동을 시작한 그는, 1957년 「불꽃」으로 제2회 동인문학상을 수상하면서 주목받는 작가로 부상하였다. 특히 「불꽃」은 『문학예술』 7월호의 '신인 특집'에 수록되면서 같은 해 동인문학상 수상작으로 선정되었던 까닭에, 이 작품의 의의는 자못 크다고 할 수 있다.

선우휘는 1956년에 「테로리스트」를 발표하여 세인은 물론, 연구자들에게 큰 인기를 끌었지만, 「불꽃」만큼은 아니었다. 「불꽃」이 당시 가장 권위 있던 동인문학상을 수상함으로써 그가 한국 문단의 중심에 진입할 수 있었던 점을 감안해 본다면, 이 소설 작품에 기울이는 연구자들의 지대한 관심 또한 어쩌면 당연한 결과라고 할 수 있다. 이 시기에 활동한 작가들을 중심으로 전후 문학을 진단한 이어령은 「불꽃」의 주인공 고현의 태도와 행동의 결정을 빌어 선우휘는 이 시대의 문제점을 제시한 작가라고 하였고,[1] 백철은 1950년부터 1960년까지 약 10년 동안의 한국문단을 정리하면서 후반기 전쟁 취재의 작품 특징이 '휴매니티'이며, 「불꽃」을 그 경계선에 있는 작품으로 꼽았다.[2] 특히 「불꽃」의 주제를 '행동적 휴머니즘' 문학으로 규정한 김병걸은 "인간성 파괴에 철저히 도전하면서 휴머니즘에 입각한 행동성을 여실히 보여준다"고 하면서, 이 작품의 휴머니즘적 측면을 높이 평가하였다.[3]

그렇다고 「불꽃」에 대한 평가가 긍정적인 것만은 아니다. 신경득은 선우휘의 근본적인 발상은 "남의 일에 흥미도 없거니와, 남의 한계를 침범할 생각은 더욱 없다"는 소극적 개인주의에서 출발한다고 하면서, '저항, 행동, 휴머니즘'의 유행어가 밑바탕이 된 데 따른 심각한 비판이 뒤따라야 한다고 했으며,[4] 김윤식·김현은 역사와 현실에 대한 세심한 관찰과 비판이 결여되었다며, 선우휘 소설의 한계를 지적하였다.[5]

선우휘 작품에 대한 평가가 긍정적이든 부정적이든 간에, 문제는 그 평가의 대부분이 「불꽃」에서 비롯되고 있다는 데 있다. 더욱이 선우휘 소설에 나타난 주제를 휴머니즘이나 행동적 휴머니즘으로 보는 긍정적 평가의 기틀을 「불꽃」에서 찾는다는 점에서, 이 작품을 다시 읽어야 하는 필요성이 대두된다. 「불꽃」은 인간관과 현실 인식이 지극히 추상적이며 흑백논리의 도식성을 갖고 있는 데도 말이다.[6]

한국전쟁 이후 나타난 휴머니즘의 고양 현상은 제국주의 이데올로기로 인한 동족 적대시가 마침내 전쟁으로 분출된 현실에 대한 반성과 그 대안이 휴머니즘이라는 데 근거하고 있다. 휴머니즘이야말로 전쟁의 폐허 속에서 현실의 본질을 꿰뚫고 와해되는 민족의 동질성을 구할 수 있는

---

1) 이어령, 「1957년의 작가들」, 『사상계』, 1958. 1, 48~47쪽.
2) 백 철, 「한국문단십년」, 『사상계』, 1960. 2, 234쪽.
3) 김병걸, 「소설 속의 6·25 그 비극의 문학」, 『월간중앙』, 1979. 6, 355쪽.
4) 신경득, 『한국전후소설연구』, 일지사, 1983, 58쪽.
5) 김윤식·김현, 『한국문학사』, 민음사, 1973, 256쪽.
6) 이재선, 『현대한국소설사』, 민음사, 2000, 121쪽.

가능성이었던 것이다. 1950년대에서 1960년대까지 활동한 작가들에게 있어 문학 정신의 핵심이 휴머니즘에 있다는 견해도[7] 이 같은 맥락에서 이해될 수 있다. 하지만 인간성 옹호의 현실 인식과 민족 동질성 회복이라는 차원에서 볼 때, 「불꽃」은 이러한 휴머니즘의 정신과 사뭇 다르다. 선우휘의 「불꽃」을 다시 읽어야 하는 궁극적인 이유는 바로 이 점에 있다.

이 글은 선우휘의 「불꽃」을 다시 읽음으로써, 전후소설이 지향하고 있는 휴머니즘의 본질을 밝히는 데 목적이 있다. 이러한 점을 염두에 두면서 「불꽃」에 나타난 휴머니즘의 성격을 이야기 담론 분석을 통해 재조명하고자 한다.

2. 인물의 회상과 파노라마 서술의 불일치

소설은 스토리와 서술자를 두 가지 필수요건으로 한다. 말하자면, 소설의 시학적 구성은 서술자가 '어떤 스토리'를 '어떻게 이야기하느냐' 하는 이야기 담론을 통해 드러난다.

「불꽃」은 전쟁의 소용돌이 속에서 자기를 발견하는 주인공 고현의 이야기를, 스토리 밖에 있는 서술자가 전달하는 3인칭 소설이다. 스토리에는 고현의 현실인식이나 행동이 나타나 있고, 이야기에는 스토리 세계를 바라보는 서술자의 인식이 내재해 있으므로, 이야기 담론 분석은 인물과 서술자의 의식을 알 수 있는 단초를 마련한다고 할 수 있다. 전후 현실을 어떻게 보느냐 하는 고현과 서술자의 인식은 그들의 담론을 통해 상호 주관적으로 얽혀 있으므로, 스토리를 전달하는 서술자의 목소리는 시학적 구성인 텍스트 차원을 넘어서 독자의 세계를

---

7) 오세영, 「한국 현대문학과 휴머니즘」, 『휴머니즘 연구』, 서울대출판부, 1996, 28~40쪽.

향하고 있다.

1) 현실 인식 없는 주체의 역사 껴안기

스토리가 인간 삶의 반영이라면 그 세계에는 인물과 사회와의 상호작용이 형상화되어 있고 할 수 있다. 인물과 사회의 상호성은 일반적으로 일련의 사건으로 나타나는데, 「불꽃」에서는 사건보다는 인물의 내면에 그 문제가 제시되어 있다.

> 여태까지 현은 황금률(黃金律)을 뒤집어 놓은 것, 즉 남에게서 괴로움을 받기 싫은 것처럼 나도 남을 괴롭히지 않는다는 신조를 굳게 지켜왔던 것이다. 그러나 지금에 와서 현은 자기에게 파상적으로 몰려 닥치는 위협을 느끼기 시작했다.
> 이번의 청부업자는 종전의 유가 아닌 것 같았다. 한 명도 놓치지 않고 건드려 놓고야 말려는 유능하고 가혹한 업자. 구석구석을 파헤치려는 집요하고 치밀한 계산자. 현이 웅크리고 있는 껍질도 그들의 날카로운 눈길에서 빠져날 수는 없는 듯싶었다.(352쪽)[8]

남을 괴롭히지 않고 살아온 고현은 요즘 들어 부쩍 갈등하고 있다. 그는 "이번의 청부업자"는 종전에 보아왔던 유형과 다르게, 유능하고 가혹하며 집요하고 치밀한 계산자인 탓에 위협마저 느끼고 있다. 하지만 그의 위기감은 무엇보다도 그 청부업자가 친구라는 사실에 있다. 그 청부업자가 연호이다.

> 발길을 돌린 연호는 혀를 찼다.
> <무엇 그런 자식이 있나.>

---

8) 선우휘, 「불꽃」, 『현대한국문학전집 12』, 신구문화사, 1981, 352쪽(이하 「불꽃」과 관련된 인용문의 숫자는 이 책의 쪽수이다).

이번 그가 공작의 임무를 맡고 고향인 P고을에 파견됐다는 건 삼 년
이 넘는 자기의 신산(辛酸)을 갚고도 남음이 있었다. 그는 고을 사람들이
자기에게 퍼붓는 눈초리에서 제법 흡족한 걸 느끼고 있었던 것이다. (…)
그런데 현의 눈만은 그렇지가 않았다. 거기에는 아무런 반응이 없었다.
두려움의 빛은커녕 무관심과 권태와 혐오가 뒤섞인 눈에 어딘지 연민과
동정의 빛조차 깃들이고 있었던 것이 아닌가.
　　공포 가운데서 또는 완강한 조직 가운데서 그렇게 애써 쌓아올린 탑
을 그렇게도 가벼이 보아 넘기다니. 거기다 걷잡을 수 없었던 허망한 애
기의 논리.
　　<청부업자라구……>
　　승리자로서의 여유와 관용을 가지고 현의 애기를 들어 넘긴 자신이
기특했다기보다 어리석었다. 가슴 한 귀퉁이에 생긴 솜사탕 같은 공허.
연호는 그 공허를 증오의 불길로 메우어 갔다.(「불꽃」, 353)

연호는 전쟁이 일어나기 3년 전에 월북했다가 공작의 임무를 맡고 고
향으로 돌아온다. 연호는 고향 사람들이 선망과 두려움의 눈초리로 자
신을 맞이하자 승리감에 도취되어 있다. 그러나 승리감도 잠시뿐, 친구
인 현을 만난 자리에서 그 환상은 여지없이 깨지고 만다. 연호를 마주한
현의 반응이 흐트러짐이 없기 때문이다. 연호는 공포는커녕 '청부업자'
라고 냉랭하게 말하는 현에게서 공허감을 느낀다. 현의 이 같은 반응에
분노한 연호는 그 공허감을 증오로써 메우리라 결심한다.

현은 연호를 유능하고 가혹한 청부업자라고 비난하고, 연호는 자신을
무시하는 현에게 증오심을 품고 있다. 연호가 청부업자라는 사실에서
비롯된 갈등은 이처럼 서로를 적대시하는 감정으로 발전하면서 둘 사이
의 골을 더 깊게 하고 있다. 그렇다면 현과 연호 사이의 갈등을 부추기
는 청부업자의 실체란 무엇인가.

　　만주에서 헤매던 현은 구월 중순이 지나 고향 P고을로 돌아왔다. 그
동안 소련군이 진주한 만주에서 현이 목격하고 느낀 것은 인간이란 개

이하가 될 수 있다는 것이었다. 약탈, 강간, 파괴, 살인… 현은 그 책임을 전쟁에 돌려버리는 의견에 찬동할 수 없었다. 문제는 그러한 행동을 저지를 수 있는 본질적인 것이 인간에게 잠재해 있다는 데 있었다. 그것은 오히려 개보다 못했다. 인간은 거기에 이유를 붙이기 때문. 어떻든 일본을 대신해서 인민의 해방자로 나선 청부업자 소련인들은 처음부터 그처럼 으리으리 했던 것이다.

<원래 청부업자란 수지가 맞는 법이니까.>

현은 인간에 대한 실망과 환멸을 고쳐 이렇게 뇌까리고 쓴웃음을 지을 수밖에 없었다.(「불꽃」, 340)

현이 생각하고 있는 '청부업자'란 '소련인'이다. 현이 일본 군대에서 탈주하여 만주로 피신하면서 목격한 것은 소련군의 만행이었다. 일본을 대신해서 인민의 해방자로 나선 청부업자 소련군이란 그에게는 "약탈, 강간, 파괴, 살인을 일삼는" 비인간적인 사람들이었다. 그 이후로 그는 소련군을 살인 자행의 청부업자로 여기게 되었다. 그런데 연호가 청부업자 소련군의 표지인 공산주의자가 되어 3년 만에 고향으로 돌아온 것이다. 현은 그런 연호에게 반감을 품지 않을 수 없었다. 공산주의자를 청부업자 소련군과 동격으로 보는 현의 시선은 스토리 밖에 존재하는 서술자의 그것과 다를 바 없다. 스토리 세계에 있는 연호를 바라보면서 이야기하는 서술자의 목소리에는 현과 같은 의식이 실려 있다.

다시 열흘이 지난 어느 날, 칠월의 하늘 아래 찌는 듯 뜨거운 땅 위에서 청부업자들은 하나의 잔치를 베풀었다. 이글거리는 태양은 처참한 이 잔치에는 너무나 강력한 조명이었다. 아직도 명확한 태도를 결정하지 못하고 서성거리고 있는 <인민>들에게 산 제물을 도륙함으로써 그들의 손에 인간의 피를 발라 놓고, 가슴마다에 결정적인 공포와 증오의 씨를 심어 놓아야 했다. 죄악의 조각은 나눠져야만 했다.

P고을 중앙 네거리에서 열린 인민재판, 연호는 그 자리에 현을 불렀다. 현에게 피를 보이고 그 반응을 보고자 한 것이다.(「불꽃」, 353)

서술자는 스토리 세계에서 일어나는 중요한 사건, 즉 인민재판을 '피의 잔치'에 비유하고 있다. 서술자는 "칠월의 하늘 아래 찌는 듯 뜨거운 땅 위에서 청부업자들은 하나의 잔치를 베풀었다"고 하면서, 이에 논평까지 덧붙인다. 서술자는 "인민들에게 산 제물을 도륙함으로써 그들의 손에 인간의 피를 발라 놓고, 가슴마다에 결정적인 공포와 증오의 씨를 심어 놓아야 했다"고 이야기함으로써, 청부업자들의 인민재판의 의도를 설명할 뿐만 아니라, 연호의 내면까지 꿰뚫어 보고 있다. 인민재판을 열고는 그 현장에서 "현에게 피를 보이고 그 반응을 보고자 한" 연호의 계획을 서술자는 앞질러 털어놓는 것이다.

서술자는 사건은 물론, 인물들의 내면까지 들락거리는 전지적 시점을 취하고 있다. 게다가 인물의 이념에 따라 논평까지 곁들이는 바람에 현과 연호의 갈등은 사건이 진행될수록 양극화되는 현상으로 나타나기 시작한다.

<어쩌냐…>
연호는 현을 뚫어질 듯이 쏘아보았다. 그러나 그는 현의 얼굴에서 한 오리의 공포의 빛도 찾아낼 수 없었다. 경화(硬化)된 현의 얼굴에서는 다만 땀이 흘러내리고 있을 뿐이었다.
<이런!>
그러나 그것은 연호의 오진이었다. 현의 얼굴을 흐르는 땀은 더위 때문이 아니라 가슴에서 타는 분노의 불길 때문이었다. 두 번째의 희생자가 끌려 나왔을 때 현이 흘린 땀은 땀이 아니라 전신의 혈관에서 배어 나오는 피였다. 희생자는 다른 사람 아닌 조 선생의 부친이었다. (…) 현은 땀이 흐르고 있는 얼굴을 돌려 연호를 쳐다보았다. 그 야릇한 눈동자와 입가에 띤 까닭 모를 웃음, 이것이 자라난 친구… 인간의 얼굴이라니. 그 얼굴이 눈앞에서 크게 확대되는 착각을 느끼자, 현의 입에서 찢는 듯한 비명이 터져 나왔다.
『살인이다!』(「불꽃」, 354)

서술자는 갈등 관계에 있는 두 인물에 대해 서로 다른 태도로 일관하고 있다. 반공주의자인 현에게는 우호적인 태도를, 공산주의자인 연호에게는 적대적인 태도를 취하는 것이다. "<어떠냐…>, <이런!> 등, 연호의 속마음을 그대로 옮긴 문장을 비롯하여 인민재판을 둘러싼 그의 행동이나 의식은 서술자의 판단에 의해 전달되는데 연호를 향한 서술자 태도는 적대감으로 일관되어 있다. 반면, 서술자는 현에 대해서는 우호적인 태도를 유지한다.

> 현은 지난날의 그 몇 번인가의 저항의 충동을 생각해 보았다.
> <일인 교수에 대한 반발> 자기 혐오와 함께 몸을 오므린 퇴각.
> <학교장에 대한 항의> 겸연쩍어 사직을 하고 만 패배. 아니 패북.
> <일군에서의 탈주> 또 다시 연안(延安)에서의 도주. 도피의 연속.
> 어느 때 정면으로 싸워 본 일이 있었던가. 단 한번. 그것은 극히 어리던 시절의 일. 할아버지의 혹을 두고 얼굴에 흘린 피와 갈기갈기 찢긴 옷. 뜻밖에도 할아버지는 노하셨지. 모든 거북한 일에 등을 돌리는 습성이 내 가슴에 깃든 것은 어느 때부터였던가. 그리고 껍질 속에 몸을 오므린 삼십 년의 결산은 결국 도망을 놓았다는 것이다.(「불꽃」355)

위의 인용문은 과거에 일어났던 일련의 사건들에 대한 서술로 현의 성격을 알 수 있는 단서들이다. 서술자가 현에게 우호적인 태도로 일관하면서 사건들을 전달하는 바람에 '일인 교수에 대한 반발', '학교장에 대한 항의', '일군에서의 탈주', '연안에서의 도주' 등, 현의 심리적 충동에 의한 저항적 행동들이 마치 영웅적인 행위인양 이야기되고 있다. 할아버지를 혹부리 영감이라고 놀린 아이들과의 싸움으로 시작된 현의 30년간의 영웅적 삶이 간단하게 서술된 요약[9] 제시는 현이 연호를 쓰러뜨

---

9) '요약'은 사건이나 상황에 대한 자세한 묘사 없이 며칠, 몇 달, 몇 년간에 일어난 일들을 몇 문장, 혹은 몇 쪽에 걸쳐 서술하는 것으로, 이 경우 이야기 시간은 스토리 시간에 비해 일반적으로 짧다(Gérard Genette, 권택영 옮김, 『서사 담론』, 교보문고, 1992, 85~86쪽).

리고 동굴로 도망친 다음의 정보 유출이라 서술자가 현의 영웅성을 부
각시키려는 의도가 다분히 개입되어 있다. 이유야 어떻든 현은 억압적
상황에 대항하려는 충동은 있었다. 하지만 그것은 적극적인 행동으로
연결된 충동은 아니었다. 제국주의적인 '일인 교수에 대한 반발'은 자기
혐오를 확인한 퇴각으로 마무리되었고, 부패한 '학교장에 대한 항의'는
겸연쩍어 사직을 내는 것으로 일단락되었으며, 근거 없는 증오심을 키
우는 '일군에서의 탈주'와 '연안에서의 도주'는 도피의 연속에 불과한
것이었다. 그런데도 현의 충동적인 행위들이 서술자에 의해 부조리에
대항하는 윤리적 실천으로 뒤바뀌어, 종국에는 현을 영웅으로 내세우는
논리로 발전한다.

> 이미 꽃밭의 시대는 끝난 것이다. 살아서 먼저 청부업자들을 거부하
> 자. 떠들어대어야 인생은 더욱 무의미할 뿐이라는 것을 뼈저리도록 알
> 려 주자. 꺼리고 비웃는 데 그치지 말고 정면으로 알몸을 던져 거부하
> 자. 나 같은 처지의, 아니 나 이상의 경우의 무수한 인간들.
> 　이웃을 보는 눈 귀 하나에도 조심을 담고, 건네는 한 마디의 얘기에
> 도 남을 괴롭힐사 애쓰는 인간들. 늙은, 젊은, 어린 남녀의 수많은 얼굴
> 들… 그리운 그 얼굴들이 있지 아니한가. 나는 외로울 수 없다. 이제부
> 터 그들 가운데서 잃어진 나 자신을 찾아야 한다. 그리고 청부업자들을
> 격리하고 주어진 땅 위에 그들과 함께 새로운 마을을 세우자. 거기에 내
> 덤의 삶을 바치는 것이다. 청부업자들의 교만과 포악을 곧 같은 인간인
> 자기 자신의 부끄러움으로 돌리고 한결같이 고통을 참고 견뎌 온 <조용
> 한> 인간들, 광기의 청부업자는 사라지고 <조용한> 인간들의 세계가
> 와야 한다. 조용한 인간들의 세계……
> 　산과 산, 어디까지나 이어간 산줄기. 굽이치는 골짜기. 영겁의 정적은 깨
> 뜨려지고 거기 새로운 생명이 날개를 치며 퍼득이기 시작했다.(「불꽃」, 361)

위의 인용문은 「불꽃」의 마지막 장면이다. 현은 할아버지의 죽음을
통해 살아본 일이 없으면 죽을 수도 없다는 사실을 절감하면서 가슴속

에서 이는 뜨거운 '불꽃'처럼 생의 증거를 보이겠다고 다짐한다. 자신 속에 갇힌 껍질을 벗고 불꽃처럼 살겠다고 결심한 현은 그 의지를 "광기의 청부업자를 사라지게 하는" 행동으로 실천하려고 한다. 이 땅에서 청부업자인 공산주의자는 사라져야 하고 반공주의자들은 온전히 살아남아야 한다면, 친구인 연호 또한 예외일 수 없다. 현에게 공산주의자인 연호는 없어져야 할 '적'에 불과하다. 연호를 적대시하는 현의 의식에는 중요한 진실이 간과되어 있다. 그가 처단해야 할 대상은 연호와 같은 민족 공동체의 구성원이 아니라, 인간의 존엄성을 말살하는 점령군의 이식된 이데올로기이다. 연호는 그 이데올로기의 희생자라는 점을 통찰하지 못하면 현의 가슴에 이는 불꽃, 즉 현실을 도피하지 않고 맞서겠다는 의지는 동족의 인간 존엄을 파괴하는 반민족적 휴머니즘에 불과하다.

전후소설에 일반적으로 나타나는 휴머니즘이라는 주제는 1950년대의 부조리한 현실을 드러내어 그것을 변혁하고자 하는 작가 의식에서 비롯되었다. 전후 작가들은 휴머니즘이 민족 공동체의 갈등과 분열을 치유하고 동질성을 회복하여 평화적인 공존을 형성할 수 있는 근원으로 보았다. 이 같은 맥락에서 볼 때, 「불꽃」은 적어도 현과 연호의 적대적 대립이 아니라, 현과 연호의 인간적 합일점을 찾는 일과 맞물려 있어야 한다. 그럼에도 불구하고 서술자는 공산주의자인 '연호'를 없애고, 반공주의자인 '현'을 살리기 위해 전지적 시점을 전횡무진 감행하면서 현실 불감증의 현을 껴안고 있다. 이로써 결국 「불꽃」은 한 쪽이 한 쪽을 없애야 할 인간애 파괴의 장으로 변질되고 말았다.

2) 상호주관성 배제의 서술 인식

「불꽃」은 1부와 2부로 이루어져 있다. 1부는 서장을 포함하여 총 9장으로 나뉘어져 있지만 2부는 1부 1장 정도의 짧은 형식으로 장 구분이 없다. 2부에 비해 상당히 긴, 1부의 1장에서 8장까지의 대부분은 주인공 현의 회상으로 전개된다. 서술자는 그 회상의 주체인 현을 1부 서장에서 다음과 같은 방식으로 전달하고 있다.

> 산과 산 또 산 이어간 산줄기와 굽이치는 골짜기. 영겁의 정적.
> 멀리서 보면 북에서 남으로 흐르는 이 골짜기가 마치 푸른 모포를 드리운 것같이 부드러운 빛깔로 보였다. 그러나 골짜기를 뒤덮고 있는 관목의 가지와 잎사귀에 가리어 험한 바위가 짐승처럼 엎드리고, 담그면 손목이 끊길 것 같은 차디찬 냇물이 그 밑을 흐르고 있었다. 이 골짜기가 내려다보이는 서녘. 부엉산 산마루. 거기 동굴이 있었고 그 동굴을 등지고 고현(高賢)은 앉아 있었다. 기대고 있는 바위가 퍽 차가왔다. 해가 산마루 뒤로 기울기 시작하면서 골짜기의 이편에 지어졌던 그늘이 차차 저편 산허리로 물들어 갔다. 그곳 검푸르게 우거진 솔밭 가운데 현의 증조부의 산소가 보였고, 거기서 눈길을 북으로 돌리면 보이지 않는 오욕(汚辱)의 날(刃)이 영겁의 산줄기를 끊어 놓고 있었다. 아니 지금은 그 흔적뿐, 포성과 함께 피를 뿜고 남쪽으로 옮겨간 오욕의 날. 오욕, 인간이 땅과 인간에게 가한 오욕.
> 현은 손바닥으로 턱을 쓰다듬었다. 짐승처럼 사람의 눈을 피해 쫓겨다닌 기나긴 시간이 턱과 뒷덜미에 흐르고 있었다. 가마솥같이 거친 턱수염. 덜미를 뒤덮은 머리카락, 그리고 가슴에는 무수한 가시가 돋혀 있었다.(「불꽃」, 319)

위의 인용문은 1부 서장의 첫 장면으로, 서술자는 스토리 세계의 시공간과 더불어 '현'이라는 인물을 소개하고 있다. 서술자는 "해가 산마루 뒤로 기울기 시작한" 시간에 "부엉산"의 한 동굴 앞에 앉아 있는 현의 외적인 모습을 이야기하고 있어, 현과는 어느 정도 거리를 유지하면서 스토리를 전달하는 듯 보인다. 하지만 뒤이어 "아니 지금은 흔적뿐, 포성과 함께 피를 뿜고 남쪽으로 옮겨간 오욕의 날. 오욕, 인간이 땅과 인간에게 가한 오욕"이라고 말함으로써 서술자는 자신의 존재를 목소리를 통해 금세 드러내고 만다. 북쪽에서 남쪽으로 밀고 내려온, 전쟁의 그 날을 "오욕의 날"로 표현한 그 논평 뒤에는 역사를 바라보는 서술자의 의식이 내재해 있다.

서술자는 자신의 존재를 전면에 드러내면서도 되도록이면 현의 행동들을 객관적으로 전달하고자 한다. 짐승처럼 사람의 눈을 피해 쫓겨 다닌 기나긴 시간이 현의 '외로운' 투쟁의 기간으로 맞물리게 하려면 신빙성 있는 서술자가 되어야 하기 때문이다. 하지만 신빙성에 대한 기대는 현이 회상에 들어가는 순간 깨지고 만다. 현이 가만히 고개를 돌려 "그의 부친이 스물 네 살의 짧은 생애를 끝마쳤던" 동굴 안을 들여다보았을 때 서술자는 현이 아닌, 그의 아버지로 초점을 이동했기 때문이다.

(가)사르르 바람이 일기 시작했다. 바위에 돋은 풀 잎사귀가 하늘거렸다. 그리고 뒤이어 풀숲에서 벌레 소리가 들려 왔다. 갑자기 외로움이 현의 가슴에 흘러들었다. 현은 외로움을 누르려는 듯이 두 팔을 가슴 위에 얹었다. 뚝하고 동굴 천정에서 떨어지는 물방울 소리가 났다. 그는 가만히 고개를 돌려 어두운 동굴 안을 들여다보았다.
三一년 전 바로 이 동굴 안에서 그의 부친이 스물 네 살의 짧은 생애를 끝마쳤던 것이다.(「불꽃」, 319~320)

(나)一九一九년 3월 상순. 일요일도 아닌 어느 날 하오. 서울에서 북으로 백여 리 떨어진 P고을. 이곳 조그만 교회 안에는 남녀 교인 삼십여 명의 조용한 모임이 열려 있었다. (…) 일행의 선두에 서서 만세를 절규하던 젊은이는 총에 맞은 다리를 간신히 끌며 친구 두 명의 부축으로 그곳서 사십 리 떨어진 부엉산 산마루 동굴 속에 몸을 감췄다. 출혈이 심했다. 사십릿길에 염증이 생겼다. 몽롱한 정신 속에 고통을 견디는 젊은이의 얼굴에는 차차 죽음의 빛이 짙어 갔다. 한밤을 신음으로 지낸 젊은이는 날이 밝자 친구가 떠다 준 골짜기의 얼음같이 찬 냇물을 마시고는 죽었다. …(중략)… 스무 살에 과부가 된 며느리는 본가에 돌아가 아홉 달만에 아들을 낳았다. 이름을 현이라고 불렀다.(「불꽃」, 320~322)

(가)는 1부 서장의 마지막 부분이고, (나)는 1부 1장의 처음 부분이다. 이야기 논리로 볼 때, (가)와 (나)는 연결될 수 없다. 현은 자신이 태어나기 전의 사건들을 자세하게 말할 수 없기 때문이다. 1장의 첫 장면에는 "1919년 3월 상순", "서울에서 북으로 백여 리 떨어진 P고을"이라고 시공간적 배경이 제시되어 있지만, 만세 운동이 일어날 적에 현은 존재하지도 않았었다. '그때 그곳'에는, P고을에서 일어난 만세운동 도중 일인의 총을 맞고 "부엉산 산마루 동굴"로 피신했던 현의 아버지가 있었을 뿐이다. 투사인 아버지가 이튿날 동굴에서 세상을 떠난 지 아홉 달 만에 현은 유복자로 세상에 태어났다. 따라서 출생 전의 상황을 현이 생생하게 회상한다는 것은 불가능하다. 그러니 자연, 초점화와 목소리 사이에 균열이 생기기 마련이다.

회상은 회상하는 주체, 즉 현만이 행할 수 있는 일이다. 그러므로 서술자는 과거로 거슬러 올라가는 현의 내면을 충실히 전달하면서 이야기를 진행시켜야 한다. 1부 1장에서 8장까지는 현의 회상이므로, 이 부분에서 서술자는 현의 의식만을 넘나들어야 하는 것이다. 간혹 어떤 소설에서는 서술자가 담론 전략상 다양한 초점화 변이를 시도하는 경우도 있지만 「불꽃」의 경우는 이에 해당되지 않는다. 1부의 대부분이 현의 회상에 의한 서술이므로 서술자가 모든 인물들의 내면까지 들락거리는 전지적 시점의 사용은 사실상 「불꽃」에서는 불가능하다.

가혹한 현 모의 삶에 마음의 의탁은 현이 자라가는 것을 보는 기쁨이며, 고 노인의 눈을 꺼리며 일요일마다 찾아가는 교회의 복음이었다.
교회에 들어서면 현 모는 거기서 어느 때나 남편의 체취를 느낄 수 있었다. (…) 찬송가의 가락에서 남편의 음성을 느끼고, 기도 속에서 남편의 모습을 그릴 수 있었다. 환상이면서 그것은 더욱 가까이 있는 것, 상한 마음과 시달린 팔다리의 아픔을 잊게 하는 것, 현모는 이처럼 일주일에 한번 교회 안에서 남편과 상면하고 있었다.

　　『퍽 괴로와요.』
　　『얼마나 고생이 되겠소?』
　　『보세요, 현은 이처럼 자라고 있어요.』
　　『당신이 그처럼 애쓰는 탓이오.』
　　『언제나 당신 옆에 갈 수 있을까요?』
　　『현이 곧 나요, 나는 항상 당신의 옆에 있는 것이오.』
　　『저를 도와 주세요. 견디기 어려운 때가 많아요.』
　　『주께서 도와 주실 것이오. 주께서는 모든 것을 살피고 계시니까.』
　　현에 대한 사랑, 남편에 대한 흠모. 거기 하나님의 깊은 은혜가 있었다.
　　현이 네 살 되던 해 가을.
　　고 노인은 현 모보고 현을 교회에 데리고 가려거든 그대로 맡겨 둘
　수가 없다고 일렀다.(「불꽃」, 323~324)

　　위의 인용문은 현의 어머니와 관련된 장면묘사이다. 현의 어머니는
신앙에 의지하면서 유복자인 그를 키웠다. 독실한 기독교 신자인 그녀
는 교회에서 죽은 남편과 영적으로 만나면서 위안을 얻는다. “현이 네
살 되던 해 가을” 어느 날, 그녀가 현을 데리고 교회에 다니는 것을 못
마땅하게 생각한 할아버지 고 노인은 며느리에게 손자를 맡길 수 없다
며 엄포를 놓는다. 하지만 이 같은 사건들에 대한 서술은 사실 불가능하
다. 죽은 아버지와 대화가 가능한 것은 어머니의 마음속에서이지 유복
자인 현의 그것일 수 없다. 하지만 서술자는 현이 알 수도 없고 알아서
도 안 되는 부모의 은밀한 대화까지 마치 그의 내면처럼 버젓이 전달하
고 있다. 서술자는 회상 장면에서 현의 의식에만 천착해야 한다는 이야
기의 논리를 망각한 채 막강한 힘을 발휘하면서 다른 인물들의 행동과
내면까지 끌어다가 이야기하고 있다.

　　현이 존재하는 스토리 세계가 서술자의 조종으로 움직이는 것처럼 느
껴지지 않을 때, 궁극적으로는 현이 겪은 과거의 사건들이 개연성을 획
득하면서 생생하게 전달될 때, 독자는 현을 자신이 존재하는 세계의 사

람처럼 받아들인다. 의사전달의 주체인 서술자의 주관성이 핍진성을 통해서만 보증될 수 있듯이, 그 핍진성을 획득하기 위해서는 주인공 현과 독자 사이의 거리를 객관적으로 유지할 필요가 있다. 그런데 「불꽃」의 서술자는 이러한 거리를 전혀 창출하지 못하고 있다.

문제가 되는 것은 객관적 거리만이 아니다. 두 달 전의 인민재판을 끝으로 현은 현실로 되돌아왔는데도 서술자는 "1919년 3월 상순"부터 인민군이 P고을에 입성하여 인민재판을 열었던 1950년까지, 현이 부재한 과거에로의 기억 더듬기를 시간 착오 없이 착실히 진행시켰다. 현이 회상에 잠긴 시간, 즉 과거에서 현재로의 소요 시간은 "해가 산마루 뒤로 기울기 시작한"(319쪽) 때부터 "어두운 하늘에 송송이 박힌 별들"(354쪽)이 보이는 캄캄한 밤중까지이니까, 대략 두서너 시간이 걸린다. 이 시간 동안 서술자는 현의 가족, 즉 그의 할아버지에서 아버지로 이르기까지 관련된 사건들을 몽땅 이야기하고 있다. 이야기 시간은 두서너 시간인데 스토리 시간은 3대에 걸친 방대한 양을 다루고 있는 것이다. 그것도 '한 살, 네 살, 열 살, 열일곱 살, 등등' 현이 자라온 성장 시기에 따라 과거의 일들이 일대기처럼[10] 요약 제시되고 있다. 객관적 현실에 대한 현의 자유로운 의식이 서술자의 전면적인 개입으로 인해 그 설득력을 잃게 된다. 현과의 상호주관성을 전혀 고려하지 않는 서술자의 전지적 태도 탓에 결과적으로 전달된 스토리에 독자가 신뢰할 수 없는 것이다.

독자와 작가는 시공간적으로 다른 차원에 있다. 그러므로 의사소통 과정에서 고려되어야 할 대상은 내포작가이다. 바로 이 내포작가가 글

---

10) 사건이 일어난 순서대로 이야기가 형상화된 경우는 현대 소설에서 거의 찾아보기 어렵다. 스토리 시간과 이야기 시간 사이에 생기는 '시간의 불일치'는 현대적인 고안품이 아니라 근대 이후 이야기 전통 가운데 하나이다(Gérard Genette, 앞의 책, 26쪽). 근대 이후 나타난 주체의 자유의식에 대한 인정은 허구 이야기인 소설에서 시간 불일치와 관련되어 나타난다.

쓰기와 독서의 관계의 기초가 되는 힘 싸움의 주도권을 쥐고 있다. 그러나 내포작가는 목소리 주체인 서술자에 의해 그 이면으로 물러나게 된다. 이 경우, 서술자는 언제나 전지적이지 않지만 작품 내부에서 작중인물을 인식할 수 있는 힘을 항상 가지고 있는 내포작가의 특권을 공유한다. 그렇다고 그 특권이 「불꽃」처럼 작품 밖을 넘어서 지나치게 난발된다면 서술자의 신빙성은 떨어지고 만다. 신빙성 없는 서술자는 소설의 시학적 구성을 약화하는 탓에 독자를 제대로 설득할 수 없다. 하지만 독자를 향한 이 모든 설득 전략은 사실상 실제작가에서 출발한다.

3. 휴머니즘의 와해를 향한 반공 이념의 신봉자

소설이 스스로를 만들며 작가는 다만 소설이 세상에 나오도록 해주는 산파 이상은 아니라고 하더라도, 작품을 분석할 때 작가라는 존재를 전혀 도외시할 수는 없다. 허구 이야기에서 작가는 서술자와 인물의 사이의 내적 거리를 섬세하게 유지하려고 하는데, 그 내적 거리로부터 소설적 안전성의 심오함과 낯설게 하기 효과가 발생하기[11] 때문이다. 이런 점에서 「불꽃」의 작가 선우휘를 상정해 볼 수 있다. 내적 거리는 분명하게 말해진 적이 없고 다만 암시되기만 하는 추상적 개념임에도 불구하고, 이것으로 인해 소설적 완성도와 낯설게 하기의 효과가 창출된다고 한다면, 「불꽃」에서도 그 점이 진지하게 고려될 필요가 있다.

그런데 논의를 시작하기도 전에 「불꽃」에서의 내적 거리 문제는 거의 결론에 도달했다고 해도 좋을 듯싶다. 2장에서 살펴본 것처럼 인물의 회상과 서술자의 파노라마식 서술의 분열은 인물과 서술자 사이에 내적

---

11) Oscar Tacca, 정동섭 옮김, 『소설의 이론』, 문예연구사, 2002, 91쪽.

거리가 유지되지 못했음을 단적으로 보여주기 때문이다. 결과야 어떻든 「불꽃」에서 소설적 완성도와 낯설게 하기의 효과를 기대하기란 사실상 어렵다고 할 수 있다. 다음과 같은 작가의 발언은 무엇보다도 이런 사정을 뒷받침하고 있다.

> 『문학예술』지의 신인특집에 응모하였던 작품이 그대로 사상계사의 제2회 동인문학상을 받게됨으로써 문학활동의 길은 열렸다고 보아 「불꽃」은 나에게 있어서 영원히 잊을 수 없는 작품일 수밖에 없다.
> 그러나 나의 유감은 오히려 그 이전 사상계지에 발표된 「테로리스트」로 수상하였더면 하는 데 있다.
> 작가로서 생각하여도 작품 「불꽃」은 그렇게 짜인 소설이 못 된다. 거기다 심사위원 여러분이나 평론하는 이들이 지적한 것처럼 단편으로서의 성격보다 장편으로서의 성격이 짙은 까닭에 논란하려 들며는 얼마든지 그 결함을 드러낼 수 있기 때문이다.
> 가능하다면 작품 「불꽃」은 애당초 없었던 것으로 말살해 버리고 싶다(불꽃뿐 아니라 모든 과거의 작품에 대해 때로 어쩔 수 없는 염증을 느끼는 것이지만)
> 그러나 이미 활자화된 작품은 나의 독점물로써 마음대로 다룰 수 없는 이미 독립된 존재라고 보아 두고 논란받아야 할 것은 또 어쩔 수 없는 일이기도 하다.[12]

위의 인용문은 「불꽃」에 대한 작가 선우휘의 직접적 발언이다. 신구문화사 편집위원이 편찬한 『한국전후문제작품집』에서 자신의 대표작으로 뽑힌 「불꽃」을 두고 선우휘는 "가능하다면 작품 「불꽃」은 애당초 없었던 것으로 말살해 버리고 싶다"며, 스스로도 이야기 구성의 미흡을 인정하고 있다. 여러 가지 정황으로 볼 때 「불꽃」에서 인물과 서술자 간의 내적 거리의 창출은 실패했다고 할 수 있다. 그러므로 소설적 완성도니 낯설게 하기의 효과니 하는 소설 시학적 문제를 거론하기도 새삼스럽다.

---

12) 선우휘, 「처녀작의 처녀성」, 『한국전후문제작품집』, 신구문화사, 1980, 415쪽.

그렇다고 선우휘에게 작가로서의 비상구가 없는 것은 아니다. 선우휘는 "오히려 그 이전 사상계지에 발표된 「테로리스트」로 수상하였더라면" 하는 아쉬움을 남기면서 「불꽃」이 지닌 소설적 결함을 대신할 작품으로 「테로리스트」를 넌지시 제시했던 것이다. 따라서 선우휘가 염두에 두고 있는 「테로리스트」는 작가의 지적대로 「불꽃」이 지닌 결함을 지니지 않은, 제대로 짜여진 소설인지 살펴볼 필요가 있다.

> 약주 두 병을 나눈 세 사람의 화제는 가장 보람있게 생각되는 공산당과 싸우던 때의 얘기에 꽃이 피었다. 학구가 전평(全評)을 습격하고 전화통으로 간부의 대가리를 후려갈기던 얘기를 했다.
> 『한참 치구 받구 부시구 하는데, 아 MP가 들어왔네. 그걸 모르구 돌아서면서 디리 받았다가 끌려가서 혼났지 혼났어.』
> 길주가 소매를 걷으며 말을 받았다.
> 『현대일보(現代日報) 디리틴 생각나, 박 머이란 주필인가 하는지 보구 따젓디. 너 이새끼 글줄이나 쓴다구 가주뿌리만 하구. 이북에 가봤어, 이북엘?하구 따지문서 귀쌈(뺨)을 한대 했더니 말 한마디 못하두만.』
> 길주는 빈 접시를 높이 들어 보이며 아주머니에게 안주를 찾았다.
> 『뭣덜 그르케 재미덜 났오.』
> 『머 땅게 아니우다. 우린 지금 빨갱이 티던 얘기 함구다.』
> 아주머니가 두툼한 빈대떡을 가져왔다.
> 『고 빨갱이덜은 거저 티야디요. 테 깔리야디요.』
> 걸도 같이 얼려서 해주(海州)습격을 가다 인민군을 만나 싸우던 이야기, 용산(龍山)기관구를 디리치고 영등포 공장 적색노조(赤色勞組)를 습격하던 이야기를 했다.(「테로리스트」, 339~340)[13]

위의 인용문은 주인공 걸이 친구들과 함께 소주잔을 기울이면서 공산당을 척결했던 과거의 일을 이야기하는 장면이다. 걸은 평안북도 출신

---

13) 선우휘, 「테로리스트」, 『사상계』, 1956. 12(이하 「테로리스트」와 관련된 인용문의 숫자는 이 책의 쪽수이다).

으로 시골에서 공산당 본부를 습격하고 그 길로 월남해 여러 곳에서 수
십 번이나 공산당과 싸웠던 전력이 있는 테러리스트이다. 이념 공방이
없어진 지금, 그는 공산당과 싸웠던 친구들과 만나 '평북집'이라는 간판
이 걸린 허름한 술집에서 공산당과 대결했던 무용담을 소일거리로 삼는
존재가 되었다. 과거와 다른 지금의 처지에 대해 걸은 남을 탓하거나 원
망하지는 않는다. 그런 그가 가끔 창피를 느낄 때가 있는데, 그런 감정
이 이는 경우에는 꼭 모든 것을 공산당의 탓으로 돌린다. 그는 모든 좋
지 못한 일의 근원이란 "빨갱이 공산당 놈들에게 있는 것이라고 굳게
믿고" 있다. "나는 빨갱이 아니면 안 싸우는 주의다"라고 공언할 만큼
걸은 철두철미한 반공 이념의 신봉자이다.

　　연사의 얼굴은 차차 홍조를 띠우기 시작했다.
　『…일부 권력층이 아니고 전국민이 모두 잘 살 수 있는 진정한 균등
사회가…』
　『…우리는 이대로 방관하고 있을 것인가… 아니다.』
　　청중 가운데 박수가 터져 나왔다.
　『…새로운 평화적 통일안을 수립함으로써 이 숨막히는 현실을 타개
하고…』
　　걸은 예의 괴로운 표정을 지었다.
　－평화적? 싸우지 않고 가만히 하자는 뜻일게다. 그러면 빨갱이들 하
구 싸우지 않고 될 수 있다는 뜻인가? 그럴 수가 있나?－
　『잠깐만.』
　　걸은 불쑥 손을 들고 한걸음 나서며 연사의 얘기를 가로챘다.
　『물어볼 말이 있우다. 평화덕 통일이 머입네까?』
　　모든 청중의 시선이 일제히 걸에게 쏠렸다. 연사는 약간 당황한 빛을
보였다.
　『네, 그것은 무력통일이 봉착한 정세를 타개키 위한… UN의 감시하
에… 지금 국제정세는』
　　걸은 얘기를 가로막았다.

『국제정세는 모르갔우다. 근데 빨갱이덜 하구 싸우디 않구 어드캐 조용히 통일이 되갔오?』

그러자 걸의 옆에 섰던 청년들이 웅성거리기 시작했다. 그 중 한 명이 연사를 손가락질하며 소리를 질렀다.

『저 새긴 빨갱이다.』

뒤따라 일제히 집어치우라고 고함을 질렀다. 연사보다 도리어 걸이 당황했다.(「테로리스트」, 350~351)

선거철이라 유세가 많았던 어느 날, 걸은 '평화적 통일'을 주장하면서 유권자들에게 한 표를 부탁하는 입후보자를 만나게 된다. 입후보자는 특정한 일부 권력층이 아닌 모든 국민이 모두 잘 살 수 있는 "진정한 균등사회"를 먼저 역설한 후, 그것을 위해서는 "새로운 평화통일안을 수립함으로써 숨 막히는 현실을 타개"하는 것이 급선무임을 설파한다. 입후보자가 평화통일안에 대해 언급하자 걸은 심한 거부 반응을 일으킨다. "빨갱이들 하구 싸우지 않고 될 수 있는" 평화적 통일이란 그로서는 상상조차 할 수 없는 일이기 때문이다. 공산주의자들과의 대화란 있을 수 없으므로 그들을 무력으로 척결한 후에 통일을 이룰 수 있다는 것이 테러리스트[14] 걸의 입장이다. 그런데 걸이 무력으로 척결할 대상은 공산주의자이기 이전에 더불어 살아가야 할 '동족'이다. 진정한 '적'은 눈에 보이지 않는 법이다. 투철한 현실 인식이 결여된 탓에 걸은 '적'의 실체를 잘못 파악하고 있다. 이식된 이데올로기를 통해 민족 공동체의 인간애를 파괴하고 분열을 조장하는 진짜 '적'의 실체를 그는 제대로 꿰

---

14) '테러리스트'는 전후소설에 자주 등장하는 인물 중의 하나이다. 정치적 목적을 달성하기 위해 암살이나 폭행 따위의 직접적인 공포 수단을 이용하는 테러리스트는 한국의 현실을 반영하는 인물 유형인 것이다. 따라서 소설에서 테러리스트를 바라보는 입장도 다양하다. 선우휘와 함께 활동했던 오상원도 여러 작품에서 테러리스트의 문제를 다루고 있는데, 선우휘와는 다른 차원에서 테러리스트를 형상화하고 있다. 오상원의 「균열」과 「모반」 등에 등장하는 테러리스트는 이데올로기의 허구성을 폭로하면서 인간성 옹호를 표방하고 있다.

뚫어 보지 못했던 것이다.

작가 선우휘는 현실 불감증 환자인 걸에 관한 「테로리스트」를 「불꽃」의 시학적 구성의 미흡을 상쇄할 수 있는 작품으로 선택하였다. 작가 선우휘의 상대적 비교에 따른 작품 평가는 그다지 중요하지 않다. 문제는 「불꽃」이나 「테로리스트」에서 반공 이념의 신봉자들이 주인공으로 등장하고 있다는 점이다. '현'이나 '걸'이 동족을 죽이면서까지 지켜내야 할 것은 오로지 반공 이념이다. 「불꽃」에서 인물과 서술자 사이의 내적 거리나 그들과 독자 사이의 객관적 거리가 유지되지 못한 원인은 궁극적으로 반공주의자인 선우휘의 입장이 강력하게 투사되었기 때문이다. 반공주의자인 현은 선이요, 공산주의자인 연호는 악이라는 이분법적 도식을 통해 선후휘는 전후현실을 바라보는 작가적 태도를 견지했던 것이다.

선우휘가 상정하고 있는 극단적이고 적대적인 이데올로기는 진정한 의미의 반공 이념이 아닐 뿐 아니라 다양한 양상의 휴머니즘이 보편적으로 공유하고 있는 근본 요인 즉, 인간의 자유의지를 막는 억압기제에 불과하다. 자유의지의 억압은 한편으로 '현'처럼 공동체의 인간애 파괴는 물론, 전후현실을 구조적으로 파악할 수 없는 불감증 환자를 만드는 원동력이 된다는 사실에 주의하지 않으면 안 된다.

4. 「불꽃」 다시 읽기

이 글은 이야기 담론 분석을 통해 선우휘의 「불꽃」을 다시 읽음으로써 전후소설에 내재해 있는 휴머니즘의 본질을 규명하고자 하였다.

총 제1부와 제2부로 이루어진 「불꽃」은 제1부 1장에서 8장까지는 주인공 현의 회상이므로 서술자는 제1부의 1장에서 8장까지, 현이 존재하지 않는 장면에서는 다른 인물들을 언급할 수 없다. 그럼에도 불구하고 서술자는 전지적 시점을 통해 시공간이 전혀 다른 곳에서 벌어지는 사건은 물론, 다른 인물들의 내면까지 들락거리면서 스토리를 전달하고 있다. 인물의 회상과 서술자의 파노라마 서술의 불일치는 결과적으로 「불꽃」의 신빙성을 약화하는데, 이와 같은 이야기 구성의 실패는 궁극적으로 선우휘의 현실 인식과 무관하지 않다. 인물의 자유로운 의식을 인정하면서 스토리를 전달해야 사건들 이면의 진실을 추구할 수 있는데, 반공 이데올로기 편향의 작가 의식으로는 그것이 불가능했던 것이다. 따라서 민족 공동체의 분열과 갈등을 부추기는 반휴머니즘의 논리를 지닌 「불꽃」에서 진정한 휴머니즘을 기대하기는 어렵다고 할 수 있겠다.

4장

초점화와 목소리의 중층 구조

—윤흥길의 『아홉 켤레의 구두로 남은 사내』

1. 소설과 현실

윤흥길은 70년대를 대표하는 작가이다. 1968년 「회색 면류관의 계절」이 한국일보 신춘문예에 당선되어 데뷔한 그는 『장마』(1973)로 작가적 위치를 확고히 하면서, 이후 네 권의 창작소설집을 발표하였다. 『황혼의 집』(1976), 『아홉 켤레의 구두로 남은 사내』(1977), 『무지개는 언제 뜨는가』(1979), 『꿈꾸는 자의 나성』(1983) 등이 그것이다.

윤흥길은 창작소설집에서 주로 분단의 아픔과 산업사회의 병폐를 폭로하였다. 분단과 산업사회의 부조리한 현실이 70년대의 화두라는 점에서 볼 때 '윤흥길은 70년대의 대표 작가'라고 해도 과언이 아닌 듯싶다. 그렇다고 윤흥길이 70년대에 국한된 작가라는 의미는 아니다. 분단과 산업사회의 부조리한 현실이란 비단 70년대에 한정된 문제가 아니기 때문이다. 당시의 상황과 크게 달라진 바 없는 오늘에 비추어 보건대, 분단과 산업사회의 부조리를 현상화한 윤흥길 소설들은 현재를 이해하는 하나의 매개적인 이야기 텍스트가 될 수 있다. 한 편의 소설을 현실 이해의 이야기로 보면, 그것은 의사소통 구조라는 특유의 내적 힘을 발휘하게 된다.

의사소통 구조로서의 소설은 서술자를 전제한다. 동시에 서술자는 피서술자인 독자를 응시한다. 독자가 자신의 실재 세계를 바탕으로 소설의 이야기 세계를 수용하기 때문에 서술자는 독자를 설득하려고 담론 전략을 상정한다. 물론, 서술자는 내포작가를 통해 내포작가는 실제작가의 가면을 쓴 채 의사소통에 참여하는 까닭에 궁극적으로 독자는 실제작가의 문제를 고려하지 않을 수 없다. 독자와 작가가 만날 수 있는 접점을 제공한다는 점에서, 서술자의 담론 방식인 초점화와 목소리[1]에 주목하는 것은 이러한 이유에서이다.

윤흥길 소설집 가운데 초점화와 목소리라는 시학적 구성을 통해 의사전달이 제대로 실현된 작품은 아마도 『아홉 켤레의 구두로 남은 사내』의 연작소설일 것이다. 1977년에 발표한 『아홉 켤레의 구두로 남은 사내』에 실린 「아홉 켤레의 구두로 남은 사내」, 「직선과 곡선」, 「날개 또는 수갑」, 「창백한 중년」 등 네 작품들은 '성남'에 사는 '권기용'이 공통적으로 등장하는 일종의 연작소설이다. 연작소설은 일반적으로 배경의 일관성 유지와 공통적인 주인공 등장을 바탕으로 하여 각 작품들이 날실과 씨실처럼 얽히는 행위와 사건의 긴밀한 구도를 요구하는데, 『아홉 켤레의 구두로 남은 사내』의 연작소설은 이 같은 구도에 입각해 있다. 하지만 『아홉 켤레의 구두로 남은 사내』의 연작소설은 권기용을 중심으로 스토리가 전개되는 단순한 이야기 방식을 취하지 않는다. 권기용은 스토리 안의 서술자나 초점화자에 의해 초점화 대상이 되거나(「아홉 켤레의 구두로 남은 사내」, 「날개 또는 수갑」) 스토리 밖의 서술자에 의해 초점화자로 등장하거나(「창백한 중년」) 혹은 자신이 서술자로 직접 나서기

---

1) 이 글에서 사용하는 초점화(focalization)와 목소리(voice)라는 용어는 주네트에게서 빌려왔다. 주네트는 영미의 시점 연구자들이 전혀 다른 차원인 '누가 보는냐'와 '누가 이야기하느냐'를 통합한 서술상황의 유형학을 제시해 왔음을 지적하면서 두 행위를 각각 초점화와 목소리로 규정하여 이야기 담론을 논의하였다(Genette, Gérard, 권택영 옮김, 『서사담론』, 교보문고, 1992, 176~177쪽).

도(「직선과 곡선」) 하는 등, 연작소설에서 초점화와 목소리 행위는 상당히 복잡하게 얽혀 있다. 권기용을 둘러싼 일련의 사건들에 대해 각기 다른 서술자가 이야기하는 데는 어떤 이유가 분명히 내재해 있을 것이다. 물론 그 궁금증은 권기용이 서술자, 초점화자, 초점화 대상[2]이 되는, 말하자면 각기 다른 행위인 초점화와 목소리가 교체되거나 모호해지는 과정을 살펴봄으로써 밝혀질 수 있을 듯하다.

2. 초점화와 목소리의 중층 구조

『아홉 켤레의 구두로 남은 사내』의 연작에서 주인공 권기용은 다양한 모습으로 등장한다. 「아홉 켤레의 구두로 남은 사내」에서는 아내의 수술비 마련을 위해 어설픈 강도 행각을 벌이는 초점화 대상 '권씨'로, 「직선과 곡선」에서는 아홉 켤레의 구두를 태우고 새 출발을 결심한 '나'로, 「날개 또는 수갑」에서는 팔이 잘려나간 안순덕의 생존을 위해 동림산업 오만한 사장과 정면 대결하는 초점화 대상 '권씨'로, 「창백한 중년」에서는 재단사 안순덕의 팔목이 잘리는 일련의 사건을 통해 진정한 노동의 현실을 깨닫는 초점화자 '권씨'로 등장한다. 네 편의 작품 가운데서 「아홉 켤레의 구두로 남은 사내유예」와 「날개 또는 수갑」은 권기용이 초점화 대상으로 등장한다는 점에서 공통점이 있으며, 전자가 연작의 시작 작품이며 후자가 그것의 맺음 작품이라는 점에서도 연계되어 있다. 『아홉 켤레의 구두로 남은 사내』에서 「창백한 중년」이 마지막에 수록되어 있지

---

2) 초점화에는 주체도 있고 대상도 있다. 주체(초점화자)는 그 지각(perception)이 제시를 지향하는 행위자이고, 대상(초점화 대상)은 초점화자의 지각의 대상이다(S. Rimmon-Kenan, 최상규 옮김, 『소설의 시학』, 문학과지성사, 1988, 113쪽).

만, 스토리 시간상 그것은 「날개 또는 수갑」보다 앞선 사건들로 이루어져 있다. 사건이 일어난 순서대로 연작을 정리하면 「아홉 켤레의 구두로 남은 사내」, 「직선과 곡선」, 「창백한 중년」, 「날개 또는 수갑」이 된다. 이로써 「날개 또는 수갑」이 「창백한 중년」에 앞서 실린 것에 대한 또 하나의 의문이 생긴다. 물론 그 의문은 연작소설의 이야기 시작인 「아홉 켤레의 구두로 남은 사내」를 살펴봄으로써 해결의 빗장을 열 수 있을 듯하다.

「아홉 켤레의 구두로 남은 사내」는 1인칭 관찰자 시점이다. 이 작품에서 서술자이자 초점화자인 오선생 '나'는 권기용에게 문간방을 세 내준 집주인이다. 권씨네가 이사 온 며칠 뒤, '나'는 이순경이 학교로 찾아와 시민의 의무를 운운하면서 권기용에 관한 정보를 귀띔하는 바람에 불만이 쌓이기 시작한다.

워낙 개시부터가 기대했던 바와는 달리 어긋져나갔다. 많이 무리를 해서 성남에다 집채를 장만한 후 다소나마 그 무리를 봉창해볼 작정으로 셋방을 내놓기로 결정했을 때, 우리 내외는 세상에서 그 째고쌘 집주인네 가운데서도 우리가 가장 질이 좋은 부류에 속할 것으로 자부하는 한편, 우리 집에 세들게 되는 사람은 틀림없이 용꿈을 꾸었을 것으로 단정해버렸고, 이와 같은 이유로 문간방 사람들도 최소한 우리만큼은 질이 좋기를 당연히 요구했던 것이다. 그런데 우리의 기대는 어쩐지 처음부터 자꾸만 빗나가는 느낌이었다. 특히 사복차림으로 학교까지 찾아온 이순경이 주민등록부에 우리의 동거인으로 기재되어 있는 안동 권씨에 관해 얘길 꺼냈을 때 내가 느낀 배반감은 절정에 달했다. (…) "나 더러 이제부터 당신 밀대 노릇을 하라는 얘깁니까?" "무슨 그런 거북한 말씀을!" 우리 학교 담당인 학사 출신의 이순경은 한바탕 너털웃음을 한 다음 곧장 진지한 표전이 되었다. 그는 이렇게 말했다. "오선생님 앞에서 한 사람의 시민으로서의 의무를 강조할 생각은 없습니다. 다만 친절한 이웃이 돼주십사고 부탁드리는 겁니다."(「아홉 켤레의 구두로 남은 사내」, 146~147)[3)]

오선생은 이순경이 주민등록부에 동거인으로 기재되어 있는 문간방 권씨의 동태를 살펴 보고해 줄 것을 부탁하자 불쾌감으로 기분이 상한다. 예정보다 나흘이나 앞당겨 이사 온 것이며, 미납한 절반의 전세금을 받지 못할 듯한 살림살이며, 임신 오륙 개월쯤 되어 보이는 그의 아내를 보아서는 머지않아 다섯 식구가 될 듯한 권씨네 가족 구성 등으로 오선생은 첫 날부터 무엇인가 빗나간다는 느낌을 받았었다. 그 비끗한 감정이 갈등으로 심화된 것은 이순경이 오선생에게 권씨의 동태를 파악해달라고 요구한 데서 비롯되었다. 권씨가 철거민의 입주 권리를 놓고 벌인 '광주대단지사건'의 데모를 주동한 죄로 6년간 복역했었고 아직도 경찰의 감시를 받고 있는 요시찰 인물이라는 사실을 알게 되자 오선생은 그의 행동에 신경을 쓰지 않을 수 없었다. 그러던 어느 날 오선생은 권씨를 자세히 관찰할 기회를 얻는다.

"그거 팔 겁니까?" 아침 인사 겸 농담삼아 나는 그에게 말을 걸었다. "팔 거냐구요?" 갑자기 일손을 멈추더니 그는 내 발을 내려다보았다. 아니, 내가 신고 있는 구두를 유심히 쏘아보는 것이었다. 이윽고 내 바짓가랑이와 저고리 앞섶을 타고 꼬물꼬물 기어올라오는 그의 시선이 마침내 내 시선과 맞부딪치면서 차갑게 빛났다. 그의 얼굴이 시뻘겋게 달아오르는가 싶더니 어느새 입가에 냉소를 머금고 있었다. "어떻게 보고 하시는 말씀인지는 모르지만…" "제가 이거 실례했나 봅니다. 달리 무슨 뜻이 있어서가 아니고…다만 구두가 하두 여러 켤레라서… 전 그저 많다는 의미루다…"

입을 꾹 다물고는 권씨가 더 이상 나를 상대하지 않으려는 의사를 분명히 했으므로 내겐 아무 할 말이 없어져버렸다. 그는 손질을 마친 구두를 자기 오른편에 얌전히 모시고는 왼편에서 다른 구두를 집어 무릎 새에 끼더니만 헌 칫솔로 마치 양치질하듯 신중하게 고무창과 가죽 틈에

3) 윤흥길, 『아홉 켤레의 구두로 남은 사내』, 문학과지성사, 2004(이하 「아홉 켤레의 구두로 남은 사내」, 「직선과 곡선」, 「날개 또는 수갑」, 「창백한 중년」 등, 「아홉 켤레의 구두로 남은 사내」의 연작소설의 인용문에 표기된 숫자는 이 책의 쪽수이다).

묻은 흙고물을 제거하기 시작함으로써 내게서 사과할 기회를 아주 앗아
가버렸다. 나는 주번교사를 맡아 다른 날보다 일찍 출근하려던 것도 까
맣게 잊은 채로 권씨 앞에서 오래 뭉그적거렸다. 그러나 권씨를 향한 그
찜찜한 마음 덕분에 비로소 권씨를 자세히 관찰할 기회를 얻었다.(「아홉
켤레의 구두로 남은 사내」, 161~162)

오선생은 권씨가 문간방 툇마루에 앉아 대여섯 켤레의 구두들을 정성
껏 손질하는 것을 지켜보다 "그거 팔 겁니까?"하고 묻는다. 매 끼니를
걱정할 정도로 궁핍한 처지의 권씨가 디자인과 빛깔이 제 각각인 구두
들을 소유하고 있다는 사실이 가당치 않은 호사품이라고 생각한 오선생
이 은근슬쩍 떠 본 것이다. 판매용 구두냐는 질문에 기분이 상한 권씨는
오선생에게 "바짓가랑이와 저고리 앞섶을 타고 꼬물꼬물 기어 올라오
는" 차가운 시선을 한번 보내고는 다시 묵묵히 구두 손질에 열중한다.
　권씨에게 구두는 호사품이 아니다. 열 켤레의 구두는 대학 출신의 선
량한 시민 권씨의 자존심을 나타낸다. 권씨는 열 켤레 가운데 마음에 드
는 일곱 켤레 구두를 골라 손질하여 매일매일 갈아 신으면서 한 주일을
버티어 나가고 있다. 구두코가 유리알처럼 반짝반짝 닦여져 있는 구두
는 곧 권씨의 자존심이 "광발처럼" 올려져 있다는 증거이다. 권씨가 오
른발을 들어 왼쪽 바짓가랑이 뒤에다 두어 번 문지르다가 다시 발을 바
꾸어 같은 동작을 틈틈이 반복하는 행동은 자존심을 유지하려는 그의
의지에 다름 아니다. 그런 권씨의 자존심을 판매용 구두 운운하면서 오
선생이 여지없이 뭉갠 것이다.
　오선생의 오만한 행동은 권씨가 학교로 찾아와 아내의 해산 비용을 부탁
했을 때도 여지없이 드러난다. 권씨가 자존심을 비워내면서까지 오선생에
게 부탁할 수 있었던 것은 그를 선량한 이웃, 진정한 친구로 생각했기 때문
이다. 오선생이 기회주의적인 기지를 발휘하여 부탁을 거절하자, 권씨는
자신도 대학을 나왔다며 약자를 우롱하는 그의 얄팍한 양심을 꼬집는다.

낙담한 권씨는 잔뜩 취하고 싶다는 생각에 양산도집으로 향한다. 양산도집에서 잠든 권씨가 갈증으로 눈을 떴을 때 문득 전세 보증금 십만원이 수술비와 일치한다는 생각에 미친다. 술집에서 집으로 달려가던 도중 통행금지 호루라기 소리에 놀란 권씨는 저간의 모든 안 좋은 상황이 오선생의 탓인 듯한 원망에 사로잡힌다. 생각다 못해 권씨는 집주인의 담을 넘는다. 접신 상태의 무당처럼 와들와들 떠는 바람에 칼을 놓치는 등, 어설픈 강도 행각으로 권씨는 오히려 오선생에게 자신의 정체만 노출한다. 돌이킬 수 없을 만큼 마음의 상처를 심하게 받은 권씨는 그 길로 가출을 감행한다. 가출한 권씨는 자살을 기도한다. 하지만 그는 자살이 미수에 그치자 엿새 만에 집으로 돌아온다. 「직선과 곡선」에서는 가출과 자살 기도 등, 일련의 사건들을 권씨가 직접 나서서 이야기한다.

권기용이란 이름의 꾀죄죄한 사내가 파란만장과 우여곡절을 겪은 끝에 어느 날 갑자기 증발해버리는 사건이 발생한다. 그렇다면 그의 증발은 곧 그의 죽음을 의미하는가, 아니면 세속적인 의무나 책임으로부터의 도피를 의미하는가. 한동안 오선생을 곤혹 속에 빠뜨렸던 질문의 형태는 대충 이런 것이었다고 한다. 그와 같은 질문이 실종된 한 켤레에 대한 연민에서라기보다 당장 눈에 띄는 아홉 켤레가 자극하는 지극한 호기심에서 연유하는 것임을 나는 잘 안다. 한 켤레의 죽음 혹은 실종을 애도할 작정으로 던지는 질문이 아님을 나는 잘 안다. 더더욱 유감인 것은, 사람들의 알량한 추리력을 갖고도 진상이 빤히 알아맞혀질 만큼 내 행적이 너무 정석적이며 유치하고 왜소했다는 사실이다. 그렇다, 그들의 추측은 정확했다. 나는 일단은 도피를 했다. 그리고 곧 죽었다. 죽었다가 다시 살아난 점만이 사람들의 추측에서 벗어나 있을 뿐이다. 다시 살아난 지금, 명부(冥府)의 문전에서 반송되어온 꼴인 내 목숨이 눈앞의 아홉 켤레만을 염두에 두는 사람들의 볼기를 철썩철썩 후려갈기는 마땅한 구실을 하게 되기를 바라는 마음 간절하다. 어떤 계제에 이르렀을 때 사람이 얼마나 악하고 독하게 변신할 수 있는가를 드러내 보이기 위해서 이 이야기를 시작한 것인지도 모른다.(「직선과 곡선」, 200~201)

「직선과 곡선」은 권씨가 초점화자이자 서술자로 나서는 1인칭 주인공 시점이다. 「아홉 켤레의 구두로 남은 사내」에서 권씨는 오선생의 관찰 대상이었지만, 이 작품에서는 자기 이야기를 하는 '나'로 등장하여 '아홉 켤레의 구두로 남은 사내'가 될 수밖에 없었던 사연을 털어놓는다.

'나' 권씨[4]가 종적을 감추자, 이웃들은 그를 걱정하기보다는 남아있는 아홉 켤레의 구두에 대한 지극한 호기심에서 그의 실종에 관심을 갖는다. 그들은 끼니조차 감당 못 할 정도로 처자식을 고생시키는 권씨가 아홉 켤레나 되는 구두를 두고 사라진 것은 현실 도피라며 비난한다. "내 목숨이 눈앞의 아홉 켤레만을 염두에 두는 사람들의 볼기를 철썩철썩 후려갈기는 마땅한 구실"이 되기를 바라는 간절한 마음에서, 그리고 독하게 변한 자기를 사람들 속에서 확인하기 위해 권씨는 새로운 각오로 귀가한다. 집으로 돌아오자마자 권씨는 아홉 켤레의 구두를 태워버린다. 아홉 켤레의 구두, 즉 대학 출신의 지식인이라는 정체성을 버림으로써 권씨는 사람들에게 자신이 현실 도피자가 아닌 그들과 같은 생활인임을 보여주고자 마음먹은 것이다.

치열하게 살아남으리라 결심한 권씨에게 기회가 찾아온다. 동림산업 오사장의 승용차에 치여 부상을 당한 것이다. 그런데 오사장은 피해자 권씨를 거꾸로 금품 갈취 목적의 자해 상습범으로 몰아세우면서 교통사고 사건을 신문 선전용으로 조작한다. 오사장은 전과가 있는 권씨를 회사 사원으로 특채한다며 인정 있는 친절한 이웃인 양 미담의 주인공으로 등장한다. 하지만 오만한 사장의 계략이 소개된 신문을 본 권씨는 크

---

4) 이 글에서는 「아홉 켤레의 구두로 남은 사내」의 연작에 등장하는 주인공 권씨의 사고와 행동을 일관성 있게 살펴보고자 논의의 진행 과정상 1인칭 소설 「직선과 곡선」의 주인공 '나'를 권씨로 지칭한다. 1인칭 소설이든 3인칭 소설이든 독자가 소설을 매개로 하여 만나는 인물은 '그'이다. 궁극적으로 독자는 작품 밖의 존재이기 때문이다.

게 반발하지 않는다. 권씨가 오사장의 간교한 수법을 차분하게 받아들일 수 있었던 것은 사람들이 생활이라고 여기고 있는 모든 일에는 이같은 왜곡된 사실들이 숨어있다는 것을 체득한 탓이다.

지식인의 소시민성을 벗어던지고 '직선 아닌 곡선'의 길을 선택하기로 한 권씨는 신문 미담에 소개되었던 것과는 다르게 수출용 스포츠 웨어를 전문으로 제작하는 생산 2과에 배치된다. 소속만 분명할 뿐 며칠이 지나도록 아무 일도 주어지지 않자 권씨는 잡역부를 자처한다. 마침내 권씨는 "가슴에 동림산업 마크가 새겨진 블루진 작업복 상의를 걸치고" 이런저런 허드렛일을 열심히 처리해 나가는 회사의 직원이 된 것이다. 민도식이 권씨를 처음 만난 것은 제복 결정 반대에 뜻을 같이하는 직원들과 상의하고자 회사 앞 다방에서 모였던 때였다.

> 만만한 상대를 만난 장은 권씨를 노리개감으로 삼아 화풀이할 작정임을 분명히 하면서 동료들에게 은밀히 눈짓을 보냈다. 함께 놀이에 끼어들라는 뜻일 것이었다. 그러나 도식이 보기엔 첫눈에 만만한 상대가 아니었다. 그는 참을성 좋게 여전히 웃고 있었다. 그것은 생산부 공원들이 본사의 사무직을 대할 때 일반적으로 갖는 비굴한 표정이 아니었다. 그렇다고 적대감도 아닌 그것은 일종의 자신감의 표현임이 분명했다. (…) "제가 드리고 싶은 말씀이 바로 그겁니다. 옷도 중요하고 팔도 중요하다는 말씀에 전적으로 동감입니다. 그렇기 때문에 팔을 찾으려는 사람이라고 함부로 대하는 자세만큼은 삼가주셨으면 합니다. 선생님들한테 팔이 있듯이 옷은 우리들도 필요하니까요. 이제 또 들어가 봐야죠. 사장님이 면담을 받아주시질 않아서 이렇게 매일같이 허탕을 치고 있는 중입니다." 팔과 옷을 한참 주고받던 권씨가 장과 유를 향해 차례로 목례를 보낸 다음 핑하니 다방을 나가버렸다. "잡역부 주제에 건방떨긴."
> (「날개 또는 수갑」, 268~269)

「날개 또는 수갑」은 3인칭 인물 시점으로 민도식은 서술자에 의해 이야기되는 초점화자이다. 민도식은 장상태, 우기환, 유명종과 더불어 이야기를 나누다가 옆 테이블에 앉은 누군가가 자신들의 대화를 엿듣고 있다는 느낌에 경계한다. 낯선 이가 동림산업 마크가 새겨진 블루진 작업복 상의를 입은 것으로 보아 잡역부임을 간파한 민도식 일행은 그에게 시비를 건다. 생산부 공원이 본사의 사무직을 대할 때의 비굴한 표정 없이 당당히 자신을 권씨라 소개한다. 뒤이어 그는 "옷도 중요하고 팔도 중요하다는 말씀에 전적으로 동감입니다. 그렇기 때문에 팔을 찾으려는 사람이라고 함부로 대하는 자세만큼은 삼가 주셨으면 합니다. 선생님들한테 팔이 있듯이 옷은 우리들도 필요하니까요."라며 무례한 그들에게 차분하고 당당하게 항거한다.

권씨는 요즘 동료 안순덕의 잘려나간 팔을 보상받기 위해 사장과의 정면 대결의 기회를 잡으려고 애쓰고 있다. 권씨가 안순덕을 알게 된 것은 잡역 일에 종사한 지 한 달이 지날 무렵이었다. 그는 자재 공장 뒤편에서 홀로 이상한 점심을 하던 안순덕과 마주쳤는데, 며칠 후 그녀는 회사에서 실시한 건강 검진 결과 폐결핵이 밝혀져 아무런 보상 없이 퇴출당한다. 폐결핵은 직업병이 아니기 때문에 재해 보상을 전혀 받을 수 없었던 것이다. 그러나 다음날도 어김없이 출근한 안순덕은 다른 사람이 차지하고 있던 자신의 재단기를 어떻게든 되찾으려고 안간힘을 쓰다가 그만 재단기에 팔목을 잘리고 만다. 피를 흘리며 들것에 실려 간 그녀를 보기 위해 병원으로 찾아간 권씨는 그녀의 애인 박환청에게 무수한 주먹질과 발길질을 받는다.

　　"너 이새끼 잡역부라구 그랬지? 대학 졸업장 가진 잡역부가 세상에 그렇게 흔타더냐? 그렇게도 잡역부 시킬 사람이 없어서 네놈처럼 평생 펜대나 굴려먹을 종자를 내려보냈다더냐? 이놈시끼 너 오늘 임자 만났다. 잡역부 깝데기를 벳기면 뭐가 튀어나올지 내 오늘 기어코 밝혀내고야 말겠다!" (…) 숨돌릴 겨를도 없이 쏟아져내리는 타격은 차라리 일종의 청량감 같은 것이었다. 그것은 안순덕과 박환청과 자기를 잇는 삼각

의 끈을 확인하는 절차이기도 했다. 여태껏 그들과 자기 사이에 가로놓
인 엄청난 허구의 공간이 주먹과 발길 끝에서 조곰씩조곰씩 무너져 내
리고 있었다. 내가 만약 이 자리에서 저 미치광이 젊은이한테 타살당하
지 않고 살아날 수만 있다면, 하고 권씨는 가정을 해보았다. 살아난 값
을 톡톡히 해야지. 그러기 위해서는 다른 무엇보다도 먼저 노조 간부들
을 만나볼 필요가 있었다. 그리고 다음 순서로 본사에 가서 사장을 만나
는 일도 당연히 고려에 넣으면서 권씨는 차츰 의식을 잃어갔다.(「창백한
중년」, 293~294)

「창백한 중년」에서 권씨는 스토리 밖의 서술자에 의해 초점화 되는
인물로 등장한다. 권씨는 안순덕의 애인에게 구타를 당하는 동안 그가
내뱉은 말에서 사람들이 자신을 어떻게 인식하고 있는지 깨닫게 된다.
작업장의 쓰레기를 치우며 최선을 다하는데도 생산직 직원들이 권씨의
접근을 꺼렸던 이유는 그를 본사에서 파견한 감시원이라고 여겼기 때문
이다. 안순덕과 애인 박환청 또한 대학 출신의 권씨를 사장 고용의 감시
원으로 확신하고 있던 터라, 병원을 찾은 권씨를 구타하게 된 것이다.

권씨는 박환청의 주먹과 발길 끝에서 일종의 해방감을 느낀다. "그것
은 안순덕과 박환청과 자기를 잇는 삼각의 끈을 확인하는 절차"이자
"그들과 자기 사이에 가로놓인 엄청난 허구의 공간"이 허물어져 나가는,
통과의례라고 생각했기 때문이다. 그들과 호흡과 생존을 같이 하는 노
동자로 거듭났음을 인식한 그 순간, 권씨는 안순덕의 재해 보상을 위해
사장과의 정면 대결을 결심한다.

노동의 현실을 직접 체험함으로써 삶의 참 의미를 깨달은 권씨는 안
순덕의 잘려나간 팔을 보상받기 위해 사장과의 면담을 요구하고 나선
다. 그러나 악덕 기업주 오사장은 그의 면담을 계속해서 피하고 있다.
사장의 기만적 행위에도 불구하고 권씨는 며칠 째 다방에서 기다리며
정면 대결의 기회를 노리고 있었던 것이다. 바로 이때 권씨는 「날개 또

는 수갑」의 주인공 민도식과 마주친다.

민도식은 권씨를 만남으로써 사무직 직원의 자유를 앞세운 허세보다 생산직 노동자의 절실한 생존을 직시한다. 민도식에게 권씨는 자신의 내면을 들어다 볼 수 있는 대상이자 매개적 인물이었다. 민도식이 제복 치수를 잴 차례가 되자 슬그머니 사무실을 빠져 나가는 행동에는 자기 반성이 내재해 있다. 「날개 또는 수갑」의 서술자는 민도식의 이러한 내면의 변화를 충실히 전달하기 위해 자신의 목소리를 최대한 감추고 있다. 이 작품이 3인칭 인물 시점을 취한 것은 서술자가 민도식을 초점화하여 스토리를 이야기하는 가운데 노동자로 거듭난 권씨를 객관적으로 노출하기 위해서이다.

「날개 또는 수갑」이 스토리 시간상 「창백한 중년」 이후의 사건들을 다루고 있는데도 작품집에 먼저 실린 데는, 또한 연작이 「아홉 켤레의 구두로 남은 사내」로 시작되어 「날개 또는 수갑」으로 끝나는 데는 다 이유가 있다. 요컨대, 서술자는 "불만이 있고 억울한 일이 있어도 기껏 꿈속에서나 해결할 뿐이지 행동으로 나타낼 줄 모르는" 연약한 소시민에서 부조리한 노동 현실에 적극적으로 대항하는 권씨를 신빙성 있게 전달하고 싶었던 것이다. 권씨가 「아홉 켤레의 구두로 남은 사내」에서는 오선생의 관찰 대상으로, 「날개 또는 수갑」에서는 민도식의 인식 변화의 대상으로, 「창백한 중년」에서는 초점화자로, 「직선과 곡선」에서는 서술자이자 초점화자로 등장하는, 초점화와 목소리의 중층 구조는 연작의 주인공 권씨의 사고와 행위에 독자가 신뢰할 수 있도록 유도된 장치이다. 이로써 초점화의 변이나 목소리의 조절은 소설을 시학적 구성을 넘어선 수사학적 차원으로 이끈다.

3. 소시민적 지식인의 자기 발견의 이야기

연작에서 주인공 권씨가 도시 빈민에서 진짜 노동자로 다시 태어날 수 있었던 것은 두 사람과의 만남이 결정적 계기가 되었다. 술집 작부 신양과 생산부 여공 안순덕을 만난 일이다. 권씨는 삶에 대한 신양의 집착을 통해서 어떻게든 살아남으리라는 희망을 품었으며, 팔이 잘려나간 안순덕을 통해서는 도시 빈민에서 진짜 노동자로 변화할 수 있었다. 물론 그들과 진정으로 대면할 수 있도록 기회를 제공한 사람은 오선생이다. 불쌍한 이웃의 서툰 강도짓에 잔인하리만큼 냉혹하게 대응했던 탓에 가출을 결심한 권씨는 그 길로 양산도집의 신양을 찾아갔던 것이다.

권씨는 오선생의 인격적 무시로 씻을 수 없는 마음의 상처를 안고 가출하는 바람에 '아홉 켤레의 구두로 남은 사내'가 되었다. 하지만 그는 엿새 만에 집으로 돌아온다. 권씨가 하산한 궁극적인 이유는 죽는 연습을 통해 역설적이게도 결코 죽어서는 안 되며 어떻게든 살고 봐야 한다는 사실을 일깨워 준 신양을 이야기하기 위해서이다.

신양은 눈에 띄지 않았다. 그러나 죽어가는 나를 내버리고 저 혼자서만 산을 내려가버렸대서 싸가지 없는 년이라고 그녀를 욕할 생각은 전혀 없었다. 오히려 그녀에게 큰절이라도 하고 싶은 기분이었다. 지칠 대로 지쳐서 걷다가 우연히 길가에서 만난 한 늙은 작부가 나한테 얼마나 중요한 인물이었던가를 나는 비로소 깨달을 수 있었다. 죽는 연습을 통해서 역설적이게도 결코 죽어서는 안 되며 어떻게든 살고 봐야 한다는 사실을 얼얼하게 가르쳐준 사람이 바로 그 작부였다. 닳아빠질 대로 닳아빠지고 굴러먹을 대로 굴러먹은 늙은 작부 나름의 삶에 대한 집착이 이제는 나에게 온전히 옮아와 있음을 나는 대견스럽게 재확인했다. 죽는 연습은 한 번만으로 족한 것이었다. (…) 나는 내가 자살하려다 미수에 그친 너절하기 짝이 없는 이야기를 꽤 지겹게 늘어놓은 것 같다. 이야기 그 자체가 뭐 대단하다거나 자랑스러워서가 아니고 내 인생에 하나

의 전기(轉機)를 마련해준 늙은 작부 신양을 이야기하기 위해서였다.(「직
선과 곡선」, 226~227)

「직선과 곡선」에서 밝혔듯이 권씨는 "내 인생에 하나의 전기를 마련
해준 늙은 작부 신양을 이야기하기" 위해 서술자로 등장한다. 함께 자살
을 시도하는 와중에 도망쳐 버린 신양은 권씨가 삶에 대한 포기를 강력
하게 접을 수 있도록 의식을 바꿔놓은 중요한 인물이다. 권씨는 "대학이
라는 이름에 가려 사회의 실상을 보지 못하고 허상만을 보아온 탓에"
자기를 직시하지 못하고 불공평한 세상만 비난해 왔었다. 하지만 자살
기도로 생존의 의미를 깨달은 그는 구두를 태우고 허상에서 벗어나 실
상의 인생을 옹골지게 살아보기로 결심한다.

우여곡절 끝에 동립산업에 취직한 권씨는 안순덕에게 남다른 관심을
갖고 있다. 안순덕을 향한 그의 관심은 "오로지 먼저 태어난 까닭에 지
지리도 많이 고생해 본 사람이 나중에 태어난 까닭에 좀 적게 고생한
사람에게 느끼는 이를테면 형제애 비슷한 감정의 발로"였다. 그러던 어
느 날 권씨는 자재 창고 뒤에서 혼자서 이상한 점심식사를 하는 안순덕
을 목격한다. 안순덕은 플라스틱 식판에 담긴 음식들을 비닐 보자기 위
에 달칵 쏟아 부은 다음 비닐 안 음식들을 휘휘 내저으며 힘겹게 한술
씩 뜨더니 갑자기 손바닥으로 얼굴을 감싸 안으면서 연거푸 기침을 하
였다. 기침 소리에 놀라 얼결에 뒷걸음치던 권씨에게 안순덕은 방금 본
상황을 눈감아 달라고 애원한다. 그녀는 폐결핵을 앓고 있었다. 하지만
권씨를 잡역부로 위장한 사장의 염탐꾼으로 알고 있는 안순덕은 비밀을
지켜줄 것이라는 그의 말을 곧이듣질 않는다. 사정이 이러하니 권씨가
여관행까지 감수할 수 있다며 울면서 매달리는 그녀의 단단한 오해를
풀기란 좀처럼 쉬운 일이 아니었다.

결국 폐결핵 환자라는 사실이 밝혀져 직장에서 쫓겨난 안순덕은 아무

일 없다는 듯 다음날 출근한다. 이미 다른 사람이 투입되어 자신이 하던 일을 하고 있는데도 그녀는 좀처럼 물러서질 않는다. 안순덕은 새로운 여직공이 재단기에서 손을 떼기를 기다려 잽싸게 뛰어들어 핸들을 거머쥐는 바람에 실랑이가 벌어진다. 재단기를 사이에 두고 치열하게 몸싸움을 벌이던 순간, 안순덕은 사고를 당한다.

> 그래도 그녀는 손을 놓지 않았다. 그러자 기계를 날치기 당한 여공이 자기 몫을 찾으려고 안양을 등뒤에서 덮쳤다. 한사코 빼앗기지 않으려는 몸부림과 어떻게든 되찾으려는 안간힘이 질기게 맞붙어 한참 실랑이를 벌이는 바람에 중식 시간을 맞은 작업장은 느닷없이 수라장으로 변했다. 주위에 있던 동료들이 혼란의 와중으로 뛰어들어 합세를 했다. 이때 두껍게 바람벽을 친 여공들 몸뚱이와 몸뚱이 사이로 귀청을 찢는 비명이 새어나왔다. 권씨가 아무래도 예사롭지 않은 비명 소리를 듣고 재단기 쪽으로 쫓아갔을 때는 이미 상황이 끝나 있었다. 그는 질겁을 하면서 허둥지둥 뒤로 물러서는 여공들 어깨 너머로 그만 못 볼 것을 보아버렸다. 하루나 이틀쯤 후면 수출용 스포츠 웨어로 탈바꿈해 있을 자르다 만 선명한 하늘색 원단 위에 마치 마네킹의 그것인 양 뭉뚝 잘린 팔 하나가 얹혀져 있었다.(「창백한 중년」, 292)

권씨는 일자리를 빼앗기지 않으려고 필사적으로 노력하는 안순덕을 통해 신양의 모습을 확인한다. 신양이 권씨에게 소시민성의 표상인 구두를 태우고 진정한 삶을 살 수 있도록 도와준 사람이라면 안순덕은 그에게 고용주와의 정면 대결을 투쟁적으로 전개하는 진짜 노동자로 거듭날 수 있도록 해준 사람이다. 권씨는 두 사람으로 인해 소시민적 지식인의 한계를 뛰어넘어 신양이나 권순덕에게 따뜻한 이웃, 친절한 이웃으로 다가설 수 있었던 것이다.

권씨는 어느 날 회사 근처 다방에서 사무직 직원들이 제복 제정에 불만을 토로하는 장면을 목격한다. 귀를 기울이지 않으려고 해도 그들이

워낙 큰 소리로 떠들고 있어서 권씨는 대화 내용을 대충 짐작할 수 있었다. 그러나 민도식 일행은 자신들의 대화를 몰래 엿들었다며 트집을 잡아 권씨를 닦달한다. 그들이 다짜고짜 반말을 하면서 무례하게 행동할 수 있었던 것은 권씨가 자신들 회사의 상표가 새겨진 파란색 작업복을 입고 있었기 때문이다. 작업복 때문에 생산부 직원임을 한 눈에 알아본 그들은 우월감에 젖어 권씨에게 화풀이를 했던 것이다. 이 와중에서 민도식은 시비를 걸려던 동료들과 달리, 권씨의 행동을 눈여겨본다. 첫눈에도 민도식은 권씨가 만만한 상대가 아님을 간파한다. 그는 "팔을 찾으려는 사람이라고 함부로 대하는 자세만큼은 삼가주셨으면 합니다."라고 차분하게 말하는 권씨에게 어느새 호감을 갖는다. 민도식은 "잃어버린 노동자의 팔", 안순덕의 산업 재해 보상금을 찾으려고 적극적으로 노력하는 그를 보면서 제복 착용의 문제를 돌이켜 본다. 그러자 그는 사무직 직원의 제복 착용 여부가 불구가 된 노동자의 삶의 위기보다 더 치열한 사안인가 하는 고민에 휩싸인다. 사무직 지식인의 자유와 생산직 노동자의 생존은 모두 다 중요한 사안이지만, 자유가 생존보다 더 긴박한 문제로 올라설 수는 없는 것이다.

　　이때 옆방이 다소 소란해졌다. 사장실 도어 저쪽에서 여비서가 누군가하고 들어가겠다느니 안 된다느니 하면서 실랑이하는 눈치였다. 그 소리를 듣더니 사장의 낯빛이 싹 달라졌다. (…) 우기환이가 분연히 소파에서 일어나 빠른 걸음으로 도어를 향해 갔다. 순식간의 일이었다. 사장실을 나서는 우기환과 엇갈려 웬 사내가 잽싸게 뛰어들었다. 다방에서 두 번 본 적이 있는 생산부의 잡역부 권씨였다. 사장실로 들어서기 무섭게 권씨는 민도식을 향해 눈자위를 하얗게 부릅떠 보였다. 우기환의 돌연한 행동에 초벌 놀랐던 도식은 권씨의 험악한 표정에 재벌 놀라면서 엉거주춤 궁둥이를 들었다. 빨리 자리를 비켜달라는 권씨의 무언의 협박이 빗발치고 있었다. "죄송해요, 사장님. 한사코 안 된다는데도 부득부득 우기면서 이 사람이…" 뒤쫓아 들어온 여비서를 손짓으로 내

보낸 다음 사장이 말했다. "어서 오게, 권군." 자기보다 더 사정이 절박한 사람을 위해서 민도식은 사장실에서 물러나지 않을 수 없었다. "잘 생각해서 스스로 결정을 내리도록 하게." 도어가 채 닫히기 전에 사장의 껄껄한 목소리가 도식의 등 뒤에 따라붙었다.(「날개 또는 수갑」, 274~275)

민도식은 재단사들이 회사를 돌며 직원들의 치수를 잴 때, 슬그머니 빠져나오는 바람에 사장이 호출했다는 연락을 받는다. 과장의 불호령에 어느 정도 사태를 파악한 민도식은 우기환과 함께 사장실로 향한다. 사장과 제복 착용 반대를 두고 논쟁을 벌이고 있을 때, 갑자기 사장실 안으로 권씨가 들이닥친다. 사장실을 들어서기 무섭게 권씨는 강한 눈빛으로 민도식에게 "빨리 자리를 비켜달라는" 무언의 협박을 한다. "자기보다 더 사정이 절박한 사람을 위해서" 민도식은 사장실을 서둘러 나온다.

민도식은 사장실에서 부딪힌 권씨를 통해 타인에게 마음을 쓰는 그의 진정한 마음을 가늠할 수 있었다. 제복 착용 반대가 자유 수호라고 생각했던 민도식은 갈등 끝에 제복을 맞추지 않는다. 하지만 민도식은 사복 차림의 자신을 따돌리기라도 하듯 창립기념일에 모두가 새 제복을 입고 군대처럼 도열해 있는 운동장의 풍경을 공장 정문 철책 너머로 확인하고는 절망한다.

그와 뜻을 같이했던 사무직 동료들이 새 제복을 착용하고 운동장에 나란히 나섰지만, 그는 자신과의 약속을 종국에는 지켜내었다. 민도식은 자유를 향한 제복 착용 반대를 실천에 옮긴 것이다. 소시민적 지식인 가운데서도 민도식의 동료들처럼 실천적 용기가 부족한 사람은 아마도 권씨의 가장 가까운 이웃, 오선생이 아닐까 한다.

오선생이 단대리 시장 통의 볼품없는 20평 문간방에서 은행주택가 100평의 집으로 빚을 내어 이사한 것은 아들 동준을 위해서였다. 그가 도시 빈민들이 살고 있는 단대리에서는 제대로 된 교육을 할 수 없다는 결단을 내린 데는 동준의 무서운 행태를 보았기 때문이다. 하얀 피부로 인해 단대리 아이들 속에서 유독 눈에 띠는 동준이가 과자를 일부러 땅에 떨어뜨려 그것을 친구들에게 주워 먹으라며 놀고 있었던 것이다. 그 놀라운 광경이 발단이 되어 오선생은 단대리를 떠나야겠다고 결심한다. 하지만 그날 밤, 오선생은 밤새 램과 디킨즈 사이에 갈등하다 잠을 제대로 이루지 못한다.

> 무슨 수를 써서든 이놈의 단대리를 빠져나가자고 아내에게 소리치던 그날밤엔 영 잠이 오질 않았다. 줄담배로 밤늦도록 이리 뒤척 저리 뒤척 하면서 내가 생각한 것은 찰스 램과 찰스 디킨즈였다. 나하고는 전혀 인연이 안 닿는 땅에서 동떨어진 시대를 살았던 두 사람이 갈마들이로 나를 깨어 있도록 강제하는 것이었다.
> 똑같은 이름을 가진 점 말고도 그들 두 사람은 공통점이 많은 것으로 알려져 있다. 우선 불우한 유년 시절을 보낸 점이 그렇고, 문학작품을 통해서 빈민가의 사람들에 대한 동정과 연민을 쏟은 점이 그런 모양이었다. 하지만 그들의 성(性)이 각각이듯이 작품을 떠난 실생활에서의 그들은 성격이 딴판이었다 한다. 램이 정신분열증으로 자기 친모를 살해한 누나를 돌보면서 평생을 독신으로 지내는 동안 글과 인간이 일치된 삶을 산 반면에, 어린 나이에 구두약 공장에서 노동하면서 독학으로 성장한 디킨즈는 훗날 문명을 떨치고 유족한 생활을 하게 되자 동전을 구걸하는 빈민가의 어린이들을 지팡이로 쫓아버리곤 했다는 것이다. 램이 옳다면 디킨즈가 그른 것이고, 디킨즈가 옳다면 램이 그르게 된다. 가급적이면 나는 램의 편에 서고 싶었다. 그러나 디킨즈의 궁둥이를 걷어찰 만큼 나는 떳떳한 기분일 수가 없었다.(「아홉 켤레의 구두로 남은 사내」, 167~168)

오선생은 정신분열증의 누나와 평생을 독신으로 지내면서 글과 인간이 일치된 삶을 산 램과 독학으로 성공한 삶을 보상받기라도 하듯 훗날 동전을 구걸하는 빈민가의 어린이들을 지팡이로 쫓아버리는 디킨즈를 동시에 떠올리며 고민한다. 심정적으로는 늘 램의 편에 서고 싶어 하지만, 실제로 어떤 상황이 닥치면 지금까지 오선생은 디킨즈의 입장에서 일을 처리해 왔다. 램의 따뜻한 가슴보다는 디킨즈의 차가운 머리에 편승한 오선생의 인정머리 없는 태도는 아내의 수술비를 청했던 권씨의 부탁을 거절하는 과정에서도 적나라하게 드러난다.

> "빌려만 주신다면 무슨 짓을, 정말 무슨 짓을 해서라도 반드시 갚겠습니다." 반드시 갚는 조건임을 강조하면서 그는 마치 성경책 위에다 오른손을 얹고 말하듯이 엄숙한 표정을 했다. 하마터면 나는 잊을 뻔했다. 그가 적시에 일깨워주었기 망정이지 안 그랬더라면 빌려주는 어려움에만 골똘한 나머지 빌려줬다 나중에 돌려받는 어려움이 더 클 거라는 사실은 생각도 못 할 뻔했다. 그렇다. 끼니조차 감당 못 하는 주제에 막벌이 아니면 어쩌다 간간이 얻어걸리는 출판사 싸구려 번역 일 가지고 어느 해가에 빚을 갚을 것인가. 책임이 따르는 동정은 피하는 게 상책이었다. 그리고 기왕 피할 바엔 저쪽에서 감히 두말을 못 하도록 야멸치게 굴 필요가 있었다. "병원 이름이 뭐죠?" "원산부인괍니다." "지금 내 형편에 현금은 어렵군요. 원장한테 바로 전화 걸어서 내가 보증을 서마고 약속할 테니까 권선생도 다시 한 번 매달려보세요. 의사도 사람인데 설마 사람을 생으로 죽게야 하겠습니까. 달리 변통할 구멍이 없으시다면 그렇게 해보세요." (…) "오선생, 이래봬도 나 대학 나온 사람이오."(「아홉 켤레의 구두로 남은 사내」, 188~189)

권씨가 학교로 찾아와 아내의 수술비 십 만원을 빌려주십사 하고 간절히 청했을 때 오선생은 빌려주었다가 나중에 돌려받을 수 없을 것 같아 그의 부탁을 거절한다. 오선생은 끼니조차 해결 못 하는 권씨가 빚 탕감이 쉽지 않으리라는 생각이 들자 책임이 따르는 동정은 피하는 게 상책이라며 약삭빠르게 한발 물러선다. 양심에 찔리는 부분이 없지는 않지만 그에게 양심이라는 것은 책임이 따르는 동정을 상쇄할 만큼 강력하지 않다. 오선생이 수중에 현금은 없으니 대신 원장한테 전화를 걸어

보증인이 되겠다며 기회주의적인 기지를 발휘하자 권씨는 "오선생, 이래 봬도 나 대학 나온 사람이오."라는 한 마디를 남기고 쓸쓸히 돌아선다.

단 하나 믿었던 이웃에게 아내의 해산 비용을 거절당한 권씨는 어쩔 수 없이 그날 밤 오선생의 집을 털기로 마음먹는다. 서투른 솜씨로 오선생의 안방에 진입한 권씨는 하지만 오선생에게 돌이킬 수 없는 마음의 상처만 받는다.

> 그가 좀 더 인정미 넘치는 인간이었다면 내가 저지른 두 번의 실수 중 적어도 어느 것 하나쯤은 그냥 모르는 척 눈감아주는 게 도리요 예의일 것이었다. 그가 만약 그래만 줬더라면 나는 그토록 비참한 지경에까지 떨어지지 않았을는지도 모른다. 오선생 말로는, 훗날의 일을 생각해서 강도를 끝까지 강도로 대우해서 보낼 작정으로 취한 부득이한 조처였다고 그러지만, 내 눈에 비친 그의 거동은 강도범이 다름 아닌 자기네 문간방 사내임을 일찌감치 간파하고 사람을 여지없이 조롱하고 경멸하는 투가 시종일관 분명했던 것이다. 오선생의 눈초리를 등 뒤에 느끼면서 대문을 나서는 그 순간 나는 도무지 더 살고 싶은 기분이 아니었다. 삼십대 중반의 나이까지 나를 굳게 지탱해주던 긍지의 기둥이 삽시에 허물어져 내리는 찰나였다. 어떤 어려움이 있어도 잃지 않고 살아온 자존심이었다. 광주단지 사건에 가담한 혐의로 유죄 판결을 받고 오랫동안 복역을 하면서도, 실직 생활의 악순환 속에서도, 그리고 셋방살이로만 전전하는 혹심한 가난 가운데서도 내내 고집스레 지속해 나온 그 자존심의 시위에 이제 끝장이 온 셈이었다. 취기는 이미 말끔히 가셔져 있었다. 시궁물이 흐르는 꼭두새벽의 독정천 속에 식칼을 버리려다 말고 그걸 도로 허겁지겁 가슴에 품으면서 나는 맑은 정신으로 소리를 죽여가며 울었다.(「직선과 곡선」, 213~214)

한 번도 남의 담을 넘어보지 않은 권씨는 지레 겁먹은 바람에 칼을 떨어뜨리는 실수를 저지르고 만다. 얌전히 구두까지 벗고 양말 차림으로 들어온 강도가 권씨임을 간파한 오선생은 그가 고의로 사람을 찌를 만한 위인이 못 된다는 것을 아는 터라 떨어진 칼을 집어 그에게 돌려 줄 뿐만 아니라, 버릇처럼 엉겁결에 문간방으로 들어가려던 그에게 대문으로 나가라고 차갑게 주의까지 준다. 두 번의 실수 중 적어도 한 가지라도 눈감아 주었으면 좋으련만 인정미 없는 오선생은 권씨에게 무안만 주어 그를 비참하게 만든다. 결국 무엇 하나 제대로 훔치지도 못하고 자존심이 몹시 상한 권씨는 다시 한번 "이래뵈도 나 대학까지 나온 사람이오"라고 절규하듯 말하고는 대문을 나선다. 이런 점에서 볼 때, 권씨의 학사 출신 운운은 지식인의 마지막 남은 자존심마저 여지없이 짓밟는 오선생에 대한 항의의 표현이라고 할 수 있다.

인정미 넘치는 친절한 이웃이라면 권씨의 어설픈 강도 행각을 모르는 척 눈감아주는 게 도리요 예의일 것이지만, 램의 가슴보다 디킨즈의 머리에 밝은 오선생은 그렇지 않았던 것이다. 오선생의 냉정한 태도로 인해 권씨는 광주단지사건에 가담한 혐의로 유죄 판결을 받고 오랫동안 복역을 하면서도, 실직 생활의 악순환 속에서도, 그리고 셋방살이로 전전하는 혹심한 가난에도 고집스럽게 지켜온 자신의 자존심이 무너져 내리는 참담함을 느꼈다. 권씨가 경험한 일들을 겪어 본 적이 없는 오선생으로서는 문간방에 세 들어 사는 궁핍한 이웃을 자신과 차원이 다른 사람으로 생각하고 있다. 그렇다면 오선생은 지금까지 자기가 아닌 채로 살아 왔다. 왜냐하면 시간이란 타자와의 관계 속에서 형성되기 때문이다. 오선생이 타자에 대한 배려 없이 시간을 보냈다는 것은 곧 시간을 헛되이 보냈음을 의미한다. 물론, 권씨는 오선생과는 반대의 인물이다.

"수진리 고개 밑에 가면 양산도집이란 술집이 있죠. 그 집에서 전에 작부로 일하던 신양이라고 혹시 아십니까? 모르시죠? 그 여자를 오선생한테 보여드리고 싶습니다. 그 여자하고 긴 얘기를 나누고 나면 아마 오선생도 누구를 때리고 싶다. 누구를 때렸다는 말을 그렇게 힘 안 들이고 할 수는 없게 될 겁니다. 오선생 생각은 오선생이 경험한 바탕 안에서만 출발하고 멈춥니다. 자기 경험만을 바탕으로 남의 생각까지 재단하기는 애당초 무립니다. 오선생은 보름 안에 자기 손으로 집을 지어 본 적이 있습니까? 배고프다고 시위하다 말고 엎어진 트럭에 벌떼같이 달려들어서 참외를 주워 먹는 인생들을 본 적 있습니까? 죽었다가 살아난 경험은요? 그리고 생명만큼이나 아끼던 자기 구두를 태우는 아픔은요? 이건 결코 자랑이 아닙니다. 내가 경험한 이런 일 모두가 사회 탓이라고 세상을 원망하는 것도 아닙니다. 내가 모자란 탓에 자업자득으로 그런 거니까 뒤늦게나마 좀 넉넉해보자는 겁니다. 보기 나름이고 생각하기 나름입니다. 후회를 하더라도 아주 나중에 하겠습니다. 오선생더러 박수를 쳐달라고 그러는 게 아닙니다. 산속으로 끝까지 가봐도 길이 없으니까 이제부터 되돌아서 들판 쪽으로 나와보려는 것뿐입니다.”(「직선과 곡선」, 244)

권씨는 오선생이 동림산업 오사장에게 무시를 당해도 부끄럽지 않느냐며 화를 내자, 그는 술집 작부 신양을 비롯한 가슴 아픈 이야기들을 털어놓는다. 뒤이어 권씨는 사회를 탓하고 세상을 원망하는 것은 더 이상 의미가 없음을 깨달았기 때문에 교통사고에 찢긴 상처까지도 사랑하게 되었다고 말한다. 그러면서 권씨는 직선에서 돌아 나와 곡선으로 가는 삶을 선택한 지금의 자신을 오선생이 헤아려 주었으면 하는 바람을 넌지시 전한다. 하지만 소시민적 지신인의 우월감을 벗어던지지 못하는 오선생에게 그의 바람은 이루어지지 않는다. 권씨의 뼈아픈 경험 중 어느 한 가지도 가슴으로 받아들일 수 없기 때문에 오선생은 이웃에게 마음을 쓸 수 없는 것이다.

「직선과 곡선」은 권씨와 오선생의 갈등이 고스란히 내재된 채 끝나고 만다. 물론 「직선과 곡선」에 표방된 권씨와 오선생의 갈등은 「아홉 켤레의 구두로 남은 사내」에서 전개된 갈등과 그 성향이 다르다. 삶의 참다운 의미를 깨달은 권씨와 책임이 따르는 동정은 피하는 게 상책이라고 생각하는 오선생은 자기 정체성이 동일할 수 없기 때문이다. 오선생이 아무리 디킨즈의 궁둥이를 걷어찬다고 하더라도 그는 권씨에게 했던 것처럼 결정적인 순간에 또 다시 사회적 도의와 양심을 저버릴 수 있다. 스토리 세계 '안'에 존재하던 오선생이 서술자로 등장하는 「아홉 켤레의 구두로 남은 사내」와 권씨가 서술자로 나서는 「직선과 곡선」을 상대적으로 주목하는 것은 이러한 이유에서이다. 연작의 전체적인 시학적 구조망을 보자면, 이기적인 소시민성을 드러낸 첫 작품 「아홉 켤레의 구두로 남은 사내」를 중심으로 하여 「직선과 곡선」, 「창백한 중년」, 「날개 또는 수갑」 등이 서로 얽혀져 들어가 지식인의 자기 발견의 계기를 이루고 있음을 알 수 있다. 물론, 이러한 서술적 구성은 독자를 만남으로써 진정한 의미망을 형성할 수 있다.

4. 대화의 장으로서의 소설

『아홉 켤레의 구두로 남은 사내』는 70년대 산업사회의 병폐를 방관하던 지식인들의 문제를 타자에게 마음을 쓰는 '권씨'를 통해 형상화하였다. 「아홉 켤레의 구두로 남은 사내」에서는 오선생 '나'가 권씨를, 「직선과 곡선」에서는 권씨 자신을, 「창백한 중년」에서는 스토리 밖의 서술자가 권씨를 초점화하고 있다. 그리고 「날개 또는 수갑」에서는 스토리 밖의 서술자가 민도식을 초점화하는 한편, 민도식이 다시 권씨를 초점화하는 가운데 권씨가 이야기되고 있다. 만일 권씨가 스스로 자신의 입장을 말한다든지, 전지적인 서술자로 나서 논평을 한다든지, 있는 그대로의 내면을 드러내었다면 의사소통 구조로서의 소설이 지닌 매력은 감소되었을 지도 모른다. 모든 것이 분명하게 말해진다면 소설이 독자를 상정하는 의사소통 구조로서의 기능을 고려할 수 없기 때문이다.

『아홉 켤레의 구두로 남은 사내』에서 권씨는 오선생, 민도식과 같은 소시민적 지식인들과 갈등하면서 자기를 발견하였다. 연작소설의 주인공 권씨가 초점화 대상이 되거나 초점화자로 나서거나, 혹은 서술자로 등장하는 것은 초점화와 목소리의 중층적 구성으로써 의사소통 과정에 있는 독자를 끌어들이려는 작가의 전략에서 비롯되었다. 작가 윤흥길은 서술자를 통해 피서술자인 독자를 만나고 내포작가의 가면을 쓴 채 내포독자를 상정하면서 실제독자와 대면하고 있다. 의사소통 과정에 있는 독자가 『아홉 켤레의 구두로 남은 사내』를 통해 자신을 발견할 수 있도록 작가 윤흥길은 초점화와 목소리의 중층 구조를 통해 대화의 장을 마련하는 것이다.

▸▸ 참고문헌

1. 기본 자료

장용학, 「요한시집」, 『현대문학』, 1955. 7.
______, 「비인탄생」, 『사상계』, 1956. 10~1957. 1.
______, 「역성서설」, 『사상계』, 1958. 3~6.
______, 『원형의 전설』, 『현대한국문학전집 4』, 신구문화사, 1981.
선우휘, 「불꽃」, 『현대문학전집 12』, 신구문화사, 1981.
______, 「처녀작의 처녀성」, 『한국전후문제작품집』, 신구문화사, 1980.
______, 「테로리스트」, 『사상계』, 1956. 12.
손창섭, 「사연기」, 『문예』, 1953. 7.
______, 「비오는 날」, 『문예』, 1953. 11.
______, 「혈서」, 『현대문학』, 1955. 1.
______, 「미해결의 장」, 『현대문학』, 1955. 6.
______, 「인간동물원초」, 『문학예술』, 1955. 8.
______, 「STICK氏」, 『학도주보』, 1955. 9.
______, 「유실몽」, 『사상계』, 1956. 3.
______, 「미소」, 『신태양』, 1956. 8.
______, 「층계의 위치」, 『문학예술』, 1956. 12.
______, 「작가 여적」, 『한국전후문제작품집』, 신구문화사, 1980.
______, 「생활적」, 『현대한국문학전집 3』, 신구문화사, 1981.
오상원, 「균열」, 『문학예술』, 1955. 3.
______, 「유예」, ≪한국일보≫, 1956. 1. 1.
______, 「증인」, 『사상계』, 1956. 8.
______, 「모반」, 『현대문학』, 1956. 11.
______, 「보수」, 『사상계』, 1959. 5.
______, 「황선지대」, 『사상계』, 1960. 4.
______, 「파편」, 『신한국문학전집 28』, 어문각, 1979.
______, 『백지의 기록』, 『현대한국문학전집 7』, 신구문화사, 1981.
윤흥길, 『아홉 켤레의 구두로 남은 사내』, 문학과지성사, 2004.

2. 논문 및 국내 저서

김양호, 「전후 실존주의 소설 연구—손창섭, 장용학, 오상원을 중심으로」, 단국대대학
    원 박사논문, 1992.
_____, 「오상원의 작품세계—「유예」의 전형성」, 『강남어문』 7집, 강남대 국어국문과,
    1992. 12.
김윤식·김현, 『한국문학사』, 민음사, 1973.
송지연, 「소설에서의 인칭의 문제」, 『서술이론과 문학비평』, 서울대학교출판부, 1999.
송하춘, "1950년대 한국 소설의 형성", 『1950년대의 소설가들』, 도서출판 나남, 1994.
신경득, 『한국전후소설연구』, 일신사, 1983.
신구문화사 편, 『한국전후문제작품』, 신구문화사, 1980.
오세영, 「한국 현대문학과 휴머니즘」, 『휴머니즘 연구』, 서울대출판부, 1996.
이강현, 「손창섭 소설 연구—작가 의식을 중심으로」, 세종대대학원 박사논문, 1994.
이부순, 「한국 전후소설 연구—전도적 상상력을 중심으로」, 서강대대학원 박사논문, 1994.
이재선, 『현대한국소설사』, 민음사, 2000.
정기철, 「리쾨르의 문학 이야기」, 『신학이해』 12집, 호남신학대학교출판부, 1994.

3. 국외 논저

Chatman, Seymour, Story and Discourse, Ithaca, New York: Cornell UP, 1978.
Cohn, Dorrit, *Transparent Minds*, New Jersey: Princeton UP, 1978.
Descombes, Vincent, *Le Même et L'Autre: quarante-cing ans de philosophie française(1933-1978)*,
    박성창 옮김, 『동일자와 타자: 현대 프랑스 철학(1933-1978)』, 인간사랑, 1996.
Genette, Gérard, *Figures III*, Paris: Seuil, 1972.
_______, trans., E. Lewin, *Narrative Discourse: An Essay in Method*, 권택영 옮김, 『서사담
    론』, 교보문고, 1992.
_______, *Fiction et diction*, Paris: Seuil, 1991.
Kermode, Frank, *The Sense of Ending: Studies in the Theory of Fiction*, 조초희 옮김, 『종말
    의식과 인간적 시간: 허구 이론의 연구』, 문학과지성사, 1993.
Lévinas, Emmanuel, *Le Temps et l'Autre*, 강영안 옮김, 『시간과 타자』, 문예출판사, 1997.
Meyerhoff, Hans, Time in Literature, 이종철 옮김, 『문학과 시간의 만남』, 자유사상사,
    1994.

Ricœur, Paul, *La métaphore vive*, trans., Robert Czerny & Kathleen McLaughlin hn Costello, *The Rule of Metaphor: Multi-disciplinary studies of the creation of meaning in language*, Toronto: Toronto UP, 1979.

_______, *Temps et récit, Tome* Ⅰ, Ⅱ, Ⅲ, Paris: Seuil, 1983~1985.

_______, *Soi-même comme un autre*, trans., Kathleen Blamey, *Oneself as Another*, Chicago UP, 1992.

_______, *La symbolique du mal*, 양명수 옮김, 『악의 상징』, 문학과지성사, 1995.

_______, *Interpretation Theory: Discourse and Surplus of Meaning*, 김윤성·조현범 옮김, 『해석 이론』, 서광사, 1998.

Rimmon-Kenan, S., *Narrative Fiction: Contemporary Poetics*, 최상규 옮김, 『소설의 시학』, 문학과지성사, 1988.

Said, Edward W., *Representation of the Intellectual*, 전신욱·서봉섭 옮김, 『권력과 지성인』, 도서출판 창, 1996.

Scholes, R & Kellogg, R., *The Nature of Narrative*, Oxford UP, 1979.

Tacca, Oscar, *Las voces de la novela*, 정동섭 옮김, 『소설의 이론』, 문예연구사, 2002.

Todorov, Tzvetan, *The Poetics of Prose*, 신동욱 옮김, 『산문의 시학』, 문예출판사, 1995.

Toolan, Michael J., *Narrative: A Critical Linguistic Introduction*, 김병욱·오연희 공역, 『서사론: 비평언어학적 서설』, 형설출판사, 1993.

Uspensky, Boris, *A Poetics of Composition*, 김경수 옮김, 『소설구성의 시학』, 현대소설사, 1992.

가라타니 고진, 박유하 옮김, 『일본근대문학의 기원』, 민음사, 1997.

■ 저자 소개

변 화 영

전북대학교에서 "한국 전후소설의 이야기 담론 연구"로 박사학위를 받았다. 민중생활사연구단에서 연구교수로 일하면서 「소설과 민족지의 경계 넘기」, 「『탁류』에 나타난 군산의 식민지 근대성」, 「박화성 소설을 통해 본 목포의 식민지 근대성」 등의 논문을 발표하였다. 현재는 전북대학교 인문학연구소에서 근무하면서 「문학교육과 디아스포라」, 「재일한국인 유미리 소설 연구」, 「기억의 서사 교육적 함의」 등, 재일한국인 문학 연구에 정진하고 있다.

전후소설과 이야기 담론

초판1쇄 인쇄 2007년 5월 21일
초판1쇄 발행 2007년 5월 28일
지은이 변화영
펴낸이 이대현
펴낸 곳 도서출판 역락
책임편집 김주현
편집 이태곤 | 권분옥 | 이소희 | 양지숙
마케팅 안현진 | 정태윤
디자인 기획 홍동선
등록 1999년 4월 19일 제303-2002-000014호
주소 서울 서초구 반포4동 577-25 문창빌딩 2층
전화 3409-2058 | **팩스** 3409-2059 | **이메일** youkrack@hanmail.net
ISBN 978-89-5556-550-8 93810

정가 14,000원

* 잘못된 책은 교환해 드립니다.